CONSTANTIN STOICIU
L'ADDITION

Nous remercions le Conseil des Arts du Canada de l'aide accordée à notre programme de publication.

ISBN 2-89396-272-6

Dépôt légal – 2ᵉ trimestre 2006
Bibliothèque et Archives nationales du Québec
Bibliothèque nationale du Canada

Illustration de la couverture : Louis Legrand, *Le souper des apaches* (1901)

© Humanitas

Imprimé au Canada

990 Picard, Ville de Brossard, Québec, Canada J4W 1S5
Téléphone/Télécopieur: (450) 466-9737
humanitas@cyberglobe.net

CONSTANTIN STOICIU

L'Addition

ROMAN

HUMANITAS

À mon petit-fils, Alexandru

Ô, si vous saviez les enfants
Les noires nuits et le froid des jours qui s'en viennent...
Aleksandre Blok
(1880-1921)

Être captif, là n'est pas la question
Il suffit de ne pas se rendre. Voilà !
Nazim Kikmet
(1902-1963)

Première partie

Chaos

.

I

Bientôt, très bientôt, il faudra me séparer de moi-même. Vécue avec une authentique vocation levantine, expérience en soi, unique et inutile, il est possible que mon existence ait au moins le mérite d'avoir retardé de quelques secondes la fin du monde. Comme personne ne perdra son temps pour la raconter, je me suis décidé à le faire moi-même. Insolence excusable si on tient compte que je suis arrivé peut-être à comprendre quelque chose qui pourrait être utile à d'autres ; quoiqu'il soit déjà trop tard et qu'il n'y ait plus personne près de moi pour m'écouter.

Aurais-je pu vivre autrement que j'ai vécu ? Sans doute, mais alors je n'aurais pas vécu ma vie mais bien celle d'un autre. Par une bizarre amnésie la vie que j'ai vécue a peut-être été et continue d'être la vie d'un autre et, si c'est le cas, la seule consolation pour le temps perdu à la raconter peut se résumer à la certitude que j'aurais pu ou non dire la vérité.

La mienne ou non, cette vie a commencé avec Lisa. J'ai longtemps cru qu'elle était la plus belle femme du monde. J'avais alors l'âge où, en l'absence de préoccupations plus sérieuses, la vie me semblait un jeu spécialement inventé pour mon bonheur. Il m'aura fallu des années et des années avant d'accepter que, en réalité, la beauté de Lisa était banale, assez souvent même désagréable à cause d'un rictus qui faisait paraître sur ses lèvres charnues et légèrement retroussées toute la voracité de son être. Mais il fallait bien la connaître et éventuellement l'aimer à la folie pour comprendre et ne plus redouter cette voracité inhabituelle. La plupart des hommes qui l'avaient connue ne se rappelaient d'ailleurs rien d'autre d'elle que sa peau incandescente, sa frénésie dévoratrice et son sourire fuyant de femelle jamais assouvie.

Je ne le dis pas pour rien. Elle a été quinze ans ma femme et me rendre justice à moi-même comme mari cocu mais consentant m'importe peu. Je le dis parce que c'est la pure vérité. Elle-même, dans ses heures rares de désarroi, se faisait un devoir de reconnaître avec une certaine et coquette fierté ses faiblesses et ses impudences. Son visage d'éternel enfant s'empourprait alors et, le regard détourné, elle larmoyait quelques instants sur les cendres d'une innocence à jamais perdue ; si, par miracle, elle avait connu une telle grâce.

Lisa avait hérité de sa mère, femme bien en chair et épouse fantasque d'un constructeur naval qui désertait le lit conjugal et ses obligations épuisantes, pour se réfugier dans le delta du Danube festoyer avec les pêcheurs, chasser le canard sauvage et faire un peu de contrebande. Cet homme doué, mais paresseux, n'avait jamais été sûr de sa paternité, mais ne s'en était jamais non plus fait de graves soucis ; au fil des années, en effet, il s'était rendu compte que, fût-il oui ou non le géniteur, son épouse aurait de toute façon donné naissance à une fille comme Lisa. Car, racontait-il vers la fin de sa vie, avant même l'âge convenu, elle avait déjà mis la poudre aux couilles, blennorragie comprise, aux garçons valides du voisinage. Il riait de bon cœur et tapait affectueusement le derrière de la mère qui lui avait servi, jadis, le même traitement.

Ne pas la désirer était inconcevable, car Lisa incarnait à merveille le désir. Désir chaotique, comme tous les désirs de cette époque où la révolution socialiste commencée vingt ans auparavant semblait porter enfin ses fruits et que toute une génération qui n'avait connu ni la guerre, ni la cruauté du nouveau pouvoir, pouvait mordre dans la vie sans crainte et sans trop de questions. Nous dansions énormément dans ces années-là, Dieu sait pourquoi. Primates intermédiaires entre l'homme aliéné du passé capitaliste et l'homme nouveau de l'avenir communiste, les cheveux longs coupés en crête de coq, chemise à haut col et pantalons étriqués à la hauteur des chevilles, nous nous trémoussions insouciants sur des rythmes nord et sud-américains dans les sous-sols des facultés, dans les clubs des usines et des chantiers, sur les pistes de danse aménagées dans les parcs publics et dans les salons étroits des appartements des nouveaux édifices bâtis à la hâte pour le peuple travailleur. Nous étions la nouvelle race d'intellectuels au service du pays, dans nos veines coulait à flot le sang des déshérités d'autrefois, notre destin s'annonçait fastueux.

Lisa venait toujours aux soirées dansantes organisées au sous-sol de la faculté de Droit. Cheveux châtains ondulés et serrés au sommet de la tête avec un ruban noir, sourire d'enfant égaré, jupe courte et escarpins de contrebande, elle aurait été une jeune fille parmi les autres si elle ne s'était offerte à nos regards gourmands de jeunes mâles en manque avec la volupté féroce d'une féline affamée à la recherche de sa proie. À la fin de presque chaque soirée l'un d'entre nous était dévoré, débout, dans le parc de l'université, au coin d'une rue mal éclairée ou, quand il faisait mauvais, dans le hall de l'entrée d'une bâtisse dont la porte était restée ouverte. Assouvie, elle étirait sa jupe sur ses jambes vacillantes, remontait ses cheveux au sommet de sa tête et s'éloignait sans un mot. Vidés jusque la moelle des os, les mâles de la soirée se contentaient de la contempler étourdis. Parfois, quelqu'un lui demandait un numéro de téléphone ou une adresse, mais c'était peine perdue. C'était elle qui chassait et dévorait, et peu nombreux étaient ceux qui jouissaient de ses faveurs une deuxième fois. Sans qu'elle se rappelle leurs noms. Comme si, autrement, ses pulsions abyssales allaient se flétrir à l'instant même et sa vie de femelle perdre tout sens.

Je faisais partie d'un petit groupe d'amis aux affinités plus ou moins artistiques et nous tournions hébétés autour de Lisa. Elle n'en avait cure, mais nous ne désarmions pas. J'étais le seul à croire qu'elle était la plus belle femme du monde, mais je ne l'ai aimée que plus tard ; tout ce que je voulais alors était coucher au moins une fois avec elle. Mes amis étaient fous d'amour et y allaient le rester toute leur vie. Perversion candide et sans conséquence, ces aventures passagères nous procuraient des joies inouïes et de longues méditations sur l'éternel féminin et l'aveuglement des hommes.

J'étudiais la sociologie, mais au fond de mon âme je me considérais comme un créateur qui n'attendait que son heure pour s'imposer. Parmi mes grands projets artistiques, abandonnés l'un après l'autre à cause de leurs limites, c'est le désir de faire des films qui m'a longtemps obsédé. Trop pauvre pour m'acheter un appareil photo et encore moins une caméra 8 mm, dont j'avais entendu parler, je me suis laissé pousser la barbe. Rougeâtre et rare, elle a beaucoup amusé mes amis, mais ils n'ont rien trouvé de ridicule dans ma décision de monter sur l'estrade de l'orchestre d'où, mes deux mains formant le rectangle d'une caméra imaginaire, je suivais les convulsions des danseurs et les jetais, pêle-mêle, dans un de mes futurs films.

Ils étaient ma nourriture terrestre et Lisa la plus belle femme du monde. Amoureux et toqués, ils tournoyaient autour d'elle, l'invitaient l'un après l'autre à danser, la protégeaient de touchers effrontés, espéraient secrètement qu'elle choisirait l'un d'entre eux à la fin de la soirée et souffraient avec une dignité rigide et avec des plaisanteries légères lorsqu'elle s'en allait suave comme un rêve au bras d'un inconnu.

C'est à cet instant précis que je descendais parmi les

primates en sueur et, caméra imaginaire en mouvement, je m'attardais, rieur, sur les visages, les seins et les fesses des filles. Le rire sautait dans ma gorge comme une bille de caoutchouc poussée par un ressort et récupérée presque au même moment. Ils croyaient tous que j'allais étouffer, mais je n'étais qu'en colère d'avoir perdu encore une fois Lisa. Exercice périlleux dans l'immense sous-sol de la faculté de Droit au plafond bas, en dessous duquel flottaient les nuages compacts de la fumée de cigarettes et des odeurs lourdes qui exacerbaient les sensibilités. Des rixes confuses éclataient et, assez souvent, après un déluge de menaces et surtout de jurons, c'était moi qui en faisais finalement les frais : mon nez saignait, mes lèvres étaient déchirées, ma tête tournait, mais rien au monde n'aurait pu éteindre mon envie bestiale de posséder Lisa. On aurait pu dire, et mes amis le disaient, que je cherchais à tout prix à être tabassé presque chaque fin de semaine et, en réalité, c'était la vérité.

Une nuit, Lisa est montée près de moi sur l'estrade de l'orchestre, a pris dans ses mains ma caméra imaginaire et l'a portée à ses lèvres. Elle n'a fait qu'une bouchée de moi dans le parc de l'université. La jupe relevée sur ses cuisses frissonnantes, les cheveux en désordre, elle a pris beaucoup de temps avant de m'abandonner silencieux et pour toujours perdu.

Elle n'était pas loin lorsque j'ai éclaté d'un rire fou de bonheur. Elle s'arrêta, me regarda étonnée, passa ses doigts dans ses cheveux et se mit, léthargique, à les nouer avec son ruban noir. J'ai eu l'impression qu'elle prenait, en effet, son temps pour comprendre, et elle avait toujours ses doigts pris dans l'enchevêtrement de ses cheveux quand elle a fait un pas vers moi.

Je continuais à rire et à m'agiter hystériquement quand elle a fait un deuxième pas en secouant la tête comme un enfant contrarié. J'ai écarté alors mes bras et l'ai implorée de s'y nicher pour l'éternité. Et lorsqu'elle s'y nicha brusquement, je lui ai dit que j'étais l'homme de sa vie et que, quoiqu'il arriva, j'allais rester l'homme de sa vie, fidèle comme un chien aveugle.

J'ai franchi pour la première fois le seuil de sa garçonnière, dont la fenêtre donnée sur une allée déserte du parc Cismigiu, le jour où, en essayant vainement de faire croire que je jouais dans un film historique, deux miliciens m'avaient rasé la barbe et coupé complètement les cheveux ; la mode des films historiques et de la lutte contre le cosmopolitisme était arrivée.

Le visage enfoncé à la naissance de son cou, là où j'avais découvert la source de l'arôme enivrante de pulpe de noix crues que je respirais avidement, je lui ai raconté l'histoire rocambolesque du refuge en Roumanie – après la Révolution bolchevique – du comte et de la comtesse Komarovsky (née Pavlovitch), mes nobles grands-parents, et je l'ai implorée de la prendre au sérieux, sinon je risquais de redevenir un de ses nombreux courtisans pris du vertige de l'amour et du désir comme des mouches ivres.

– Veux-tu dire que tu es comte ? a murmuré Lisa. Un vrai comte, comme dans les romans russes ?

– Seulement pour toi, Lisa...

– J'aimerais être comtesse, a dit Lisa et l'arôme de pulpe de noix crues de son corps m'est monté pour toujours à la tête. Comtesse Lisa Pavlovitch Komarovsky... Ah non ! tu me racontes des histoires...

II

J'ai continué à lui raconter des histoires et Lisa m'a longtemps écouté avec une telle émotion et une telle dévotion que, souvent, je ne savais plus, moi-même, si je mentais ou non.

À ma naissance, les grands-parents Pavlovitch et Komarovsky étaient déjà morts et mes parents, trop vieux et trop fatigués pour fuir la fatalité communiste, s'appelaient Victor ; il était aussi plausible que ce fut leur nom depuis toujours. Nous vivions à la périphérie de Bucarest, dans une maison-wagon rebâtie sur les ruines d'une demeure plus cossue bombardée par les Américains vers la fin de la Seconde Guerre mondiale. Mon père était tapissier aux chemins de fer et ma mère femme au foyer et, de temps à autre, couturière pour les voisines. Les seules preuves d'une existence naguère passée dans l'abondance semblaient être quelques assiettes en porcelaine, quelques verres en cristal et un set de couverts en argent marqués du blason des Komarovsky frappé en or. Mais tout était bien caché au fond d'une armoire et jamais l'objet d'une quelconque évocation ; le passé, certainement trop éloigné et trop étrange, n'avait plus la moindre importance.

Il était aussi possible que ces vestiges aristocratiques ne soient rien d'autre qu'un modeste butin de guerre datant de l'année où mon père avait été mobilisé en Transnistrie. Il avait pu y apprendre le russe qu'il ne parlait que lorsqu'il était en colère et il se mettait hors de lui quand ma mère se couvrait les oreilles avec un coussin. La seule certitude est que moi, je n'ai jamais su que l'alphabet russe, appris à l'école. En revanche, la maison était pleine de livres traduits du russe, vendus aux salariés par le syndicat des Ateliers Grivita une fois par mois.

Il se pouvait aussi que ces mêmes vestiges aient été cachés dans les valises de l'anarchiste Nestor Makhno, réfugié en Roumanie en août 1921, à la suite de la trahison de Trotsky et de l'écrasement de son armée de partisans. Mes grands-parents avaient pu l'abriter ou l'avaient suffisamment bien connu pour, qu'une fois arrivé à Paris, en 1925, Makhno leur annonce dans une lettre qu'un Komarovsky – jadis dans l'armée des Russes blancs d'Anton Denikin – l'avait fait embaucher comme ouvrier chez Renault. Dans sa dernière lettre, envoyée quelques mois avant de mourir de tuberculose, en juillet 1934, il parlait à nouveau de ce Komarovsky qu'il avait réussi à convertir définitivement à l'anarchisme.

Au début des années 1950, mon père fut arrêté plusieurs fois pendant la nuit, en pyjama et en pantoufles. On le laissait rentrer une semaine ou deux plus tard, toujours la nuit, vêtu de son pyjama et chaussé de ses pantoufles – on aurait dit qu'il était sorti pour pisser dans la cour arrière et qu'il avait pris son temps. « Faut que quelque chose de laid t'arrive dans la vie », disait-il en guise d'explication, « autrement tu commences à croire que tu vis la vie d'un autre ».

Quelques années plus tard, devenu activiste de Parti avec voiture et chauffeur devant la porte, mon père portait complet noir, chemise blanche, cravate et casquette prolétaire, et ne renonçait qu'une fois au lit à sa grande serviette bourrée de brochures, de journaux et de dossiers. Et, partout dans la maison, il y avait le même buste en plâtre de Staline que ma mère frottait désespérément chaque jour.

La famille emménagea dans un bloc d'appartements avant que mon père ne soit renvoyé dans l'atelier et, comme Staline était mort – ce fut alors que j'ai versé mes premières larmes politiques –, nous nous sommes mis, un soir, mon père et moi, à écraser les bustes avec un marteau. Je ne me rappelle pas une autre occasion où je l'ai senti aussi intensément près de moi. Il m'a montré, le même soir, les lettres de Nestor Makhno, les a lues en russe, puis les a traduites en roumain avec une voix cassante, comme s'il voulait que je me les enfonce pour toujours dans la tête. Après quoi il les a brûlées et ne m'a jamais plus parlé d'elles.

J'ai trouvé plus tard, après sa mort et celle de ma mère, un des bustes de Staline. Lisa s'en servait pour accrocher, à son cou, ses colliers de perles et de fausses pierres. Elle le gardait sur l'armoire d'où elle avait sorti les assiettes, les verres et les couverts de la famille ; à l'intérieur du buste, elle avait caché quelques dizaines de bons de trésor émis par le gouvernement du tsar Nicolas II, trouvés dans une petite boîte tombée ou cachée en arrière de l'armoire. Souvent, le regard perdu sur ces vestiges aristocratiques, elle s'imaginait en comtesse Pavlovitch Komarovsky et se perdait à nouveau dans mes bras.

III

Durant ces années-là, la vie me menait et je me laissais faire sans rouspéter ; c'était le même jeu de ma jeunesse, mais avec d'autres règles. Je ne voyais rien de scandaleux dans la médiocrité caricaturale dans laquelle je me complaisais, et Lisa était trop occupée avec ses infidélités maladives pour me faire des reproches. Jadis annoncé comme fastueux, mon destin m'avait joué un mauvais tour ; à moins que, finalement, je me le sois joué moi-même. Mais m'apitoyer sur mon sort n'aurait servi à rien. J'avais traversé, amorphe, âges et situations ; je ne savais pas à qui je ressemblais, car il me manquait cruellement l'obstination et la passion de me dévouer à une cause. Cela m'avait permis en échange de flotter entre les extrêmes – même si les extrêmes à cette époque n'avaient pas de sens. L'Histoire, en autant qu'elle se faisait alors, n'avait laissé sur moi que peu de traces profondes. J'aurais pu dire qu'en réalité je m'étais faufilé à travers l'Histoire sans en sentir son poids écrasant ; je le disais d'ailleurs.

J'avais flotté, donc je flottais. Peut-être que ce que je racontais à Lisa était la vérité ; peut-être que ce flottement existentiel était dans ma nature. Il était peut-être aussi dans la nature de ceux qui, pour une raison ou une autre, se considéraient comme appartenant à l'espèce des intellectuels ou qui étaient perçus comme tels, mépris

22

obligatoire compris. Mais je n'ai jamais rien fait de détestable dans ma vie ou très peu. La médiocrité de mon destin était celle d'une génération qui avait perdu ses illusions. À bien y penser, et j'y pense encore, cette médiocrité était celle du destin de tout le pays.

Quand, après quinze ans de mariage, Lisa m'a définitivement quitté pour un général des services secrets qui voyageait beaucoup, ma consternation n'a duré que quelques jours. Ils s'étaient rencontrés au salon de beauté de l'hôtel Athénée-Palace et ce fut le soin des ongles qui les rapprocha. La draperie qui séparait le salon des femmes de celui des hommes était entrouverte et ils avaient échangé clins d'œil et sourires prometteurs.

La question de savoir qui avait fait tourner la tête à l'autre était sans importance, mais comprendre que Lisa s'était décidée à transformer une banale infidélité en un lien durable avec un membre de la soldatesque, fut-il général, ne changeait rien à l'évidence qu'ils l'avaient fait dans mon dos.

Incapable donc de comprendre qu'une telle catastrophe me frappe sans que je puisse me défendre, je n'avais pris en considération ni mon refus têtu à mettre les pieds dans un salon de beauté, ni le plaisir que j'avais à couper mes ongles avec les ciseaux de couturière de ma mère, ni la multitude de mauvaises habitudes acquises dans la banlieue où j'étais né et où j'avais vécu, mais – c'était presque évident –, tout ceci avait dû jouer en leur faveur.

Installés sur la banquette arrière de la voiture de service du général Gabi, ils s'étaient congratulés pour leurs beaux ongles et pour d'autres préoccupations et aspirations communes. Trois jours plus tard, à la fin de la journée, la voiture de service passait prendre Lisa pour l'amener directement de la maison à l'aéroport, destination New York, via Paris. Elle était descendue vêtue de sa robe, de ses souliers et de son sac à main préférés ; le chauffeur qui l'attendait au garde-à-vous avait ouvert la portière et elle avait hésité quelques instants, les yeux levés vers les fenêtres de notre appartement. Puis, elle avait cherché appui sur la main de l'homme qui ne voulait pas être vu et s'était, enfin, laissée choir sur la banquette avec une élégance parfaite. Le chauffeur avait fermé la portière et démarré en trombe.

« Comme dans un film », m'avait raconté mon voisin, ravi du spectacle de la fuite de Lisa dont il avait été témoin depuis sa fenêtre du troisième.

Le même soir, après deux ans et demi de tergiversations, mon petit livre sur les souvenirs des luttes sociales d'avant-guerre des cheminots de mon quartier venait enfin de paraître. Après avoir écouté l'histoire du départ de Lisa, j'ai offert à mon voisin un exemplaire du livre avec une dédicace sensée. Je reste convaincu qu'il fut le seul à l'avoir lu, parce qu'il m'en dit quelques mots deux ou trois mois plus tard, alors que même les enfants savaient que Lisa m'avait abandonné. Grâce à la bienveillance désintéressée des commentateurs de la radio Free Europe et à leur respect pour la vérité, tout le monde était ainsi au courant que le général Gabi et sa bien-aimée Lisa s'étaient vendus aux Américains et que j'étais le cocu du pays et de la nation ; j'en sais encore gré aux journalistes de Free Europe car je n'ai plus connu depuis lors un autre moment de gloire authentique.

Je n'avais point pressenti que cet épisode, honteux dans la vie d'un homme, entrerait rapidement au panthéon des légendes fondamentales de la nation et que je deviendrai la référence suprême en matière de cocuage. Je me suis officiellement adressé, en désespoir de cause, aux autorités compétentes en leur proposant d'être exposé dans le musée de cire des célébrités de ces années-là ; il aurait pu ne pas exister ce musée, mais c'était un détail. Vêtu des habits de la soirée au cours de laquelle j'avais été arraché pour toujours à l'anonymat, ma statue, grandeur nature, allait servir à la nation pour y déverser sans entraves, en échange d'un prix modique, sa bile de gaieté dévergondée dans laquelle l'avait plongée Free Europe. J'avais tenu à préciser dans un long post-scriptum que ma prestation en tant que modèle original et les accessoires vestimentaires destinés à la touche finale d'authenticité de la reproduction en cire étaient complètement gratuits, et que je n'avais aucune prétention aux bénéfices faramineux qui s'annonçaient. J'avais ajouté à ma requête une copie du télégramme envoyé à Free Europe dans lequel je remerciais les journalistes pour leur générosité et leur promptitude à avoir rendu célèbre un obscur chercheur scientifique.

Signe du sous-développement du pays et du joug communiste, la capitale n'abritait aucun musée de cire, et les autorités compétentes ainsi que Free Europe gardèrent un silence suspect pour des motifs évidemment différents. Je me consolais en perdant mes amis (ils me fuyaient épouvantés), et mes efforts de ne plus me présenter sous mes nom et prénom, Victor Victor — qui par leur singularité, déclenchaient automatiquement le ricanement sardonique qu'on se trouvait bien devant le légendaire cocu —, furent sans résultat notable.

« C'est vous, par hasard... ? », tombait toujours la question assassine.

J'aurais dû depuis longtemps régler mes comptes avec la bizarre fantaisie onomastique de mes parents, mais à cet égard les choses étaient extrêmement compliquées et la construction enthousiaste du socialisme ne permettait la fouille du passé que pour des raisons de noblesse sociale et idéologique. Rectifier mon nom aurait aussi privé la nation d'une de ses très rares légendes récentes, et moi j'aimais non seulement mon pays mais surtout le peuple qui le composait — en gardant mes distances bien sûr, comme cela se devait de la part d'un intellectuel qui n'avait pas oublié d'où il était parti.

J'ai remplacé mes amis avec des inconnus croisés dans le tramway, dans le métro, dans les magasins et dans la rue. À ma vue, la plupart détournaient brusquement les yeux. Les plus insolents s'attardaient à contempler, hébétés, mon visage, incapables d'accepter qu'il puisse exprimer tant de dégoût, de sang-froid et d'immobilité. Je tirais une vague fierté de cette confrontation stupide, mais c'était dans le regard des femmes que je trouvais le vrai bonheur, la vraie exaltation de cette compréhension tardive de mes rapports avec mes semblables. Elles saisissaient, au-delà de mon masque tourné vers le monde, la volupté d'un solitaire aux convictions fermes, dans laquelle elles se perdaient d'ailleurs assez souvent – moments sublimes où le supplice de la gloire du cocu de la nation devenait supportable et même désirable.

Après la Révolution de 1989, vu la profession de celui qui m'avait cocufié, j'aurai pu avec plus d'impertinence – puisque j'avais contribué moi aussi, de façon modeste mais non négligeable, à la chute du communisme, grâce à l'infidélité de Lisa –, avec un esprit mercantile plus fort et beaucoup plus de compréhension pour les mœurs dégradantes de l'époque, j'aurai pu, donc, faire de la politique, écrire un livre ou un scénario de film, m'offrir seul ma propre gloire et la goûter en toute quiétude jusqu'à la fin de ma vie ; mais j'avais tout de même quelques principes fermes, bien que désuets.

L'arôme de pulpe de noix crues flottait, enivrante, dans l'appartement. J'ai vidé les armoires et mis tous les vêtements de Lisa dans des sacs de papier que j'ai jetés dans la rue. J'ai ouvert les portes et les fenêtres, nettoyé les armoires avec du vinaigre, lavé le linge et les couvertures, jeté à la poubelle les flacons de parfums et les crèmes. J'ai voulu aussi jeter les bibelots accumulés au fil des années, ses livres et ses revues à l'eau de rose, mais je me suis ressaisi devant le grotesque d'un tel acharnement.

L'arôme de pulpe de noix crues me donnait des vertiges, surtout la nuit, quand mes lèvres cherchaient vainement la naissance du cou de Lisa pour m'abreuver à sa source. C'était peut-être une illusion ou une obsession olfactive et j'ai pensé sérieusement à quitter pour toujours l'appartement. Et je l'aurais fais si je n'avais pas reconnu, dans la station de bus, sur les épaules d'une jeune femme, la veste d'un des tailleurs de Lisa. Une veste noire, aux grands boutons de nacre, que Lisa avait toujours de la difficulté à faire assortir soit avec sa dernière coupe de cheveux, soit avec sa jupe, soit avec ses souliers.

La jeune femme habitait tout près. Je l'ai suivie. Je l'ai attendue et je l'ai vue le lendemain vêtue d'une blouse de Lisa. Le troisième jour, elle portait une jupe et une autre veste de Lisa. Sa légèreté et son élégance me fascinaient et je me suis décidé à la suivre jusqu'au jour où elle aurait porté tous les vêtements de Lisa. Une jeune femme aux yeux noirs et aux cheveux roux coupés courts et serrés dans une queue de cheval minuscule. Front haut, bouche bien dessinée, cuisses étroites, jambes longues et hauts talons. Et les robes, les jupes, les tailleurs, les blouses, les foulards et la lingerie fine de Lisa qui couvraient son corps dont l'arôme m'était inconnu.

IV

Les étrangers se ruèrent au pays dès le lendemain de la Révolution. Messie à mille têtes attendu depuis cinquante ans et aux pieds duquel, prosternés, la plupart des Roumains laissèrent couler leurs larmes de bonheur et d'espoir : hommes d'affaires pressés de fouiller dans les ruines du communisme, amateurs malades d'exotisme sanglant, humanitaires compatissants, intellectuels en vogue à la recherche de disciples, homosexuels excités par l'odeur de la chair fraîche, rêveurs, innocents, politiciens et hauts gradés avec des solutions pour les cent ans à venir, témoins de Jéhovah, vendeurs de babioles, escrocs, pédophiles, prédicateurs de l'Armée du Salut, journalistes spécialisés en misère et en enfants sidéens, espions, trafiquants de drogue, proxénètes, propagandistes zélés du capitalisme triomphant...

J'avais été parmi les pleurnichards. Je n'avais pas pleuré politiquement depuis 1968, quand Ceausescu avait condamné l'invasion de la Tchécoslovaquie − ça avait été en fait un geignement −, mais en 1989 et dans les années qui s'ensuivirent, il était de bon ton de pleurer avec de vraies larmes. Il le fallait. J'avais mâché, jusqu'au vomissement, comme tout le monde, la gomme soporifique des mots sacrés de la renaissance du pays : liberté, démocratie, Occident, Amérique, richesse. J'avais fermé les yeux et bouché mes oreilles pour ne pas voir, ne pas entendre, que le Messie à mille têtes était venu pour prendre possession du pays.

Il pleuvait ce jour-là. Pluie monotone et froide d'un printemps qui tardait à venir après un hiver chaotique. Mais comme tout le pays était plongé dans le chaos, il n'y avait rien à faire. Immobile sur le seuil de la porte d'entrée de l'Institut, je pesais les risques de courir jusqu'à la station de bus dont l'horaire restait pour moi une énigme totale. Parti une demi-heure plus tôt en même temps qu'une petite délégation qui allait accueillir à l'aéroport quelques universitaires et chercheurs américains ou australiens, j'aurais pu trouver un prétexte quelconque pour les quitter à la première station de bus ou de métro, mais la perspective de les énerver m'avait convaincu de renoncer. J'allais de toute manière les rencontrer dans la soirée, car tout l'Institut avait été convié à participer à une réception.

Au début du chaos, au volant de ma voiture, j'empruntais plusieurs fois par semaine la route de l'aéroport et restais à la disposition des visiteurs étrangers du matin jusqu'à tard le soir. Ils me prenaient d'habitude pour un chauffeur taciturne mais serviable, s'étonnaient bruyamment quand je leur répondais en français ou en anglais et, si la découverte que j'étais, en réalité, l'un des leurs tardait – ce qui ne changeait pas grand-chose –, ils me glissaient dans la main ou abandonnaient sur la banquette arrière de petits bakchichs ou des cadeaux. Leur mesquinerie était attendrissante, leurs airs de supériorité dégueulasses et leur savoir banal ; des individus quelconques, imbibés de leur mission civilisatrice, que j'avais fini par détester avec une tendresse triste et fatiguée. Depuis plus d'un an, ma voiture gisait sur le trottoir, les roues volées. Je la contemplais sans état d'âme depuis les fenêtres de mon appartement et je faisais acte de présence aux réceptions de l'Institut uniquement pour que le directeur me voie.

Je tendis la main et la pluie froide me fit frissonner. Mon dernier parapluie s'était cassé quelques jours auparavant et j'avais négligé d'en acheter un autre, le quatrième en un mois. Importés de Taïwan et vendus à des prix salés, les parapluies me navraient autant que les caprices du temps. Résigné, j'allumai une des mes cigarettes puantes fabriquées encore au pays et m'approchai de la table derrière laquelle somnolait le portier de l'Institut.

– Le printemps ne viendra plus jamais, dis-je.

– C'est ça, acquiesça le portier subitement réveillé, tout est foutu et nous aussi !

Vieux bavard ! Il était là, derrière sa table noircie et ébréchée par le temps, depuis le jour où, vingt ans plus tôt, l'Institut avait ouvert, et semblait l'être pour l'éternité. Les mains et les pieds toujours gelés par le courant froid qui balayait le hall d'entrée, il lui avait fallu des années et des années avant d'être accablé de doutes sur le sérieux des recherches faites par des personnes qui, autrement, étaient agréables et courtoises. Mais le courage de leur avouer ces doutes ne lui était venu qu'après la chute du pays dans le chaos. Et il le faisait rarement et pas avec tout le monde. Lorsqu'il s'y mettait, comme ce fut le cas ce jour de printemps pluvieux, il disait toujours la même chose : que seul Dieu savait quand, comment et dans quel but les « mesdames » et les « messieurs » chercheurs de l'Institut, qui prenaient de l'âge et de l'embonpoint jour après jour sous son regard somnolent, faisaient leurs recherches, puisque tous, arrivés juste vers midi à l'Institut, se dépêchaient d'en repartir. Et il pourrissait seul, derrière sa table, mains et pieds gelés, jusqu'à l'heure officielle de fermeture.

Il donna une chiquenaude à sa casquette en cuir pour la repousser en arrière, roula encore une fois autour du cou son foulard effiloché et fixa avec fatalité ses mains croisées : n'eussent été les visites des étrangers dont la ruée vers la capitale ne tarissait pas et qui mobilisaient tant bien que mal les « mesdames » et les « messieurs » chercheurs, il aurait pu dire sans honte qu'il tenait l'Institut entre ses mains gelées.

Le regard perdu sur le mur d'en face, il couvrit sa bouche édentée du dos de sa main et pouffa de rire :

— Vingt-deux ans, m'sieur Victor, vingt-deux ans ! Impossible de ne pas se poser de question !

— Dieu te répondra un jour, Ilarie, dis-je, fais-lui confiance !

— Je crois avoir vu une lettre pour vous, dit-il visiblement mécontent et il retomba dans sa somnolence.

Jusqu'à tout récemment, la femme de service — elle vendait aussi du café préparé sur un réchaud caché dans le vestibule des toilettes des femmes —, passait deux ou trois fois par semaine d'un bureau à l'autre pour laisser les lettres mais, depuis la dernière réorganisation de l'Institut, quand elle avait été congédiée, le facteur abandonnait le courrier sur une petite table placée près de l'escalier dans le hall de l'entrée. J'y avais jeté un regard, mais sans intérêt, car je n'attendais aucune lettre.

Je voulus jeter le mégot dehors, mais aux aguets, Ilarie sortit un cendrier et le mit bruyamment sur la table ; c'était sa façon à lui de faire comprendre que son geste avait un prix. J'écrasai le mégot et glissais le paquet de cigarettes entre ses doigts fébriles.

— Nous deux, m'sieur Victor, dit-il en reniflant la cigarette les yeux fermées, nous deux, sans se fâcher nous sommes encore de vrais fumeurs ! Les derniers peut-être de cette vénérable institution. Tout le monde s'est mis aux américaines, quelle désolation ! Je me pose la question et vous la pose : il est vraiment différent du nôtre le cancer des poumons américain ?

Ilarie ne se trompait pas lorsqu'il se posait des questions troublantes et gênantes sur les « mesdames » et les « messieurs » chercheurs, mais il n'osait pas encore poser celles qui fâchaient véritablement. Nous avions vieilli et grossi sous son regard somnolent en profitant, sereins et orgueilleux, des générosités du système communiste ; nous nous étions mis en quatre pour y rentrer et pour rester dans ses bonnes grâces afin d'obtenir une promotion, un voyage ou une bourse en Occident, un meilleur appartement, une dérogation pour acquérir une voiture Lada – les privilèges de l'époque, modestes par rapport à ceux de la minorité au pouvoir, mais réels, concrets, truculents et visibles pour définir une condition sociale dans une société en principe juste. Si les grognements, les jurons et les moqueries étaient une preuve de révolte, et non pas des infirmités de domestiques qui ne pouvaient pas vivre sans maître, alors les « mesdames » et les « messieurs » chercheurs avaient tous été des révoltés qui s'ignoraient.

La mascarade révolutionnaire qui avait chassé l'ancien maître avait été l'occasion idéale pour qu'en attendant le prochain, les « mesdames » et les « messieurs » chercheurs versent des larmes amères sur leur sort – victimes qui avaient survécu avec des efforts surhumains ; révoltés qui avaient sapé discrètement mais de façon tenace les fondements du communisme ; combattants clandestins et subversifs aux ordres du Messie à mille têtes, qui attendaient leurs récompenses. Les plus pleurnichards, les plus serviles, les plus onctueux les avaient eues : invitations aux colloques, bourses, subsides pour des recherches aux résultats connus d'avance (comme avant), financement de publications confidentielles ; les mêmes, qui avaient sucé jusqu'à satiété et avec une vocation particulière les mamelles du communisme.

En hiver, en été, au printemps ou à l'automne, n'importe quand, dès que la faveur accordée était connue, ils se vantaient fièrement à droite et à gauche du bien qu'ils allaient de nouveau faire au pays et à leurs compatriotes ignorants et moins chanceux et abandonnaient en catastrophe l'Institut pour s'en aller là où le «vrai» monde se faisait. Au fil des années, ils s'étaient constitués un vaste arsenal de grimaces et de gestes de souffrance, avaient mis au point leur débit verbal pour laisser aux sensibles interlocuteurs étrangers le loisir de s'apitoyer sur leurs complets miteux et démodés de «Balkaniques», sur leurs souliers abîmés mais luisants d'intellectuels marchant sur la pointe des pieds pour ne pas souiller la terre du paradis. Assis timidement devant ceux qui avaient financé le voyage, les genoux serrés, ils se tordaient les mains avec une humilité longtemps exercée. Leurs yeux larmoyaient, leurs lèvres tremblaient, de grosses gouttes de sueur coulaient sur leurs tempes. Le fier et heureux voyageur n'était plus qu'un monument vivant, palpable, irréfutable et irrémédiable de la misère, des souffrances et frustrations de 45 ans de communisme.

De l'autre côté de la table, le fier descendant de l'homme blanc à la Rudyard Kipling, le bienfaiteur s'enfonçait pensif dans sa chaise, troublé par un doute : si l'individu «fondu en monument» lui jouait une farce, alors l'argent de son œuvre civilisatrice était à jamais perdu. Le voyageur sentait quelque chose, laissait couler une autre larme de souffrance, l'essuyait précipitamment avec le dos de la main et, tout aussi précipité, ouvrait sa serviette en tissu noir et déposait devant les yeux de son bienfaiteur le dossier dans lequel était minutieusement consigné tout le bien accompli par tous les deux, chacun à leur manière, en Roumanie et pour les Roumains depuis la chute du communisme. Le bienfaiteur se redressait sur sa chaise et retrouvait son sourire supérieur de contentement : fussent-ils menteurs, ces lamentables monuments de la misère et de l'humilité avaient toujours coûté moins cher et s'étaient avérés raisonnablement utiles dans la propagation du progrès et de la vérité…

Je ne me sentais pas seul, mais je n'en menais pas large. Je me sentais souvent, en effet, paralysé. Inutile. J'avais eu une certaine utilité sociale avant la Révolution, j'avais cru avec plus ou moins de conviction dans ce rôle social des intellectuels. J'avais laissé faire les gros bonnets du pays, comme aurait dit mon père, et il l'avait d'ailleurs dit lorsqu'il m'avait su à l'université, au tout début de mon destin fastueux. « Vous, les intellectuels d'origine saine », disait-il, « vous allez vous vautrer avec de beaux et intelligents mots entre les gros bonnets et le bon peuple afin qu'ils puissent en faire à leurs têtes ! » Il était alors amer, il n'avait plus ni voiture, ni chauffeur et, à cause de l'arthrite, son marteau de tapissier lui tombait tout le temps sur les doigts. Mais il avait bien vu comment nous allions évoluer, nous les intellectuels « d'origine saine ».

La Révolution avait mis définitivement un terme à mon utilité sociale. Je ne l'avais pas cherché à tout prix, car j'étais convaincu de ne pas la trouver ; la plupart de mes collègues de l'Institut ne l'avaient pas trouvée non plus. La Révolution avait purement et simplement éliminé ceux qui ne s'étaient pas traînés à genoux, avec les blessures laissées par le communisme à la vue de tous et du monde entier. Leurs larmes de bonheur n'avaient pas été suffisamment sincères, abondantes et reconnaissantes et leur mendicité guère convaincante. Ils étaient donc inutiles.

Nous étions donc inutiles. Il y avait encore de la place pour lécher l'immense cul du capitalisme, de l'Occident, de l'Amérique, mais nous ne méritions pas tant de confiance ; rien de nouveau sur la terre de la patrie. Depuis plus de 150 ans les révolutions allaient et passaient en laissant derrière elles des cohortes de lâches, d'opportunistes, de traîtres, d'impuissants, de fatalistes et tout un peuple qui n'arrivait pas à se défaire de sa mauvaise habitude de verser son sang avec enthousiasme pour l'Histoire et, une fois l'Histoire en marche triomphante, d'avaler tout ce qu'on lui fourrait au nom de la même Histoire rabâchée.

Bénin et patient avait été le communisme avec les intellectuels, après avoir jeté en prison les plus irréductibles et les plus compromis avec le fascisme (à la même époque, en Amérique du Nord, les communistes étaient chassés). Il nous frappait sur les doigts ou sur la nuque de temps à autre pour nous rappeler le devoir d'aimer le Parti et le peuple, fu-t-il du bout des lèvres, mais la récréation était finie. Les chimpanzés aux ordres du nouveau monde s'aplatissaient sur les écrans des téléviseurs, vomissaient leur enthousiasme dans les journaux et promenaient leur barbe et leur embonpoint à travers la planète. Nous, les inutiles, étions tenus artificiellement en vie pour ne pas froisser les démocrates et les défenseurs des droits de l'homme, mais ce n'était qu'une question de temps. Nous allions bientôt disparaître comme un eczéma traité avec de miraculeuses crèmes importées. « Parasites nous fûmes, parasites nous sommes », m'avait dit une fois l'un de mes collègues qui avait pris sa retraite. Il savait de quoi il parlait. Bénéficiant, jadis, d'un bel appartement au centre-ville, il l'avait coupé en deux, avec deux entrées, après la Révolution, avait entassé sa famille dans l'un et loué l'autre pour quelques centaines de dollars à une compagnie allemande venue apprendre aux Roumains à se brosser les dents.

Je trouvai finalement l'enveloppe dont m'avait parlé Ilarie. Elle portait le cachet de la poste de Paris et, sur le coin gauche, en haut, un minuscule blason imprimé en noir qui me rappelait celui des Komarovsky. Je fis deux pas vers la sortie pour mieux voir. Il pleuvait plus fort. En haut de la lettre, toujours à gauche, il y avait le même blason et l'adresse d'une boîte postale. La signature de l'expéditeur était illisible, mais il commençait avec *Cher cousin*, précisait ensuite que c'était mon ex-épouse, *la charmante et pétillante comtesse* Lisa Pavlovitch Komarovsky, qui lui avait donné mon adresse, et s'achevait avec l'invitation de me rendre d'urgence à Paris pour régler enfin une affaire de famille qui traînait depuis presque un siècle. Si l'invitation était acceptée, un billet de train et quelques centaines de francs pour dépenses imprévues seraient immédiatement expédiés.

V

Je descendis de l'Orient-Express, à Paris, en plein été. Le comte Komarovsky souffrait de la goutte et c'est un de ses amis qui m'attendait. Un vieil agité, prince, si j'avais bien compris, car après les premières phrases conventionnelles échangées en français, il m'avait parlé seulement en russe. Et avait sauté du métro un instant avant que les portes se ferment quand il s'était rendu compte que je ne comprenais rien.

Je passai le reste de la journée à chercher la rue, l'immeuble et le studio misérable où mon *cousin* habitait. Mis au courant de l'exploit du prince, le comte Komarovsky rit de bon cœur, m'embrassa sur la bouche, me montra le sofa sur lequel j'allais coucher et, dans un effort sublime, quitta le fauteuil pour me mettre sur la table de la vodka, des concombres marinés et du pain brun. Il était petit et tout tordu, perdu comme une ombre dans une robe de chambre crasseuse, mais son regard vif, ses mains filiformes et sa voix bien timbrée m'avaient convaincu de rester. J'étais d'ailleurs fatigué.

Je croquais encore des concombres quand Komarovsky me poussa sous les yeux un paquet assez épais de bons du trésor et me demanda de lui montrer les miens. Je les lui montrai et l'évidence que les miens ou les siens soient faux me sauta aux yeux.

– Les miens, a-t-il reconnu sans ambages, peut-être les tiens aussi, mais les miens certainement.

Il en prit un au bout de ses doigts filiformes et l'agita amusé au-dessus de sa tête :

– Des années et des années de privation, de patience et d'efforts de génie pour parvenir à cette apparence d'authenticité, mais ça en valait la peine ! Je les montrés à des banquiers et à des spécialistes de renom, quelques-uns ont eu des doutes, mais rien d'autres que des doutes. Car voyez-vous, *cher cousin*, tout est faux aujourd'hui. Tout est mensonge, envoûtement, illusion, imposture ! Je suis moi-même un faux comte Komarovsky et tout aussi faux est le prince qui joue depuis presque un siècle le Russe blanc indomptable. Peut-être que toi non plus tu n'es pas un vrai Komarovsky, mais comme héritier de ces bons du trésor tu peux prétendre l'être…

– Je ne prétends rien, dis-je.

Le comte déposa le bon sur la table, se cambra et me cloua du regard sur mon siège :

– Si c'est comme ça, pourquoi ne pas profiter sans tarder de l'illusion de la chute du communisme pour les changer contre argent comptant ? Et tant mieux si tu crois que le capitalisme a vaincu pour toujours. Mais nous n'aurons plus rien à nous dire si tu considères que la démocratie, la liberté et la vérité sont les rêves inavoués de pygmées surnommés être humains ou peuples parce qu'ils se tiennent debout, remplissent leurs ventres, vident leurs ventres et se multiplient frénétiquement ! Fais le tour de Paris, éblouis-toi et retourne content en Roumanie. Je peux t'offrir gîte et couvert quelques jours, la charmante et pétillante comtesse Lisa Pavlovitch Komarovsky a prévu même cette éventualité. Elle a tout prévu, d'ailleurs, quelle femme !

Je suis resté, et plusieurs nuits d'affilée, étendu sur le sofa aux ressorts abîmés, la seule question stupide qui me tortura fut pourquoi Lisa avait tenu à ce que je voyage en train. Le faux comte parisien Komarovsky ne voulait pas parler d'elle et de leur entente, souriait mystérieusement et m'assurait que je faisais exactement ce qu'elle avait prévu que je ferais. Puis il retombait dans son délire habituel sur les bons du trésor. Je ne comprenais guère comment il envisageait de les faire fructifier mais, à vrai dire, parce que je ne voyais vraiment pas ce qu'il y avait à comprendre, je ne voulais point comprendre.

Je traînais du matin au soir au centre-ville, absurdement convaincu que Lisa allait sortir juste devant moi à un coin de rue, sur le perron d'une station de métro, sur la terrasse d'un bistro ou d'un café. J'étais là pour elle. Je ne voyais rien d'autre que des silhouettes et des profils de femmes qui lui ressemblaient, je n'entendais rien d'autre que des voix et des éclats de rire qui auraient pu être les siens, je cherchais l'arôme de pulpe de noix crues de son corps et je croyais le respirer dans le mouvement surprenant d'un bras, dans le frétillement paresseux des doigts dans une coiffure fantaisiste. Fatigué, la tête vide, presque aboulique, je m'égarais chaque fois au retour et, arrivé, je me lavais et m'étendais sur le sofa.

Komarovsky me faisait voir les progrès de la journée dans la falsification des papiers destinés à ma transformation en authentique faux comte — Lisa l'avait payé, semble-t-il —, je le louangeais, trinquais avec lui d'un verre de vodka, grignotais un concombre et un morceau de pain brun. Le vieux avait un talent fou mais il m'était impossible de le prendre au sérieux.

— Commence à t'habituer à la pensée que tu es un autre, me disait-il, rieur.

— Ce n'est pas trop tard ? j'éclatais moi aussi de rire.

— Il n'est jamais trop tard. Et, qui plus est, tu as des circonstances atténuantes : le communisme, la dictature, la misère... T'es un cas à part, unique dans ma longue vie de falsificateur, la charmante et pétillante comtesse m'a raconté quelque chose sur toi. Tu as été ce que le communisme attendait que tu sois, un personnage social, un stéréotype constitué par l'imaginaire social, l'intellectuel grognon au service du peuple... Je vais faire de toi un autre stéréotype, documents à l'appui : l'aristocrate malmené par l'Histoire qui aime, nonobstant, ses semblables pygmées... Réfléchis si cela t'arrange ou non, j'ai encore du temps pour trouver autre chose, je ferai de mon mieux... Au XIXe siècle, les romanciers décrivaient l'aristocrate, le rentier, l'épicier, le notaire, le dévot, on peut toujours s'inspirer...

Je fermais les yeux, me disant que je rêvais en écoutant les histoires de Komarovsky sur le Moyen-Âge, quand les vêtements et la qualité des tissus étaient codifiés pour indiquer exactement l'appartenance professionnelle et le rang social. L'aspiration commune et imbécile de nos jours à s'habiller tous de la même manière estompait les différences trop visibles, mais seuls les ignorants se trompaient sur l'évaluation sociale de l'autre. Car, au-delà de l'artifice des apparences sociales, au-delà des preuves écrites et utiles dans des circonstances particulières, il y avait d'autres éléments culturels d'appréciation : les manières, l'attitude corporelle, le mouvement dans l'espace, le regard, le langage... tant de choses à apprendre et à faire siennes pour devenir un autre...

– La majorité des pygmées restent toute leur vie des enfants, cher cousin. Des enfants qui ne peuvent et n'osent pas être seulement ce qu'on attend d'eux. Les plus doués aiment croire au fond de leur âme qu'ils sont ce qu'ils veulent être, mais la volonté d'exister leur impose implacablement de sortir dans le monde sous une fausse identité sociale. Ils l'assument souvent avec une telle conviction qu'ils cessent complètement de savoir qui ils sont en réalité et redeviennent des pygmées ordinaires. Mais les vrais gens comme la charmante et pétillante comtesse, le prince et moi-même – peut-être toi aussi – existent bel et bien. Des gens qui savent qu'ils se mentent et qui mentent effrontément aux autres... À eux le paradis ! Je ne sais pas combien tu as profité du communisme. Mais je sais ce qui t'attend aussitôt que tu seras un vrai faux Komarovsky avec les poches pleines d'argent sonnant. Compte sur moi, car je compte sur toi, ne nous décevons pas !

Je lui demandai un matin si le nom de Nelson Makhno lui disait quelque chose. Il venait de se réveiller et regarda pensif le plafond.

– On se parle ce soir, a-t-il dit finalement.

Le soir, à sa place dans le fauteuil, je trouvai le prince qui m'attendait agité. Le comte avait eu une crise cardiaque et était à l'hôpital. Nous y sommes allés, mais nous n'avons pu le voir, il était dans le coma et le médecin était sceptique sur ses chances de s'en sortir. Le prince devint plus agité et ne me parla qu'en russe. Je compris tant bien que mal que la mort du comte était pour lui déjà consommée. Et ayant eu l'occasion de constater que les preuves de mon anoblissement étaient dans un stade primaire de falsification et sans aucune chance d'aboutir, il me demanda de faire ma valise et de libérer le studio, où il s'était d'ailleurs installé.

– Je ne supporte pas de dormir avec un autre dans la même chambre, a-t-il ajouté en français.

Il était minuit passé. Je lui rappelai que *la charmante et pétillante comtesse*, qu'il avait connue en qualité de témoin de l'entente avec le comte, m'avait payé le gîte et le couvert pour deux semaines et que seulement quatre jours s'étaient écoulés.

– Arrête de me parler de la charmante et pétillante comtesse ! Une balourde en chaleurs, juste bonne à tourner la tête d'un vieillard qui l'avait déjà perdue ! Vous l'aurez sur la conscience avec vos bons du trésor !

Il accepta que je reste et, jusqu'au matin, remua dans

son fauteuil, gémissant et marmottant en russe. Je fis ma valise et, avant de sortir, je repris ma place dans le sofa pour conjurer, comme les Russes, la bonne étoile du voyageur.

– Vil Roumain ! a-t-il souri, enchanté.

J'étais debout, valise à la main, lorsque le téléphone retentit. Le prince décrocha et parla en russe, s'assombrit, raccrocha et me fit énergiquement signe de m'en aller. Le téléphone sonna à nouveau, il décrocha et me tendit le combiné.

– Qu'est-ce que tu dis de cette surprise, mon coquelet ?

Lisa ! Lisa et son horrible « mot doux » qu'elle me soufflait dans les oreilles lors de nos étreintes !

– Il n'y a plus rien qui puisse me surprendre, ai-je dit. T'appelles d'où ?

Elle était à Paris et me donna l'adresse de son hôtel.

– Dépêche-toi, j'ai d'autres surprises pour toi mon coquelet. Passe-moi le comte…

– Il est dans le coma depuis hier.

– Que Dieu lui pardonne !

– Tu es seule ?

– Toi, mon coquelet, tu t'es toujours posé des questions stupides !

Elle m'attendait dans le hall de l'hôtel. Je la regardai longuement avant de m'approcher, un peu craintif. Assise dans un fauteuil, jambes croisées, elle retouchait son maquillage avec les mêmes petits gestes précis que je n'avais pas oubliés. Elle se mit du rouge sur les lèvres et y passa le bout de sa langue, ferma et mit la trousse de toilette dans son sac à main, porta ses doigts à sa nuque, puis sur son savant chignon, chercha son paquet de cigarettes, en alluma une et souffla la première bouffée de fumée avec la tête penchée légèrement en arrière. Elle ne fumait pas lorsqu'elle était partie.

Cela faisait une vie depuis le temps où je me disais

qu'elle était la plus belle femme du monde. Elle me sentit, tourna brusquement la tête, me dévisagea – déçue, j'eus l'impression –, et, lorsqu'elle se leva et que je fus près d'elle, le visage enfoncé dans son cou, en aspirant profondément, comme un élixir de vie, l'arôme frais, à peine jailli, de pulpe de noix crues, le rictus de voracité qui avait fleuri sur ses lèvres, me sembla le sourire le plus séducteur qu'une femme puisse offrir à un homme.

VI

Lisa avait réservé une chambre avec deux lits. Toujours confus et craintif – je savais pourquoi j'étais confus, mais je ne comprenais pas exactement les motifs de ma crainte –, valise à la main, je me dirigeai et m'assis sur le bord du lit qui était près de la fenêtre. Je voyais du coin de l'œil le sommet de la Tour Eiffel où j'avais tourné en rond toute une matinée, sans y monter.

– Tu as mauvaise mine, dit Lisa.

Elle m'avait fait le même reproche dans le hall de l'hôtel, dans l'ascenseur et dans le couloir, comme si elle parlait d'un objet qui l'irritait. J'avais mal dormi et le prince avait été si impatient de me voir partir que je m'étais rasé et habillé à la va-vite. Je n'avais d'ailleurs que très peu de vêtements.

Je serrais encore bêtement dans ma main la poignée de la valise. Une vieillerie chinoise promenée par un cousin à travers la Roumanie à l'époque où il était enquêteur.

J'abandonnai la poignée et allumai une cigarette. Lisa alla chercher dans la salle de bain un cendrier en frappant bruyamment le plancher de ses talons hauts – pour m'arracher probablement à ma léthargie –, le déposa sur mon lit et s'éloigna. Je ne comprenais pas pourquoi elle restait debout, au-dessus de moi, souple, élégante, ravissante, le regard perdu n'importe où pour éviter de le porter sur moi.

Elle alluma une cigarette et alla de nouveau à la salle de bain pour chercher un cendrier. De retour, toujours debout et le cendrier devant sa poitrine, elle se mit à secouer les cendres après chaque bouffée de fumée, le regard perfidement accroché à sa cigarette. Je sortis mon portefeuille et posai sur l'autre lit les dollars empruntés à mon cousin en même temps que la valise. Pendant quatre jours, en guettant son apparition à chaque coin de rue, j'avais longuement pensé à ce sursaut d'orgueil obligatoire et je trouvai que je ne l'avais pas raté.

— Je ne sais combien tu as dépensé pour moi, dis-je, mais tu me diras si je te dois encore...

— Qu'est-ce que tu dis là ? s'approcha-t-elle brusquement.

Et je me mis debout tout aussi brusquement. Je la pris dans mes bras, je cherchai ses lèvres, mais elle s'esquiva. Elle tenait dans une main la cigarette et dans l'autre le cendrier et avait levé les bras pour se protéger de mon élan et peut-être aussi de son propre tumulte. Je l'embrassai sur les oreilles, dans le cou, sur les tempes, sur les cheveux. Je sentais ses cuisses collées aux miennes, je sentais son ventre brûlant, je respirais l'arôme de pulpe de noix crues secrété par chaque atome de sa peau, et chaque baiser m'enfonçait plus profondément dans l'humiliation et faisait croître le dégoût de moi-même.

Et arriva ce que j'avais craint qu'il nous arrive. Peut-être que Lisa n'avait pas tout prévu, comme le comte me le laissait croire et à qui j'avais commencé à donner raison ; peut-être que, en nous fondant dans les bras l'un de l'autre — ce qui ne fut un grand exploit ni pour elle ni pour moi, mais la mémoire de la chair est terrible —, elle ne s'était pas imaginée combien j'allais me détester. Mais je connaissais bien son désir de m'humilier, je ne l'avais pas oublié. Si elle n'avait pas été certaine que juste en m'humiliant elle retrouverait son amour pour moi, et, qu'en le retrouvant elle se saurait pardonnée, elle m'aurait quitté après sa première infidélité. Mais elle ne savait pas que j'avais fini par me détester, par principe, car la grandeur caricaturale de ses infidélités, sa légèreté et la rapidité avec laquelle elle passait d'un homme à un autre, avaient transformé depuis longtemps et pour toujours mon humiliation assumée en une caricature toute aussi grande.

Je lui racontai comment j'avais essayé de me débarrasser de son parfum après sa fuite à New York avec le général Gabi. Je lui parlai aussi de la jeune femme qui avait récupéré ses vêtements dans la rue et les avaient porté l'un après l'autre pendant des jours d'affilée.

Lisa rit au début, puis s'énerva. Elle était convaincue que j'avais couché avec la jeune femme et que la chance de la pauvre fille avait été qu'elle ne sentait pas l'arôme de pulpe de noix crues, car autrement je l'aurais étranglée. À sa place, bien sûr.

– Étrangle-moi ! cria-t-elle brusquement, hystérique. Fais-le ! Qu'est-ce que tu attends ?

Je lui dis que ce que j'attendais c'était de finir l'histoire de la jeune femme. Je l'avais, bien sûr, « fourrée » dans mes draps qui sentaient le vinaigre, mais seulement après qu'elle eût porté tous les vêtements jetés – nous les avons brûlés ensemble sur le terrain à l'arrière du bloc –, et je ne l'avais pas étranglée, je lui avais seulement demandé de prendre des bains d'eau de rose bulgare qui était alors en vente libre et qui me coûtait une fortune.

– Tu as toujours cru que j'étais une pute, dit Lisa.

– Lorsqu'on aime comme je t'ai aimé, on ne croit plus rien d'autre.

– Je suis une pute ! cria-t-elle.

Et elle me tendit son cou pour l'étrangler. Je

m'esquivai, mais elle prit mes mains dans les siennes, les mit autour de son cou et se mit à les serrer. Elle balançait vigoureusement la tête et, afin que je me décide, la langue pendante au coin de la bouche, salivait la même exhortation : « Étrangle-moi, qu'est-ce que tu attends, étrangle la pute ! »

Encore un peu et je prenais le premier train pour rentrer en Roumanie.

— Reste à Paris, dit-elle

— Pour jouer au faux comte ? Non, merci !

— Je n'ai rien voulu d'autre que de te rappeler ce que tu as toujours été pour moi.

— Un niais qui raconte de belles histoires.

— Mais c'est terminé, mon coquelet, me souffla-t-elle à l'oreille. Tes histoires et les miennes sont à jamais terminées… Tu n'as jamais su rêver. Tu sais conter des histoires comme nul autre, mais tu n'as jamais su conter aucun de tes rêves. Tu es toujours trop rationnel, mon coquelet, tu t'es toujours pris trop au sérieux comme intellectuel…

Elle commença à pleurnicher :

— Je te jure, tout est terminé, sans toi je finirai dans un monastère… Ne ris pas, je t'en prie, tu me fais mal… Dans quelques mois, tu seras en Amérique, c'est plus simple si tu pars d'ici… Je vais m'occuper des papiers, je connais beaucoup de monde depuis mon départ… Ne pense pas à l'argent, le général Gabi a gagné un procès… Pense seulement que nous serons ensemble pour tout le reste de notre vie… Seulement nous deux, mon coquelet, seulement nous deux … pour le reste de notre vie… et nous vivrons deux cents ans.

VII

Lisa s'entendit avec le prince et m'installa dans le studio du comte, qui n'est plus sorti du coma. Deux semaines après son départ, je trouvai devant la porte une de ses amies qui avait fui la Roumanie au lendemain de la Révolution. Je ne la connaissais pas, mais elle ne savait pas où coucher. C'était un prétexte, je m'en suis vite rendu compte, seule Lisa pouvait faire un tel arrangement.

Angela, un bout de femme amorale et un peu folle, silencieuse, avec un certain charme et beaucoup de timidité, ne demandait rien d'autre que de ne pas lui poser de questions sur ses allées et venues. J'aurais pu dire, après quelques temps de cohabitation, que, si je ne faisais pas trop attention – cela m'arrivait de plus en plus souvent –, il n'y avait pas de différence fondamentale entre elle et Lisa.

En tant qu'intellectuel persécuté en Roumanie communiste, menacé trois fois de mort par les hordes de gueules noires qui avaient envahi Bucarest, et ayant des doutes justifiés sur le futur démocratique et capitaliste du pays, ma demande d'asile politique en France était une pure formalité, même si la réponse tardait ; j'étais prêt, si besoin était, à leur raconter des histoires encore plus terribles sur le calvaire de mon existence roumaine, passées, par pudeur, sous silence. Lisa ou plutôt, les relations du général Gabi – savoir lesquelles était sans importance –, m'avaient ouvert les portes du consulat canadien et ma demande d'émigration était à l'étude.

En attendant, une ancienne collègue de l'Institut, échouée dans la bibliothèque d'une Maison de la culture, m'avait trouvé un emploi. Elle classait les périodiques et, de l'autre côté d'une grande table, je classais les bandes dessinées. Lorsque j'eus mon premier salaire, je remplis la valise prêtée par mon cousin avec des vêtements et des babioles et la lui envoyai. J'y mis aussi, dans une enveloppe, l'argent que je lui devais et une lettre dans laquelle j'expliquais que des circonstances particulières me retenaient à l'étranger pour un temps indéterminé ; inutile de lui expliquer ces circonstances, il les connaissait peut-être déjà. Je m'engageais également à lui écrire une fois par mois et à envoyer l'argent nécessaire pour payer les factures de l'appartement abandonné.

J'eus à un moment donné l'impression de perdre la notion du temps. Lisa m'appelait chaque semaine au téléphone et m'implorait d'être patient. Le général Gabi avait subi ou allait subir une autre opération et un autre de ses procès avait été ajourné, mais je ne devais pas me faire de soucis, tout allait bien finir, prochainement, prochainement. J'étais dégoûté d'être à la merci du général, mais je ne voyais pas comment ne pas être patient.

Le matin et vers la fin de la journée, je prenais le même bus, à la même heure, dans un sens et dans l'autre et les mêmes rames de métro qui se croisaient. Le magma de mes semblables pris dans le même mouvement m'avalait et me recrachait comme une machinerie programmée pour l'éternité.

La nostalgie du bus à l'horaire mystérieux avec lequel je me rendais et revenais de l'Institut me harcelait souvent. Lorsqu'il faisait beau, j'avais alors le temps d'échanger quelques mots avec l'ancienne femme de service de l'Institut qui attendait ses clients, la tête sortie par la petite fenêtre découpée dans la façade de son commerce minable dont l'enseigne était sans équivoque : *Au Tout.*

À la fin de la semaine, de temps à autre, je sortais en ville. Angela m'accompagnait parfois. Elle s'accrochait à mon bras, silencieuse et timide, nous faisions du lèche-vitrines, prenions une bière ou un verre de vin sur une terrasse, regardions les passants. Nous aurions pu être n'importe où, dans le désert, en Roumanie, en Afrique du Sud, mais nous étions à Paris et cela nous faisait une belle jambe.

Mon ancienne collègue de l'Institut m'invita plusieurs fois chez elle. Son mari avait mis sur pied, avec un associé français, une affaire d'import-export de la Roumanie. Tout ce qu'ils faisaient était l'importation de vieilles bouteilles de siphon, de moulins à café manuels et d'autres antiquités dans lesquelles les amateurs préten-daient trouver le charme d'un certain passé et la patine exotique de la paralysie communiste. Il était possible qu'ils fassent aussi des affaires plus payantes, mais je ne fus pas curieux de l'apprendre.

Je ne me sentais pas à l'aise parmi mes compatriotes. Surtout parmi mes anciens collègues de l'Institut, nombreux, qui avaient fui au fil des années et qui me racontaient, à chaque rencontre comme si j'étais un Martien, leurs existences hardies de victimes et de combattants du communisme.

Le rituel des jurons autochtones à l'adresse de la Roumanie et des Roumains et l'évocation haineuse de la misère politique, économique et sociale du pays – auquel je participais, bêtement, avec le vague sentiment d'appartenance à la même communauté de destin –, m'avait finalement convaincu de me mêler des mes oignons. D'ailleurs chacun se mêlait de siens, les rencontres des fins de semaine n'étant que l'occasion à portée de main d'une purification collective, car nous avions tous quelque chose à cacher.

Vivre en ménage avec Angéla ne me sollicitait pas trop. Elle disparaissait parfois plusieurs jours, mais je ne me faisais pas de soucis. Je ne l'aimais pas, elle ne m'aimait pas, je ne lui posais pas de questions et elle ne me posait pas de questions. Nous traversions purement et simplement, ensemble, le désert dans lequel nous nous étions égarés ; Lisa ne s'était pas trompée. Je savais qu'un jour elle allait définitivement disparaître, et elle savait qu'un jour, en rentrant, elle ne me retrouverait plus affaissé dans le fauteuil du feu comte pour se nicher dans mes bras, silencieuse et timide.

Je fis les premières démarches pour entamer un doctorat et, au début par amusement, puis par ambition, je commençai à m'exercer à l'art de la falsification. Mon talent était nul par rapport à celui du comte, mais j'avais trouvé dans un placard une presse primitive et, dans la petite bibliothèque plusieurs livres évoquant les grands falsificateurs de l'histoire et une provision d'encres, de plumes et de papiers amplement suffisants pour perdre mon temps.

À la fin de l'année, quand Angela mit une fille au monde – elle avait disparu quelques mois auparavant, mais il n'aurait servi à rien de me rendre compte à temps qu'elle était enceinte –, je me suis cru assez habile dans l'art de la falsification pour oser fabriquer une certificat de baptême dans lequel j'avais indiqué clairement que le père était inconnu.

– J'aurais préféré que ce soit toi, m'a-elle assuré en froissant le certificat.

Quelques mois plus tard, elle perdait connaissance dans les bras d'un Arabe rencontré – si j'avais bien compris – dans l'ascenseur d'un grand hôtel et prêt à l'emmener avec l'enfant dans son pays ensoleillé. J'avais commencé à m'habituer à la petite blonde tapageuse dans le visage de laquelle il me semblait parfois me reconnaître, et je crois que j'aurais fini par l'aimer comme mon propre enfant. Mais l'Arabe était trop pressé pour qu'Angela ait la patience de savoir qui était le véritable père. Après quoi, sans nouvelles d'eux, je considérais l'histoire close pour toujours. De temps en temps, envahi par des doutes sur ma possible paternité, je ressentais une certaine culpabilité, mais rien de plus.

Et, un jour, j'ai découvert que mes cheveux avaient commencé à blanchir.

VIII

Je descendis de la voiture avec un inutile sourire de circonstance. Les deux hommes qui m'attendaient sur le perron de l'imposant édifice au pied du mont Royal esquissèrent à l'unisson le même sourire inutile. Les jeux étaient faits, il n'y avait plus aucune raison de faire semblant. Je me penchais pour cueillir sur la banquette arrière ma serviette et les journaux ramassés dans l'avion. Je les avais lus et relus, mais j'étais convaincu que tenir un journal soigneusement plié à la main impressionnait même sur le continent nord-américain. Plusieurs, de différents coins du monde civilisé – c'était le cas de mes journaux européens –, et le premier réflexe de ceux qui n'avaient pas l'habitude de se promener avec, au vu et au su de tous, étaient d'essayer, le regard à la dérobée, de déchiffrer les grands titres. Ce qui, pour quelques instants, les mettait en état d'infériorité. Juste le temps nécessaire pour que je puisse les juger de près et me situer confortablement par rapport à eux. J'ignore pourquoi je croyais être devenu depuis un an, sans m'en rendre compte, expert dans ce truc.

Je me redressai, pris la serviette dans la main gauche, les journaux dans la droite et m'offris le loisir de lever la tête et de regarder le ciel clair de l'été. Le chauffeur ferma le coffre arrière et le bruit métallique flotta longtemps dans l'air comme un avertissement confus.

— Excusez-moi, monsieur, dit le chauffeur à l'adresse d'un des deux hommes immobilisés sur le perron.

— Dépêche-toi ! ricana le plus âgé, sans le regarder.

Il était complètement chauve et portait un complet noir et une cravate rouge avec des pois noirs ou bleu foncé. Ron Wolf, sans doute, l'homme de confiance ou de liaison à Montréal du général Gabi, Lisa avait été très avare de commentaires. Agréable, malgré sa tête luisante, son nez grêlé et ses chaussures bordeaux embellies de boucles en laiton.

C'est lui qui aurait dû m'attendre à l'aéroport. Lisa me l'avait du moins assuré au téléphone la veille du mon départ. Le chauffeur m'avait cherché une bonne heure avant d'oser reconnaître en moi l'homme de la photo en noir et blanc qui lui avait confiée Ron Wolf. Mais, à vrai dire, j'aurais eu moi-même de la misère à m'y reconnaître. Prise dans le parc Cismigiu peu de temps avant que Lisa me quitte, et glissée dans son sac à main avant de s'abandonner au général Gabi, la photo immortalisait — sur le fond de l'allée toujours déserte vue de la fenêtre de la garçonnière de nos années d'université —, le buste d'un homme encore jeune, en chemise blanche aux manches courtes, ouverte sur la poitrine, les cheveux châtains coupés court, le regard ferme et à l'affût, qui contrastait un peu avec son sourire perceptible de dégoût. Je me rappelais parfaitement que le même photographe avait immortalisé Lisa à côté de moi, mais elle avait été éliminée du cadre par une main soucieuse.

Je n'avais pas trop vieilli depuis, j'étais seulement un peu plus gros et, fantaisie pour fantaisie, mes cheveux complètement blancs me tombaient presque sur les épaules mais ils allaient parfaitement bien avec mon léger complet d'été en lin et mes souliers italiens. Mon regard était toujours ferme et à l'affût, mais mon sourire de dégoût s'était incrusté à jamais sur mon visage comme une blessure purulente.

Le plus jeune des deux hommes immobilisés sur le perron – uniforme bleu avec rayures bordeaux comme les chaussures de Wolf –, avait un visage difforme et pâle et des yeux sortant passablement de leurs orbites, pour certainement ne laisser aucun doute qu'en tant que représentant de l'administration de l'immeuble il voyait tout. Son nom était Moreno. Lisa s'était fait un devoir de me donner plusieurs détails sur les particularités et le personnel de l'immeuble où ils habitaient depuis que le général Gabi avait préféré quitter les dangers de New York.

Je fis soudainement un pas en avant, puis un autre avec une précaution exaspérante, comme si je cherchais mon chemin. Après une seconde d'hésitation, Wolf et Moreno firent de même, en même temps, et, en découvrant que je m'étais encore une fois arrêté pour regarder le ciel, ils me concédèrent encore un pas. Nous nous retrouvâmes enfin face en face, mais à une distance suffisamment grande pour que tout signe d'une improbable sympathie réciproque soit impossible.

– Vous êtes presque méconnaissable, dit Wolf, les yeux volontairement perdus dans l'admiration de ses souliers bordeaux

– ...méconnaissable, murmura Moreno en écho.

– Ha, ha ! j'éclatai de rire en traçant en l'air une ellipse avec les journaux, j'ai compris. Ma décision de traverser l'océan vous a pris par surprise !

Je traçai une autre ellipse en l'air :

– Désolé, sincèrement désolé ! Mais vous imaginez qu'il m'a fallu beaucoup de courage pour accepter l'invitation de mon ex-épouse et de son actuel époux, et encore plus de courage pour me confectionner une apparence convenable à une telle situation ! J'arrive quand même de Paris, chers messieurs !

Les journaux suspendus en l'air – Moreno était fasciné –, je secouai énergiquement la tête :

– Désolé, sincèrement désolé de vous avoir déçus !

– Soyez le bienvenu, me coupa Wolf, sèchement, et son regard s'agrippa enfin aux journaux que j'avais glissés sous mon coude gauche, prêt à lui serrer la main.

Geste précipité, car Wolf était déjà en marche vers la voiture où le chauffeur l'attendait avec la portière ouverte.

– Moreno vous aidera à vous installer. On se reparle demain...

Je tournai la tête et contemplai la satisfaction avec laquelle il s'était laissé choir sur la banquette arrière. Le chauffeur poussa lentement la portière, pour ne pas faire du bruit, et la portière se referma avec un petit claquement qui m'émerveilla. Visiblement content de son savoir-faire, le chauffeur se mit au volant et ferma la portière avec le même petit claquement d'expert.

– Quelle dextérité ! m'exclamai-je.

– Monsieur Wolf déteste les bruits, dit Moreno.

– Goethe non plus n'aimait pas les bruits, dis-je.

Moreno me regarda un instant, surpris, se pencha, prit la valise et partit vers l'entrée somptueuse de l'édifice. Je le suivis en me disant que le général Gabi avait trahi pour beaucoup d'argent et que, grâce à Lisa, j'allais moi aussi en profiter. C'était honteux, mais il était trop tard pour faire des manières.

– *Madame la comtesse* et Monsieur le général sont en vacances aux Caraïbes, dit Moreno en m'invitant à monter dans l'ascenseur. Monsieur le général est en voie de rétablissement après sa dernière opération, Monsieur est au courant...

J'étais au courant seulement des vacances, mais acquiesçai.

– Les appartements mis à la disposition des invités sont de même standard que ceux des locataires permanents, Monsieur peut en être certain. *Madame la comtesse* et Monsieur le général y ont apporté une touche personnelle et ils prient Monsieur de faire comme chez lui. Je me tiens à la disposition de Monsieur.

Il y avait seulement deux appartements sur le palier, Moreno ouvrit la porte, poussa la valise dans le hall et me tendit la clé :

– La piscine est au sous-sol...

– Je ne sais pas nager, dis-je.

– Je vous prêterai un manuel...

L'appartement sentait l'arôme artificiel de pommes. La touche personnelle que *Madame la comtesse* et Monsieur le général avaient ajoutée se résumait à un complet gris, quelques chemises, une cravate, plusieurs slips et chaussures pour les hommes et une fourrure de ragondin, le tout soigneusement rangé dans une armoire découpée dans le mur de plâtre. Après avoir fermé la porte du salon pour vérifier si la bibliothèque contenait d'autres volumes que ceux d'histoire dans toutes les langues des pays qui comptaient dans le monde, je découvris une photo du général Gabi – cadeau secret et agréablement empoisonné fait sans doute par Lisa –, pour me rappeler notre passé commun et la perspective radieuse de l'avenir qui nous attendait.

Une photographie officielle. Le général venait probablement d'avoir sa deuxième ou troisième étoile, derrière lui il y avait d'autres étoilés, et il s'était laissé surprendre en arborant un sourire fin, retenu. Tête massive et traits fermes, harmonieux, cheveux noirs peignés en arrière pour mettre en évidence son front haut, des yeux verts et froids, des grosses lèvres, surtout la lèvre inférieure, et le menton un peu fuyant. Un vrai mâle roumain dans la force de l'âge. Avec un peu plus d'insensibilité j'aurais pu comprendre Lisa.

Je regardai la photo du général Gabi en me demandant pour la millième fois si je n'avais pas perdu mes esprits. Il était possible que je les aie perdus. Chaque jour qui passait, depuis que Lisa m'avait arraché de Roumanie, je m'enfonçais de plus en plus profondément dans l'inconnu, avec plus de volupté et avec plus d'orgueil. Je me disais que la vie ne me menait plus, que je l'avais prise enfin dans mes mains, que j'avais cessé de me faufiler dans l'Histoire, car l'Histoire venait de mourir comme jadis Dieu, je ne flottais plus, je chutais purement et simplement, fasciné par ma propre légèreté. Je me disais aussi que, dans le monde simple et falsifié né après la disparition illusoire du communisme, j'avais donné du style à mon caractère, j'avais mis un peu d'art dans mon existence terne. Un peu de folie.

IX

Je quittai l'appartement vers minuit, à la suggestion de Lisa, qui m'avait réveillé. Elle avait été toute la journée en croisière et le cellulaire ne captait pas de signal.

– T'es bien, il ne te manque rien, rien ne te gène ?

– Ça sent les pommes...

– Dans trois semaines je serai à toi, seulement à toi...

– Pour toujours...

– Mets quelque chose sur toi, fais une promenade, puis descends à la piscine et prends la chaise longue rouge... c'est la mienne... Tu me diras demain si j'étais ou non avec toi... Je t'aime, mon coquelet...

Je mis quelque chose sur moi, un slip large et des chaussettes, j'hésitai longuement avant de choisir les chaussures les plus voyantes du général Gabi. J'enfilai le manteau de fourrure de ragondin et sortis sans me regarder dans le miroir.

Moreno était devant les ordinateurs de surveillance. Il entendit la porte de l'ascenseur, poussa sa chaise et se mit debout, pâle et les yeux globuleux.

– Bonsoir, Monsieur.

– Bonsoir.

– Monsieur me permet de remarquer que *Madame la comtesse* descendait exactement à la même heure, dit-il, nullement troublé par mon accoutrement grotesque.

– C'est un hasard...

– Tout à fait, Monsieur. Mais Monsieur me permet de préciser que la responsabilité de l'Administration est limitée uniquement aux promenades dans le parc de la propriété. Malheureusement, Montréal n'est plus la ville qu'elle a été... Mais Monsieur peut descendre sans crainte à la piscine...

– Merci, dis-je, brusquement frappé par l'infâme odeur de suspicion qui semblait jaillir de ses yeux gonflés.

J'avalai ma salive et indiquai avec un mouvement du menton les écrans des ordinateurs de surveillance.

– Si j'ai bien compris, je me trouve sous la protection de l'Administration que vous incarnez...

– Monsieur a très bien compris, mais seulement de 23 heures à cinq heures du matin...

– Je suppose que vous n'êtes pas le seul surveillant.

– Non, mais je souffre d'insomnie et je travaille souvent la nuit.

– Un de mes compatriotes est devenu un grand philosophe à cause de l'insomnie...

– *Madame la comtesse* et Monsieur le général ont eu l'amabilité de m'en parler... J'ai compris que Monsieur a lui aussi écrit des livres savants et qu'il est bien connu dans les milieux intellectuels internationaux...

Je hochai la tête, interdit.

– Monsieur a beaucoup souffert du communisme, dit encore Moreno.

Mais je ne compris pas si c'était une question ou s'il s'apitoyait sur mon passé.

– Monsieur le général m'a recommandé quelques livres sur le communisme, mais Monsieur sait bien qu'entre un livre et le témoignage de quelqu'un qui a souffert sur place il y a une grande différence...

– Sans doute, balbutiai-je, en remuant sous la fourrure trop chaude.

Moreno continua imperturbablement, comme s'il avait une leçon à donner :

– J'espère que Monsieur ne prend pas mal cette curiosité pour le communisme...

– Vous n'êtes pas le seul.

– Quelques-uns la considèrent morbide...

Je souris :

– Ron Wolf ?

Moreno fit l'effort de sourire à son tour :

– Quelques-uns.

– On se reparle plus tard.

– Si Monsieur croit que je mérite sa considération et que l'évocation de ses souffrances ne le peine pas trop...

– Voltaire disait que le bien ne peut être fait que par ceux qui cherchent la vérité...

– Monsieur me flatte...

Je m'éloignai vers la sortie :

– Bonne nuit.

– Si Monsieur me permet une dernière remarque...

Je m'arrêtai.

– *Madame la comtesse* s'habille souvent de façon tout aussi fantaisiste que Monsieur. Quand Monsieur le général l'accompagne, je leur sers du champagne et des petits fours. Ils m'invitent toujours à trinquer, mais le règlement de l'Administration m'interdit d'accepter. C'est contre le règlement aussi de vous faire de telles confidences, mais j'ai l'impression que vous n'avez pas encore trouvé le temps de le lire...

– Non, je ne l'ai pas lu.

– Je l'ai préparé pour vous, dit-il en le sortant d'un tiroir. Je vous ai préparé aussi le manuel pour apprendre à nager... Si Monsieur préfère, je peux les laisser dans la boîte aux lettres...

– Je préfère.

– Il reste encore deux bouteilles de champagne dans le frigo, si vous voulez...

– Une autre fois, dis-je et je repris, décidé, le chemin vers la sortie.

– Bonne promenade et bonne baignade, Monsieur...

Dehors, je m'arrêtai sur la bordure du perron, écartai les pans de la fourrure et respirai précipitamment l'air humide et brûlant de la nuit. En bas de la colline s'étendait Montréal, coupée du nord au sud et de l'est à l'ouest par l'enfilade des lumières qui délimitaient les rues. Le ciel était bas, sans étoiles. Entre deux bouffées du trafic, se faisait entendre le bruissement des arbres du parc aux allées discrètement éclairées et qui semblait entourer, comme dans une étreinte sensuelle, chaque côté de l'édifice.

Je sentis brusquement dans mon cou l'inspection froide et tenace d'une caméra de surveillance. Je me retournai et la découvris accrochée sous le toit du perron. Un peu à droite, puis à gauche, j'en découvris deux autres. Ma promenade au parc se fit sous leurs yeux affamés, et je compris que la protection de l'Administration n'était pas une parole en l'air.

Marchant lentement sous les arbres centenaires, les mains dans le dos et les genoux frottant, à chaque pas, les pans brûlants de la fourrure, je voulus croire en la présence annoncée de Lisa, mais la peur nauséabonde qui remua soudainement mes entrailles me fit penser à Moreno.

Installé devant ses ordinateurs, il se demandait probablement comment il était possible que Monsieur l'auteur de livres savants et de réputation internationale, qui avait horriblement souffert du communisme, pouvait encore se permettre des fantaisies vestimentaires et se promener tranquillement dans un parc. L'amour inextinguible pour *Madame la comtesse*, l'ex-épouse du Monsieur, et les ambiguïtés des relations de Monsieur avec le général qui lui avait pris sa femme pouvaient être une explication. Quoique peut-être, seul Monsieur détenait la vérité et il était difficile de savoir s'il était prêt à bien vouloir la partager avec quelqu'un d'autre, ce quelqu'un d'autre fut-il hanté par une sincère curiosité pour le communisme.

Lorsque Monsieur traversa le hall pour descendre à la piscine, la place de Moreno avait été prise par un homme qui ne daigna pas lever la tête de ses écrans. Et, en attendant l'ascenseur, Monsieur se dit que si aucun danger ne menaçait les propriétaires ou leurs invités, les surveillants n'avaient aucun motif de s'alarmer. Il n'était même pas nécessaire de les saluer ou de répondre aux saluts, le règlement devait spécifier quelque part que le personnel était formé et payé pour écouter, servir, répondre aux questions lorsqu'elles leur étaient posées et voir seulement ce qu'on leur demandait de voir ; Moreno profitait certainement de ses insomnies pour s'octroyer de petites libertés.

X

Ron Wolf frappa discrètement à la porte vers midi. Informé de mon escapade nocturne et comprenant les effets du changement de fuseau horaire, il m'avait laissé reprendre suffisamment de force pour pouvoir avoir une conversation sérieuse. J'étais déjà réveillé, mais somnolent, et ma solitude dans l'appartement étranger où l'air conditionné était diffusé par une installation invisible me faisait un peu peur.

Attentif ou seulement hypocrite, Ron Wolf était monté accompagné de Moreno qui portait un plateau avec ce qui semblait être mon petit déjeuner. Dès que j'avais ouvert, il avait pris le plateau des mains de Moreno, franchi, silencieux et pataud, le seuil et, s'avançant jusqu'au milieu du salon, l'avait déposé sur la petite table qui faisait face à un canapé. Il portait le même costume que la veille et la même cravate rouge aux pois noirs ou bleus.

Moreno me salua avec un sourire timide et, les yeux toujours écarquillés, disparut presque au même instant dans l'ascenseur. Pour avoir le cœur net sur la discrétion avec laquelle la visite avait été annoncée, je poussai le bouton de la sonnette. Mais rien ne se fit entendre. Écrasé sur le canapé, ses souliers bordeaux aux boucles en laiton posés l'un sur l'autre sous la table, Ron Wolf éructa, satisfait.

— Je hais les sonnettes, dit-il en piquant une olive avec le bout de ses doigts grassouillets. Il la tourna, gourmand, devant ses yeux avant de la jeter dans sa bouche. Dépêchez-vous, nous avons à discuter de choses sérieuses...

Je ne dis rien, ne fis aucun effort pour écourter son attente, mais mon appétit passa. D'ailleurs, Ron Wolf s'était copieusement servi et, quand je fus enfin assis à gauche de la table, il semblait sommeiller avec un cigare éteint, pendu au coin de la bouche, et les pouces glissés sous la ceinture bordeaux de son pantalon.

— Donc, dit-il, les paupières à moitié baissées, contre toute attente vous avez traversé l'océan...

— L'attente de qui ? murmurai-je en sirotant une gorgée de café.

— Disons la mienne...

Je pris une deuxième gorgée du café et allumai une cigarette. Stimulé par l'odeur de la fumée, Ron Wolf sortit son pouce gauche de sa ceinture, saisi son cigare et le mit entre ses dents. Il avait levé les paupières, me regardait en face et attendait du feu. Un regard humide et froid, de reptile éreinté.

— Et pourquoi croyez-vous que je n'aurais pas dû traverser l'océan ?

— J'ai l'horreur des ambiguïtés, dit-il en fumant par petites bouffées pour être sûr que le cigare était allumé. Je hais deux choses dans la vie : les bruits et les ambiguïtés... Pour les bruits, je n'ai rien pour le moment à vous reprocher, mais j'ai l'impression que les ambiguïtés de la situation dans laquelle vous vous êtes mis ne vous troublent point.

— Exact.

Il arracha le cigare de ses dents et fixa le cylindre de cendre accumulée de ses yeux de reptile éreinté.

— Bon, parfait, dit-il. Préférez-vous qu'on discute tout de suite ou après avoir terminé votre petit déjeuner.

– Je vous écoute.

Je tressaillis en l'entendant parler en roumain. Avec un accent pointu, avec des faux-sens, mais intelligible. Et, malgré le tutoiement, avec une certaine timidité. Il me donna une explication trop belle pour qu'elle soit vraie : la lecture, dans sa jeunesse, de quelques poésies d'Eminescu, le dernier grand romantique, traduites en français, l'avait si fortement impressionné qu'il s'était mis à apprendre le roumain. Sollicitée, l'ambassade de Roumanie lui avait envoyé une grammaire élémentaire et quelques livres et journaux de l'époque. Lors du son premier voyage d'affaires à Bucarest, vers la fin des années 1960 – il ne dit pas quel genre d'affaires et moi, je n'insistai pas pour qu'il me le dise, ce n'était pas un détail pertinent –, il lisait assez bien, comprenait presque tout, mais était incapable de prononcer un mot. C'est une jeune femme, mise gracieusement à sa disposition par le ministère du Commerce extérieur ou la police, qui lui avait délié la langue en roumain. Il trouva la jeune femme à sa descente de l'avion et elle resta avec lui jusqu'à son départ. Toujours de bonne humeur, toujours serviable, souriante, chaleureuse, patiente et prête à tout moment à sortir de son sac à main un volume de Blaga, de Bacovia, d'Arghezi et de lui lire leurs poésies avec application et des trémolos sensuels dans la voix. Des années plus tard, alors que les affaires avaient pris de l'envergure et qu'il chassait l'ours avec Ceausescu et alors qu'une autre jeune femme plus délurée, mais avec la même passion pour la poésie, l'accompagnait comme une ombre protectrice et à portée de main, il récitait par cœur, désinvolte, après un ou deux verres de vin, les poètes qu'il aimait, et osait même raconter des blagues dont le sens lui échappait souvent, mais l'admiration et les éclats de rire des convives étaient trop agréables pour se faire du souci...

Dormaient profondément les cercueils de plomb,
Et les fleurs de plomb et les habits funéraires –

J'étais seul dans le caveau... et il ventait...
Et les couronnes de plomb grinçaient...

Ron Wolf s'enfonça dans le canapé, les yeux fermés. Il se mit à frotter lentement, l'un sur l'autre, sous la table, ses souliers bordeaux aux boucles de laiton et le grincement du cuir, presque imperceptible, me fit réaliser, soudainement, dans toute sa grotesque splendeur, la situation invraisemblable dans laquelle je me trouvais : volontairement prélassé, au bout du monde, dans le fauteuil du salon d'un appartement de service, invité par mon ex-épouse et épouse d'un général des services secrets traître à la patrie, en écoutant un reptile âgé et éreinté déclamer en roumain, par cœur, un poème de Bacovia !

Et puis, avec une précision ahurissante, je me rappelai avoir vu Ron Wolf à Bucarest. Il portait le même costume noir et la même cravate. Je l'avais entendu réciter des poèmes par cœur, j'avais même entendu le grincement de ses souliers bordeaux frottés l'un contre l'autre à la fin du poème, lorsqu'il s'était assis en étirant ses jambes sous la table couverte d'une nappe rouge pour goûter à l'aise, les yeux fermés, les applaudissement polis de la salle.

Au début des années 1980, le directeur de l'Institut avait de telles initiatives – ou elles lui étaient imposées –, et la présence enthousiaste des chercheurs s'imposait. Il avait présenté Ron Wolf avec une certaine perplexité : avocat, universitaire et homme d'affaires prospère, dont l'admiration profonde pour la politique d'indépendance de Nicolae Ceausescu était doublée par une sincère et désintéressée passion pour la langue, la poésie et les légendes roumaines.

– Mioritza, le miroir de l'âme roumaine, a-t-il éructé avec une gaieté retenue. Il me regarda en face : Autres temps... Ceausescu, le génie des Carpathes qui se croyait encore dans les grâces de l'Occident... C'est le général Gabi qui a eu l'idée de cette rencontre à l'Institut... Une de ses dernières idées ambiguës avant de traverser l'océan... Et ma dernière visite en Roumanie...

Je fumai en regardant les boucles luisantes de laiton ornant ses souliers croisés qui ressortaient de l'autre côté de la table. Un rayon chatoyant du soleil s'y était accroché et avait rebondi, espiègle, sur le meuble à l'intérieur duquel se trouvait le téléviseur. Inutile de me questionner sur ce que je cherchais là, ou plutôt, comment étais-je tombé dans cette histoire avec espions et traîtres à la patrie ? Parce que je ne cherchais rien. J'étais d'ailleurs incapable d'une telle prouesse – si quelque chose était vraiment à chercher. J'y étais vraisemblablement tombé par hasard. C'est ma vanité qui m'y avait poussé, mon orgueil de mâle et l'immoralité de Lisa et sa lubie de vivre les deux cents prochaines années avec moi, et j'avais succombé à cette illusoire perspective de bonheur.

*

À la veille de Noël 1989, j'étais allé à l'Institut, mais il n'y avait personne, même Ilarie, le portier, avait déserté, effrayé par les terroristes, les révolutionnaires et les militaires. J'avais pris ensuite, à pied, le chemin qui menait à la Place du Palais, pour contempler à distance les dernières convulsions de la Révolution.

Je m'étais arrêté devant la vitrine d'un magasin qui vendait des vêtements d'importation, attiré par la lenteur, la délicatesse et l'équivoque érotique avec lesquelles une femme dévêtait un mannequin grandeur nature de son costume d'été. Le dos tourné à la rue, les jambes un peu écartées, pieds nus, elle portait une jupe longue visiblement confectionnée à la main et une veste noire qui me rappelait un des tailleurs de Lisa avec des boutons en nacre. Une femme encore jeune – en faisaient foi les mouvements de ses bras, de sa tête, de ses hanches et de ses doigts glissés sous le veston, sous la chemise et sous le pantalon, pour les détacher avec mille précautions du plâtre blanc et inerte.

Perdue dans son occupation irréelle, sourde aux coups de feu et aux bruits des soldats et des chars qui jaillissaient de temps à autre amplifiés par l'écho de la rue déserte, elle avait dévêtu complètement le mannequin sous mes yeux avides, sans s'apercevoir de ma présence. Un peu en retrait, les mains sur les hanches et le bout de ses orteils frottant doucement le plancher de la vitrine, elle promenait rapidement son regard sur la créature en plâtre dont les bras étaient levés au-dessus du crâne, et qui penchait joyeusement d'un côté en laissant voir ses grossières articulations de métal.

Sa tête penchée du même côté, tout aussi joyeusement, la femme était restée ainsi, longuement, immobile comme le mannequin. Le seul signe de nervosité ou de trouble, le seul signe de vie était le frottement incessant sur le plancher du bout de ses orteils qui se dessinaient clairement sous ses bas, longs et minces, invraisemblables, comme s'ils n'étaient pas les siens.

Il est possible que lors de ces longues minutes, lorsque j'avais regardé immobile cette femme égarée dans les méandres de son être et alors qu'au coin de la rue, on mourait bêtement au nom d'un nouveau monde planifié et financé par quelqu'un comme Ron Wolf, mon existence ait basculé dans le chaos. C'est alors que, sans m'en rendre compte, probablement pour la première fois, je fus dévoré par la volupté de la chute dans l'inconnu, et la magma des événements dans lesquels j'allais sombrer semblait y laisser comme une comète qui se désintégrait dans l'atmosphère de légères traces de mon nouvel art de vivre. Une vague continuité dans ce chaos assumé, plutôt conceptuel, et une mince consolation : je n'en voyais pas, pour le moment, la fin.

*

– Possible, acquiesça Ron Wolf sur un ton glacial, mais ce n'est pas mon problème. Je n'ai pas compris ce que tu as voulu dire par les traces de l'art de vivre...

– Nietzsche, si ça vous dit quelque chose...

– ...mais pour ce qui est de mon rôle dans les événements de 1989 c'est de la pure imagination. C'est justement ce que je craignais quand Lisa a eu la lubie de te sortir de Roumanie : que tu sois piégé par ton imagination. Vos relations sentimentales m'indiffèrent, ses relations matrimoniales avec le général Gabi aussi. Ce qui m'intéresse c'est que tu te mêles de tes affaires, que tu ne poses à personne de questions intelligentes ou stupides, que tu la fermes et que tu ne t'imagines rien sur rien. Sur ce continent on vit avec les pieds sur terre et on meurt ou on disparaît facilement. Si cela t'arrange, bien, si non, tu connais le chemin du retour ! Est-ce clair, Victor ?

– Très clair, Wolf.

– Je l'espère. Quelles sont tes intentions ?

– À propos de quoi ?

– Dans deux semaines tu seras dans la rue...

– Je n'y ai pas pensé.

– Fais-le. Je pourrais éventuellement t'aider.

– Non, merci.

Il se leva, glissa son cigare dans la pochette de son veston et sortit. Je dois m'être mis brusquement debout quand la porte s'est fermée avec un claquement léger, avoir renversé le plateau avec les restes du petit déjeuner, marché de longues minutes en long et en large dans le salon en criant ma révolte et mon impuissance, car impossible de m'expliquer autrement quand et comment Moreno était entré sans que je le vois ni ne l'entende. Et lorsque je le découvris enfin, agenouillé comme une grenouille sur le tapis pour ramasser les miettes l'une après l'autre, il leva ses yeux écarquillés :

– Monsieur va mieux ?

– Oui, Monsieur va mieux.

XI

Les jours suivants, je n'allai plus du tout ! Les jours suivants, je cessai de me considérer en vie. Chaque matin, à la même heure, à 9 heures 47 minutes, Ron Wolf frappait discrètement à la porte. J'ouvrais, il prenait le plateau des mains de Moreno, Moreno me saluait sans dire un mot et disparaissait dans l'ascenseur, je fermais la porte en faisant attention de ne pas faire du bruit et, si je me dépêchais un peu, je pouvais surprendre Ron Wolf s'affaisser sur le canapé, une olive écrasée entre ses doigts, étirer ses jambes sous la table et croiser ses souliers bordeaux.

Il me montrait ses dents qui se chevauchaient, apparemment content que je sois lavé, rasé et habillé, et que j'aie de l'appétit. Nous mangions en silence – il avait, prévoyant, doublé les portions –, sirotions presque au même moment la première gorgée du café et, inévitablement, le cigare serré entre les dents, il me demandait du feu. Je lui en donnais et allumais ma cigarette à la même flamme. Il fumait son cigare en frottant paresseusement ses souliers, les pouces glissés sous la ceinture bordeaux du son pantalon et, les paupières à moitié baissées, peut-être qu'il m'épiait, peut-être que non.

Je fumais en regardant les boucles de laiton dans lesquelles se reflétait le même mince rayon de soleil et je me disais parfois que le temps s'était arrêté lui aussi.

Nous avions probablement l'air de deux vieux amis qui n'avaient plus rien à se dire depuis longtemps mais qui espéraient qu'en passant une heure ou deux ensemble, jour après jour, ils finiraient par avoir encore quelque chose à se dire.

Ron Wolf attendait sans doute que je lui parle de mes intentions après que les deux semaines soient passées, mais la seule intention à laquelle je ne cessais de penser était que Lisa avait tout prévu et je ne voyais pas ce que je pouvais ajouter. Et même si Lisa n'avait rien prévu, que tout n'était qu'une gigantesque farce et que moi, un avachi sans pareil, j'allais vraiment me retrouver dans la rue, je ne savais pas quoi lui dire. Car cette perspective n'avait aucun écho dans mon esprit. Tout ce que je pouvais envisager, au pire des cas, c'était de rentrer à Paris ou à Bucarest, en ruminant une vengeance terrible, même si j'étais sûr de ne jamais l'accomplir parce que j'aurais dû commencer avec moi-même.

Tout ce que Ron Wolf avait eu à me dire l'avait été le premier jour. Insister aurait été inutile et aurait créé une intimité dangereuse pour son rôle de complice et de gardien des secrets qui le liait au général Gabi. Qu'il ne soit pas au courant de ce que Lisa me susurrait chaque jour au téléphone tenait d'une infime probabilité, inutile qu'il perde son temps avec des considérations sur nos capricieuses relations sentimentales ; que ce soit dans la rue ou dans le lit de Lisa pour les 200 prochaines années, mon sort le laissait certainement complètement froid. Ses visites quotidiennes étaient censées me rappeler seule-ment – si éventuellement je n'avais pas compris – qu'il ne rigolait pas. Mais j'avais compris. J'avais compris beaucoup plus qu'il aurait voulu que je comprenne : il aurait été préférable que je disparaisse purement et simplement. Il avait compris, lui aussi, que j'allais rester dans l'appartement jusqu'à la fin des deux semaines ; petite consolation au cas où je serais jeté dans la rue.

Je le comprenais. On se faisait tuer et on disparaissait facilement sur le continent et un disparu ou un cadavre de plus ou de moins sur le trottoir pour quelqu'un qui vivait les pieds sur terre – et il semblait en être un spécimen exemplaire – tenait de l'ordre naturel des choses. Je n'avais pas de données officielles sur les disparus sans laisser de traces, mais je savais que plus de 11 000 personnes mouraient assassinées chaque année en Amérique du Nord. En 60 ans, l'âge que Ron Wolf paraissait avoir, une montagne de disparus et de tués l'avait accompagné ; inconcevable donc qu'un flâneur roumain sentimental et à l'imagination prodigieuse, jeté par les caprices d'une femme dans un nid d'espions et de traîtres à la patrie, et ainsi voué au néant nord-américain, le préoccupe tant que ça.

– J'ai des nouvelles pour toi, me dit-il le quatrième ou le cinquième jour, après que je lui aie allumé son cigare.

Il sortit une photo et me la tendit. Angela, avec sa fille aux cheveux blonds ondulés, sur ses genoux, dans la cabine de la station de métro où je faisais mes photos pour la carte de transport mensuelle ; pas de doutes, le rideau couleur caca était là, impossible à confondre et inexplicable, comme je l'avais toujours pensé. Autant que je puisse me rendre compte, un instant plus tard sans aucune émotion, la petite avait le même visage ovale presque parfait qu'Angela, les mêmes yeux un peu allongés et d'un bleu pâle dans lequel jouait une étincelle de folie, et le sourire fleuri de la même timidité étrange.

– Elle ressemble bien à sa mère, dis-je, prudent, en laissant la photo sur la table.

– Elle se ressemblent, oui, accepta Ron Wolf super-ficiellement et, carré dans le canapé, il étira enfin ses jambes. Il y a quelques mois, son mari arabe a été tué dans un attentat… pute malheureuse et perdante, comme disent les Roumains…

Il l'avait connue, je compris avant qu'il ne me donne des détails, et au même instant je le haïs férocement et je sus que j'allais le haïr jusqu'à la fin de mes jours.

Elle avait été sa dernière compagne lors de sa dernière visite en Roumanie, toute jeune femme recommandée avec insistance par le général Gabi. Elle l'avait accompagné à la conférence de l'Institut, est-ce que je me souvenais?

– Non, dis-je, les dents serrées.

– J'ai voulu l'amener avec moi, éclata de rire Ron Wolf en suçant le cigare. Elle me plaisait beaucoup, j'étais carrément amoureux, mais il a fallu que je parte pendant la nuit. Et lorsqu'elle est arrivée à Paris, c'était trop tard, Lisa et le général avaient coupé mes envies… Je te fais des confidences, j'espère que tu apprécies…

– J'apprécie…

Il aurait pu ajouter qu'Angela m'attendait à Paris, pour élever ensemble l'enfant, comme deux parents responsables et aimants, mais il ne le fit pas ; cela n'aurait d'ailleurs servi à rien. Il se leva en poussant la photo vers moi pour que je puisse la regarder autant que je voulais et prendre la décision de faire enfin ma valise et de disparaître avant qu'il soit trop tard. Mais même avec la certitude de me ramasser une balle dans la tête, je ne lui aurais pas donné cette satisfaction.

– Les jours passent vite, a-t-il dit en sortant.

C'était vrai, les jours passaient vite, trop vite. J'essayai d'oublier en feuilletant les journaux déposés chaque matin devant la porte par Moreno. Il ne se passait pas grand-chose sur le continent, il ne se passait pas grand-chose dans le monde. La guerre en Yougoslavie était finie et les Américains et leurs domestiques avaient pris enfin pieds aux Balkans – les Russes ne comptaient plus –, d'autres invasions se préparaient en Afghanistan et en Irak. En première page, l'économie allait bien, à la page cinq, elle allait mal et aux pages six, dix et vingt-quatre, l'acquisition de biens durables et la construction des maisons avaient à la fois stagné, cru et diminué, autant de signes que la seule organisation sociale possible du monde était le capitalisme – paroles d'économistes et d'experts de service aux ordres. Les pages généreusement consacrées aux revendications des homos, les photos des hommes qui s'embrassaient sur la bouche et des femmes aux cheveux coupés courts qui se regardaient amoureusement main dans la main, les faits divers, les nouvelles sportives et les offres d'emploi jouaient devant mes yeux comme un mauvais film auquel j'étais obligé d'assister.

XII

Depuis que j'avais renoncé à chercher l'installation d'air conditionné, je supportais mieux l'odeur artificielle et persistante de pommes. Lisa appelait vers midi, « mon coquelet » par-ci, « mon coquelet » par-là, « rien ne te gène ? » Rien ne me gênait, la promiscuité de notre relation était trop profonde pour faire le sensible. « Il reste encore tant de jours, mon coquelet, ma chair frémit d'impatience, 200 ans seulement nous deux, est-ce possible un tel bonheur ? » Possible. Ron Wolf se tordait certainement de rire en nous entendant.

Il faisait trop chaud et humide pour redescendre dans la ville. J'y étais allé une fois vers la fin de la première semaine. Moreno avait appelé un taxi et, en l'attendant, m'avait indiqué, courtois, les merveilles qui faisaient la fierté de Montréal. Il m'avait quitté quelques instants, en s'excusant, pour aller à la rencontre d'une jeune femme qui s'était approchée en me dévisageant rapidement et vaguement intéressée. Suffisamment pour que ma curiosité soit éveillée. Grande et mince, avec sur ses larges épaules une petite tête qui semblait ne pas lui appartenir, peut-être à cause de ses cheveux noirs coupés en cascade, une nouvelle mode probablement. Elle portait un pantalon bien serré sur ses petites fesses, des chaussures sans talon, une blouse blanche et transparente, les manches roulées, et ses seins étaient minuscules. Une cicatrice découpait sa lèvre supérieure, à droite, en laissant voir la canine, et je me demandais comment aurait pu être son sourire, mais elle s'était éloignée vers l'ascenseur sans sourire. C'était Moreno qui souriait quand il m'avait rejoint :

– Ma sœur Claudia, elle travaille temporairement pour l'administration...

– Je serais moi aussi intéressé par un travail temporaire...

– Monsieur rigole.

Monsieur rigolait. Je me suis arrêté au centre-ville, au hasard, et attardé sur le trottoir, à l'ombre, la tête rejetée en arrière en tournant sur mes talons comme un enfant, pour contempler les gratte-ciel qui m'écrasaient. Je croyais les avoir déjà vu sur une photo, dans un film, à la télévision. Ils semblaient récemment bâtis, quoique j'aurais pu me tromper sur la ville. Enfin, autant que je pus me rendre compte, ils n'avaient rien de particulier ni comme architecture, ni comme destination : des banques, des compagnies d'assurances, des sièges de grandes corporations – le kitsch architectural et institutionnel, sans équivoque, de la prospérité.

J'étais mal tombé pour une première visite. Les trottoirs étaient déserts, un passant s'était engouffré pressé par une porte ridiculement petite, un autre s'était installé tout aussi pressé au volant de sa voiture et avait démarré au même moment ; un petit groupe de grassouillettes en shorts disgracieux et d'hommes maigres en maillots et culottes de sport tournaient en rond en agitant de temps à autre des pancartes et en entonnant en chœur ce qui semblait être le refrain d'un chant plus substantiel de protestation : *Résistons ! Ne cédons pas ! La justice nous défendons !...* Dès que le refrain s'achevait, ils changeaient de place et, joyeux et en sueur, se mettaient à tourner en sens inverse – c'était leur guerre enfantine et tragique un jour d'été torride et humide comme dans la jungle, avec une équipe de police qui les filmait sans gêne depuis leur voiture stationnée tout près, leur avertisseur lumineux en fonction.

Il m'était soudainement passé par la tête que les policiers ignoraient depuis longtemps les grévistes et que leur intérêt portait en réalité sur moi. Je n'avais jamais été filé ou, peut-être, me sachant innocent, mon système de défense dans de telles situations était complètement inefficace.

L'officier de la *Securitate*, qui traversait chaque semaine les couloirs de l'Institut et terminait ses visites en bavardant avec la femme de service qui vendait du café et avec le portier Ilarie, avait l'air si perplexe du paysan arrivé dans la capitale et revêtu de force d'un costume bleu bon marché, et saluait tout le monde avec tant de déférence, que personne ne se sentait vraiment menacé ; d'aucuns savaient probablement pourquoi, d'autres — c'était mon cas — n'avaient certainement pas suffisamment d'imagination policière. Il était tout à fait possible qu'après la fuite de Lisa et du général Gabi, il m'ait porté une attention spéciale, mais je n'avais rien observé. Je dirais même que ma condition de cocu de la nation semblait le chagriner sincèrement car, lorsque nous nous croisions, son salut était accompagné d'un sourire d'authentique sympathie. Il était devenu plus réticent après l'histoire du musée de cire et le télégramme envoyé à Radio Free Europe, mais comme toute ma résistance anticommuniste en était restée là, j'avais eu à un moment donné l'impression qu'il me saluait de nouveau avec sa déférence coutumière.

Après la Révolution, les « mesdames » et les « messieurs » chercheurs se racontaient l'un à l'autre, frémissants, qu'ils avaient senti la présence fouilleuse du salaud même dans leur lit. Une rumeur persistante attribuait au même salaud la propriété du commerce tenu dans la station du bus par la femme de service et de tous les commerces éparpillés dans la ville sous la même enseigne : *Au Tout* et loués aux petits délateurs qui lui étaient restés fidèles. Possible, je n'avais pas vérifié. Je m'étais brusquement approché de la voiture de police. Le costaud aux fortes mâchoires installé du côté trottoir m'avait vu, avait poussé la portière, était descendu et venu vers moi, un de ses bras frôlant l'immense revolver qui pendait à sa ceinture.

– Qu'est ce que tu veux ?

J'avais balbutié l'adresse d'une des merveilles de la ville nommée par Moreno et le costaud m'avait expliqué laborieusement comment m'y rendre. Il ne bougeait pas, prêt à faire face à toute provocation, avant que je ne disparaisse par une des portes en verre ridiculement petites. J'étais enfin sorti dans une autre rue et monté dans un taxi. L'envie de me promener n'y était plus et je me m'étais dit que, quoi qu'il arriverait, j'aurais tout le temps pour découvrir Montréal.

Les après-midi je m'allongeais, feuilletais l'histoire des États-Unis et du Canada, dormais, sortais sur le balcon suspendu au-dessus de la colline boisée et regardais les moineaux qui s'accouplaient furieusement, et les écureuils qui sautaient d'une branche à l'autre ou s'immobilisaient des minutes entières, en agitant spasmodiquement la queue, sur les fils électriques et les câbles téléphoniques étendus entre des poteaux qui me rappelaient les rues de mon enfance. Ou, je travaillais à contrecœur à ma thèse de doctorat.

Quand je lui avais présenté le sujet choisi – Le Rationnel et l'irrationnel dans l'émigration est-européenne après la chute du communisme –, le professeur Todorov, transfuge bulgare qui avait travaillé naguère à Radio Free-Europe, m'avait questionné avec un petit sourire pour savoir si j'allais résumer la recherche à ma propre expérience ou lui donner une portée plus vaste. Les deux, avais-je répondu et, dès le lendemain – c'était peu de temps après le départ d'Angela –, je m'étais furieusement mis à la chasse des transfuges de fraîche date. Bulgares, Polonais, Tchèques, Lituaniens, Ukrainiens, Slovènes, Russes, Estoniens... J'avais ainsi traversé en quelques mois, d'un bout à l'autre, tout l'ancien camp communiste, de plus en plus convaincu que, si j'avais passé tout ce temps gaspillé dans le fauteuil du feu comte en m'exerçant à l'art de la falsification, j'aurais appris exactement la même chose : ils avaient été, comme moi, aspiré de la tête aux pieds par le chaos.

Vers la fin de la journée, quand la chaleur diminuait, je descendais pour manger au petit restaurant du sous-sol, presque toujours désert. J'avais choisi une table où l'odeur artificielle des pommes crachée par une installation que je n'arrivais nullement à deviner, était moins persistante. Les caméras de surveillance, visibles, balayaient lentement l'espace, mais elles ne me faisaient plus ni peur ni mal à l'estomac – je me disais que je m'y étais habitué, et peut-être que c'était exactement ça.

Je mangeais mal, sans appétit, pressé de remonter dans l'appartement et de fumer à ma guise. J'aurais pu attendre que les quelques clients, toujours les mêmes – deux couples âgés, cadavres vivants soigneusement embaumés, et quelques solitaires des deux sexes et d'âges mélangés qui fixaient avec rage leurs assiettes – se lèvent et me laissent seul. Le Noir sombre et maigre qui nettoyait les tables et lavait la vaisselle avec un mégot pendu au coin de la bouche, que je voyais par la porte entrouverte, se fichait éperdument qu'il y ait encore quelqu'un dans le restaurant. Un type encore jeune, au visage foncé, les cheveux frisés, mis toujours à quatre épingles, entrait un peu plus tard en me saluant avec un sourire léger. Je lui répondais avec le même sourire, en me demandant chaque fois par quel miracle les policiers en civil ont toujours et partout la même allure de brutes scolarisés. Mais je n'avais ni la patience, ni le désir de faire de nouvelles connaissances. J'étais, d'ailleurs de plus en plus convaincu de me trouver dans un asile d'espions et de traîtres à la patrie qui avaient pris leurs retraites ou étaient devenus inutiles. Refuge privilégié des fascistes après la Deuxième Guerre mondiale – beaucoup de légionnaires roumains y avaient pris aussi demeure –, le Canada tenait sans doute à perpétuer sa renommée de territoire de la tolérance.

À minuit, je faisais une petite promenade dans le parc, m'allongeais ensuite sur la chaise longue de Lisa, enveloppé dans la fourrure et, mélancolique, fixais la piscine.

J'étais toujours seul. Aucune envie de me baigner depuis que je respectais scrupuleusement le rituel de la promenade et de l'abandon au bord de la piscine, les jambes pendues au-dessus de l'eau. Ce n'était pas l'eau qui me faisait peur, mais la conscience douloureuse de ne pas savoir nager. Ce qui me rendait terriblement mélancolique.

Le jour même où je l'avais vue pour la première fois, j'avais trouvé Claudia, la sœur de Moreno, au sous-sol, attendant l'ascenseur. Pendant les trois jours qui suivirent, je la saluai avec un vague sourire de complicité, car nous étions les seuls à fréquenter la piscine à une heure si avancée, et ç'aurait été impoli de ne pas prendre en compte cette habitude commune. Mais elle se retirait brusquement, la tête penchée et les mains serrées sous son menton. Perdue dans le peignoir blanc qui la couvrait de la tête aux jambes, sa pudeur inutile avait quelque chose de déchirant. Je n'avais rien à me reprocher. Il était peut-être possible que n'importe quel autre homme, descendu de l'ascenseur qui desservait la piscine et le garage, vêtu en plein été d'une fourrure de luxe, l'aurait plongée dans la même pudeur. Me faire du souci, c'était aussi possible, mais je n'y tenais pas. D'ailleurs, elle ne me plaisait guère comme femme.

Quand j'avais vraiment chaud, je changeais de chaise longue. Je m'étirais, bâillais, craquais mes doigts l'un après l'autre et, les longs pans de la fourrure écartés, je me découvrais complètement. Avant d'étirer de nouveau mes jambes maigres au-dessus de la piscine, je les contemplais en les trouvant toujours d'un grotesque parfait. Nu de la tête aux pieds, je n'aurais eu devant mes yeux qu'un lamentable exemple de la déchéance dans laquelle un homme peut être entraîné par son amour « à la con » pour une femme, et j'aurais versé des larmes amères.

Je me penchais pour bien regarder les volutes bleues peintes au fond de la piscine. Je cherchais le motif dominant, sans le trouver – de simples volutes qui laissaient l'impression d'une profondeur acceptable même pour quelqu'un qui ne savait pas nager. Déçu, je reprenais mon abandon paresseux sur la chaise longue. L'absence d'un motif dominant, constaté à ma première descente à la piscine, m'intriguait suffisamment pour le chercher plusieurs fois chaque nuit, inquiet de n'avoir peut-être pas observé un détail saisissant. Je ne savais pas pourquoi et à quoi aurait pu me servir la découverte dudit motif, mais je faisais confiance au temps pour me donner les bonnes réponses.

Bientôt, le silence était brusquement rompu par les premières mesures de la musique douceâtre avec laquelle Moreno accompagnait sa visite à la piscine et à d'autres recoins du sous-sol. Deux minutes et quarante-quatre secondes plus tard – je regardais chaque fois ma montre –, Moreno faisait son apparition au seuil de la porte principale, lampe allumée dans une main et téléphone dans l'autre.

Il avançait d'un pas hésitant et s'arrêtait soudain. Monsieur lui jouait chaque soir le même tour : entre le moment où Moreno quittait les ordinateurs de surveillance et faisait entendre les premières mesures de la musique et le moment où il s'immobilisait sur le seuil de la porte, Monsieur changeait de chaise longue et s'enveloppait si bien dans sa fourrure qu'on ne voyait plus de lui que sa chevelure blanche, ses chevilles, ses bas et ses souliers. Les yeux fermés et les bras pendus de chaque côté de la chaise longue, l'abandon total de Monsieur imposait la retenue. Sans doute, le moindre bruit l'aurait mis en colère, et la colère du Monsieur coûtait trop cher pour que Moreno se la permette. Après un dernier regard, il se retirait en laissant la porte ouverte, comme il l'avait trouvée.

L'inspection durait invariablement cinquante-cinq secondes. Réinstallé sur la chaise longue rouge de Lisa, je cherchais à nouveau, mélancolique, les volutes bleues peintes au fond de la piscine. La flaque d'eau puante et noire à la lisière du quartier de mon enfance où je me baignais, craintif, me revenait à l'esprit. À la fin de la guerre, une bombe américaine avait arraché et enterré à moitié une locomotive dans la boue de la flaque. Les plus vaillants grimpaient sur le tender pour se jeter ensuite à l'eau avec des cris d'enchantement. Je restais toujours sur la rive, le derrière enfoncé dans la boue et, les mains désespérément agrippées à un buisson, je les regardais, envieux, la respiration coupée, en attendant qu'ils s'arrachent de l'eau croupie crachant et secouant énergiquement leur tête. À la fin de l'été, on comptait les morts engloutis par le courant, provoqué, j'allais l'apprendre des années plus tard, par le balancement imperceptible de la locomotive.

XIII

Une nuit, alors que la mélancolie me faisait larmoyer, je demandai à Moreno de s'approcher. Il me pria instamment de lui accorder quelques minutes.

– Je n'aime pas boire seul, dis-je.

Il revint, le visage empourpré, avec une bouteille de champagne, deux verres, quelques petits fours et une table pliante. La musique douceâtre continuait à retentir, mais beaucoup moins forte, et les caméras de surveillance accrochées aux quatre coins du plafond s'étaient immobilisées et fixaient, de l'autre côté de la piscine, les chaises longues vides – le règlement de l'Administration avait ses limites.

– Monsieur a parfaitement compris l'esprit du règlement, dit Moreno en manœuvrant avec soin le bouchon de la bouteille.

Puis, les yeux exorbités et humides d'émotion, levés au plafond :

– Monsieur se doute que j'attendais avec impatience cette invitation.

– Laisse-le sauter, dis-je, en souriant.

– Si je n'ai pas oublié comment faire, pouffa-t-il de rire.

Il n'avait pas oublié. Le bouchon sauta bruyamment et tomba dans la piscine. Moreno remplit fébrilement les verres, offrit le plus rempli à Monsieur et attendit, bienséant, que Monsieur l'invite à trinquer. Monsieur se mit debout et tendit le verre, en cherchant les mots appropriés aux circonstances :

— Trinquons en l'honneur du dieu Chaos, dit finalement Monsieur, qui trinqua et, assoiffé, vida son verre d'un seul coup.

— Monsieur excusera mon ignorance, mais je l'accompagne avec plaisir, dit Moreno en prenant une gorgée et, les lèvres collées au verre, attendit, sans le regarder, que Monsieur dise encore quelque chose.

Mais Monsieur n'avait plus rien à dire, rien de toute manière sur le chaos primordial avant que le monde ne fût créé. Il s'assit, étira ses jambes, poussa de côté les pans de la fourrure et fit signe à Moreno de prendre place. Moreno posa avec précaution le verre sur la table, approcha une chaise longue et s'assit droit, les genoux serrés. Mais il se releva immédiatement, remplit le verre de Monsieur et reprit place avec la même rigidité.

— Travaillez-vous depuis longtemps pour l'Administration, Moreno ?

— Je pourrais dire depuis toujours… J'étais à l'école primaire quand l'Administration m'a sélectionné comme aide-jardinier parmi quelques centaines d'enfants… c'était au nord de la ville. La bâtisse et le jardin n'existent plus…

— Et puis vous êtes monté au fur et à mesure dans la hiérarchie…

Monsieur trinqua dans l'air, à l'intention de Moreno, et vida de nouveau le verre. Moreno lui retourna promptement le geste, sirota une nouvelle gorgée et, sans se lever, remplit de nouveau le verre de Monsieur.

— Monsieur présume qu'à cause de mon insomnie j'ai dû, à un moment donné, renoncer à toute ambition supérieure…

Visiblement, Monsieur n'arrivait pas à apaiser sa soif,

car il vida de nouveau son verre d'un trait et articula avec une certaine difficulté :

– Cela va de soi, Moreno, cela va de soi. Il est possible aussi que l'insomnie vous a causé d'autres désagréments. Fonder une famille, par exemple...

– Que Monsieur soit rassuré, j'ai été deux fois marié.

– Et pourquoi vous ne l'êtes plus, si je ne suis pas indiscret ?

– Monsieur ne commet aucune indiscrétion, dit Moreno en remuant imperceptiblement sur sa chaise longue. Aucune de mes deux ex-épouses n'a compris ou n'a voulu comprendre que la fidélité à l'égard de l'Administration et celle à l'égard de la famille sont complémentaires et non pas contradictoires...

Monsieur tendit son verre pour qu'il soit rempli. Moreno s'exécuta. Monsieur le vida à moitié et, en le gardant près de sa bouche, éclata de rire :

– L'éternel féminin nous attire vers le chaos et non pas vers les sommets harmonieux. Goethe s'est trompé...

– Possible, acquiesça gravement Moreno, et, de nouveau, rigide.

Monsieur le considéra un instant, essayant de saisir si Moreno avait pensé à l'éternel féminin ou à Goethe. Mais la gravité de Moreno était sans doute due à d'autres préoccupations. Monsieur but d'un trait le reste du champagne et hoqueta légèrement.

– Mais non, sérieusement Moreno, hoqueta de nouveau Monsieur, n'avez-vous jamais pensé qu'il aurait été préférable de quitter l'Administration ?

– Pour une autre administration ? Non.

– Tôt ou tard, vous auriez été de nouveau obligé à faire le même choix...

– Monsieur a parfaitement résumé la situation.

– Vous êtes donc un passionné d'un monde et d'un ordre connus... Tout mon respect, Moreno !

— Monsieur me comble. Et, après avoir vidé son verre à petites gorgées : Je crois commencer à comprendre ce que Monsieur a voulu dire en m'invitant à trinquer pour le dieu Chaos...

— Chaos, le fils de Cronos, le dieu du temps, le plus jeune des Titans qui mutila son père avec l'aide de sa mère, Gaia, pour devenir le maître du monde... Cronos, celui qui dévorait ses enfants de peur qu'ils ne le détrônent, Cronos, celui qui tuait le passé...

Le champagne était monté à la tête de Monsieur car, après avoir jeté un long et compatissant regard à Moreno, qui, immobile sur sa chaise longue semblait ne plus respirer, il balbutia, énervé :

— C'est de la tête de Zeus que la déesse de la raison, Athéna est née, vous devez savoir au moins cela, Moreno !

Moreno se retourna et ses yeux exorbités clignèrent d'un air coupable. Non, il ne savait même pas cela, et à quoi bon le savoir, il n'avait plus depuis longtemps d'ambitions supérieures et il n'avait jamais eu de motifs sérieux pour abandonner le monde et l'ordre connus de l'administration, qui l'avait dévoré à un âge tendre et vomi comme un esclave fidèle et zélé, pour une autre administration, avec d'autres règles strictes à mémoriser et à respecter. Seuls les érudits et les humanistes, comme Monsieur l'était, pouvaient se vouer au dieu Chaos. Décidément, Monsieur avait parlé pour rien et, en plus, il s'était soûlé.

— Ne le prenez pas mal, Moreno, mais vous auriez fait un excellent activiste communiste, dit Monsieur en attrapant la bouteille de champagne pour en verser les dernières gouttes dans son verre. Aucune chance, Moreno de rattraper le temps, le communisme n'existe plus que dans les têtes échauffées de quelques rêveurs incurables !... Une vraie erreur historique, la disparition du communisme... La peur, la grande peur du communisme a tenu le capitalisme en bride, mais depuis que le communisme est mort, le vrai visage du capitalisme est ressorti dans toute sa splendeur dévastatrice. Gorgé de péchés et de crimes, le communisme, mais les péchés et les crimes du capitalisme au long de l'histoire ne sont pas moindres. Avez-vous vu les deux tours de New York s'effondrer ?... Vous dormiez ce matin-là, je comprends, et puis le travail vous a accaparé, bien sûr. Mais vous avez suivi, en revanche, la guerre d'Afghanistan ?... Vous ne l'avez pas suivie... Ce n'est pas la peine de vous en vouloir. Mais voyez-vous Moreno, l'avenir a disparu, s'est volatilisé, a définitivement été pulvérisé jusqu'à sa dernière bribe en même temps que les deux tours ! Quelle merveilleuse occasion pour que le terrorisme, l'épouvantail imaginé à la place de feu le communisme, et le capitalisme planétaire deviennent les seuls repères du monde d'aujourd'hui ! Quelle merveilleuse occasion pour le rêve jamais avoué du capitalisme de transformer l'existence de l'homme en le dépossédant de toute recherche d'accord avec les valeurs transcendantales, le Bien, le Mal, le Vrai, le Bonheur, la Vertu… ! L'homme d'aujourd'hui, Moreno, n'est plus qu'une marchandise qui se vend et s'achète comme les patates et les voitures ! Le néolibéralisme nous a dépossédés de la dignité, Moreno, il a réduit l'homme à une condition de larve ! Kant croyait que la dignité humaine ne pouvait pas être remplacée, qu'elle n'avait pas de prix ni d'équivalent, mais qui le prend encore aujourd'hui au sérieux ? Le monde s'est vidé de ses symboles, mais qui s'en soucie ?... Croyez-vous Moreno, que le monde sera éternellement capitaliste ? Que nous sommes en pleine ère glaciaire d'irréversible crétinisation de l'humanité ?... Vous n'en avez aucune idée, je m'y attendais. Vous pouvez me croire alors sur parole, nous vivons une vraie tragédie historique !...

Moreno se leva, contourna la table et, légèrement penché, osa toucher l'épaule de Monsieur :

– Monsieur a bu trop vite et ne se sent pas bien, veut-il que je l'accompagne jusqu'à son appartement ?

– Cela fait des années que Monsieur ne s'était si bien senti !

– Alors peut-être que Monsieur préfère que je lui tienne compagnie encore quelques minutes ?

– Monsieur préfère que vous lui teniez compagnie encore quelques minutes, dit Monsieur en rejetant la tête en arrière et en secouant le verre au-dessus de sa bouche grande ouverte. Autant que le règlement vous le permet, Moreno, bien sûr.

– Quatre minutes et... quatorze secondes, précisa Moreno après avoir consulté l'afficheur de son téléphone.

– Une éternité, Moreno. Profitons-en pour la fermer. Encore une chose : en tant que serviteur fidèle de l'Administration, vous devez savoir quel motif cachent les volutes bleues peintes au fond de la piscine ?... Vous l'ignorez, je comprends.

Monsieur ferma les yeux et serra les dents, pour ne pas vomir. Le champagne ingurgité lui faisait mal. Au moindre bruit – Moreno avait déposé la bouteille et les verres sur le plancher et, avec mille précautions, s'affairait à plier la table –, Monsieur serrait plus fort les dents, qui grinçaient, et son corps était traversé d'une crispation douloureuse de la tête jusqu'aux pieds.

Monsieur souffrait. Pour rien de précis ou pour tout en même temps, ce qui ne changeait en rien l'intensité de sa souffrance. Souffrance pure, comme seulement la souffrance d'avant la mort devait l'être.

– Merci pour la compagnie, Moreno, dit Monsieur en respirant profondément et en ouvrant enfin les yeux, c'est un plaisir de discuter avec vous.

– Monsieur s'imagine bien que je n'oublierai jamais cette nuit…

– J'imagine, Moreno, je n'ai plus le droit, mais je le fais pour vous, dit Monsieur en éclatant bêtement et mystérieusement de rire.

– Peut-être qu'à une autre occasion Monsieur aura la patience de m'expliquer ce qu'il a voulu dire quand il a dit que j'aurais fait un excellent activiste communiste.

Monsieur promit sans mot dire et Moreno en prit note avec un long regard de reconnaissance.

– Monsieur me permet de lui souhaiter bonne nuit…

Monsieur le lui permit, toujours sans rien dire. Une minute plus tard, la musique douceâtre s'arrêta complètement et les caméras de surveillance reprirent leur activité, preuves que Moreno était de nouveau installé devant les ordinateurs. Monsieur se leva alors, jeta sa fourrure sur une chaise longue, ôta ses souliers et ses chaussettes et alla, d'un pas décidé, vers le côté de la piscine réservé aux enfants. Il hésita un peu avant de s'accrocher brusquement aux barres de l'escalier et de descendre les premières marches. Il se retourna en croisant et décroisant les bras sans lâcher les barres, s'immergea doucement dans l'eau jusqu'au moment où, le menton relevé, il s'assit enfin, les jambes étirées entre deux volutes bleues, et resta comme ça, immobile, en regardant vers le haut.

Monsieur semblait avoir régressé à un autre âge.

Ce fut la dernière fois que Monsieur descendit à la piscine.

XIV

Lisa arriva le lendemain, sans m'avertir, alertée par Ron Wolf. J'étais en train d'achever une côtelette mal cuite quand je l'entendis s'exclamer :

– Tu étais là, mon coquelet !

J'étais là, au restaurant du sous-sol, loin des autres clients réguliers, dans mon coin où l'odeur artificielle de pommes sentait moins. Et elle était sur le seuil de la porte, splendide, plus belle que jamais, presque irréelle, rayonnante de santé et de prospérité, bronzée jusqu'au fond des yeux. Je me retournais incrédule et, stupéfait, je la contemplais quelques instants. J'avalais la bouchée, me levais enfin et me dirigeais vers elle, quand un des cadavres bien embaumés à l'allure de femme, s'arracha de sa chaise, courba son squelette en une révérence appuyée et – si ma perception était correcte –, bredouilla d'une manière étouffée, au nom du groupe d'embaumés qui, paralysés d'émotion, exhibaient leurs dentiers :

– *Madame la Comtesse...*

Je ne m'étais pas trompé, car même le type au visage foncé et aux cheveux frisés s'était mis debout et, la tête penchée, attendait immobile que Lisa les enveloppa tous d'un sourire de tendre supériorité aristocratique. Elle me fit la bise sans me toucher sur les deux joues, me coupa gracieusement l'élan de l'embrasser et se dirigea vers ma table. Je la suivis, hébété.

– Ta mauvaise mine ne me plaît pas, siffla-t-elle, incapable de faire disparaître complètement son sourire tendre.

– À moi non plus, dis-je, mais je tâche de m'habituer.

Je m'étais assoupi vers le matin, agité, et j'étais encore au lit quand Ron Wolf avait frappé à la porte. J'avais refusé d'ouvrir. Il avait grommelé quelque chose et était revenu une demi-heure plus tard. J'étais debout, rasé et habillé à la hâte, d'humeur exécrable, mais je le fis entrer. L'odeur artificielle de pommes m'étouffait à nouveau et je ne pus toucher à la nourriture. Je pris seulement un peu de café et fumai cigarette après cigarette. Le ciel était bas et aucun rayon de soleil ne se reflétait dans les boucles de laiton qui ornaient les souliers bordeaux de Ron Wolf ; si j'étais sorti sur le balcon, ma tête se serait perdue dans les nuages – ce qui n'aurait pas été vraiment une nouveauté.

Ron Wolf dévora seul le petit-déjeuner, grilla son cigare et, avant de s'en aller, me rappela qu'il aurait pu m'aider si j'étais parvenu à clarifier mes intentions. Je lui rappelai à mon tour qu'en absence de toute intention, je n'avais rien à clarifier et que, de toute manière, son aide ne m'intéressait guère. Surtout son aide. Il suça ses dents chevauchantes :

– Tu joues avec le feu, Victor…

– Va te faire foutre, espèce de malheureux espion ! criai-je, en poussant la porte et en me jetant sur le lit.

J'avais entendu Moreno entrer ramasser les restes du petit-déjeuner puis sortir. Le téléphone avait retenti plusieurs fois, c'était sans doute Lisa, mais je n'avais pas décroché. Puis je m'étais endormi. Il pleuvait et il faisait noir quand la faim m'avait réveillé.

– Tes cheveux sont blancs, mon coquelet. Tu as mauvaise mine et tu es accablé de soucis, dit Lisa qui prit soudainement ma main en montrant mes ongles que j'aurais dû couper depuis longtemps.

Je fis une grimace de fatalité, la même que celle que je faisais quand, dans le temps, d'habitude le matin dans la cuisine, dégoûtée et haineuse, elle prenait ma main avec la même brusquerie pour me faire voir mes ongles.

– L'Amérique n'a aucune influence sur les natifs de mauvais aloi comme moi, dis-je.

– Qu'est-ce qui ne va pas, mon coquelet ? chuchota Lisa qui nicha son visage dans le creux de ma main.

– Je ne sais pas, Lisa. Je ne sais pas ce qui ne va pas. Ou, plutôt, je ne sais pas ce qui devrait aller. J'ai l'impression que tout le chaos du monde s'est renversé sur moi...

– Quel chaos du monde, mon coquelet ? De quoi parles-tu ? Je ne comprends pas.

Dans le temps, quand nous étions encore ensemble, sa curiosité pour les problèmes du monde ne dépassait jamais le bavardage habituel sur Ceausescu. Elle ne lisait pas les journaux, les nouvelles de la télé et de la radio lui entraient par une oreille et sortaient par l'autre, l'univers aurait pu se désintégrer et elle n'en aurait rien su si, par miracle, son existence frivole avait été épargnée. Je m'étais faufilé alors dans l'Histoire en sachant bien à laquelle j'avais affaire et m'étais laissé en toute connaissance de cause happer par le chaos déchaîné par la chute du communisme. Sa superbe ignorance, son infaillible inappétence pour le social et le politique l'avaient préservée, intacte comme une momie. Sa vie commune avec le général traître à la patrie – acte humain et politique détestable, mais suprême –, ne l'avait pas ébranlée.

– Le général m'aurait compris, m'entendis-je dire.

– Le général t'a toujours compris, mon coquelet...

Elle avait toujours été fière de ses amants et, dans sa voracité de femme, elle aurait voulu que je sois tout aussi fier qu'elle ne m'abandonne pas temporairement pour n'importe qui de moins charmant ou de moins intelligent que moi. Même si cela lui était sans doute arrivé. Mais, à vrai dire, à part son premier amoureux de jeunesse sérieux – rejeton amolli d'universitaires promptement convertis au communisme, et sur lequel je jetais mon fiel chaque fois qu'inopinément elle se laissait aller à la nostalgie pour ses manières et les tomates qu'il lui avait servies en plein hiver – ; et le général Gabi, tous les autres, autant qu'ils fussent, m'étaient de parfaits inconnus. Je ne pouvais que présumer qu'elle les choisissait en les comparant à moi et ainsi, perdue dans leurs bras, elle me perdait aussi. Convaincue que si elle ne me faisait pas du bien, elle ne me faisait pas de mal non plus ; c'était sa façon de nourrir sa liberté de m'humilier, et de me revenir, amoureuse, sereine et propre comme une vierge. Il était ainsi donc convenu que, mon orgueil de mâle si élégamment flatté, j'avais tous les motifs d'être fier.

– Ne te fais plus de soucis, mon coquelet, je suis là, chuchota Lisa.

Elle déposa un baiser dans le creux de ma main et mêla ses doigts aux miens qu'elle retint. Elle se leva et, ma main dans la sienne, je la suivis sagement. J'entendis les chaises égratigner le plancher, j'entendis le chuchotement léthargique : *Madame la Comtesse...* Peut-être que le même squelette s'était courbé dans une révérence et que le type au visage foncé s'était mis à nouveau debout, mais je n'avais pas tourné la tête.

Nous montâmes en silence, sans nous regarder. Lisa libéra ma main dès que nous fûmes dans l'appartement. Elle ouvrit son sac à main pour sortir sa trousse et m'intima de monter sur le lit. J'y montai, elle aussi, et elle me coupa les ongles jusqu'à la chair. Elle m'enleva ensuite mes chaussettes, les balança dans l'air, avant de les jeter avec une grimace de dégoût, inutile car les chaussettes étaient propres, et me coupa les ongles des orteils. Sans rien dire, et sans que je dise quoi que ce soit. De temps à autre, elle se mordait les lèvres et, chaque fois qu'elle croyait avoir enfoncé les ciseaux trop profondément, tressaillait, couvrait mécaniquement mes orteils avec sa main et me regardait, effrayée. La chaleur veloutée de sa main frémissante me rendait fou.

Elle ne m'avait jamais coupé les ongles auparavant. Elle m'apportait les ciseaux de couturière de ma mère et, le dos tourné, me laissait faire. Ses épaules sursautaient quand je trébuchais sur un ongle ossifié et que je me mettais à sacrer de bon cœur. Ma négligence enfantine et tenace de natif de mauvais aloi l'énervait, et elle me trouvait cynique non seulement à son égard, mais à l'égard de la vie en général, quand j'essayais de lui expliquer − et je le faisais toujours −, qu'étant probablement le porteur d'un gène particulier qui faisait que mes ongles poussaient à un rythme fou, il serait ridicule de recourir à des moyens dérisoires pour contrecarrer cette anomalie qui aurait pu lui apporter, après ma mort, sinon la fortune, du moins la célébrité.

− Réjouis-toi de partager ta vie avec un phénomène de la nature, lui disais-je, profite de l'occasion, fouille dans mes entrailles, il est possible que j'aie d'autres anomalies…

− T'en fais pas, mon coquelet, je te tiens sous observation !

Je ne m'en faisais pas. Même si j'aurais dû m'en faire alors, dans les premières années de notre mariage ; ensuite, c'était vraiment trop tard. Nous aurions dû nous demander sérieusement pourquoi nous tenions avec tant d'acharnement à rester ensemble. Oui, nous nous aimions à notre façon, comme deux écervelés, elle, entre deux fornications, moi en redoutant qu'elle fornique à nouveau. Oui, nous étions redevables à l'animal d'une rare intelligence et haut placé − dont j'avais porté le portrait avec une candeur imbécile à l'une des grandes manifestations à la gloire du socialisme roumain –, pour des vacances passées en Bulgarie, puis au Festival mondial de la jeunesse à Berlin, en compagnie de la fille de Ceausescu, aux frais du parti. Chaque fois que je passais l'aspirateur russe, acheté avec ce même argent du parti, et qui arrachait le parquet, je me disais que le gros bonnet n'avait pas été le seul de ses amants qui, par une bizarre métamorphose sentimentale ou, peut-être, par une culpabilité mal digérée, s'était cru obligé de me montrer à moi aussi sa reconnaissance. Si j'avais été plus perspicace, j'aurais pu probablement identifier toutes ces preuves de reconnaissance, mais je ne l'avais pas été ; peut-être que Lisa avait su entretenir à merveille mon fragile orgueil de mâle. Bien sûr, en refusant de nous livrer avec presque les mêmes résultats et sans en appeler aux exigences de la morale socialiste (fidélité conjugale, l'amour d'autrui, servitude politique...), nous avions fait de notre promiscuité et de notre passivité sociale et politique envers le sort du monde dans lequel nous vivions, une carapace invulnérable à l'intérieur de laquelle nous pataugions à loisir. Bien sûr, à deux, fut-elle dans la promiscuité, la vie était plus supportable et plus gaie dans un pays opprimé par l'Histoire comme le nôtre, et nous aurions pu continuer comme ça jusqu'à vieillir ensemble ou, au moins, jusqu'à la Révolution, si la passion pour le soin des ongles n'avait jeté Lisa, non seulement dans les bras d'un autre passionné pour le soin des ongles comme le général Gabi, mais aussi au-delà de l'océan.

— Toi, Lisa, n'as-tu jamais pensé que seuls les hommes trahissent leur patrie ? Les femmes trompent leurs maris, abandonnent parents et enfants, trahissent amis et amants, mais jamais leur pays !... Il devrait y avoir une explication, je l'ai cherchée toute la nuit sans la trouver...

– T'es un salaud, murmura Lisa en caressant délicatement ma virilité.

– Je vais te raconter quelque chose. J'ai connu à Paris une grosse femme blonde. Authentique. C'était quelques jours après ton passage, quand j'hésitais encore entre rentrer ou rester pour définitivement me fondre dans le chaos. Elle m'avait préféré à un Noir. Pour elle, ma puanteur de communisme mort, de révolution, de sang, de terroristes, de gueules noires et de chaos était des nouveautés. De chaos surtout. Elle n'était plus jeune, mais elle avait été belle et mince dans sa jeunesse, et quelque chose de cette beauté et de cette légèreté d'autrefois demeurait encore dans ses yeux pâles et avides et dans la grâce lourde, mais fébrile avec laquelle elle s'offrait. Elle n'avait pas de passé ou, si elle en avait, elle ne m'en avait rien raconté et moi je ne lui ai jamais posé de questions, même après avoir vu ses photos de jeunesse. Aucune idée sur ce qu'elle faisait dans la vie, je ne savais pas si elle avait ou non une profession. Tout ce que je savais c'était que lorsqu'il pleuvait elle avait des douleurs au dos et aux poignets et se soignait en balançant devant ses yeux une montre de poche. Elle demeurait dans une garçonnière misérable, au cinquième, qu'elle quittait une fois par semaine. Ça avait été un hasard que je la rencontre. Chaque fois, quand je montais, je me demandais comment elle faisait, la baleine, pour y parvenir, car le bloc n'avait pas d'ascenseur et semblait habité par des fantômes paralysés. Je n'ai jamais rencontré personne dans l'escalier que je gravissais avec un mouchoir sur le nez, car il puait l'eau croupie, la moisissure et l'urine. Avant de défaire le canapé rose, la seule pièce de sa chambre digne du nom de meuble, de jeter par terre les coussins tout aussi roses, d'y grimper, d'appuyer sa tête sur le dossier du canapé et de me montrer son derrière, immense et accueillant, elle me déshabillait complètement et me reniflait de la tête jusqu'aux pieds. Je sentais toujours le communisme mort, la révolution, le sang, les terroristes, le chaos surtout. Elle me reniflait, insatiable, et je me laissais renifler sans bouger. Ses narines et ses lèvres frémissaient en glissant humides et gluantes sur ma peau, ses chairs grotesques respiraient la sérénité et la douceur de l'immobilisme, et c'est de ces miasmes que j'avais alors besoin... Il faut que tu lui sois aussi reconnaissante, car si je ne l'avais pas rencontrée, je ne serais pas dans ce lit, dans cet appartement étranger, sur ce continent étranger, parmi des espions et des traîtres à la patrie à la retraite.

– T'es vraiment un salaud, mon coquelet, murmura Lisa. Un salaud qui m'a toujours raconté des histoires. Elles m'ont beaucoup manqué. Si tu savais combien elles m'ont manqué, si tu savais...

Je ne le savais pas. Elle se mit à pleurnicher. J'avais tous les motifs d'être content qu'elle pleurniche dans mes bras, mais je ne l'étais pas. Je ne savais pas, en effet, si j'étais content ou non. J'étais seulement fatigué de l'aimer. Oui, seulement fatigué. Soudainement fatigué de l'aimer. C'était un motif tout aussi valable que le sien pour pleurnicher à mon tour, mais je n'avais plus pleuré pour une femme depuis la mort de ma mère. Il était tout à fait possible que mes histoires lui aient manqué. La soldatesque, fut-elle général, ne raconte pas d'histoires, elle se contente de trahir son pays et de séduire les femmes de ceux qui en racontent.

– J'aurais pu te les envoyer par la poste.

– C'est toi qui m'as manqué, mon coquelet, toi de la tête aux pieds, maigrelet, natif de mauvais aloi et grande gueule depuis toujours et pour toujours. Toi et tes histoires, ne dis plus de bêtises !

Elle avalait ses larmes et frottait son nez comme un enfant. Sa peau n'avait plus la fraîcheur d'autrefois et, au creux du cou, la source de l'arôme de pulpe de noix crues s'était tarie. Elle sentait l'arôme artificiel de pommes. Nous sentions tous les deux l'arôme artificiel de pommes. C'était notre plus grand exploit après tant d'années vécues l'un loin de l'autre : sentir tous les deux l'arôme artificiel de pommes !

– Nous deux, Lisa, dis-je, nous avons vécu tout ce qu'une femme et un homme peuvent vivre ensemble : amour écervelé, complicité, amitié, hostilité, infidélité, trahison, promiscuité, immoralité, retrouvailles. Qu'allons-nous faire dans les prochains deux cents ans ?

– Veux-tu la fermer ?

Je la fermai.

XV

Lisa partit le lendemain matin, de bonne heure. Le général Gabi sortait de l'hôpital après une dernière et urgente opération et leur entente était qu'elle fût près de lui aux premiers jours de sa convalescence. Je ne lui demandai pas de détails, ils ne m'auraient servi à rien, je savais ce que j'avais à faire.

– Je reviens dans quelques jours, m'avait-elle dit en m'embrassant sur le seuil de la porte.

Je l'avais gardée quelques instants contre ma poitrine et je m'étais soudainement rendu compte que je l'avais tenue toute la nuit dans mes bras sans m'apercevoir qu'elle n'était plus jeune, qu'elle avait maigri et était devenue plus délicate ; qu'elle avait des cernes sous les yeux et que sous son menton, la peau s'était lézardée. Elle en avait toujours fait qu'à sa tête et tout ce qu'elle m'avait demandé avait été non pas que je la comprenne, mais que je l'aime et que je l'accepte telle qu'elle était. Peut-être qu'elle avait demandé la même chose à tous les hommes de sa vie frivole et qu'elle les avait vite abandonnés parce qu'ils s'étaient entêtés à la comprendre. Les hommes attendent trop de la femme aimée. Dans la bêtise et l'aveuglement de leur amour, ils considèrent la femme aimée comme l'exception à comprendre absolument dans ses moindres gestes, son plus innocent soupir, la plus spontanée explosion de joie.

Ce qui leur donne le droit de prétendre d'être à leur tour compris. Quand, en réalité, il n'y a rien à comprendre ni pour l'un ni pour l'autre. Du moins aussi longtemps que la fatigue d'aimer ne les a pas brisés. Moi, je le savais. Peut-être que le général Gabi le savait lui aussi, sinon Lisa n'aurait pas été si prévenante avec lui. Pour quelle raison s'était-elle décidée à le quitter, elle ne me l'a pas dit et moi je ne lui ai rien demandé. C'était la dernière chose que je tenais à apprendre sur eux.

– *Madame la Comtesse...*, avais-je murmuré.

J'avais attendu que la porte de l'ascenseur se referme. Lisa frôlant doucement avec ses doigts ses yeux cernés. Lisa, somnolente, et son sourire, déchirant, de contentement et de gratitude avec lequel elle m'avait enveloppé. C'est comme ça qu'elle m'est restée en mémoire.

Je fis ma valise, tournai dans l'appartement pour m'assurer que je n'avais rien oublié, même si je ne savais pas ce que j'aurais pu oublier, à part la photo d'Angéla et de sa petite blonde que je glissai mécaniquement dans ma poche, et je descendis.

– Monsieur s'est décidé à partir, constata Moreno sans surprise.

– Monsieur doit-il quelque chose ?

– C'est bien le contraire, l'Administration est redevable à Monsieur d'avoir si gentiment accepté son invitation.

– Vous remercierez l'Administration de la part de Monsieur.

– Que Monsieur en soit convaincu. Je me permets d'informer Monsieur qu'en quittant il perd la soirée dansante avec tombola et autres amusements...

– J'aurais dû me douter que l'Administration organisait des soirées dansantes avec tombola et autres amusements.

— Toutes les deux semaines, c'est une tradition. Monsieur aurait pu faire des connaissances intéressantes...

— Si Monsieur avait été intéressé, mais il ne l'est pas.

— J'espère ne pas commettre une indiscrétion, Monsieur quitte-t-il le Canada ou...?

— Monsieur n'a pas encore pris de décision.

— Monsieur est au courant qu'aujourd'hui commence à Montréal un congrès international des directeurs de police, dit Moreno en baissant la voix et en se penchant vers moi. Monsieur apprécierait éventuellement, chuchota-t-il, que je lui propose une adresse, au cas où il ne trouverait pas de chambre d'hôtel ?

Je n'avais pas lu les journaux qu'il m'avait laissés devant la porte, comme chaque matin, et que j'avais pris en partant. Je n'avais pas pensé à l'endroit où j'allais m'installer. Je n'avais pensé à rien d'autre en fait que de quitter le plus vite possible l'appartement, même si Ron Wolf allait fondre de plaisir. J'ouvris donc un journal, vis l'annonce du congrès des directeurs de police et le poussai vers Moreno qui y griffonna une adresse et me chuchota, d'un air conspirateur :

— Ma sœur Claudia, vous l'avez rencontrée, tient un petit bloc d'appartements meublés. Aucun lien avec l'Administration, sans prétention, il est possible que Monsieur le trouve convenable pour quelques jours... Puis-je commander un taxi pour Monsieur ?

— Non, merci, dis-je en glissant le journal sous mon bras, à côté des autres, et je me dirigeai vers la sortie. Merci pour tout, Moreno.

Je l'entendis tousser, ému, me sembla-t-il. Je m'arrêtai et tournai la tête. Il avait quitté la cage des ordinateurs de surveillance, fait quelques pas dans le hall et il m'aurait rejoint sur le perron de l'entrée si je ne m'étais pas immobilisé. Ses yeux exorbités me fixaient avec tant d'intensité et avec tant de désir de prolonger la complicité soudaine de mon départ que je m'approchai et lui murmurai à l'oreille :

— Ne dites rien à Ron Wolf, si je reste au Canada nous nous rencontrerons un jour pour bavarder sur le communisme...

Je trouvai un taxi dès que je fus au pied de la colline. Le bloc de Claudia était à l'ouest de la ville. Un cube couvert de briques rouges, avec de minuscules fenêtres en aluminium, bâti probablement avant que l'autoroute Décarie soit creusée. Au sous-sol, juste à côté de l'entrée, il y avait un petit commerce, et au rez-de-chaussée, à droite du couloir sur lequel s'appuyait dans la pénombre un escalier métallique, une agence de rencontres.

Avant de se décider à me montrer un des appartements libres, le concierge — blondasse, petit, pâle, sans dents, sans âge, vêtu d'un maillot et d'un pantalon en tissu léger orné de motifs tropicaux et coupé au niveau des genoux —, m'avait considéré d'un œil expert et demandé si j'avais d'autres bagages que ma valise. Je lui avais répondu que non. Il apprécia, fit un bruit avec sa langue, qui se voulait agréable — visiblement, ma tête était celle du client type de l'établissement —, et m'avertit que le paiement du loyer se faisait au début de chaque nouvelle semaine, *cash*, que les petits animaux n'étaient pas acceptés et que tout dégât fait aux meubles et aux appareils électroménagers était payable immédiatement et suivi de la rupture du contrat de location.

Il parlait le dialecte local et il a fallu qu'il répète plusieurs fois ses avertissements avant que je le comprenne. Je me décidai à lui dire que l'immeuble m'avait été recommandé par le frère de la propriétaire, mais il ne sembla pas impressionné et fit un commentaire désabusé :

— M'sieur Moreno n'est pas comme nous autres...

Nous montâmes au troisième, l'odeur des épices orientales y était très forte, et il ouvrit l'appartement numéro 9. Il me précéda pour me montrer la salle de bain, le balcon et la cuisine minuscule et sans fenêtre, qui faisait corps avec le salon où il y avait un canapé à deux places, une table avec deux chaises et une commode sur laquelle trônaient le téléviseur et, à côté, le téléphone. Dans la chambre à coucher, il y avait un lit pour une personne, une table de chevet avec une veilleuse en céramique rouge, un fauteuil et une armoire creusée dans le mur. Aucun lien avec l'Administration, sans prétention, mais apparemment confortable. Peut-être que Moreno ne m'avait pas raconté d'histoire.

Je sortis sur le balcon. Du linge pendait dans les cours minuscules des maisons à deux étages, uniformes, et d'énormes jouets en plastique étaient éparpillés sur le gazon. Si je tendais la main, je pouvais attraper une des lourdes branches d'un vieil érable, et le bruit du trafic de l'autoroute jaillissait de temps à autre, sans force.

— Ça sent le plastique, dis-je.

— Les peintures sentent toujours le plastique, me rassura, d'un ton sec, le concierge.

Je payai le loyer pour une semaine, rangeai mes affaires dans l'armoire et posai sur le chevet, la photo d'Angéla et sa petite blonde qui aurait pu être mon enfant ; en me le répétant quelques fois, j'allais finir par en être convaincu.

Allongé sur le lit, la tête reposant sur mes bras, je regardai le plafond. J'avais encore assez d'argent pour résister tant bien que mal quelques semaines. Lisa m'avait prié d'accepter quelques centaines de dollars dans l'éventualité que la convalescence du général prenne un peu plus de temps, mais mon refus catégorique l'avait dissuadé d'insister. Mon billet d'avion était ouvert, j'avais un an à ma disposition pour rentrer ou non à Paris ; précaution involontaire, car un simple aller coûtait plus cher qu'un aller-retour. En attendant – il était de plus en plus difficile de formuler ce que j'attendais en réalité ou si j'attendais vraiment quelque chose –, je pouvais réfléchir à ma guise à la nouvelle vie que je pourrais commencer, sans avoir la moindre idée de sa durée et de ce quelle serait. Plutôt sans Lisa ; les avertissements de Ron Wolf étaient peut-être justifiés et prendre en compte cette possibilité tenait du bon sens.

Je n'avais aucune raison d'écrire immédiatement à mon cousin, ma seule parenté en Roumanie, mais, soudainement, je ne pus plus rester dans le lit et je m'assis à la table du salon, décidé à lui donner signe de vie. J'avais mis ma dernière lettre pour lui dans sa valise chinoise, qu'il m'avait prêtée pour mon voyage à Paris et que je lui avais renvoyée quelques mois plus tard remplie de cadeaux bon marché. Je ne me rappelais plus si je lui avais donné ou non une adresse où il aurait pu éventuellement me répondre, sans être toutefois le genre à entretenir une correspondance avec un hurluberlu comme moi ; si, bien sûr, le policier qu'il avait été et qu'il était peut-être toujours, avait jamais entretenu une correspondance avec quelqu'un.

Tourné sur la chaise pour faire face au vieil érable qui bruissait près du balcon, je me découvris brusquement dans le miroir accroché au-dessus du canapé, que je n'avais pas vu quand le concierge m'avait fait faire le tour de l'appartement, ni ensuite ; le dernier locataire aimait probablement s'y chercher quand il était assis à table. Il était grand temps que je coupe mes cheveux ; mes yeux étaient cernés ; je ne m'étais pas rasé le matin, mon costume était froissé, mon rictus de dégoût était plus prononcé qu'autrefois ; sinon, à première vue, rien de fâcheux, rien d'inconnu, rien d'alarmant. Un homme dans la force de l'âge qui n'avait jamais fait grand cas de sa beauté. Un homme épuisé par une nuit d'amour.

Ma première expérience avec une femme, ma vraie première expérience d'homme à laquelle je n'avais plus pensé depuis certainement ma jeunesse, s'était passée une nuit, sur la grande table de chêne qui faisait l'envie des invités de la famille les jours de fête. Mes parents dormaient dans la chambre attenante et la fille d'un ami de mon père (ils avaient été ensemble en Transnistrie durant la guerre), arrivée de province pour ses études, dormait, en attendant l'ouverture de l'internat, sur un canapé dans la même chambre que moi.

Elle était mon aînée de deux ou trois ans, plus grande aussi – je lui arrivais aux épaules –, avait un regard doux et soumis, était fluette, mais avec des seins que je trouvais énormes et que je ne pouvais pas regarder sans avoir la sensation de m'évanouir. Je me suis jeté entre ses seins et y ai enfoncé mon visage la deuxième nuit. Elle m'attendait, car elle prit fébrilement ma tête entre ses bras et l'appuya plus profondément sur ses seins brûlants et humides. Le crissement horrible du canapé nous paralysa. Nous nous levâmes et, effrayés de ne plus avoir le courage de nous retrouver si nous nous séparions, nous avons glissé, enchaînés, sur mon lit. Son crissement nous en chassa un instant plus tard.

Elle me serrait fortement sur sa poitrine, ses cuisses fondaient en moi, je ne voyais plus rien, elle tournait et me faisait tourner en cherchant dans la petite chambre où nous allions nous effondrer sans faire de bruit. Je me demandais lequel d'entre nous deux allait s'évanouir de tant de raidissement et de désir, et je respirais à peine quand elle se coucha sur la table, m'attira sur elle et m'accueillit entre ses jambes tremblotantes et en sueur.

Je m'étais endormi, exténué d'amour. Au réveil, vers midi, je ne l'avais pas trouvée : elle était partie, de son plein gré ou elle y avait été obligée, mes parents ne m'avaient rien dit et j'avais eu honte de leur poser des questions. Vers la fin de la journée, la table avait aussi disparu ; mon père l'avait mise en miettes, et, dans les semaines suivantes, il avait changé les ressorts du lit et du canapé.

« Te rappelles-tu ? », ai-je écris à mon cousin, « tu as cru que je te racontais des histoires, mais c'est comme ça que les choses se sont alors passées avec cette fille dont j'ai oublié le nom. Je suis dans un petit appartement de Montréal – tu vois, je suis rendu en Amérique du Nord –, je lève les yeux de temps en temps, me cherche dans la glace et découvre chaque fois un étranger tout aussi exténué par une nuit d'amour que je le fus cette nuit-là dans mon enfance. Il est tout à fait possible que cet étranger dégoûté de trop d'art de vivre – je sais que tu as lu Nietzsche –, qu'il avait si ardemment désiré, soit moi et personne d'autre. Il est possible qu'un jour cet étranger mette un terme au chaos et admette que son œuvre de liquidation – effectivement de liquidation, fut-elle ou non artistique –, de tout de ce qu'il avait réussi à faire de son existence, s'achève parce qu'il n'y aura plus rien à liquider. Mais ce jour semble plus lointain que jamais. Je t'embrasse... »

Ce n'était pas la lettre que mon cousin n'attendait plus depuis longtemps, il n'allait pas comprendre grand-chose. C'était un signe de vie envoyé au seul homme qui se demandait probablement de temps à autre, sincèrement, ce qu'il était advenu de moi.

Je descendis pour chercher une enveloppe et des timbres. Une Asiatique d'un certain âge qui sortait de l'agence de rencontres m'expliqua avec moult gestes où se trouvait le bureau de poste, et je sortis dans la rue. Le bureau était de l'autre côté de l'autoroute, quelques centaines de mètres plus loin. J'achetai aussi une carte de souhaits déjà écrite – *Dire qui est la mère et qui est la fille, quel casse-tête agréable !* –, avec un dessin enfantin et très coloré de la même jeune femme en duplicata, que j'envoyai à Angela à l'adresse de feu comte ; la mère et sa petite méritaient un signe de vie. Le professeur Todorov, mon directeur de thèse de doctorat, méritait aussi un signe de vie et je lui envoyai une carte des gratte-ciel du centre-ville de Montréal et l'assurance qu'il aurait bientôt d'autres nouvelles sur le paradis nord-américain. Avec un peu d'efforts, j'aurais pu trouver encore quelques personnes auxquelles donner le même signe de vie, mais il était temps de m'arrêter avant d'annoncer à l'humanité entière que je traversais une période de doutes.

Je m'achetai de quoi manger : du pain, de l'huile, du sucre et du café, une bouteille du vin et des cigarettes, de la pâte dentifrice et du savon, et tournai deux fois la clé de la porte de l'appartement numéro 9.

XVI

Une histoire racontée à Lisa :

« Avant de quitter Paris, j'ai rencontré le professeur Todorov. Il avait troqué sa canne pour un parapluie d'une autre époque, était souffrant, vacillait sur ses pieds à chaque pas. Il se traînait, s'accrochait entêté et avec acharnement au peu de ce que sa vie lui réservait encore. J'avais eu peur lorsqu'il s'était offert comme directeur de ma thèse, mais il m'avait rassuré : depuis trois ans tout le monde le donnait mort et il ne voyait pas pourquoi il ne survivrait pas jusqu'au jour où j'allais finir ma thèse. Je l'avais vu quelques semaines plus tôt. Son visage avait changé depuis, il était devenu pâle et parcheminé, sa tête n'était plus une tête, mais un crâne à la peau tendue et luisante, striée d'artères aux couleurs terreuses. Seuls ses yeux, enfoncés dans les orbites profondément creusées entre ses tempes, étaient restés les mêmes, noyés dans leur déchirement slave. Sa voix aussi était restée la même, sa voix d'ancien chroniqueur de radio qui semblait ne plus lui appartenir, ne plus monter de son corps affaibli par la maladie, mais du corps d'un étranger en pleine force.

« Nous avons échangé quelques mots dans son bureau, mais il avait vite perdu patience et proposé de continuer dehors. Nous nous sommes installés sur une terrasse. Il lui était défendu de boire et de fumer, mais depuis trois ans qu'il trompait la mort, il buvait et fumait sans se faire de soucis. Il avait demandé un verre de rouge, y avait goûté à petites gorgées, allumé une cigarette et tourné la tête sur la rue agitée. J'avais alors laissé tomber mes questions sur ma thèse, demandé un verre et regardé moi aussi la rue.

« Il m'avait dit qu'il venait de rentrer de sa Bulgarie natale, visitée pour la deuxième fois en 32 ans. À sa première visite, juste après la chute du communisme, il avait été accueilli comme une sorte de héros. Il était connu, non pas physiquement, car il avait 24 ans lorsqu'il s'était enfui et que la radio Free Europe l'avait engagé. Sa voix était connue. Pendant 25 ans, sa voix d'une octave plus haute et d'une cordialité dramatique, avait fait rêver les Bulgares du capitalisme, de l'Occident, de l'Amérique, de la liberté, de la démocratie, et de la richesse et, maintenant, le temps était venu que ces rêves s'accomplissent. Il méritait bien sa gloire, il méritait bien la reconnaissance des siens. On lui avait accordé une médaille et, avec le peu qu'ils possédaient, ses quelques parents encore en vie l'avaient dorloté comme on dorlote un enfant aimé.

« Il avait accompli son devoir. Un an plus tard, Free Europe quittait Munich pour Prague, renonçait à plusieurs de ses employés, la guerre froide était finie, et Todorov profita de l'appui d'un de ses amis de jeunesse devenu célèbre en France, pour recommencer une nouvelle carrière : professeur spécialisé dans les anciens pays communistes. Puis la maladie l'avait frappé. Une maladie bizarre, un cancer étrange – les médecins se perdaient en suppositions –, qui lui avait changé le sommeil en une véritable mort clinique, nuit après nuit. Quelle que fût l'heure à laquelle il mettait la tête sur l'oreiller, il mourait jusqu'au lendemain matin. Sans aucun rêve, sans aucune activité cérébrale. Il n'y aurait rien vu d'autre qu'une particularité de son être de chair et de sang, si cette mort et cette résurrection quotidiennes ne l'avaient fait maigrir et obligé à se traîner et à attendre sa mort définitive, qui ne venait plus depuis trois ans, mais qui pouvait venir après que j'eusse achevé ma thèse.

« Il avait commandé un autre verre de vin et allumé une autre cigarette.

« Sa deuxième visite en Bulgarie avait été une catastrophe, il aurait dû s'en douter. Que les autorités l'eussent ignoré, soit, mais que ses parents l'aient accueilli comme un imposteur qui avait profité honteusement de leur crédulité, avait été une terrible souffrance, qui avait fait empirer sa maladie. Le peu dont ils disposaient et avec lequel ils l'avaient dorloté lors de sa première visite était devenu misère, et, quand ils lui avaient jeté au visage, en imitant, moqueurs, son timbre reconnaissable de chroniqueur à Free Europe, les mots avec lesquels, soirée après soirée, jusqu'à satiété, il les avait nourris pendant 25 ans, de rêves de liberté, de démocratie, de richesse, d'Occident et d'Amérique, il avait eu si honte qu'il avait éclaté en larmes et imploré le ciel que le plancher s'ouvre sous ses pieds et l'engloutisse à jamais.

« Il était rentré à Paris convaincu d'avoir trouvé une explication à sa maladie : les mots que, durant 25 ans, il avait tournés dans sa bouche à la radio comme un gargarisme purificateur avaient perdu pour lui tout leur sens. Entre les deux visites, ces mots s'étaient vidés de leur substance. En les persiflant, les siens n'avaient rien fait d'autre que de le réveiller brusquement à la réalité. Il avait bâti toute sa vie sur l'existence réelle de ces mots, il les avait crus, il avait été bien payé pour les croire et faire que d'autres les croient aussi et, tout d'un coup, les mêmes mots sacralisés par la répétition, vitaux par leur puissance de fascination, s'étaient vidés de leur sens, n'étaient plus que des sons creux, de fausses perles pour émerveiller les pauvres du monde. Des sons creux qui rongeaient son être depuis longtemps peut-être, qui le tuaient jour après jour et qui, n'eut été son acharnement à vivre, l'auraient déjà enterré.

« Mais, en réalité, il mentait. Il avait depuis longtemps trépassé et m'avait fait une faveur en acceptant de diriger ma thèse – preuve modeste de solidarité balkanique –, il ne se serait jamais cru capable de tant de générosité. Mais les temps et les mœurs avaient changé. Il aurait pu se consoler avec l'évidence qu'aujourd'hui tout le monde mentait, du petit au grand – politiciens, hommes d'affaires, journalistes, littérateurs, Clinton, Chirac, Blair, Siméon de Bulgarie, Constantinescu de Roumanie, le serveur de la terrasse, le mendiant de l'autre côté de la rue qui balançait sous les yeux des passants un casque en acier qui l'aurait sauvé durant la Première Guerre mondiale. Et moi aussi, je mentais. Mais le subterfuge de cette possible consolation ne s'accordait guère avec sa maladie.

« Je lui avais donné raison. Rien n'est plus vrai aujourd'hui, ni le pain, ni le vin, ni les fruits. Rien de rien, ni l'amour, ni la haine, ni l'amitié, rien. Tout est mensonge, tout est artificiel, tout est faux, tout est mascarade, délire de tromper et délire de se faire rouler. Feu le comte Komarovsky pouvait reposer en paix. Le professeur Todorov l'avait d'ailleurs connu.

« Il ne comprenait pas pourquoi je voulais quitter la France. La France, le Canada, les États-Unis, l'Occident c'était du pareil au même, le même paradis de serviettes hygiéniques exportées par des bombardiers, si besoin était, sous quelques marques brevetées – démocratie, droits de l'homme, liberté, privatisation, concurrence, tolérance, civilisation, progrès –, des remèdes garantis pour tous les malheurs passés, présents et futurs aux seules conditions qu'ils soient utilisés selon les instructions, à l'âge convenu et en toute conviction de leur efficacité. Pauvre homme d'aujourd'hui ! Pauvre humanité qui, depuis le Moyen Âge, n'avait pas été aussi cruellement bafouée !

« Il éclata de rire quand je lui dis que je quittais la France pour une femme. Il s'esclaffait comme un jeune homme, frappait l'asphalte avec la pointe de son parapluie, comme si mon mensonge avait dépassé l'entendement. Lui aussi, il avait suivi une femme, il l'aurait suivie jusqu'au bout du monde ! Ce ne fut plus le cas deux enfants plus tard, et après mille malentendus sur les problèmes du monde (un des derniers divorces pour des motifs idéologiques, avant que le monde ne sombre dans la pensée unique). Elle rentra en Bulgarie, fit son *mea culpa* et se donna la mort en direct, à la télévision du Parti et de l'État. Les Roumains l'avaient certainement vue avec leurs antennes orientées vers la Bulgarie pendant les années où la télévision roumaine émettait seulement deux heures par jour à la gloire de Ceausescu.

« Je ne l'avais pas vue, je n'avais pas d'antenne orientée vers Sofia et, après ta fuite, l'appareil s'était cassé. J'entendais le poste du voisin – il mettait le son au maximum, c'était sa façon de faire connaître son exaspération. C'était celui qui t'avait vue, hésitante, la main appuyée sur la portière, le regard perdu pour la dernière fois sur les fenêtres de notre appartement, avant de monter dans la voiture du général.

« Cela, je ne l'ai pas dit au prof Todorov, j'aurais gâché ma belle histoire d'homme qui court après la femme aimée. Nous avons pris encore un verre du vin et, au moment de nous séparer, il m'a donné le numéro de téléphone d'un de ses anciens étudiants, professeur à l'une des universités de Montréal.

« À mon arrivée, l'agent de l'immigration m'avait questionné sur mes intentions. Il avait parlé sans lever les yeux de mes papiers, j'étais aux portes du paradis et au paradis on ne peut pas entrer sans enthousiasme et reconnaissance. Il ne m'aurait rien coûté de lui servir la réponse qu'il attendait, mais je ne pouvais pas décoller mes yeux des dragons tatoués sur ses deux bras – ses manches étaient retroussées jusqu'aux aisselles. Il m'avait enfin regardé, compris que ses dragons avaient accaparé mon intérêt et répété la question sur un ton plus ferme. J'étais sans aucun doute au Canada.

« Que je lui raconte que je ne m'étais jamais rêvé dans la peau d'un immigrant économique d'un pays sinistré, un parmi d'autres immigrants économiques de pays sinistrés qui avaient acheté à fort prix le droit de résidence, aurait sérieusement mis en doute l'existence du paradis et sa propre existence de cerbère. Que je lui dise que mon ex-femme m'avait avancé l'argent pour payer ce droit et que ma seule intention claire était de m'enfoncer la tête dans son cou pour y sécher jusqu'à la dernière goutte la source de l'arôme de pulpe de noix crues afin qu'aucun autre homme ne perde plus la tête, aurait été ridicule, et l'agent aurait, sans faute, considéré qu'une telle intention puérile ne méritait ni l'argent dépensé, ni le déplacement. Que je lui avoue que le spectacle – qu'il m'offrait gracieusement – de ses dragons tatoués balançant leurs têtes et leurs queues à chaque contraction des muscles, ce qui semblait lui faire un immense plaisir, était grotesque, l'aurait mis en colère.

« Je m'étais tu. Il m'avait regardé sans plus rien dire ; je lui avais gâché sa journée ; il mit ici et là tampon sur tampon, signature sur signature et m'ouvrit enfin les portes du paradis. J'avais franchi le seuil sans me presser, avec une sorte de lassitude.

« En attendant dans le hall – de gare de province –, de l'aéroport que le chauffeur de Ron Wolf me reconnaisse, j'avais eu soudainement la révélation de la légèreté avec laquelle une vie peut être détruite. Ma propre vie. Comme si elle avait été la vie d'un autre, d'un étranger, qui ne valait rien, la vie de quelqu'un profondément haï, une haine sans explication ou avec trop d'explications pour qu'elle en vaille encore quelque chose, mais réelle, absolument réelle et définitive. Avec quelle légèreté et avec quelle confiance démente, pouvais-je, au dernier moment, encore sauver au moins une bribe de cette vie, la mienne, cette bribe du sublime qui est propre même au plus salaud des humains et qui permet sinon le pardon, du moins l'oubli !

« J'étais là, sur le seuil de ce dernier instant, et la lassitude avec laquelle je marchais dans le hall était celle de traîner avec moi – comme je traînais ma valise –, les débris d'un passé auquel je m'accrochais de temps à autre pour découvrir à chaque fois qu'il comptait de moins en moins pour moi, qu'il me disait de moins en moins de choses sur moi et de plus en plus sur l'étranger haï qui méritait sa mort.

« Mes sentiments sont chaotiques depuis que je vis en Occident, si chaotiques que je ne crois plus depuis longtemps que les mettre en ordre soit un jour possible. Je me dis parfois que la Roumanie me manque. Je me dis que le banc du parc de l'université où je t'ai aimée pour la première fois me manque aussi. Que me manquent l'allée déserte du parc Cismigiu, le quartier aux rues et aux trottoirs défoncés de mon enfance, les tilleuls qui secouaient leurs fleurs délicates dans tes cheveux et que je cueillais une à une avec mes lèvres. Il me manque les sépultures de mes parents. Je me dis qu'il me manque le ciel, la terre, l'air de la patrie qui ordonnaient et commandaient brutalement et légitimaient mes senti-ments. Je savais alors qui aimer, qui haïr, je savais les raisons de mes révoltes, de mes attendrissements, de mes indifférences. Je savais qui j'étais, d'où je venais et où et comment je m'en allais. Je n'avais besoin de rien pour avoir confiance en moi-même. C'était quelque chose de naturel, si naturel que rien des misères idéologiques, rien de la misère pure et simple dans laquelle le pays s'abîmait jour après jour, n'avaient pénétré en moi, n'avait altéré mon être profond qui me définissait comme homme.

« Depuis qu'au-dessus de ma tête il y un autre ciel, depuis que je respire un autre air et que je marche sur une autre terre, depuis que mes sentiments sont troubles, je me sens vidé de tout élan, de toute révolte, de tout désespoir, de tout rêve. Je sens que je deviens une larve. Les spasmes de lucidité qui me traversent sont trop rares et trop dépourvus de force pour qu'ils puissent arrêter cette chute, cette déchéance vertigineuse...

« Il y a quelque chose de capricieux en moi, quelque chose d'inexplicable, d'impossible à décrire avec des mots. Ce n'est pas une colère, ce n'est pas un désir de destruction de moi-même, ni la crispation d'une aventure refoulée et brusquement à la portée de la main, mais un obscur et profond besoin d'abandon. Comme si je n'existais plus que dans cet effondrement vers la condition de larve, dans ce mouvement qu'il me plaît de considérer comme une création. Comme un pur acte artistique, le seul d'ailleurs dont je me sens encore capable et devant lequel il m'arrive de me laisser aller à l'admiration. »

XVII

Une histoire racontée par Lisa :

« Tu vois, mon coquelet, rien n'est dû au hasard dans la vie, on dirait que le destin de chacun est inscrit quelque part, dans le ciel, et qu'il suffit de tendre la main, de bien l'agripper et de prendre soin de ne pas l'égarer. Je me rappelle le mendiant au casque en acier. J'ai passé des heures à la même terrasse et peut-être à la même table que toi et ton prof, à le regarder, émerveillée par la timidité avec laquelle il interpellait les passants. Je l'avais vu pour la première fois lors de ma première escale à Paris, en route vers New York, et je l'ai retrouvé chaque fois inchangé, blotti dans sa vieillesse et sa misère pour l'éternité, comme si le temps s'était arrêté de passer pour lui parce qu'il n'y avait plus rien à détruire. Mais j'avais eu peur de traverser pour la deuxième fois la rue et lui parler. Peur non pas de lui, mais de moi-même.

« J'étais seule, à la veille du départ pour New York, et m'étais approchée sans aucune intention de lui parler. Et je ne lui aurais jamais parlé s'il ne l'avait fait. Je voulais seulement lui donner quelques francs avant d'aller faire les bagages. Depuis plus d'une heure, il ne recevait plus rien et, probablement fatigué de balancer inutilement le casque sous les yeux des passants indifférents, il s'était laissé choir sur le trottoir, le dos appuyé au mur, les genoux serrés et la tête penchée, comme un enfant fâché contre le monde.

« Il avait brusquement levé la tête quand j'avais voulu jeter la monnaie dans son casque, et dit que j'étais belle. Il puait l'alcool et, dégoûtée, j'avais reculé d'un pas. J'avais encore la monnaie dans ma main et, s'il n'avait pas dit encore une fois, avec une douceur déchirante, que j'étais belle, je serais immédiatement partie sans la lui donner. Il s'était mis péniblement debout et vacillait encore quand je lui avais dit que lui aussi était beau. Je ne savais pas ce qui m'avait pris, mais il était vraiment un bel homme. De son visage dévasté par la vieillesse, l'alcool et la misère, émanait une lumière et une chaleur humaine si pures et si rassurantes que je me suis sentie gênée qu'il me permette de le regarder.

« Le regard baissé, il m'avait dit que ma beauté lui rappelait la beauté de sa professeur d'histoire, une comtesse, la comtesse Maria Komarovsky qui, les larmes aux yeux, parlait de l'impératrice Catherine et de son amant et mari, le tsar Pierre le Grand, de Saint-Pétersbourg. Il avait oublié sa mère, il avait oublié son père et ses frères tous morts, mais il n'avait pas oublié la comtesse Maria Komarovsky qui avait accompagné son enfance comme une fée, et n'allait jamais l'oublier. Je lui ai dit que j'avais entendu parler de cette comtesse, et il avait souri, édenté : bien sûr que la comtesse m'était connue, une femme comme moi ne pouvait pas ignorer l'existence de la comtesse Maria Komarovsky.

« Il s'était redressé, avait couvert sa bouche avec le dos de sa main, pour ne pas me souffler dans le visage les odeurs d'alcool, cherché mes yeux et dit :

– Vos yeux ne mentent pas, comtesse, vous êtes vraiment une vraie femme, je sens que vous êtes une vraie femme, vous comprenez ce que je veux dire.

– Je comprends, lui ai-je dit, mais vos yeux non plus ne mentent pas, vous êtes aussi un vrai homme.

« J'ai vu le doute troubler son regard, il ne croyait plus depuis longtemps qu'il était un vrai homme, mais si une vraie femme comme moi le lui disait avec tant de conviction il fallait alors qu'il lui fasse le baisemain. Non pas par reconnaissance, mais parce qu'il ne se rappelait pas d'autre geste pour rendre hommage à une femme. Je lui avais tendu la main, il avait vacillé soudainement, pris de vertige, s'était redressé enfin, mécontent – un vrai homme se penche jusqu'à terre pour faire le baisemain à une vraie femme. Et il s'était penché, avait pris au vol ma main dans la sienne et ses lèvres sèches et gercées avaient touché délicatement ma peau. *Madame la Comtesse*, avait-il murmuré…

« Seul toi, mon coquelet, tu me fais parfois un baisemain si perdu dans ton amour pour moi… »

XVIII

Lisa n'était jamais arrivée au chevet du général Gabi. Elle avait disparu sur la route de l'aéroport de Pointe-à-Pitre. Elle avait purement et simplement disparu, comme disparaissent quotidiennement, de par le monde, des milliers de personnes et dont on ne sait plus jamais si elles sont ou non encore en vie. Ce n'était pas une consolation, c'était une vérité difficile à supporter, mais inévitable. À l'autre bout du fil, Ron Wolf semblait sincèrement affecté.

– Une femme remarquable, avait-il ajouté.

Il m'avait assuré avoir fait toutes les investigations nécessaires avant de prendre le téléphone, consterné et peiné. Il tenait à ma disposition le rapport de la police guadeloupéenne où figurait la déposition sous serment du chauffeur de taxi qui avait amené Lisa de l'aéroport à l'hôpital. Pourquoi Lisa était-elle descendue de la voiture avant d'y arriver, le chauffeur ne le savait pas. Il ne s'était rien passé de spécial sur la route, personne ne l'avait appelé au téléphone et elle n'avait appelé personne, elle avait fumé le regard tourné vers le violacé de la mer. Et lorsqu'elle avait quitté la voiture, à un feu rouge, pour disparaître dans la foule, elle avait tardé un instant, la main appuyée sur la portière, hésitante. Mais il était possible que cette hésitation ait été une simple impression du chauffeur, parce qu'elle avait brusquement poussé la portière et s'était vite éloignée. Si vite et si décidée, qu'elle avait oublié sa valise et tous les efforts du chauffeur pour la rattraper et la lui donner s'étaient avéré vains. Parce qu'elle avait purement et simplement disparu, comme si elle n'avait jamais existé.

Habitué aux caprices des Américains en vacances et au scandale qu'ils faisaient lorsqu'ils perdaient quelque chose ou étaient volés, le chauffeur avait déposé la valise de Lisa au premier poste de police où il était connu. Soixante-douze heures plus tard, après l'alerte donnée par le général Gabi et les premières investigations faites à la morgue de Pointe-à-Pitre, à Montréal, au service de l'immigration de la Guadeloupe, à l'hôtel où le couple avait retenu une chambre, dans les autres stations touristiques où Lisa aurait pu se réfugier et auprès des agences où Lisa aurait pu acheter un billet d'avion ou de bateau pour une destination quelconque, sa disparition avait été officiellement déclarée et la valise ouverte. Le procès-verbal consignait, pièce par pièce, accompagnées de détails sur leurs couleurs, leurs marques et leurs tailles, les vêtements et les biens féminins trouvés. Quelques notes écrites en roumain sur le carton avec les instructions en cas de catastrophe aérienne avaient été retrouvées dans une poche de la valise et Ron Wolf, qui avait analysé la copie reçue par fax, était arrivé à la conclusion qu'elles représentaient le brouillon d'une lettre à mon attention. Consulté, le général Gabi avait confirmé l'authenticité des notes et n'avait formulé aucune objection à ce que l'original me soit envoyé.

— Ça ne sert à rien de te dire de quoi il s'agit, je te l'envoie ces jours-ci...

— Ça ne m'intéresse pas, dis-je.

— Comme tu veux. Les recherches continuent, elle a disparu, elle n'est pas morte, que les choses soient claires ! Si on ne la retrouve pas ou si, dans un an, elle ne donne aucun signe de vie, le décès sera officiellement annoncé, mais j'ai la conviction…

— Elle en savait trop ?

— De quoi tu parles ? Qu'est-ce qu'elle aurait pu savoir? hoqueta Ron Wolf en suçant bruyamment ses dents.

Je raccrochai avec un juron. L'instant après, il appela de nouveau :

— Fais bien attention à ce que tu dis, fais bien attention!

Il raccrocha avant moi. J'allumai une cigarette, sortis sur le balcon et, pendant des minutes d'affilée, je me dis que dans les cours minuscules au gazon fraîchement coupé et aux énormes jouets en plastique, je n'avais jamais vu un seul enfant. En fait, je n'avais jamais vu personne. Je n'avais vu rien d'autre que du linge étendu au soleil pour sécher. Je pouvais supposer que quelqu'un l'avait étendu sur les cordes entre les balcons et les troncs des érables pendant mon sommeil ou quand je préparais ma nourriture frugale, mais c'était une supposition hasardeuse parce qu'il était tout à fait possible que j'aie devant les yeux un décor en carton-pâte voué à laisser l'impression d'une existence réelle et paisible.

Je pris la décision de descendre pour vérifier. J'étais en haut de l'escalier quand je vis le type au visage foncé et aux cheveux frisés, qui apparaissait tard au restaurant du sous-sol du refuge des espions et des traîtres à la patrie, monter d'un pas alerte, regardant dans toutes les directions. On aurait pu dire que je l'attendais ; un policier en civil avec son allure de brute scolarisée ou un policier en uniforme, c'était inévitable que l'un ou l'autre me tombe dessus. Son costume bien coupé, ses cheveux frisés et enduits de brillantine, le début timide de ses favoris qui se perdaient dans un angle parfait aux commissures de ses lèvres, sa moustache fine et sa dentition en porcelaine prouvaient son appartenance à l'espèce des investigateurs de l'ombre des disparitions mystérieuses.

Je l'invitai à s'asseoir sur la chaise d'où, quoi qu'il fît avec sa tête, il serait obligé de se confronter en permanence avec sa propre image reflétée par le miroir appuyé sur le dossier du canapé. Petite cruauté sans conséquence, comme mes savantes volutes de fumée auxquelles je ne m'étais plus exercé depuis des années, et qui accrochaient involontairement son regard. Mais je n'aurais pas pu autrement l'écouter et répondre à ses questions. Même si Ron Wolf – qui l'avait expédié chez moi –, lui avait conté l'essentiel. Enfin, suffisamment pour qu'il ne me demande pas de détails sur la nuit passée avec *Madame la Comtesse*, mais seulement sur le moment de son départ. M'avait-elle confié quelque chose ? Un calepin, un dossier, une bande audio ou vidéo, un cédérom ? M'avait-elle fait une confidence quelconque qui aurait pu cacher sa décision de disparaître ? Avais-je observé, avais-je senti quelque chose d'étrange dans son comportement qui aurait pu expliquer, *a posteriori*, sa disparition ? Avais-je une idée où elle aurait pu disparaître ? Pour quelle raison avais-je quitté l'appartement mis à ma disposition ? Qu'est-ce que je faisais depuis deux jours ? Avais-je d'autres connaissances à Montréal ?

– Je sais, a-t-il encore dit, que la disparition de *Madame la Comtesse* n'est pas une nouveauté pour vous... mais pour d'autres personnes...

Il avait un accent curieux, il était peut-être roumain, mais qu'il le fût ou non m'était complètement égal et les personnes qui se faisaient de soucis plus grands que les miens sur les disparitions de Lisa m'indifféraient davantage. Je l'ai brusquement coupé :

– Vous devriez savoir alors que depuis la première disparition de *Madame la Comtesse* la vie ne m'a plus gratifié d'un autre moment de gloire authentique !

Il ne le savait pas. Il se découvrit à nouveau dans la glace, prit le temps de palper avec le bout des doigts sa moustache et les pointes de ses favoris – ils poussaient, sans doute, sous ce tâtonnement insistant. Je me levai, passai dans l'autre chambre, pris la valise et, de retour, la renversai sur le canapé. Une fois assis, j'allumai une autre cigarette et recommençai le lancement des savantes volutes de fumée.

– Je vous en prie, protesta-t-il mollement, tout en fouillant avec un regard d'expert mes affaires, ce n'est qu'une simple conversation...

Je me donnai du temps pour terminer ma cigarette avant de répondre à ses questions : *Madame la Comtesse* ne m'avait rien laissé, ne m'avait rien dit, je n'avais rien observé ni rien senti, je n'avais aucune idée de pourquoi et où elle avait pu disparaître. Je ne connaissais personne d'autre à Montréal que Ron Wolf et Moreno. J'avais quitté l'appartement parce que je ne supportais plus l'arôme artificiel de pommes. Les deux derniers jours, j'avais regardé par la fenêtre, avalé des œufs synthétiques, de la charcuterie en plastique, de frites au goût de moisissure, du café et une bouteille de vin, et j'avais dormi...

– ...et si vous n'étiez pas venu, finis-je, déçu du calme avec lequel il m'avait écouté, j'aurais probablement su depuis un bon moment si le linge pendu à l'arrière du bloc, le gazon, les érables et les jouets en plastique sont ou non en carton-pâte.

– Il serait préférable que vous restiez au Canada jusqu'à la fin de l'enquête. Monsieur Wolf est du même avis... Bref, vous devez y rester jusqu'à la fin de l'enquête, ajouta-t-il avec un sourire d'enchantement pour ses dents en porcelaine redécouvertes dans la glace. *Madame la Comtesse* est une personnalité connue, vous comprenez, et votre collaboration sera grandement appréciée...

– Si vous me promettez un autre moment de gloire authentique.

Il palpa à nouveau les pointes de ses favoris et sa moustache. Mais j'avais compris, et je n'avais aucun motif de croire que ma collaboration ne serait pas grandement appréciée. Au contraire, dis-je. J'avais collaboré. D'ailleurs, je collaborais. Je collaborerai, la gloire pouvait encore attendre. Cela avait l'air d'un engagement solennel, il ne me restait qu'à choisir un nom de conspirateur, que sous mes yeux soit glissé une feuille de papier sur laquelle coucher mes informations privilégiées et ensuite signer lisiblement.

– J'ai de la difficulté à saisir votre humour, dit-il, visiblement dépassé par une telle perspective.

Il m'avait laissé une carte d'affaires, pour éventuellement l'appeler. Je suivis du regard sa descente, sa tête bougeant inlassablement dans toutes les directions. Ma conclusion était peut-être hâtive, mais Moreno s'était trompé en m'assurant que le misérable bloc d'appartements de Claudia n'avait aucun lien avec l'Administration. Ou il m'avait trompé. J'avais quand même suffisamment de motifs pour ne plus vivre. Je le fis le jour où une lettre officielle m'annonça qu'il m'était interdit de quitter le Canada avant que l'enquête sur la disparition de Lisa ne prenne fin.

XIX

Les mesures de précaution prises par Moreno la nuit où nous avions vidé la bouteille de champagne au bord de la piscine s'étaient avérées inutiles : notre conversation et mes considérations désabusées sur la tragique erreur de la disparition du communisme et ses conséquences avaient été intégralement enregistrées.

Je reçus une copie par la poste, sans l'adresse de l'expéditeur, et il fallut que j'achète un petit appareil pour l'écouter. J'avais oublié le timbre de ma voix enregistrée – j'avais donné, dans le temps, quelques entrevues à la radio –, et je fus surpris de constater comment ces mots menaçants et définitifs résonnaient ; encore plus menaçants et définitifs que j'avais été sans doute capable de les articuler après que le champagne me soit monté à la tête. Il était possible que l'enregistrement ait été fait par Moreno, mais il était tout aussi possible que les chaises longues aient caché des microphones sans qu'il le sache. La question était toutefois ailleurs, dans la certitude que personne d'autre que Ron Wolf ne se serait donné la peine de m'envoyer l'enregistrement. Afin que je comprenne une fois pour toutes que la rigolade n'était pas son genre.

Même si je n'avais pas compris, j'étais toujours à sa merci. Tout autant dépourvu de défense que Moreno, dans la chambre duquel Ron Wolf s'était précipité quelques heures après mon départ.

Durant deux jours et deux nuits, Moreno n'avait pas fermé l'œil, puis il s'était finalement effondré dans un sommeil profond. Ron Wolf mit la cassette avec l'enregistrement, s'assit, alluma un cigare, monta le son au maximum et attendit le réveil de Moreno pour lui demander des explications. La bande s'acheva mais, avec une patience d'ange, Ron Wolf la remit. Sans aucun résultat. Moreno n'avait pas bougé. Vêtu de son uniforme de la tête aux pieds, il s'était endormi, couché sur le ventre.

Ron Wolf mit encore une fois la bande, secoua Moreno, cria, le secoua de nouveau, alluma un autre cigare et, comme cela lui arrivait chaque fois qu'il perdait patience, se pencha pour lustrer ses chaussures avec un morceau de velours qu'il gardait dans la poche arrière de son pantalon. Et, comme cela lui arrivait aussi chaque fois qu'il était nerveux, le velours accrocha une des boucles en laiton. Il se donna la peine de l'arracher sans casser la boucle et son regard glissa alors sous le lit de Moreno. La reliure d'un livre attira son attention, il le prit, le retourna, et le regarda stupéfait : *Le Manifeste communiste*, dans une édition récente. Il tendit la main et prit un autre livre : *Les discours de Fidel Castro des dernières années* ! Il en fut terrifié.

Une bibliothèque entière sur le communisme était cachée sous le lit ! Une bombe programmée à exploser à tout instant, un sacrilège, une honte qu'il fallait laver sans tarder ! Inutile de réveiller Moreno, Ron Wolf avait tout le temps pour régler ses comptes avec lui. Il récupéra la cassette, s'agenouilla, se mit sur le ventre pour ramasser toute la bibliothèque subversive, jeta le tout dans un sac et sortit.

Le règlement laissait aux engagés la latitude de se constituer des bibliothèques personnelles, mais la grande majorité ne collectionnait que des revues abandonnées par les locataires, des romans à l'eau de rose et des publications pornographiques commandées par la poste et expédiées en toute discrétion. Vérification faite, Ron Wolf découvrit qu'il n'existait qu'une seule librairie à Montréal qui s'acharnait encore à vendre de la littérature communiste et, depuis quelques mois, Moreno était devenu un client assidu. Sa colère baissa d'un cran lorsqu'il apprit que Moreno n'avait pas adhéré au squelettique parti communiste canadien, mais cela ne voulait pas dire que son adhésion aux idées communistes n'était pas authentique et donc dangereuse. Pour que les livres confisqués ne tombent pas dans les mains d'autres naïfs ou curieux, il les brûla le lendemain dans l'incinérateur des ordures de l'édifice.

Condamné avec véhémence, entre quatre yeux, et accompagné du retrait de quelques responsabilités et d'une partie substantielle du salaire, l'égarement idéologique de Moreno serait resté probablement sans autres conséquences graves si, dans les semaines qui suivirent, il n'avait pas essayé de reconstituer sa bibliothèque. Claudia était en vacances, ses collègues n'étaient pas fiables, il ne sortait en ville que rarement et aurait couru des risques s'il était rentré les bras pleins de livres. Quelques commandes faites par la poste étaient restées sans réponse, mais une de ses ex-femmes, la première, qui avait des remords pour son intransigeance d'autrefois, s'était dépêchée de lui apporter les livres voulus et en avait profité pour se glisser à nouveau sous ses draps.

Ron Wolf dut attendre le matin et le départ de la femme pour pousser la porte de la chambre de Moreno avec l'intention ferme de confisquer la dégoûtante littérature et de lui donner un dernier avertissement. Mais l'incroyable le frappa à nouveau, avec une violence extrême. Moreno était reposé et, avec une audace inimaginable, il refusa de lui donner les livres tout en agitant le règlement de l'Administration et en le menaçant de rendre public le harcèlement dont il était victime. Ce qui équivalait à une révolte claire. Et à une trahison sans équivoque.

Un traître parmi des traîtres à la retraite ce n'était pas la fin du monde ; sauf que Moreno s'était trompé d'ennemis, il avait foulé aux pieds le serment de fidélité fait solennellement sur la Bible, le jour de son acceptation dans la sélecte famille des serviteurs de l'Administration, et avait mordu jusqu'au sang la main (de Ron Wolf) qui le nourrissait. La véhémence avec laquelle il agitait le règlement et proférait ses menaces était la preuve que, soit il ignorait ce qui l'attendait, soit il s'en foutait, ce qui était plus grave encore.

Ron Wolf demanda de l'aide, les livres furent confisqués et Moreno obligé d'assister à leur passage aux flammes. Contraint de s'expliquer et, réalisant enfin l'importance de sa culpabilité, Moreno se perdit dans des propos incohérents sur la justice sociale, sur la dignité et la noblesse humaines, sur la barbarie de l'oligarchie financière qui mène le monde, sur la supériorité du communisme et la décadence du capitalisme, sur la transformation de l'homme en marchandise et la disparition de l'avenir, etc. Un résumé assez consistant et passionné des lectures faites lors de ses longues heures d'insomnie et, en filigrane, de mes considérations nocturnes, au bord de la piscine.

Ron Wolf se donna un répit. Il était prêt à accepter que la littérature subversive ait troublé l'esprit simple et trop peu éduqué de Moreno et que ses expériences de vie, limitées aux rigueurs administratives, ne l'aient guère protégé des influences néfastes. Il était prêt à fermer les yeux une dernière fois et était convaincu que Moreno pouvait être remis sur la bonne voie avec peu de dommages et dans un délai relativement court. Mais ce qui lui faisait profondément mal, ce qui l'avait effrayé, ce qu'il ne pouvait pardonner à Moreno – le seul de ses subordonnés auquel il avait toujours fait une confiance totale, dont il s'était occupé comme un père depuis sa tendre enfance –, était qu'il ait succombé aux palabres d'un individu comme moi, perverti par le communisme jusqu'à la moelle des os, un avorton, un profiteur sans honte, un pygmée intellectuellement nul, une larve humaine qui méritait d'être détruite, écrasée comme toute larve nuisible. Je n'avais que ce que je méritais, je pouvais m'enfoncer dans la misère la plus noire, me cacher dans des sous-sols et au fond des cours pour gagner malhonnêtement ma croûte et remercier Dieu que je ne pourrisse pas déjà en prison pour tout le mal fait à l'Administration, à son fils adoptif et à lui personnellement. Mais il n'était pas trop tard !

Comme je n'avais presque plus rien à faire depuis mon suicide, et parce que je ne savais que faire, à part franchir frauduleusement la frontière et me perdre aux États-Unis – ce qui aurait été contraire aux quelques principes de vie qui me tracassaient de temps à autre –, j'avais le choix entre attendre que Lisa réapparaisse miraculeusement pour prodiguer à nouveau des soins à son coquelet qui lui contait des histoires, être jeté en prison, ou me laisser méticuleusement écraser par les souliers bordeaux de Ron Wolf.

La perspective la plus probable s'incarnait en Ron Wolf et en son hostilité à mon égard. Je l'attendais. C'était la première fois dans ma vie que quelqu'un me haïssait sans se cacher et il aurait été stupide qu'il ne me trouve pas à la maison. Même mort depuis quelques semaines, une telle chose ne se ratait pas !

Je ne sortais que rarement, sur le tard et pour quelques minutes, juste le temps d'acheter de quoi manger et des cigarettes au commerce du sous-sol. Le téléphone ne sonnait jamais et mes essais pour contacter l'ancien étudiant du professeur Todorov restèrent sans résultat. Il était probablement en vacances. Je dormais mal, étouffé par la chaleur humide ; en fait, j'étouffais et j'étais en sueur tout le temps ; je me crétinisais en écoutant la télé ; j'avais renoncé à acheter des journaux ; je sortais parfois sur le balcon et regardais, ébahi, les immenses jouets en plastique qui se dégonflaient jour après jour, et le linge étendu. Je tendais la main, accrochais une branche du vieil érable, je la mordais et la mastiquais et son amertume, doux poison, me disait qu'elle était vraie. Mais je n'arrivais pas à le croire.

J'attendais donc Ron Wolf. Depuis le matin jusqu'à tard dans la nuit. Vêtu élégamment de la tête aux pieds – je gardais le veston sur le dossier de la chaise, prêt à l'enfiler au premier grattage à peine perceptible sur le bois de la porte –, les mêmes habits que le jour de ma descente d'avion quand il m'avait accueilli sur le perron de la résidence en évitant de me serrer la main. Il n'allait pas comprendre l'ironie, mais je n'avais trouvé rien d'autre pour ne pas lui sauter à la gorge.

XX

À la place de Ron Wolf, ce fut Claudia qui, un après-midi, gratta à la porte. Lorsque j'ouvris, le veston à moitié enfilé et que je la vis, sans la reconnaître, je me dis qu'elle était trop grande et trop maigre et qu'elle avait quelque chose d'enfantin en elle, quelque chose d'inachevé, de pervers. Elle avait changé de coiffure ainsi que la couleur de ses cheveux ; ils étaient rouge vif et séparés au sommet de la tête par une raie ondulée. Elle portait une jupe longue en tissu léger et fleuri, des espadrilles, d'énormes lunettes de soleil, une blouse blanche qui laissait bien voir ses seins minuscules et un sac à main qui pendait sur son ventre. Je n'eus pas le temps de lui demander ce qu'elle cherchait, elle fit brusquement un pas en avant, m'obligeant à m'écarter pour la laisser entrer.

Je ne la reconnus pas non plus alors que, tourné vers elle, sourire fatigué aux lèvres, je la contemplai – c'était la première femme qui franchissait, par erreur sans doute, le seuil de mon appartement – elle cherchait probablement l'agence de rencontres –, et le sentiment qu'elle allait vite se rendre compte de sa méprise me ramena passablement à la vie. Elle vacillait sur ses pieds, étonnée que l'élan avec lequel elle s'était ruée dans la chambre l'ait porté si loin, près de la fenêtre.

Je la reconnus enfin quand, un instant plus tard, elle

ôta ses lunettes de soleil. C'est alors que je vis aussi la racine de sa canine au-dessus de laquelle sa lèvre était coupée par une petite cicatrice, et pris conscience au même moment qu'elle tremblait et que des gouttes de sueur coulaient sur ses tempes creuses.

— Asseyez-vous Claudia, dis-je.

Elle s'assit, le dos tourné au miroir, les genoux collés et les mains serrées sur son sac à main. Je lui demandai si la fumée la dérangeait, elle fit non de la tête. Je lui offris une cigarette, elle secoua à nouveau la tête. J'allumai ma cigarette, pris place sur le canapé et dispersai la première bouffée avec un léger mouvement des mains. Elle fut surprise par mon geste, car je vis à nouveau la racine de sa canine découverte par la cicatrice.

— Mon frère veut vous rencontrer, dit-elle.

Depuis quelques semaines, Moreno travaillait au sous-sol, au restaurant, à la place du Noir au mégot pendu aux lèvres. Claudia communiquait avec lui, de temps en temps, seulement par téléphone ; des échanges de banalités à l'usage de ceux qui les écoutaient et faisaient leurs rapports à Ron Wolf. Moreno était déprimé, il ne dormait presque plus et l'odeur des plats mélangée à celle artificielle de pommes le dégoûtait ; il vomissait plusieurs fois par jour.

Claudia sortit un mouchoir minuscule de son sac à main et tamponna longuement ses tempes en sueur, son menton et son nez. Elle ouvrit de nouveau son sac, sortit un flacon de parfum, s'aspergea fébrilement le cou et le lobe des oreilles, remit le flacon dans le sac, essaya vainement de le refermer, y renonça et tourna enfin le regard vers la fenêtre.

Je la voyais maintenant de profil, ses lèvres frémissaient, son corps était traversé de spasmes et l'impression de perversité me frappa de nouveau.

— Je vous apporte un verre d'eau, Claudia ?

Je le lui apportai. Elle sirota une gorgée, j'entendis ses dents cogner le verre. Elle tendit la main pour poser le verre sur la table et je me mis debout avant qu'elle le renverse. Je pris sa main qui tenait le verre dans la mienne et nous restâmes ainsi, quelques instants, nos mains enlaçant le verre suspendu en l'air. Je sentais sa main étroite et froide, je sentais ses longs doigts osseux qui cherchaient les miens, je sentais la chaleur de ma main qui coulait vertigineusement dans la sienne, comme si elle était aspirée par une force soudainement réveillée à la vie par cette proximité.

Je ne me rappelle plus quand je me rendis compte qu'elle pleurait. Avant de porter sa main tremblante vers la table pour déposer le verre ou quand, traversée par un frisson dont la violence défigura horriblement son visage, elle le renversa.

XXI

Claudia avait maintes préoccupations littéraires, était végétarienne et, malgré l'immense quantité de parfum avec lequel elle s'aspergeait furieusement de la tête aux pieds – je n'avais jamais rencontré dans ma vie une telle femme –, sentait la pourriture. Je sentais probablement la même chose, car la première fois qu'elle s'était blottie dans mes bras elle n'avait rien dit.

Elle mettait sa conversion végétarienne au compte d'une émission de télé sur des poules destinées au commerce, étranglées sans pitié, et prétendait avoir terminé un volume de nouvelles. Elle m'en avait lu quelques pages, un soir, mais j'étais un peu soûl et n'avait pas compris grand-chose. Elle apprenait le mandarin et, assise sur mes genoux, les jambes enlacées dans mon dos, elle le baragouinait. À l'adolescence, elle avait eu une passion pour l'Amérique latine, avait appris l'espagnol, avait fui dans la jungle, en Colombie, et bossé dans un restaurant. Elle était mineure et ses parents – des paysans siciliens échoués dans la construction des routes canadiennes – s'étaient mis en quatre pour la ramener. Ils n'auraient pas réussi sans l'intervention de Ron Wolf ; Moreno travaillait déjà pour l'Administration. Elle maria ensuite un Africain, divorça, mais pouvait encore articuler quelques mots dans un dialecte du nord du Zaïre. Je l'avais cru sur parole ; je n'avais aucune intention de lui faire apprendre le roumain et, en me montrant, souriante, la racine de sa canine, elle avait continué à baragouiner en mandarin.

La petite cicatrice était le souvenir d'une chamaillerie d'enfance avec Moreno. Ils couraient dans le potager qui rappelait la Sicile aux parents, et elle était tombée sur une pierre. La dentition, elle l'avait faite corriger plus tard, mais pour la lèvre coupée il n'avait rien eu à faire. La cicatrice ne la dérangeait pas, elle s'était avérée le prétexte idéal pour partager, dès son adolescence, les hommes en deux catégories : ceux qui, en l'embrassant pour la première fois, se précipitaient pour la chercher, convaincus que cela lui ferait perdre la tête d'un coup, et ceux qui cherchaient sa bouche entière sans aucune conviction. Un critère parmi d'autres, qui ne l'avait pas protégé des déceptions, mais lui avait servi comme matière littéraire.

Ses larmes, la sensation que mon sang coulait sur sa main froide, le verre d'eau renversé et son évanouissement hypocrite ou réel – j'avais dû la prendre dans mes bras pour l'empêcher de tomber sur le plancher – auraient pu me situer parmi les hommes de la deuxième catégorie, ceux censés être acceptés, en principe, dans son intimité. Mais, ce soir-là, alors que Moreno et ses malheurs flottaient entre nous deux, je savais déjà que si jamais je l'embrassais j'éviterais à tout prix sa cicatrice.

C'est ce qui m'arriva, après l'échec de plusieurs rencontres programmées avec Moreno. Près du bureau de poste, de l'autre côté de l'autoroute Décarie, il y avait un restaurant vietnamien que Moreno connaissait et où, pendant quelques semaines d'affilée, Claudia et moi l'avons attendu. Deux raies ondulées séparaient désormais ses cheveux rouge vif et sa petite tête semblait encore plus ne pas lui appartenir ; elle perdait beaucoup de temps à coiffer ses cheveux et le choix de son accoutrement et son élégance cadraient mal avec la taverne où nous nous trouvions. Je n'avais qu'une idée très vague des raisons de son trémoussement et de ses suées, encore plus visibles depuis notre première rencontre. Cela avait presque l'air d'une coquetterie, car je ne pouvais pas m'expliquer pourquoi il m'était plus facile de la regarder, comme si j'avais devant moi une vraie femme, qu'après qu'elle se soit déversé du parfum sur les oreilles, le cou, la nuque, les poignets et dans la fente de sa blouse. Elle me provoquait, je le comprenais bien, et se dépêchait d'approcher sa chaise de la table, de croiser ses doigts au niveau de sa lèvre coupée et de me parler, en chuchotant, de Moreno. Il est possible qu'elle m'ait raconté une de ses nouvelles et inévitables intimités après que l'attente de Moreno soit devenue, d'une semaine à l'autre, un prétexte pour que nous nous retrouvions ensemble une heure ou deux – ou quelque chose sur elle-même sur le même ton de confession sans conséquence. Dans ma situation, savoir si ses histoires étaient vraies ou non ne me servait à rien. Je l'écoutais simplement, heureux qu'elle confirme mes soupçons sur la vocation réelle de l'hôtel de Ron Wolf et que tout ce qu'elle savait sur moi tînt plus vraisemblablement de la fiction (qu'elle saurait imaginer si, éventuellement, elle était intéressée à savoir).

XXII

Le premier hôtel de l'Administration avait donc ouvert ses portes au début des années 1960, en pleine guerre froide. Quelques appartements modestes dans l'une des ailes d'un bâtiment au nord de Montréal et qui changeaient souvent de locataires. Homme à tout faire – nettoyage, approvisionnement, surveillance –, Moreno, jeune et à l'âme fragile, pouvait s'imaginer n'importe quoi sur les hôtes de l'Administration, mais il ne le faisait pas, par manque d'imagination, par scrupule d'employé modèle et par crainte de décevoir son bienfaiteur, Ron Wolf, qui l'avait sauvé en lui évitant d'échouer dans une manufacture ou d'asphalter jusqu'à la fin de sa vie les rues du Canada comme son père. Tout ce qu'il pouvait raconter à Claudia – qui le harcelait de questions chaque fois que l'Administration lui accordait quelques heures libres et qu'il se précipitait, en uniforme (sa fierté), pour retrouver ses parents et sa sœur –, était que les locataires n'avaient pas de noms, ni sur leurs portes, ni sur leurs valises et probablement ni sur leurs papiers ; que lorsqu'ils parlaient entre eux c'était avec des accents étrangers, inconnus de Moreno – à moins que ce fut une ruse pour les rendre plus mystérieux et plus inaccessibles –, ils n'utilisaient jamais aucun diminutif ou surnom. Moreno leur donnait du « Monsieur » et du « Madame ». Ils étaient habillés élégamment, ils mangeaient bien, buvaient beaucoup de vodka et de whisky, avaient toujours l'air d'avoir bien dormi et d'être à tout moment prêts à s'en aller. Ils n'achetaient rien, ne faisaient aucun changement dans leurs appartements, ne sortaient en ville que la nuit tombée et pour peu du temps, toujours ramenés par la même voiture et avec le même chauffeur qui ne quittait jamais son volant. Ils s'enfermaient, dans une chambre spécialement aménagée, des heures et des heures avec Ron Wolf et des visiteurs arrivés à l'improviste, et disparaissaient une nuit sans laisser aucune trace.

Le premier hôtel de l'Administration avait eu ainsi comme locataires Anatoli Golytsin, qui s'était enfui avec la liste des agents de KGB du monde entier ; Igor Guzenco, qui avait abandonné la légation soviétique d'Ottawa et dont les services secrets occidentaux avaient longtemps douté avant de le prendre au sérieux ; Nicolai Fedorovich Artamatov et Ilia, sa maîtresse polonaise ; un autre Polonais, Michal Goleniewski ; Bogdan Stashinsky, l'assassin à l'acide prussique des émigrés ukrainiens en Allemagne fédérale, et sa femme ; le professeur anglo-canadien Hugh Hambleton et sa maîtresse yougoslave, avant qu'il soit arrêté comme agent double ; l'écrivain bulgare Georgi Markov, assassiné quelques années plus tard avec la pointe empoisonnée d'un parapluie ; Youri Ivanovitch Nosenko, qui avait rencontré deux fois, à Moscou et aux États-Unis, Lee Harvey Oswald, l'assassin désigné de Kennedy.

— Je ne sais pas si Ron Wolf est au courant, lui disais-je chaque fois qu'elle ajoutait d'autres noms d'espions et de traîtres à la liste des anciens locataires, mais vous avez beaucoup d'imagination...

Elle éclatait de rire. Malgré la cicatrice ou, plutôt, dans son obsession à la cacher, son rire était forcé, mais agréable, légèrement humide, avenant. Je prenais alors brusquement ses mains froides, je défaisais un à un ses doigts croisés et les faisait descendre vers la table, au milieu des bols de soupes aux nouilles, des salades aux tubercules de riz et d'herbes asiatiques, des assiettes minuscules remplies de sauces suspectes et des ingrédients exotiques qui dégageaient de puissants arômes se mélangeant avec son lourd parfum. Je retirais mes mains vidées de chaleur et, parce que j'avais commencé à croire qu'en ne faisant pas ce geste vital, les végétaux qu'elle dévorait avec gourmandise l'enterreraient sous mes yeux, et que les efforts de Moreno d'échapper à la surveillance de Ron Wolf s'avéreraient vains d'une semaine à l'autre, je l'incitais à continuer.

Je me disais souvent, avec une envie ridicule, qu'elle avait trouvé dans les histoires des espions et des traîtres des anciens pays communistes, bénéficiaires au fil des ans de l'hospitalité de l'Administration, un sujet passionnant et très nord-américain pour ses nouvelles. Je me disais aussi que ces mêmes espions et ces traîtres et les raisons qui les avaient déterminés à vendre leurs patries, auraient été une matière de réflexion sur la saloperie humaine plus intéressante pour une thèse de doctorat postcommuniste, que les intellectuels est-européens qui avaient fui en Occident sans trouver preneur pour leur petitesse d'âme et de caractère. Mais je n'osais pas consulter le professeur Todorov car il aurait certainement compris que ma vie au paradis nord-américain n'était pas de tout repos.

Claudia reprenait ses histoires. Vers la fin des années 1970, le premier hôtel ne faisait plus face à la demande, le nombre des employés avait doublé, les locataires avaient vieillis et la plupart y restaient à demeure pour toujours. Promu chef du personnel, Moreno avait presque chaque jour l'occasion de constater ce changement, au début discret, mais brusquement visible après que des locataires eussent déménagé dans le nouvel hôtel bâti sur le mont Royal pour plus de confort et de sécurité.

Les insomnies de Moreno remontaient à cette période de tracasseries liées à l'application rigoureuse du nouveau règlement de l'Administration, aux prétentions et aux caprices des pensionnaires trop peu habitués à la sédentarisation, et aux disputes avec sa première épouse. Quand Claudia l'avait retrouvé après son aventure colombienne, son moral était à terre.

De nature sensible, maladif et craintif, malléable jusqu'à l'abêtissement entre les mains de Ron Wolf, Moreno avait toujours admiré sa sœur cadette pour son esprit d'indépendance et pour la sérénité avec laquelle elle assumait ses interminables sottises sans rien en apprendre. Une admiration sans conséquence, occasion plutôt de chamailleries verbales et de longues périodes d'indifférence réciproque. D'ailleurs, même quand leurs rapports étaient bons, ils se voyaient rarement. Moreno avait de la difficulté à oublier, même pour quelques heures, ses responsabilités de plus en plus pesantes de chef du personnel et, s'il le faisait, il arrivait invariablement en compagnie de sa première épouse. Claudia détestait cette femme bavarde et vulgaire qui torturait son frère, et les rencontres tournaient toujours mal.

Ils étaient si différents, leurs attentes de la vie et leurs manières d'y parvenir étaient si peu communes que seuls leurs proches les considéraient vraiment frère et sœur. Pour les parents, l'ascension de Moreno dans la hiérarchie de l'Administration et la certitude d'une existence facile et sans aléas étaient un sérieux motif de fierté et un exemple que Claudia aurait dû suivre. Mais ce n'était entre eux qu'instigations inutiles, pertes de temps, disputes sans fin, ruptures définitives annoncées et ajournées par compassion envers les vieux Siciliens rongés de rhumatismes et de tardifs regrets d'avoir quitté la pauvreté sans éclat de leur île ensoleillée pour la pauvreté brillante et l'horrible climat du Canada.

Après l'avoir récupérée, sans ménagement, de la jungle colombienne, Ron Wolf avait offert à Claudia de travailler pour l'Administration. La proposition n'était pas dénuée d'équivoque, mais il est aussi vrai que sa présence aurait ravivé l'atmosphère sombre de l'hôtel et convaincu sans doute Moreno de renoncer au combat, perdu d'avance, avec sa première épouse, pour se consacrer entièrement aux responsabilités de plus en plus exigeantes de sa fonction.

Les promesses, les galanteries et la ténacité de Ron Wolf eurent raison de Claudia, mais à la fin même de sa première journée de travail – elle s'y était présentée en uniforme coquettement ajusté à son corps d'adolescente –, Moreno l'avait fait monter dans un taxi, les pieds nus et enveloppée dans son peignoir, et l'avait expédiée à la maison. Ce qui lui avait fait monter le sang à la tête – avait-il expliqué plus tard –, n'était pas vraiment la jupe qui laissait voir, à chaque dodelinement des hanches, ses petites fesses rondes, qui auraient tenus dans les mains d'un homme, ni sa blouse transparente sous laquelle se dessinaient ses seins d'enfant, ni l'évidence qu'une petite pute était désormais à la disposition des pensionnaires croupissants ou rassasiés de leurs femmes, maîtresses ou amants, mais les souliers bordeaux aux boucles en laiton de Ron Wolf en version féminine. Et dont le frottement de l'un contre l'autre, qu'il supportait depuis toujours et qu'il allait devoir supporter jusqu'à la fin de sa vie, était le cauchemar qui le réveillait du court sommeil dans lequel il tombait de temps à autre. Ç'avait été l'idée de Claudia ces souliers faits à la main, preuve éhontée d'un privilège gagné avec des moyens qui n'étaient pas donnés à tous, mais desquels elle entendait profiter sans honte jusqu'au jour où Ron Wolf aurait cessé de la désirer.

Perspective improbable, si solide était devenue leur complicité dans laquelle l'érotisme, les affaires et le chantage réciproque faisaient un mélange tantôt explosif, tantôt séducteur. Moreno ne le savait pas, mais le bloc d'appartements meublés, qu'il m'avait recommandé, avait été acheté par Claudia avec l'argent de Ron Wolf et, souvent, tous deux se retrouvaient dans une des chambres de l'agence de rencontres, propriété commune, comme d'ailleurs le commerce de l'entrée.

Puis six ans avaient alors passé. Moreno avait divorcé, s'était remarié et avait de nouveau divorcé. Quelques locataires étaient morts ou avaient disparu ; d'autres prirent bientôt leur place, ou peut-être s'agissait-il de ceux qui avaient disparu (impossible de les reconnaître après qu'ils aient changé de visage, de timbre de voix, de gestes). Entre les murs des appartements, on parlait toutes les langues de la Terre, une certaine familiarité et une légèreté soufflaient sur les couloirs et dans les espaces communs – l'hôtel laissait de plus en plus l'impression d'un club sélect de vacances pour le troisième âge où, si tout n'était pas permis, l'essentiel ne se heurtait à aucune résistance sérieuse.

Les visites plus ou moins longues de Claudia en qualité de secrétaire particulière de Ron Wolf passaient ainsi presque inaperçues. Elle faisait partie du décor au même titre que les caméras de surveillance, le personnel en uniforme, l'insomniaque et dévoué Moreno, et son ex-mari, le Zaïrois qui travaillait au restaurant du sous-sol et qui avait une peur bleue que la vengeance de Mobutu le frappe, et qui était aussi le seul troublé par sa présence.

Autant que Claudia avait pu se rendre compte, la curiosité de Moreno pour le communisme était née en même temps que le changement d'atmosphère dans l'hôtel quand, étendus paresseusement sur les chaises longues de la piscine ou ranimés par quelques verres lors des soirées de danse organisées une fois toutes les deux semaines, les pensionnaires se plaisaient à déchirer avec une vanité enfantine les ombres moins obscures et sans risques du mystère qui leur avait assuré leur triste célébrité. Et cette atmosphère était devenue obsédante quelques semaines après l'arrivée de Lisa et du général Gabi.

Depuis que, dans les années 1960, le docteur polonais Ilia s'était baladé quelques mois dans les couloirs du premier hôtel de l'Administration, avec ses longs cheveux blonds flottants sur ses épaules et en laissant derrière elle des vagues de Chanel N⁰ 5 et des froufrous vertigineux de nylon frotté entre ses cuisses qui s'infiltraient sous les portes et gâchaient le sommeil, la quiétude et l'appétit des pensionnaires des deux sexes, aucune autre femme n'avait fait jaillir tant d'émotions, de questions, de jalousie et d'hostilité, sublimées dans une admiration hypocrite, que *Madame la Comtesse*.

Ron Wolf avait calculé juste quand il avait offert gîte et sécurité au général Gabi et à Lisa : malgré la bonne disposition et la légèreté nourries de vodka, de whisky, de bon vin, de plats copieux, de soirées de danse, de tombolas, de distractions idiotes et d'infidélités consensuelles mais plutôt platoniques, l'hôtel se métamorphosait de plus en plus en un asile de moribonds séniles ou défigurés par des opérations esthétiques et, dans quelques années, faute de nouveaux pensionnaires, il allait disparaître.

Les derniers arrivés après la chute du communisme, un colonel nord-coréen qui refusait d'enlever son uniforme, et un dissident cubain se prétendant journaliste et qui faisait une cour effrénée au seul jeune récemment engagé par l'Administration, confirmaient, si besoin était, que le temps des grands espions et des traîtres était révolu.

Avec son sens de l'ordre et des responsabilités, Moreno pouvait dire quand, exactement, il s'était passionnément et définitivement épris de Lisa : quelques jours après que l'émotion soulevée par sa présence à l'hôtel ait provoqué une véritable échauffourée entre le colonel nord-coréen et un petit vieux encore alerte, toujours très élégant et, suite à une retouche esthétique qui lui avait trop avachi la peau du visage, de nationalité imprécise, mais avec un fort accent slave mis sur le compte d'un nouvel appareil dentaire.

Le scandale avait éclaté au moment de la remise du trophée mis en lice pour la tombola traditionnelle – une bouteille de champagne ornée au col d'un ruban rouge –, quand le résultat du tirage avait été contesté véhémentement par le colonel. La bouteille serrée sur sa poitrine, le petit vieux s'était tourné, considérant, outragé, de ses petits yeux noirs le soldat qui quémandait justice. Vérification faite, le colonel avait acheté le même billet gagnant. L'erreur était évidente et, en qualité de représentant de l'Administration et de surveillant du tirage, Moreno l'avait assumée sans broncher. Avec les excuses de rigueur, il avait demandé qu'une autre bouteille soit apportée. Applaudissements et sourire séducteur et admiratif de Lisa adressé à Moreno pour la manière dont il avait su se tirer d'une situation pénible. La bouteille arriva sans tarder. Le colonel avait tendu la main pour s'en emparer, mais, découvrant qu'elle n'était pas parée d'un ruban rouge, l'avait promptement retirée pour la tendre énergiquement vers la bouteille enrubannée et la réclamer sur un ton ferme.

Il avait le droit de le faire, le numéro de son billet le prouvait sans équivoque. Devant un refus tout aussi ferme, le colonel avait avancé d'un pas martial, puis d'un autre et agrippé la bonne bouteille, décidé à l'arracher des mains du vieux à la nationalité imprécise. Le ruban sollicité tardait, laissant aux belligérants, retombés en enfance, le temps nécessaire pour se gifler, se pousser du coude et se jeter quelques injures dans leur langue maternelle respective. Lorsque le ruban arriva enfin, Moreno se précipita pour le nouer autour du col de la bouteille, mais ses doigts fébriles ne l'écoutèrent pas. Il était si agité et si chagriné qu'il avait oublié comment faire un nœud. Et quand Lisa s'était approchée, avait retiré délicatement le ruban de ses doigts et s'était faufilée avec grâce entre les deux guerriers, Moreno avait laissé sortir bruyamment l'air de ses poumons pour aspirer, comme un nouveau-né, le parfum inconnu de Lisa – souffle d'une vie oubliée ou ignorée dans laquelle il ne lui restait qu'à se perdre heureux et pour toujours.

Ce fut alors qu'il l'avait vraiment regardée pour la première fois et ce fut alors aussi qu'il avait su qu'elle était la femme de sa vie. Le tableau irréel du colonel et du vieux assis sur le canapé de chaque côté de Lisa, le ruban noué à son cou, et qui vidaient, excités, les verres de champagne en bavardant joyeusement et à haute voix comme deux jeunes courtisans sans espoir, mais enchantés de pouvoir promener leurs regards de si près sur la poitrine et les cuisses du vrai trophée de la soirée, fit larmoyer discrètement Moreno.

Devant eux, ensorcelé, souriant, content, fier, le propriétaire du trophée, le général Gabi, autour d'eux, violemment éveillés à la vie, les pensionnaires, et dehors, au-delà des grandes fenêtres, la tempête qui soulevait follement la neige.

XXIII

J'avais pris l'habitude de souper au restaurant
vietnamien. Moreno avait renoncé à me rencontrer. Il
n'avait probablement rien à me dire de plus que ce que
Claudia m'avait déjà dit. Sa curiosité pour le communisme lui avait coûté trop cher pour qu'il compte encore
sur moi pour la nourrir, et son amour pour Lisa – réel ou
irréel –, me tapait suffisamment sur les nerfs pour que je
ne tienne pas vraiment à le voir et que nous nous
consolions réciproquement de sa disparition. Je n'étais
d'ailleurs plus en vie depuis plus de deux mois, je n'avais
aucune nouvelle de l'enquête et la certitude que Lisa avait
disparu pour toujours m'enterrait plus profondément.

Claudia m'attendait le mardi et le jeudi à la même
table isolée et faiblement éclairée du coin le plus sombre
du restaurant. Elle me donnait des nouvelles de
Moreno qui passait ses nuits d'insomnie à la piscine,
allongé sur la chaise longue rouge de Lisa, contemplant
immobile les volutes bleues qui ondulaient au fond de
l'eau. Elle me donnait aussi des nouvelles des moribonds
de l'hôtel et les derniers décès ou disparitions. Je l'avais
prié de ne plus parler de Lisa – c'était elle en effet qui en
avait parlé tout le temps –, et nous n'en avions plus parlé.
Nous échangions sur le temps, l'hiver était arrivé plus tôt
qu'autrefois ; sur son volume de nouvelles dont elle ne
savait pas si elle était capable de l'achever ; sur son

voyage en Chine, qu'elle planifiait depuis longtemps, pour améliorer son mandarin, et, parfois, sur Ron Wolf, amant en déclin biologique.

Elle étalait ses intimités de femme, ses satisfactions et insatisfactions sexuelles avec le même naturel et le même plaisir avec lesquels elle dévorait ses légumes, se parfumait abondamment et faisait pendre un cure-dent au-dessus de sa cicatrice comme dans les films de maffioso italiens abrutis. Elle jouait à l'adolescente disponible – c'était son jeu avec les hommes –, elle sentait mon indifférence ; savait que le fantôme de Lisa flottait entre nous deux. Elle ne me désirait pas à tout prix, mais coucher avec moi ne lui aurait pas déplu, car elle n'avait jamais couché avec un Roumain et, si elle se fiait aux propos rapportés par Moreno directement de la bouche du général Gabi, les Roumains savaient s'y prendre.

Cela m'arrivait encore, de lui prendre ses mains froides et de les mettre sur la table, au milieu des assiettes et des tasses, et chaque fois, je sentais comment les miennes se vidaient vertigineusement de chaleur. J'avais essayé plusieurs fois de l'imaginer blottie dans mes bras, mais il aurait fallu que cela se passe en réalité. Il aurait fallu que je la voie grimpée sur mes genoux, ses bras et ses jambes serrés autour de moi et, la tête penchée sur mon épaule, soupirant et tressaillant contente de temps à autre, pour réaliser les proportions de ce goulu et incompréhensible vol. Je ne bougeais pas, je me laissais vidé de chaleur et de puissance deux fois par semaine en me disant que si Ron Wolf n'avait écopé de rien, rien de mal n'allait m'arriver à moi non plus.

Un jeudi, à la place de Claudia, je trouvais Ron Wolf. Il m'attendait, cigare pendu entre les dents et les jambes étalées et croisées sur la table. C'était la tempête dehors, un temps affreux comme je n'en avais jamais vécu et contre lequel mes bottes, ma tuque de laine synthétique et ma canadienne achetées à l'Armée du salut, ne m'étaient d'aucun réconfort. Je gelais jusqu'aux os et maudissais le jour où j'avais mis les pieds au Canada.

Si la chaleur du restaurant ne m'avait brusquement alangui et, si je ne m'étais pas dit que Ron Wolf avait peut-être des nouvelles de Lisa, je n'aurais pas pris place et ne l'aurais pas écouté. Ou je serais éventuellement resté debout, en lui enjoignant de me dire rapidement ce qu'il avait à me dire. Mais, assis et le corps amolli par la chaleur, essayant tant bien que mal de me moucher, de m'éponger la nuque, les oreilles, le cou, le visage et les mains avec des mouchoirs arrachés de leur support métallique avec des doigts gelés, je n'étais plus que ma propre caricature lamentable attendant sa lapidation. Claudia m'aurait montré la racine de sa canine et m'aurait aidé, afin de trouver rapidement le mâle au sang chaud et puissant autour duquel se nouer avidement, mais Ron Wolf goûtait son triomphe. J'aurais fait pareil à sa place, ce fut tout ce que j'ai eu le temps de lui dire.

– Nous aurions pu nous entendre, dit-il, en suçant ses dents chevauchantes et en avalant longuement, et satisfait, sa salive. Si tu avais moins d'imagination, nous aurions pu nous entendre… Je connais bien ce genre d'intransigeance stupide sur fond de délire imaginatif, tu n'as rien de spécial. Ce n'est pas la première fois que je rencontre des individus comme toi. Je me suis finalement entendu avec certains, j'en ai acheté d'autres ou je les ai fait chanter, et je me suis débarrassé sans aucun état d'âme de plusieurs. J'ai fait mon métier, il fallait que je gagne ma croûte et un peu plus si possible. Ça a été possible, je ne me plains pas. Je n'ai pas de remords, je dors bien, le sort du monde me préoccupe moins que mes maux de dos et d'autres désagréments qui viennent avec l'âge. Une fois par an j'envoie quelques dizaines de dollars pour les pauvres, c'est tout – ou trop – ce que je peux faire pour mes semblables. Cela me rappelle mon enfance, quand je vendais du chocolat pour une association de bienfaisance et que je m'arrangeais pour faire aussi un peu d'argent de poche.

« Mon domaine exclusif, ce sont les individus pris à part, les salauds, les lâches, les traîtres, les fanatiques, les ambitieux, les vaniteux, les intelligents, les pauvres d'esprit, les idiots... L'individu dans toute sa misère fondamentale et éternelle et dans toute sa splendeur passagère ; il suffit de gratter un peu avec les ongles pour découvrir à nouveau la misère... Je sais à qui j'ai affaire, je sais comment m'y prendre pour les avoir, je ne me suis trompé que très rarement. Je suis un Nord-Américain pur sang, une créature programmée comme une machine à performer et à cracher aux rebuts tout ce qui pourrait ralentir ou arrêter son mouvement. Un parmi les trois cent millions de personnes programmées comme des machines qui peuplent et font prospérer ce continent. Un patriote, quoi !...

« J'ai une faiblesse pour les très jeunes femmes, je fume des cigares, déteste les bruits et aime les souliers bordeaux aux boucles en laiton et les cravates à pois, ce sont les seuls traits qui prouvent que je fais encore partie de l'espèce humaine. Cela me suffit.

« L'excès d'humanité est inefficace. Désastreux quand il est confus, et il l'est souvent. C'est cette impression-là que j'ai eu le jour où tu es descendu sur le perron de l'hôtel et que j'ai refusé de te serrer la main. J'aurais attrapé cet excès d'humanité confus. Ton amour vif pour Lisa qui t'avait arraché de la langueur roumaine, ton pardon généreux de coquelet roumain qui connaît ses charmes, ta parfaite désinvolture d'humilié, ta peur de ne pas montrer entièrement la fierté sans équivoque de ta supériorité d'intellectuel avec trop d'imagination et habitué à transformer les caprices de la vie en abstractions comestibles...

« Cette première impression a été la bonne, j'allais

avoir des difficultés avec toi. À vrai dire, j'ai échoué avec toi. Ne tire pas de conclusions hâtives, ton mérite a été insignifiant, sois plutôt reconnaissant à Moreno et à Lisa. Peut-être que tu t'en es rendu compte, peut-être que non, ça n'a en fait aucune importance. Moreno est depuis toujours un crétin social et politique efficace. J'aurais préféré que tout le personnel le soit, mais les crétins sociaux et politiques vraiment efficaces sont rares et ça prend beaucoup de temps pour les dresser. J'ai recommandé depuis longtemps qu'on leur accorde une attention plus grande et que des fonds plus substantiels soient dégagés pour leur sélection et leur dressage. Mais, apparemment, par leur nombre et leur ténacité, les crétins sociaux et politiques ordinaires coûtent moins cher et leur efficacité est raisonnable. Surtout lorsqu'ils sont bien nourris et divertis, ce qui est le cas sur ce continent, je ne doute pas que tu sois au courant…

« Un parfait crétin social et politique, une réussite spectaculaire de la nature, Moreno serait rendu loin n'eut été ses insomnies. Et même insomniaque si, au lieu de circuler bienveillant jusqu'à l'oubli de soi, à toutes les heures du jour et de la nuit, partout dans l'hôtel, il était resté plus longtemps dans son appartement. Mais il ne pouvait pas. Sa première épouse l'avait un peu calmé par la nouveauté, l'épuisement et les fantaisies sexuelles. Elle fermait la porte et cachait la clef dans sa petite culotte, une vraie mégère ! Avec sa deuxième, ça n'a plus marché. Ils se sont vite séparés et ses insomnies sont devenues plus fréquentes et plus longues. Je me suis souvent demandé comment il tenait encore debout. C'est vrai, il était plus efficace pendant ces heures d'insomnie sans fin, provocateur même, mais le moral en baisse du personnel, qui se voyait dévalorisé, et les blagues plus ou moins acrimonieuses de mes pensionnaires excédés par sa présence permanente m'avaient convaincu d'intervenir. J'ai vite compris, j'avais exagéré, mais c'est moi qui lui ai mis en main les premiers livres sérieux. Histoire, essais politiques, mémoires de grandes personnalités… La pornographie, les romans de gare et les policiers, les revues sur les aristocrates, les vedettes du sport et du cinéma l'avaient laissé complètement froid. Il n'écoutait pas la télévision, la lumière de l'écran le faisait larmoyer. La musique l'ennuyait. Il lui aura fallu quelque temps avant d'apprendre la patience de lire. Je lui ai suggéré d'acheter des dictionnaires, et il en a acheté… D'un jour à l'autre, en dévorant ces livres que j'avais choisis avec soin, pour ne pas trop le troubler, pour lui occuper seulement ses heures d'insomnie d'une manière plaisante, instructive et en plein respect de l'ordre établi, Moreno a commencé à se métamorphoser sous mes yeux incrédules… Aucune faille dans son dévouement, aucune ombre de doute dans son regard et aucune hésitation dans ses gestes, mais sa tête bouillait de questions…

« C'est comme ça que sa curiosité pour le cadavre du communisme a pris naissance. Une curiosité maladive, mais d'une si rare innocence que j'ai été obligé de la nourrir – autre exagération –, avec des témoignages écrits, authentiques, sur les horreurs du communisme. Dévorés aussi avec la même fébrilité et suivis d'autres et d'autres questions. J'avais ouvert une porte en sachant bien qu'au-delà d'elle il y en avait mille autres qui attendaient d'être ouvertes, mais je n'ai pas cru que Moreno était intéressé… J'avais exagéré avec les meilleures intentions, mais j'avais dépassé la limite acceptable. J'ai toujours aimé Moreno. Je l'ai élevé comme s'il était mon propre enfant et son efficacité de parfait crétin social et politique était une de mes fiertés…

« Rien de grave ne serait arrivé s'il n'était pas tombé amoureux de Lisa. Non, tomber amoureux, c'est trop dire. Plus exactement, s'il n'avait pas trouvé en Lisa ce que personne n'avait su lui reconnaître ou reconnu du bout des lèvres avant, à part son efficience de robot : une certaine prédisposition pour le bavardage. Lisa l'avait aidé à la découvrir et avait entretenu son bonheur de s'écouter parler à sa manière prétentieuse et d'écouter les autres avec l'enchantement d'un enfant qui apprend à modeler la réalité en mots. Prédisposition noble, rare même parmi ceux excessivement humains, en train de la polir jusqu'à la perfection en glissant timidement ses questions les plus urgentes ou pesantes et en ayant parfois l'impression d'avoir eu les réponses qu'il cherchait...

« J'ai écouté des heures et des heures ses conversations avec Lisa au bord de la piscine. Je connaissais trop bien Moreno ; sa passion pour Lisa n'avait rien de sensuelle ou très peu, rien d'équivoque, rien de désespéré. Il était, en réalité, passionné, amoureux davantage de lui-même et des mots qu'il prononçait ou écoutait. Des sons articulés, clairs, mélodieux, qui cachaient des vérités ou des mensonges sur le monde, mais il n'en était pas encore là. Il était encore ensorcelé par la révélation toujours renouvelée qu'une femme comme Lisa lui parle et l'écoute avec un naturel qui énervait souvent le général Gabi et le décidait à les laisser seuls. Moment de bonheur sublime, qui faisait taire Moreno, on entendait seulement le papotage chuchoté de Lisa, papotage de femme habitué à faire tourner la tête des hommes...

« Je comprenais la fascination de Moreno pour Lisa. Il venait à peine d'ouvrir ses yeux à la lumière et la lumière l'aveuglait. Je comprenais l'amour résigné du général Gabi ; il était soldat, sentait, pensait et fonctionnait comme un soldat. Je comprenais mes pensionnaires moribonds qui tournaient autour de Lisa comme des mouches, ils s'accrochaient à la vie avec leurs dernières forces. Je ne parle pas de moi, si j'avais eu quinze, vingt ans de moins, j'aurais succombé moi aussi. Je suis parvenu à comprendre même ton désir ambigu de revanche qui t'avait mis en route, mais il m'a été impossible de comprendre Lisa. Sa frénésie à séduire les hommes m'a toujours laissé perplexe. Quand le faux comte Komarovsky avait fait d'elle une fausse comtesse née Pavlovitch, je m'étais dit qu'elle était peut-être à ta recherche... même dans le pauvre Moreno... Pauvre Moreno, qui a cru trouver en toi l'intellectuel de renommée international dont il parlait avec Lisa... L'auteur de livres savants, qui avait souffert du communisme et qui connaissait le sens des mots dignité, justice sociale, transcendance... Chacun se ment comme il peut, n'est-ce pas ? Peut-être que Lisa se mentait elle aussi en te cherchant dans chaque homme conquis et, sans qu'elle y trouve quoi que ce soit de toi, parce qu'il n'y avait rien à trouver, elle se disait le même mensonge avec le suivant... On finit tous, tôt ou tard, par croire que les mensonges dont nous nous sommes abreuvés nous-mêmes pour mieux glisser dans la vie sont de pures vérités... Jusqu'au jour du règlement de comptes avec soi-même et avec les autres...

« Le seul scénario sur l'avenir de Lisa auquel je n'avais pas pensé a été sa disparition. Je ne pouvais croire pour rien au monde qu'après t'avoir cherché si longtemps parmi ses amants sans te trouver et finalement déterré, elle t'abandonnait à nouveau. Elle cherchait sans doute un autre, qui aurait pu jadis exister, et s'était rendu compte qu'elle avait déterré en réalité un fantôme... Quant à moi, je ne me suis jamais fait d'illusions sur toi, intellectuel roumain avec la vocation des compromissions...

« Sa disparition m'a surpris, désarmé, attristé, révolté. Pour la première fois dans ma vie, une femme m'a fait perdre contenance. Rien d'autre ne me liait à elle qu'une enfilade d'arrangements administratifs, de papiers avocassiers, de transactions financières et de procurations... *Madame la Comtesse !*... *Madame la Comtesse* qui m'a fait comprendre que les femmes allaient rester pour moi une grande énigme. C'est certainement pourquoi j'ai toujours préféré qu'elles soient très jeunes... Cela t'amuse, ne te gêne pas !

« Sa disparition est restée en moi comme un bruit... un grincement aigu et persistant, pareil au grincement du sable tombé entre les roues dentées d'une machinerie. Insupportable !... Et Moreno est devenu fou de rage.

« L'infidélité de Claudia m'a un peu calmé. Ça a été comme un soulagement et je devrais peut-être te montrer un peu de reconnaissance, mais je n'en suis pas capable. J'ai toujours dans les oreilles ce grincement aigu, mais je finirai par m'y habituer, car je me dis qu'il serait tout de même venu avec la vieillesse... Depuis que je l'avais fait divorcer du Zaïrois, Claudia ne m'avait jamais trompé, mais je savais que cette fidélité ne serait pas éternelle. Elle le savait aussi, elle connaissait mes goûts, le temps qu'une autre, plus jeune, prenne sa place pour me cajoler les impuissances de l'âge n'était pas loin, elle attendait seulement l'occasion... Elle aurait pu se rejeter dans les bras du Zaïrois qui, n'eut été sa peur atroce d'être livrer à Mobutu, m'aurait depuis longtemps cocufié et Claudia n'aurait eu, je crois, rien contre. Ils avaient été mariés, quelques mois, mais mariés... mais ça a été plus simple et plus excitant avec toi. Non pas pour se venger de moi, elle m'était trop redevable, elle me devait en effet tout pour oser m'affronter... comme Moreno, d'ailleurs...

« Bâtards irlandais les deux. J'avais retrouvé la trace de leur feu mère dans un hôpital psychiatrique... C'est une religieuse italienne qui les avait affublés de noms italiens, et c'est elle aussi qui avait bourré la tête de Claudia avec les histoires sur leur père sombre qui asphaltait les rues du Canada, sur le potager où elle s'était fendu la lèvre, sur les fins de semaines de la famille auquel Moreno participait, fier de son uniforme...

« Non, ce n'est pas par vengeance contre moi qu'elle

t'a préféré, mais parce que rien n'est plus valorisant et excitant pour une femme que de consommer sa générosité sexuelle dans les bras d'un homme abandonné par une autre femme, pour rester dans sa mémoire comme une icône… Pour autant que je sache sur les femmes… Excès passager d'humanité, tu l'avais compris j'espère, sa manière à elle, maladroite, d'éprouver de la reconnaissance pour son bienfaiteur…

« J'avais amplement mérité cette reconnaissance tordue… Elle avait grandi à mes frais, elle avait perdu sa virginité dans mes bras, c'est moi qui l'avait tirée de la jungle colombienne, qui avait payé ses études, mariée au ministre en fuite de Mobutu et divorcée ; c'est moi qui lui avais acheté le bloc d'appartements, l'agence de rencontres et le commerce ; c'est moi qui paye ses factures, qui lui change chaque année sa voiture, paye ses fripes et les litres de parfum dans lesquels elle se baigne pour ne plus sentir le légume pourri.

« Mon histoire te révolte. Je n'ai ni tes scrupules moraux, ni ton hypocrisie, mais tu as raison, ma relation avec Claudia a été amorale depuis le début. Une relation simple, affreusement amorale, mais extrêmement plaisante… Il est temps que tu apprennes que la seule justification de l'existence de l'homme comme espèce, est le plaisir de la bedaine et de la copulation. Quand l'une ou l'autre de ces deux jubilations cesse de marcher, on trouve à tous les coins de rues un dieu à implorer. De ce point de vue, tu es tombé sur le bon côté du monde… Tu devrais apprécier ma sincérité, tu n'auras plus jamais l'occasion d'une telle confession… Tu n'apprécies pas, je m'y attendais… Prends-le comme de la littérature de quatre sous, ce n'est pas mon genre, mais tu peux l'avaler tout aussi facilement que la littérature de Claudia. De toute manière, c'est trop tard… Trop tard déjà.

« Je ne voulais pas te rencontrer, mais Claudia a insisté. Moreno s'est noyé dans la nuit de mardi dans la piscine, il ne savait pas nager, et il a été enterré ce matin… Claudia ne veut plus te revoir et te demande de quitter l'appartement à la fin de cette semaine… C'est aussi la dernière fois que te me vois. Je n'ai plus rien à te dire et ce que tu as éventuellement à me dire ne changera en rien les choses… Tu n'as rien à me dire, bien sûr. »

XXIV

Je me rappelle comment il s'était mis lourdement debout, comment il avait placé son cigare entre ses dents, comment il avait attendu, les bras écartés, que son chauffeur (que je n'avais pas remarqué) dépose sur ses épaules le paletot au collet d'astrakan, glisse les cache-chaussures sous ses souliers bordeaux aux boucles en laiton et attende, prêt à se pencher à nouveau au moindre signe, qu'il achève de les enfiler.

Je me rappelle aussi le bruit humide de ses cache-chaussures traînant sur le plancher et celui, étouffé, de la porte ouverte puis fermée par le chauffeur. Nous avions cessé d'exister l'un pour l'autre au même moment. Nous n'avions en fait existé que le temps nécessaire pour que Lisa disparaisse et que Moreno se noie, à la mesure et avec l'enthousiasme de chacun. Notre contribution à la transformation définitive du monde dans une accumulation chaotique de faits divers. Inutile de verser des larmes, inutile de chercher des coupables, inutile de courir après un dieu enclin à se faire implorer pour qu'il nous pardonne nos péchés et nous montre la voie de la vérité et de la compassion. Le monde d'aujourd'hui n'a plus peut-être aucune autre signification que le chaos, déclenché au besoin avec des bombardiers. Et la machine à visage humain qu'était Ron Wolf, programmée pour être efficace et dont la raison d'exister se résumait au plaisir de la bedaine et de la copulation, était peut-être le seul avenir possible. Un vrai Américain, Ron Wolf, respecté et craint, un exemple ! C'est comme cela qu'il faisait prospérer le continent et le nourrissait de superbe et d'arrogance. C'est comme cela que mon fantôme continuait à hanter le continent.

Presque deux ans ont passé depuis que j'ai entendu Ron Wolf traînant ses cache-chaussures et l'ai vu se prélasser sur la banquette arrière de sa voiture. Si j'avais su que ces années allaient passer si vite et être si vides, je ne me serais levé de la table du restaurant vietnamien au moment où le fantôme que j'étais se retrouva seul, et me serais désintégré pour toujours dans un amas de cendres.

Dans l'appartement 9, que je quittais à la fin de la semaine, emménagea un Algérien. Je ne lui demandai pas s'il était ou non réfugié, mais il ressemblait à un autre Algérien croisé plusieurs fois dans l'escalier, qui m'avait prié de signer un appel contre les expulsions arbitraires, et j'avais signé. Le nouveau locataire fit son apparition en compagnie du concierge squelettique quand je fermais ma valise. Valise à la main lui aussi, peut-être un peu plus grande que la mienne, il attendit silencieux et immobile que j'achève. Il ne bougea même pas au moment de mon départ. Le squelette non plus. Je m'étais faufilé entre eux deux comme une ombre.

L'ancien étudiant du professeur Todorov fit son retour à l'Université à la fin de l'été. Il rentrait d'une tournée de conférences dans quelques pays africains – pays à ramener à la civilisation le plus tôt possible. Est-ce que je ne pensais pas que ces pays arriérés, qui ne connaissaient que le goût amer des délicatesses de la démocratie, n'avaient pas eux aussi le droit, le devoir de se gaver copieusement sous la bonne direction de cette civilisation qui rendait l'Occident heureux ? Ou quelque chose de ce genre qu'il s'était dépêché de haleter au téléphone lors de notre première conversation téléphonique ; c'était un type émotif. Je le pensais.

Son nom était Desnoyers, Pierre Desnoyers. Depuis l'âge de quinze ans, seules ses épaules et ses hanches avaient grandi, et il portait barbe, moustache et cheveux longs serrés dans une queue de cheval. Je ne l'ai jamais vu autrement qu'accoutré de jeans délavés et d'une chemise de boucher aux carreaux rouge et noir et, en hiver, suprême élégance, d'un pull aux dessins floraux sur fond verdâtre. Toujours chaussé de sandales aux barrettes étroites qui laissaient voir ses pieds aux orteils énormes et difformes, cachés, l'hiver, sous des chaussettes jadis probablement blanches. Une sorte d'uniforme des universitaires du continent, adapté avec aplomb aux particularités du Québec francophone, preuve irréfutable qu'ils n'avaient pas oublié qu'ils étaient nés pauvres et bigots, qu'ils aimaient et comprenaient le peuple, que leur combat contre l'Église catholique perdurait, que leurs pulsions nationalistes ou fédéralistes étaient encore bien perceptibles et que leur liberté sexuelle n'était pas négociable. J'avais côtoyé l'espèce à Bucarest, à l'Institut, jusqu'au jour où ma Dacia mille fois rafistolée avait rendu l'âme. J'avais été quelques années le chauffeur de ces exemplaires expédiés pour civiliser les Balkans et le souvenir de leurs bakchichs et de leurs médiocres cadeaux abandonnés sur la banquette arrière était encore intact.

Question de passeport canadien, de dollars canadiens, de fond de pension canadien et de vocation internationale, Pierre était à la fois fédéraliste et citoyen du monde. De quelques pays africains, plus exactement, où sa mission civilisatrice avait montré tout son véritable éclat. Il m'avait tutoyé dès le premier instant et, à la fin de notre première rencontre, bon gré mal gré, je le tutoyais aussi.

– Ne sois pas gêné, profite de la liberté ! m'avait-il encouragé.

– C'est exactement ce que je fais depuis quelques années.

– Et tu ne te sens pas un autre homme ?

Il aurait été trop long de lui expliquer quelle sorte d'homme je me sentais ; je crois, d'ailleurs, que toute explication était inutile, car il avait baissé les yeux avec l'air de penser qu'il était dénué de tout sens de cacher les bienfaits de la liberté sur ma personne.

Nous étions seuls à l'étage d'un édifice sur Sainte-Catherine, qui abritait au rez-de-chaussée un sex-shop, et se tenait encore debout par une aberration municipale au milieu d'un terrain vague délimité par des blocs de béton. Le plancher de l'étage où nous nous trouvions avait été à moitié rénové et on y avait placé des barrières ; l'autre moitié avait été complètement enlevée. L'espace du rez-de-chaussée, qui n'avait plus de plafond, était utilisé comme entrepôt pour des ordinateurs démodés, il allait devenir bientôt exigu. L'entrée du bureau et du sex-shop était commune, et au bout du couloir étroit et sombre, il y avait un escalier en bois pourri qui se balançait sous mes semelles.

« La subvention n'est pas très importante », m'avait expliqué Pierre. Raison pour laquelle la moitié de l'étage avait été préférée pour loger l'équipe de recherche en train d'être constituée sous sa direction.

– D'ailleurs, avait-il ajouté, un minimum de rigueur intellectuelle nous oblige à donner priorité aux dépenses liées à la recherche comme telle. Je sais bien que ton regard et ton expertise européennes méritent davantage, mais…

Lorsqu'il était ému, ce qui lui arrivait souvent, il haussait les épaules et baissait pudiquement les yeux. Ses difficultés avec les femmes, allait-il m'avouer plus tard, quand deux étudiantes firent leur apparition dans l'équipe, compliquaient aussi ses rapports avec les hommes. Une des étudiantes avait des jambes interminables, mais elle était sotte et chaste comme une nonne, et l'autre – préférée par Pierre –, était hystérique, d'une rare laideur et avec un appétit gargantuesque pour la grande cause de civiliser les peuples arriérés, ce qui la faisait suer abondamment.

Une fois l'équipe complétée avec Arnold, les émotions de Pierre devinrent permanentes, il ne baissait plus les épaules que pour aspirer de l'air et ne levait les yeux que lorsqu'il montait ou descendait l'escalier pourri.

Dans l'attente du décès d'une riche sœur qui habitait New York, Arnold était, depuis six ans, aux études et, un semestre sur deux, assistait aux cours de Pierre sous prétexte d'être mis au courant des derniers changements dans le monde et de la manière la plus appropriée de les interpréter. Grand, grassouillet, ahuri, Arnold faisait aussi le comptable, racontait des blagues sur les Juifs et, lorsqu'il était complètement sous l'influence de la drogue, offrait à tous des bonbons aphrodisiaques.

Chaque lundi matin, Pierre dessinait sur un tableau noir des flèches qui partaient d'un cercle – qui aurait pu représenter tout aussi bien Montréal, le Canada, l'Université, notre équipe, mais ne représentait en réalité que lui-même et, éventuellement, ceux qui lui avaient accordé la subvention –, qui pointaient, menaçantes, vers le continent africain. D'une semaine à l'autre, sous ses doigts courts et gonflés, le contour du continent prenait plus de prégnance, et la façon dont il appuyait la craie pour grossir l'ellipse dans laquelle il avait réuni les flèches se chargeait d'une sincérité pathétique sur laquelle le seul à avoir des doutes était Arnold, qui toussait alors de façon significative. Quand l'ellipse prenait les dimensions d'un pneu de bicyclette dégonflé, Pierre me fixait avec la craie et me sollicitait comme un témoin définitif :

– Victor, notre ami roumain, a l'expérience du

communisme, il serait bien de le consulter quand vous avez des doutes sur l'avenir…

Mais comme personne n'avait de doute sur l'avenir, personne ne me consulta. Après l'élaboration laborieuse, en équipe, de la méthodologie de recherche et du questionnaire, mes tâches se résumèrent quelque temps à la compilation des informations recueillies par les deux étudiantes et Arnold. Les données les plus exactes sur la perception réelle de l'Afrique et de ses problèmes, allaient servir à une commission parlementaire constituée pour recommander une nouvelle politique d'intervention dans le contexte inévitable de la mondialisation.

Lorsque l'hiver s'acheva brusquement et que le lendemain ce fut l'été, Arnold, arrivé tôt au bureau en maillot, en short et pieds nus dans des baskets, tint à fêter l'événement climatique en déversant sur la table des échantillons représentatifs du sex-shop du rez-de-chaussée. J'avais vu à Paris quelques films porno-graphiques, feuilleté des revues, traîné devant les vitrines, mais je n'aurais jamais pu m'imaginer la diversité et l'ingéniosité des objets en plastique, des sous-vêtements et des crèmes destinés à la débauche qui s'étalaient sous mes yeux. Je n'avais vraiment rien vécu !

Debout, Arnold les avait pris l'un après l'autre du bout des doigts et les avait promenés en l'air pour qu'on les voie bien et sous tous les angles, accompagnés d'explications sur leur mode d'emploi et sur les bénéfices à en tirer. La tête du Pierre avait disparu entre ses épaules, l'étudiante sotte et jolie avait rougi jusqu'aux prunelles des yeux et moi, je tournais entre mes doigts une cigarette en me demandant si c'était le salaire de misère que je touchais qui m'empêchait de foutre le camp ; quelques-unes des réunions de naguère, à l'Institut, me plongeaient dans la même perplexité impuissante.

L'escalier pourri s'effondra quand la poupée

grandeur nature, jetée par Arnold sur le plancher pour mieux pomper, était aux trois quarts gonflée et exhibait grotesquement tous ses orifices. Nous étions tous dans la rue, évacués par les pompiers par la fenêtre, quand tout l'étage s'écroula sur le sex-shop et sur la collection des vieux ordinateurs.

Le professeur Todorov, auquel je me fis, quelques semaines plus tard, le devoir de raconter en détail mon aventure passagère de chercheur scientifique canadien, m'assura que la sotte et jolie étudiante avait accepté entre-temps d'écarter ses jambes interminables devant les élans libidineux d'Arnold, à condition de pouvoir l'accompagner à New York, où sa sœur riche venait enfin de trépasser. C'était Pierre qui lui avait refilé l'information depuis l'Afrique où il faisait une nouvelle tournée de conférences. Pierre ajoutait aussi qu'après une semaine passée à l'hôpital, Ivana, l'hystérique laide et sous les pieds de laquelle l'escalier s'était effondré, l'avait rejoint en Afrique décidée à se donner à lui, corps et âme, et, à la même occasion, à la grande cause de civiliser les peuples arriérés.

Le professeur Todorov avait même reçu une photo du couple surpris dans un moment d'euphorie dû à l'inauguration d'une pompe à eau, don du Canada à une tribu du désert costumée pour la circonstance dans la pure tradition locale. Si je voulais, il était prêt à m'en envoyer une copie. Il ne pouvait pas renoncer à l'original, l'attente prolongée de la mort avait fait naître en lui la passion de collectionner des coupures de journaux et des photos grâce auxquelles quelqu'un, dans l'au-delà, pourrait se faire une idée sur le Terrien du début du troisième millénaire.

Comme je lui avais aussi envoyé plusieurs pages de ma future thèse de doctorat, il me conseillait de m'attribuer sans tarder et sans complexe le titre de comte resté à ses débuts de falsification — le faux prince ami du faux comte Komarovsky l'avait mis au courant –, car les Nord-Américains détestaient et admiraient avec la même ferveur les aristocrates. Je pouvais compter au besoin sur son appui, d'autant plus que j'avais dissipé ses derniers doutes sur mes compétences intellectuelles et sur ma détermination à achever ma thèse. Je n'avais pas saisi le lien, mais c'était sans importance. Il était certainement de très bonne humeur, car il comparait l'attribution désinvolte du titre de comte au manque atavique du sens du grotesque avec lequel d'autres accrochent des anneaux à leur nez, nombreux d'ailleurs à Montréal. Comparaison méchante, mais sa préoccupation pour mon destin dans le paradis nord-américain était authentique.

XXV

J'ignore combien de mes semblables ont des doutes plus ou moins sérieux sur la réalité de leur propre existence, mais je présume que leur nombre est suffisamment grand pour que je ne me sente pas seul. Ce serait une consolation.

C'est une consolation. Quelque chose comme être égarer au milieu des passants d'une rue regorgeant de monde ou parmi les clients d'un centre commercial, ou purement et simplement perdu sur la planète – c'était mon cas –, avec le sentiment que chacun, pris à part, s'était égaré au milieu des autres, et la certitude que savoir si nous étions tous ou non en vie n'avait aucun sens. La seule réalité étant l'égarement.

Lisa fut déclarée officiellement morte à la fin de l'été. Je n'avais personne à qui dire que je la croyais encore en vie, et c'est ainsi que j'ai franchi pour la première fois le seuil d'une église roumaine. Devant l'autel, j'ai murmuré son nom plusieurs fois, convaincu que, où qu'elle se trouvât elle m'entendrait.

Confectionnées dans l'urgence, les cartes de visite portant les armoiries des Komarovsky (le souvenir dilué de la vaisselle de famille avait été relativement compensé par les heures perdues à essayer de m'exercer dans l'art de la falsification) et le titre de comte avant mon nom, ne me servirent à rien. Les occasions de les offrir avec l'élégance et la fierté de circonstance faisant défaut. J'en gardais une douzaine dans mon portefeuille, à côté de la photo de la petite aux boucles blondes, au regard mélancolique et au sourire timide, la fille d'Angela et, peut-être, aussi, la mienne. Si quelqu'un m'avait posé la question, j'aurais répondu qu'il s'agissait bien sûr de ma fille. Mais jamais personne ne me posa une telle question, parce que je ne montrais la photo à personne ; que je ne la montrais pas parce que je n'avais personne à qui la montrer et que je ne faisais rien pour trouver quelqu'un à qui la montrer.

J'étais seul sur un continent, dans un pays et dans une ville qui ne me disaient rien et auxquels je ne disais rien non plus. Tout aussi inutile à d'autres qu'à moi-même. Une ombre.

Pierre Desnoyers se souvint de moi vers la fin de l'été et, me dit-il, à la suite d'une requête pressante du professeur Todorov. Le devoir de civiliser son coin d'Afrique le rappelait à nouveau et il me proposa de le remplacer quelques mois à l'Université. Ivana, sa maîtresse attitrée, lui avait sans doute glissé quelques mots en ma faveur, car, le jour où le syndicat de l'Université accepta ma nomination comme professeur invité, elle arriva sur la terrasse où je l'attendais, accrochée au bras de Pierre, et m'embrassa et me félicita tout excitée et en sueurs. Elle était encore plus laide et plus agitée que d'habitude. Elle en avait assez de la chaleur, des mouches, des lézards et de la misère de l'Afrique et avait pris la décision, en commun accord avec Pierre, que le seul fait de terminer ses études lui redonnerait le goût pour leur grande cause. Puis, assise, elle avait glissé son genou entre mes jambes et ne l'avait retiré qu'au moment du départ. En m'embrassant, elle m'avait chuchoté que nous allions nous revoir bientôt.

XXVI

Je traversai pour la première fois le fleuve Saint-Laurent quelques semaines après avoir commencé les cours à l'université et être entré frileusement en possession d'une voiture d'occasion. C'est la curiosité innocente de découvrir de mes propres yeux une des réserves indiennes, sur lesquelles l'histoire canadienne s'attardait avec beaucoup de discrétion, qui m'avait mis sur la route. Le pont Jacques-Cartier était en réparation et j'y restai bloqué plus d'une heure, mais, comme c'était la première fois que cela m'arrivait et que j'avais du temps à perdre, je pris mon mal en patience et regardai autour de moi mes semblables pris dans la même situation, avec le sentiment diffus de participer à un des rituels fondamentaux de la civilisation nord-américaine : passer une grande partie de la vie dans une boîte en métal et en plastique plus ou moins sophistiquée.

Je roulai ensuite jusqu'à la frontière des États-Unis et les seules preuves que les Indiens n'avaient pas été tous exterminés me semblèrent être quelques baraques où l'on vendait des cigarettes de contrebande et quelques drapeaux chétifs flottant ici et là avec le profil noir du guerrier autochtone ayant résisté aux colonisateurs.

Ma déception de n'avoir pas vu d'Indien authentique fut compensée au retour, par la découverte que les ingénieurs des ponts et chaussées de la province avaient une idée particulière des courbes : ils les faisaient soit trop serrées, soit trop relâchées, soit au hasard, parce que quelque part la chaussée devait tourner à droite ou à gauche. Ils se précipitaient alors pour bâcler le travail à des prix faramineux. Peut-être acceptaient-ils dans leur corporation des ingénieurs arrivés d'ailleurs et ayant davantage le sens de l'harmonie, peut-être même ayant la vocation et le talent pour une certaine grâce artistique, mais, probablement que par crainte d'être considérés réfractaires à l'expertise locale, ceux-ci tempéraient-ils leurs élans et se fondaient-ils pour toujours dans le troupeau.

Le résultat de cette escapade initiatique dans les misères cachées du continent fut que je ne retraversai le fleuve que vers la fin de l'hiver, et cette fois dans un bus parti à minuit pour New York, où j'allais prendre connaissance des dispositions d'un testament de Lisa miraculeusement trouvé. Il soufflait un vent froid qui me transperçait quand, à Manhattan, me rendant à pied au bureau de l'avocat, je m'arrêtai prendre un café.

En tenue printanière, des femmes de tous âges pressaient le pas, épaules et fesses serrées. Des hommes en shorts et tricots aux manches courtes couraient ou promenaient leur chien, attendaient aux coins des rues le changement du feu rouge ou ramassaient méticuleusement la crotte avec l'air terriblement sérieux de sortir directement d'un film de Woody Allen. Des couples mal vêtus et sans domicile fixe poussaient des chariots remplis de leurs misérables affaires. Des vieux Juifs emmitouflés jusqu'aux oreilles, sombres dans leurs habits noirs, marchaient sans se presser, sans aucun but probablement aussi. Des limousines blanches ou noires, aux vitres fumées et de dimensions grotesques, glissaient dans un sens ou l'autre comme dans un film, emportant des gangsters, honorables jusqu'à preuve du contraire. Des policiers mâchant dédaigneusement leur gomme parfumée passaient, accrochés au volant de minuscules voitures qui semblaient écrasées sous les imposantes batteries de phares accrochées à leur tôle. Ici et là, des immigrants de toutes les couleurs et de toutes les langues vendaient hamburgers, beignets, fruits, cacahuètes, babioles chinoises, bijoux en laiton, lunettes de soleil avec le désespoir calme que d'autres avant eux l'avaient fait et que plusieurs avaient même vu leur rêve américain de richesse devenir réalité.

J'avais regardé ce spectacle de la rue les yeux grands ouverts, ni impressionné, ni déçu, mais plutôt stupéfait et apeuré. Stupéfait que cette agglomération qui fascinait la planète jusqu'au délire et qui s'agitait inhumainement à l'ombre des gratte-ciels ne fût rien d'autre que la réplique scrupuleuse des clichés véhiculés depuis toujours et sans doute pour toujours dans les films, les livres, les journaux américains, et à la télévision américaine. Craintif parce que sachant qu'ici, dans cette métropole démesurée, quelque part, à un étage quelconque, le sort du monde était décidé par quelques individus mystérieux, mais en chair et en os, qui avaient fait main basse sur les moyens d'y parvenir. Ils avaient décidé de mon sort aussi, certainement, mais je ne savais pas comment j'aurais pu leur être ou non reconnaissant.

Le froid m'avait finalement chassé dans un café. Plusieurs personnes attendaient en ligne pour passer leur commande et s'emparer du gobelet géant en plastique et à moitié enveloppé dans un papier couleur caca qui servait également de serviette. En arrière du comptoir, une jeune Noire, une Latino et une Blanche, toutes les trois jeunes et frôlant l'obésité – un autre cliché classique de la réalité américaine. Celle de gauche remplissait les gobelets avec le liquide noir, appelé café sur le continent et au goût du lait acidulé. Celle du milieu prenait les commandes et encaissait l'argent. La dernière, à droite, était responsable de l'espresso et du capucino.

La transmission des commandes et, surtout, leur exécution furent laborieuses. La machine se bloqua, le café en grains manqua, la boîte du lait résista aux efforts pour l'ouvrir et les gobelets se renversèrent plusieurs fois. L'attente se prolongea. Sur les visages de ceux qui m'entouraient s'installa de plus en plus visiblement l'expression pure de la fatalité balkanique qui m'était si familière. Peut-être que le temps représentait de l'argent (un autre cliché tenace) pour tout le reste du continent, mais ce n'était apparemment pas le cas ici, ni pour les trois jeunes obèses, ni pour moi et ni pour les autres clients qui attendaient d'être servis, à l'exception d'une Chinoise qui roulait de temps à autre des yeux, mais il s'agissait peut-être d'un tic nerveux.

Cette découverte des mœurs balkaniques tant méprisées qui avaient traversé, intactes, l'océan et s'étaient définitivement incrustées dans la chair et le cœur du « nombril du monde » fut le seul bonheur de la journée …

Le souvenir de ce café, bu dans la rue pour pouvoir fumer, à deux pas de Lincoln Center rejaillit en moi le jour où je reçus de New York l'invitation qui allait me faire monter pour la troisième fois sur le pont Jacques-Cartier et être, fatalité, de nouveau pris dans un embouteillage.

Une seule personne sur le continent, roumaine de surcroît – avec laquelle j'entretenais sans aucune justification raisonnable une relation sporadique, pleine d'équivoques, mais cordiale –, pouvait m'envoyer une telle invitation : la même personne qui descendait tard au restaurant du sous-sol de l'hôtel des espions et des traîtres et qui m'avait rendu visite en tant que policier après la disparition de Lisa.

Ma relation avec ce personnage truculent n'était qu'une manière parmi d'autres de m'éloigner aussi loin que possible de mes compatriotes égarés en Amérique du

Nord et au courant (je l'imaginais sans trop me tromper) de ma gloire passée de cocu de la nation roumaine. Ce n'était pas le seul motif qui me tenait à l'écart de mes compatriotes, mais le seul qui me confortait dans la conviction que la gloire laissée en héritage par Lisa quinze ans auparavant m'avait finalement servi à quelque chose.

XXVII

Bobby Cacoveanu avait atterri au Canada au milieu des années 1980 et, le matin où il s'était invité à ma table dans la brasserie d'une librairie où je prenais de temps à autre un café, il avait le même air abruti de policier scolarisé. Il avait été, d'ailleurs, policier. Lieutenant. Avant que je puisse dire quelque chose ou me lever, il s'était excusé pour sa visite dans la peau d'un policier d'occasion et m'avait assuré que, en général, il n'avait rien à cacher. En palpant les pointes fines de ses favoris et sa petite moustache, il avait ensuite gravement précisé que la visite avait eu lieu dans un contexte particulier et, sur un ton de résignation ironique, qu'il se trouvait dans la situation de confirmer avec des réserves minimes tout ce que nos compatriotes et les Canadiens de souche colportaient sur sa personne.

— Pour le contexte, dis-je, je peux éventuellement vous accorder des circonstances atténuantes. Mais je n'ai pas la moindre idée sur ce que colportent nos compatriotes et encore moins, les Canadiens de souche sur vous. Pour tout vous dire, je ne suis guère intéressé à l'apprendre…

— Faites-moi confiance, m'sieur Victor, je n'ai jamais rien fait au hasard ! Je sème aujourd'hui et cueille toujours au moment opportun, question de flair et de stratégie…

Question ou non de flair et de stratégie, l'idée en soi de lui faire confiance m'était profondément désagréable, mais il y avait encore du café dans ma tasse et je l'avais écouté.

Oui, il avait été l'un des hommes de confiance de Ron Wolf, mais avait mis un terme à son engagement après la mort de Moreno. Par crainte, en fait. Par crainte de tomber en disgrâce pour un motif quelconque. Il avait donc préféré se séparer sans scandale et retrouver une des occupations pour laquelle il s'était découvert une vocation particulière quelques années après son arrivée au Canada : le marketing.

Oui, il était un grand spécialiste en marketing. Il était aussi un escroc et avait fait de la prison. Oui, il avait trompé ses amis, ses connaissances et collaborateurs et, par inertie, il s'en était pris même à lui-même et alors la colère et le découragement le tenaillaient. Oui, il vivait à l'aise, car les cons et les naïfs se bousculaient tout seuls sur son chemin. Oui, il changeait souvent d'adresse et de numéro de téléphone, mais il pouvait se trouver dans les endroits les plus inattendus, dans un café étudiant, dans une librairie, en compagnie d'un prêtre, dans les couloirs des universités ou sur le patio d'une famille respectable un jour de fête. Oui, il apparaissait ou disparaissait des semaines ou des mois d'affilée – comme ç'avait été le cas lors de mon séjour à l'hôtel de Ron Wolf –, laissant derrière lui dettes, catastrophes, incompréhension et une sort d'envie mélancolique. Oui, tout le monde prétendait le détester, mais ils étaient nombreux ceux qui cherchaient discrètement sa compagnie et encore plus nombreux ceux qui savaient tout sur sa vie et sur ses derniers succès et se faisaient un devoir d'entretenir sa sinistre mais fascinante réputation. Oui, à tout moment il pouvait extraire de ses poches un journal, le déplier fébrilement et frapper avec l'ongle de son index une photographie ou un article sur un événement public ou un projet d'envergure et laisser entendre que c'était lui le meneur. Oui, il avait vendu assurances, détergents, aspirateurs, voitures, tapis, meubles, avait espionné les Roumains, les pensionnaires de Ron Wolf, m'avait espionné aussi, bien sûr, organisait des événements somptueux, produisait des films, des spectacles, du théâtre, des expositions, mais rien de comparable avec ce qu'il allait faire les semaines suivantes, les années suivantes, les décennies suivantes...

Je n'avais aucun motif de ne pas le croire. Même en prenant un café, Bobby Cacoveanu débordait de vitalité, de confiance en soi, d'insolence et de mégalomanie, et sa soif de gloire était abyssale.

– Je suis un homme de passion, m'sieur Victor ! Même quand je me brosse les dents, je le fais avec passion !... Et la passion dérange ! Elle effraie carrément la plupart des gens... Quant à la célébrité, n'en parlons pas !...

Depuis que je l'avais placé devant le miroir de l'appartement 9, le visage de Bobby Cacoveanu était devenu plus foncé et il avait réussi à créer, de ses cheveux coiffés en touffes abondamment enduites de brillantine, une vraie œuvre d'art orgueilleusement portée par le socle de sa tête massive, aux traits prononcés, presque primitifs. Mais son regard vif, malin et scrutateur lui conférait une prestance qui pouvait faire peur aux âmes plus faibles. Il continuait à palper souvent ses favoris et sa moustache, pour les empêcher de pousser probablement.

Je ne lui téléphonais jamais et je ne le rencontrais que lorsqu'il m'invitait et si j'avais du temps à perdre. Nous prenions un café dans la brasserie de la librairie, il me racontait excité ses derniers grands exploits et les exploits encore plus grands qu'il préparait, parfois même tous les succès de sa vie, mais pas longtemps car je donnais vite des signes d'impatience. Non parce que j'avais de doutes sur la véracité de ses histoires – vraies ou fausses, je n'en avais cure –, mais pour lui rappeler que j'avais une bonne mémoire et que le fait de lui tenir sporadiquement compagnie était un geste de bienveillance de la part d'un compatriote qui savait apprécier à sa juste valeur sa soif abyssale de gloire et ne lui demandait, timidement, que de ne pas oublier que la gloire – fut-elle honteuse, mais authentique et éternelle – pouvait être aussi gagnée sans aucun effort. C'était le moment où, ressaisi, Bobby Cacoveanu se croyait en droit d'observer :

– Vous êtes trop sensible, m'sieur Victor, cela risque de vous perdre !...

Un jour, avant de nous séparer, il m'avait offert une invitation à un de ses événements et puis il m'en avait offert à chaque rencontre. Il mettait sur la table un journal, le dépliait et m'indiquait avec l'ongle de son index une photo ou un article qui annonçait ledit événement – un succès indubitable. Je jetais un coup d'œil, pliais le journal sur sa main poilue et murmurais avec conviction :

– Désolé, mais je n'ai pas le temps...

– Vous ne savez pas ce que vous ratez, insistait Bobby Cacoveanu en replaçant le journal dans sa mallette marron en cuir, qu'il n'abandonnait jamais. C'est une première sur le continent, les journaux sont en délire..., et seul mon regard subitement dur l'empêchait d'ouvrir à nouveau sa mallette pour me faire voir d'autres journaux.

– Je vous laisse quand même l'invitation, vous changerez peut-être d'avis...

– Merci, monsieur Bobby, mais c'est inutile, je n'ai pas le temps...

J'aurais pu gaspiller une partie du mon temps libre, dont je disposais alors largement, car l'université m'occupait une seule journée par semaine, mais je détestais les mondanités et, avec la vanité innocente d'un autre âge (j'en étais conscient), je préférais ne pas porter ombrage à Bobby Cacoveanu. J'aurais pu aussi bien dire que mon refus répété était une preuve élégante de sympathie et d'encouragement, mais cela risquait de lui faire croire que je m'attendais à une certaine reconnaissance de sa part, ce qui n'était évidemment pas le cas. J'ignorais en toute bonne foi à quoi lui servait l'heure perdue en ma compagnie devant un café dans la brasserie vide les matins de nos rencontres, et encore moins pour quelle raison il s'acharnait à me donner ses invitations. Dans son agitation et sa passion frénétiques, il poursuivait certainement quelque chose à son bénéfice ou à celui de Ron Wolf, mais j'évitais scrupuleusement d'aborder le sujet. Par manque d'intérêt, par courtoisie et par sadisme. Parce que rien ne m'amusait tant quand, après son départ – il quittait toujours le premier la brasserie, les talons joints et, immobile un instant, en faisant le salut militaire : « À vos ordres ! », exactement comme au moment de mon arrivée –, je trouvais sur la table, habilement dissimulée au milieu des tasses, du cendrier, des verres et du bocal de sucre, l'invitation dix fois refusée avant qu'il se lève.

Je n'ouvrais jamais l'enveloppe, je la mettais en vue avec quelques pièces de monnaie dessus pour la serveuse – dodue, visage rond, seins pointus et ventre proéminent –, qui me rappelait un de mes amours passagers de jeunesse. Elle prenait l'enveloppe et la monnaie avec un mouvement adroit de ses doigts, remerciait avec un sourire mécanique mais plaisant, car ses yeux disparaissaient dans la graisse, et se retirait près du comptoir avec une indolence parfaite qui ne me rappelait rien. Elle n'était pas non plus intéressée par les invitations de Bobby Cacoveanu, mais ouvrait quand même l'enveloppe, agrippait avec ses ongles le carton imprimé, le regardait un instant avec son sourire mécanique et le laissait tomber dans la corbeille sur le bord de laquelle elle cherchait chaque fois un appui pour l'une de ses jambes afin de se gratter la cheville à l'aise.

Bobby Cacoveanu avait disparu depuis quelques semaines quand je trouvai dans la boîte postale l'invitation expédiée depuis New York. Qu'il eut disparu pour toujours et je n'aurais pas senti son absence, mais sa rouerie pour me convaincre d'accepter enfin une de ses invitations avait fait jaillir en moi de manière assez surprenante un grain de curiosité et de bonne humeur. Je ne regrettai pas d'avoir ouvert l'enveloppe, car la surprise fut vraiment grande : Claudia avait achevé son volume de nouvelles et j'étais invité à son lancement.

Cela faisait longtemps que je n'avais plus pensé à Claudia. Il était possible que Bobby Cacoveanu ait cherché ma compagnie à sa suggestion, en attendant le jour où elle allait finir son livre, ou pour d'autres motifs à découvrir éventuellement lors du lancement. Je ne tenais pas à la revoir à tout prix. Tout ce qui m'intéressait était son bouquin où il y avait peut-être de nouveaux détails sur les pensionnaires de Ron Wolf.

Si je ne restais pas suspendu tout le reste de ma vie au-dessus du fleuve Saint-Laurent...

XXVIII

Je jetai par la fenêtre ma cigarette à moitié consumée, posai mes mains sur le volant et tournai la tête pour chercher le bout de ciel clair découvert quelques instants auparavant au travers de la structure de fer du pont. Mais il n'était plus là, c'était peut-être une illusion. Mes yeux furent alors de nouveau accrochés par la réclame qui couvrait complètement l'arrière du bus immobilisé quelques mètres devant moi. Une réclame pour des pantalons ou des blouses ou, plutôt, pour les seins et les hanches d'une beauté rousse et charnelle qui suçait son pouce, allongée sur le dos, les jambes suffisamment écartées pour s'y faufiler tous, y compris le chauffeur obèse qui, à ma droite, semblait contempler rêveur la même image.

C'est ainsi qu'en franchissant le seuil du complexe funéraire, où j'étais enfin arrivé après m'être risqué à suivre une voiture de police, je ne trouvai rien de bizarre à ce que le lancement du livre de Claudia ait lieu au sous-sol. Tout était écrit en majuscules sur une affiche en couleurs de proportions respectables posée sur un trépied qui accueillait, au bout de l'escalier, les invités. La même affiche exhibait aussi la photo de Claudia portant de longs cheveux blonds flottant sur ses épaules et la mèche qui couvrait espiègle sa cicatrice conférait à son sourire pervers toute sa splendeur. Il manquait sur l'affiche le nom de Bobby Cacoveanu, mais cela était peut-être une simple négligence ou une trouvaille de marketing. Quelques invités, arrivés avant moi, étaient déjà au salon du sous-sol. Ils regardaient, en attendant, les dessins accrochés comme dans une vraie galerie d'art sur le thème des organes sexuels des oiseaux et des animaux domestiques – immenses, il faut le dire. Un écriteau expliquait largement que la source de l'inspiration se trouvait dans les zoos organisés dans les centres commerciaux les jours de fête, et que les dessins étaient le résultat encourageant d'un projet pédagogique expérimental d'un groupe d'enfants grandement handicapés intellectuellement.

Il était possible que les excroissances violemment coloriées en rouge représentassent vraiment, dans une vision apocalyptique, les organes sexuels de quelques oiseaux et animaux (très approximativement saisis, d'ailleurs), mais je n'osais pas tirer une conclusion définitive pour ne pas être injuste envers les pauvres petits idiots incurables encouragés à exprimer leurs pulsions maladives. Mon ignorance au sujet des progrès de la pédagogie sur le continent du progrès était visiblement totale et regrettable en comparaison de l'extase de connaisseur qui avait mouillé les lèvres d'un des invités qui se trouvait près de moi.

J'avais anticipé le mouvement, car, au moment même où l'inconnu tournait la tête pour me vomir son extase dans le visage – ses lèvres minces et humides frémissaient et des gouttes de sueur perlaient sur ses narines gonflées –, je m'étais éloigné et quittai le sous-sol.

Dès que je fus dans le hall principal du complexe funéraire, que j'avais traversé à mon arrivée sous l'effet de l'acceptation légère que l'endroit puisse servir autrement qu'aux morts, je vis un homme en uniforme cendré qui portait un trépied semblable à celui sur lequel était collée l'affiche sur laquelle Claudia souriait de manière perverse. La tête un peu penchée, l'homme avançait avec une solennité rigide, comme un somnambule et, quand il déplia le trépied devant une porte fermée et mit le carton avec le nom du cadavre auquel le tour d'être exposé était sans doute venu, ses gestes se chargèrent de tant de solennité que le souffle fétide de la mort me paralysa.

Ce qui s'était passé ensuite reste un des événements de cet après-midi de fin d'hiver sur lequel, par pudeur, peut-être aussi par une certaine crainte, j'ai entretenu et j'entretiens toujours une confusion totale. Les jours suivants, j'ai acheté tous les quotidiens de la ville, mais aucun ne s'était donné la peine de consigner le geste de miséricorde très peu ordinaire d'un immigrant en vie à l'égard d'un immigrant mort en solitaire. Dans d'autres circonstances et avec d'autres personnages, l'événement aurait nourri des semaines et des semaines la chronique publique des faits divers du continent et se serait métamorphosé en une gomme sirupeuse à mâcher collective, en une rumeur délirante vouée à fasciner, subjuguer et séduire, en une explication enfin simple et convaincante de toutes les frustrations et illusions qui accompagnent l'existence d'un immigrant.

Je n'avais aucun pressentiment ni sur ce que l'avenir me réservait, ni sur ce que, paralysé dans le hall du complexe funéraire, j'allais faire. En accomplissant scrupuleusement ses tâches, le somnambule en uniforme cendré s'attarda encore quelques instants pour mieux placer le trépied avant d'ouvrir la porte du salon mortuaire et, considérant que je n'attendais rien d'autre que de me recueillir au chevet du cadavre, m'invita du regard à y entrer.

Victor Victor. La bizarre fantaisie onomastique n'avait pas été, parmi les Roumains, le privilège exclusif de mes parents, heureusement disparus avant qu'ils n'apprennent ma renommée de cocu de la nation ; la gloire honteuse était aussi tombée sur la tête d'innocents, peut-être même sur la tête de l'inconnu qui, même trépassé, ne pouvait pas ignorer qu'après m'avoir invité le somnambule en uniforme cendré avait déplacé de quelques centimètres le trépied et glissé le bout de ses doigts sur le nom inscrit sur le carton, comme s'il voulait s'assurer que les lettres soient à leur place. Ce fut à ce moment que je pénétrai dans le salon et m'approchai du cercueil.

Les deux mains levées sur le bord du cercueil, je constatai troublé que l'inconnu Victor Victor était décédé dans la fleur de l'âge et réconcilié avec le monde — sa bouche était fleurie d'un rictus prononcé de sérénité que ses bras rigides, les poings serrés, liés sur son ventre avec une petite bande de tissu noir, n'avaient pas réussi à atténuer. Assailli par quelques pensées morbides mises sur le compte de la coïncidence de nom et de prénom, je concentrai mon attention sur son costume bleu, sur sa chemise blanche, d'été, avec des manches trop courtes — ses poignets noueux sortaient des manches du veston — et sur sa cravate aux motifs géométriques, et tirai la conclusion hasardeuse qu'il était possible qu'un dernier souffle de vie palpitât dans le corps de cet homme qui avait souffert d'une gloire qu'il ne méritait pas. Aucun cierge n'était allumé, mais une gerbe de fleurs en papier pendait à ses pieds, l'air conditionné glissait parmi les pétales roses et les balançait avec un bruit disgracieux.

— Permettez ?

— Je vous en prie, dis-je, les dents serrées, sans bouger.

— Je vous comprends, dit la voix, on le promène depuis trois jours entre la morgue et le salon. Si vous n'étiez pas venu, à cette heure la crémation aurait été finie depuis cinq minutes et…

Je tournai brusquement la tête et lançai un regard

froid sur le croque-mort planté près de moi : cheveux noirs teintés et gominés, regard aqueux, pommettes tombantes, bouche minuscule, menton en galoche, veste d'uniforme cendré enfilé à la hâte sur un complet noir et chronomètre en plastique qui prenait du temps pour arriver à un chiffre convenable.

– Six minutes, dit-il enfin, exactement six minutes… Il replaça farouchement le bracelet de la montre sur son poignet : La responsabilité des coûts supplémentaires vous revient, il va de soi…

– Voulez-vous répéter ?

Il s'exécuta. Et ensuite m'expliqua que le nommé Victor Victor était décédé dans un petit appartement de l'ouest de Montréal et que son cadavre avait été emmené à la morgue du complexe funéraire. Une lettre rédigée sur une vieille machine à écrire et quelques centaines de dollars liés avec un élastique avaient été livrées dans la matinée par la compagnie avec laquelle le complexe faisait couramment des affaires. La lettre contenait les détails exigés pour l'enterrement : cercueil bon marché, costume, chemise, cravate, chaussettes et souliers à choisir dans la garde-robe personnelle, fleurs en papier, une seule journée d'exposition, aucun cierge, aucune cérémonie. L'expéditeur supposait que l'argent avancé ne serait pas suffisant pour couvrir les frais, mais, dans un post-scriptum, il s'engageait solennellement à régler la facture finale le lendemain, des obligations urgentes les retenant pour toute la journée. Mais, le lendemain, personne ne s'était présenté et aucune autre visite n'avait eu lieu. Par un excès regrettable de compassion, la direction du complexe avait pris la décision d'accorder au cadavre encore un jour d'attente. Les essais répétés de rejoindre l'inconnu, retenu assurément par d'autres obligations urgentes, restèrent sans résultat. Le mort semblait être, d'après son nom et sa physionomie, soit Roumain, Russe ou Ukrainien, de religion orthodoxe

donc. Les églises orthodoxes de Montréal, particulière-
ment les roumaines, suite à une suggestion faite par la
police, et où des appels avaient été faits dans l'après-midi,
ne disposaient d'aucune information sur la mort d'une de
leurs ouailles, mais s'étaient engagées à faire des
recherches. Dans l'attente d'une clarification et de
la récupération du montant final dû – calculé en ce
moment –, une troisième journée d'exposition avait été
accordée au cadavre.

J'observai en chuchotant que le complexe funéraire
aurait mis aux pertes courantes l'incinération d'un
inconnu si je n'avais pas donné cours à l'invitation au
lancement d'un bouquin de nouvelles écrites par une
vieille amie ou si j'étais resté suspendu au-dessus du
fleuve encore cinq minutes ou, enfin, si j'avais eu la
patience de prendre connaissance de l'extase artistique
d'un autre inconnu rencontré au sous-sol.

– Possible, dit le croque-mort en consultant à nouveau son chronomètre. Mais le lancement était hier,
aujourd'hui c'est le vernissage de l'exposition...

– Dans ce cas, le malentendu est total.

– Nous continuerons la discussion après la crémation...

Je voulus sortir, mais au même moment les accords
d'une marche funèbre se firent entendre et le cercueil
commença à descendre dans le fossé ouvert dans le
plancher, et je restai à accompagner du regard sur son
dernier chemin l'inconnu qui avait portait le même nom
et prénom que les miens.

Une heure plus tard de disputes dans un bureau avec
moquette cendrée et un mur entier offrant, au choix,
quelques dizaines d'urnes, je payai la moitié des dépenses
supplémentaires. L'autre moitié et une urne en plastique
qui imitait le marbre cendré étaient le cadeau du croque-
mort. Si j'avais attendu encore une demi-heure, je serais

parti avec les cendres de Victor Victor mais ce fut au-delà de mes forces.

— J'apprécie votre collaboration, dit le croque-mort, sa petite bouche s'ornant d'un sourire flétri de reconnaissance. Passez demain ou, si vous voulez, l'urne sera livrée chez vous à nos frais...

— Je passe demain.

XXIX

J'avais perdu le numéro de téléphone de Claudia et, en rentrant chez moi le soir du lancement raté, je fis un détour et découvris qu'elle avait déménagé. Le tour des librairies effectué les jours suivants s'avéra vain, son volume était introuvable – il allait être diffusé plus tard ou jamais.

Le croque-mort qui m'avait soutiré de l'argent, me laissait presque chaque jour des messages, en me rappelant que la garde de l'urne allait me coûter et qu'il n'était plus question qu'il ne me fasse ni de rabais, ni de cadeaux. Un jour, exaspéré, je pris la voiture et traversai à nouveau le pont Jacques-Cartier.

Arrivé au complexe funéraire, je descendis tout d'abord au sous-sol destiné aux lancements de livres et aux expositions. Les aquarelles enfantines avaient disparu et une femme installait sur des colonnes en plastique de couleur cendré des sculptures en verre. Je la contemplai longuement. Elle ôtait avec délicatesse le papier rugueux qui enveloppait les sculptures, passait un tissu pour enlever la poussière et, avant de les déposer sur leur support, les portait devant ses yeux et les admirait quelques instants, perdue dans ses pensées. Elle me rappelait la femme qui, pendant les journées de la Révolution roumaine, déshabillait un mannequin dans la vitrine d'un magasin.

Elle sentit soudainement ma présence et se tourna vers moi effrayée. Je lui souris en me retirant. Je traversai le hall principal en déchiffrant au passage les noms des cadavres exposés ; ce jour-là et à cette heure-là, aucun Roumain n'attendait son tour pour l'éternité.

– J'ai beaucoup de difficultés à vous comprendre, me dit le croque-mort en me tendant l'urne.

Malgré mes explications – coïncidence de nom et d'origine, possibilité que feu Victor Victor en pressentant sa mort avait envoyé la lettre et l'argent, le hasard qui m'avait emmené au complexe funéraire… –, il persistait à me croire responsable et ne comprenait pas pour quel motif je ne faisais pas un dernier geste pour mettre un terme à une situation en définitive claire.

– Claire pour vous, mais pas du tout pour moi ! dis-je et je repris à nouveau mes explications.

Il m'écouta et, dès que j'eus fini, me fit une confession : depuis plusieurs années on mourait comme on mourait depuis toujours, de sa belle mort, à la suite d'un accident, d'un coup de couteau dans le dos ou d'une balle dans la tête, mais très peu nombreux étaient ceux qui confiaient encore leur âme à Dieu. Quant au corps, le nombre de ceux qui avaient des idées fantaisistes ou bizarres sur quoi et comment faire avec, était en pleine croissance et ils prenaient soin à l'article de la mort d'exiger de leurs proches de s'en occuper ou concluaient des contrats fermes avec le complexe funéraire et payaient en avance ou en mensualité. Si j'avais de telles fantaisies, il serait prêt à me proposer un contrat très avantageux.

Mon regard assassin l'obligea à faire une concession : il était possible que feu Victor Victor, en attendant pour une raison ou autre sa mort, avait programmé son départ en ayant une vague idée des dépenses réelles que cela supposait et en laissant, si besoin était, à quelqu'un au grand cœur le soin de combler la différence.

– La miséricorde est une denrée rare aujourd'hui, dit-il encore, vous devriez être fier !

Je tournai entre mes mains l'objet en plastique cendré dans lequel avaient été mises les cendres de feu Victor Victor – sinon d'un autre inconnu – et je découvris son nom gravé sur une étroite lamelle en laiton rivée sur le rectangle du socle.

– Nous pouvons la garder dans notre colombarium, contre un coût… je peux vous faire une réduction…

– Va te faire foutre, dis-je en roumain.

– J'ai encore quelque chose pour vous…

Il ouvrit un placard et sortit une petite valise en carton marron, à la poignée en ébonite et les coins couverts de tôle zinguée, comme je n'en avais plus vu depuis ma jeunesse. Le concierge de l'immeuble où Victor Victor avait habité la lui avait envoyée le matin même ; il aurait pu en faire cadeau à l'Armée du Salut ou la jeter aux ordures, comme il le faisait d'habitude lorsque l'un des locataires décédait subitement et que personne ne revendiquait l'héritage, mais il avait appris que quelqu'un s'était présenté à l'enterrement…

Je me dirigeai vers la porte, mais le croque-mort me coupa la route :

– Je vous en prie, ne me faites plus de difficultés !

Il mit la valise sur une chaise, l'ouvrit et, silencieux, me montra un à un, suspendus au bout de ses doigts, les vêtements restés après la mort de Victor Victor : deux vestons, deux pantalons, quelques chemises, maillots, slips et chaussettes, une paire de chaussures, une canadienne, un bonnet en laine et un chapeau déformé. D'une des poches de la valise, il sortit avec la même prudence le procès-verbal fait par la police et me demanda de vérifier si tout était conforme.

– C'est tout ce qu'on a trouvé ?

C'était tout. Aucune photo, aucune lettre, aucune note, rien de ce qui aurait pu évoquer même partiellement l'existence d'avant de Victor Victor. Comme si sa vie entière au Canada se résumait aux deux mois passés dans son petit appartement meublé.

– Cela arrive plus souvent que vous n'imaginez...

La vérité était que je ne m'imaginais rien et n'avais aucune intention de m'imaginer quoi que ce soit. Je mis la valise dans le débarras de l'appartement et l'urne sur le balcon. À la fin de la semaine, mû par des pressentiments troubles, je descendis sur l'autoroute Décarie. J'eus un serrement au cœur en découvrant que le bloc dans lequel avait vécu et décédé Victor Victor était exactement le même dans lequel j'avais habité, le bloc de Claudia. Ce fut le concierge squelettique, pâle et sans âge, qui m'ouvrit, sans me reconnaître. Je lui dis que je voulais louer un appartement meublé.

– Tous sont meublés, dit-il en me soupesant du regard. Une, deux chambres ?

– Une, à l'étage...

Nous montâmes. L'odeur forte et connue des épices orientales me pénétra violemment dans le nez et dans la bouche. De l'autre côté des portes devant lesquelles étaient abandonnées bottes et chaussures, il y avait de la musique et des coups de feu. Le concierge s'arrêta devant une porte, prêt à ouvrir, mais je regardai le long du couloir et dis que je préférais, s'il était libre, l'appartement numéro 9.

– Il vient de se libérer...

Le même canapé, le même miroir appuyé sur son dossier, la même table avec deux chaises, la même fenêtre devant laquelle le vieil érable n'était pas encore sorti de l'hiver et les mêmes cours minuscules (je m'étais approché de la fenêtre) au gazon jauni et sans les immenses jouets en plastique. Ça sentait la peinture.

– Ça sent fort la peinture...

– Je peins toujours après la mort d'un locataire...

Il en avait trop dit. Je lui dis alors que j'étais au

courant et que j'avais hérité de la valise expédiée au complexe funéraire, et lui demandai de me parler de Victor Victor. Il se décida en échange de dix dollars et la promesse de lui envoyer quelqu'un pour louer l'appartement. Je comprenais mieux le dialecte local.

Lorsqu'il s'était installé deux mois auparavant, Victor Victor n'avait que sa valise. Moi aussi j'avais une valise, me dis-je. Peut-être qu'il recevait des visites, les murs de chambres étaient minces, on entendait tout d'un côté et de l'autre, mais ses voisins avaient déclaré à la police qu'ils n'avaient jamais vu personne frapper à sa porte ; ils n'avaient d'ailleurs jamais entendu le téléphone sonner, et le téléviseur assez rarement, le son monté au maximum. Mais tous les locataires écoutaient la télévision le son monté au maximum, probablement pour ne plus se sentir seuls.

Le concierge avait déclaré sous serment que Victor Victor ne quittait l'appartement qu'à la fin de la semaine pour y revenir vite, chargé de quelques sacs d'épicerie. Il l'avait attendu plusieurs fois dans le hall de l'entrée, et lui avait parlé, mais le locataire de l'appartement 9 le saluait, chapeau levé, et disparaissait dans l'escalier. La conclusion du médecin légiste avait été qu'un accident cérébral avait mis un terme à sa vie. Cela aussi était arrivé à d'autres.

XXX

J'aurais pu dédié le reste de ma vie à des recherches sur la vie, les révoltes, les amours, les déceptions, les illusions, etc., de mon homonyme Victor Victor pour éventuellement comprendre pourquoi il était mort seul dans un appartement misérable du bout du monde ; j'aurais pu faire des parallèles intéressants entre ce qu'il avait vécu et ce que j'avais vécu et vivais encore, et les conclusions auraient pu me servir à éviter une fin identique. Mais je n'étais pas un héros de roman et n'avais aucune chance de le devenir. J'avais fait pour lui beaucoup plus que ce qu'il fallait faire et, si j'avais su quoi faire avec ses cendres gardées sur le balcon et avec sa valise jetée dans le débarras (quoi que je fisse, je tombais sur elle), je l'aurais probablement complètement oublié.

La question de savoir ce qu'on peut faire d'une vie ne m'était pas étrangère ; l'autre Victor Victor s'était sans doute lui aussi posé la question et l'évidence qu'il n'avait pas trouvé la bonne réponse expliquait pourquoi il avait fini comme il avait fini. Ou il l'avait trouvé trop tard.

Je n'en étais pas encore là. Il me manquait très peu pour accepter définitivement que ma vie ne soit plus qu'un rêve terminé, un souvenir auquel retourner uniquement par vanité, pour le contempler à loisir, sans aucune émotion, comme j'avais contemplé le cadavre de l'autre Victor Victor. Un compromis pour retarder le moment où j'allais apprendre si j'avais fait ce que j'aurais dû faire, si j'avais échoué ou non, si j'étais ou non coupable. Si éventuellement mon fantôme ne continuait à sévir sur le continent nord-américain que pour payer mes culpabilités passées, connues et inconnues.

Quand je croyais encore que Lisa était la plus belle femme du monde, le jour où j'avais été accepté dans sa garçonnière, dont la fenêtre s'ouvrait sur une allée déserte du parc Cismigiu, elle m'avait posé la même question :

— Et toi, qu'est-ce que tu penses faire de ta vie, mon coquelet ?

Elle était nue, les bras enlacés sur ses genoux et me fixait sévère. Je voyais le duvet blond de son pubis.

— À part t'aimer comme un chien aveugle, je lui avais répondu en glissant ma main entre ses jambes, je ne sais pas très bien. Quoi qu'il en soi, un changement est à prévoir vu que tu es rentrée pour toujours dans ma vie...

Elle avait couvert ma main avec la plante de ses pieds et son regard s'était adouci. J'avais pris les plantes de ses pieds dans mes mains et continuais :

— L'obstination et la passion de me dévouer à une idée noble me manquent, Lisa, tout autant que le talent de réaliser des films. Je n'ai pas non plus de voix ni d'oreille musicale. Le seul talent qui me rend un peu fier et que j'aime à la folie c'est de te raconter des histoires et d'être vraiment capable de le faire.

— Preuve possible que tu as accepté la vanité de ta propre existence...

— Depuis ma tendre enfance, sans trop de chichis, et certainement destinée plutôt à mes échecs perpétuels qu'aux attentes de mes semblables. Si dépourvu de talents, je pouvais tout de même monter dans l'estime de la plupart de nos concitoyens en avalant goulûment la dernière idée noble en circulation, celle de la révolution socialiste. Mais cette révolution n'est plus qu'une mascarade tragique, Lisa, et moi je me faufile déjà dans l'Histoire et je suis certain qu'à deux il nous serait plus facile d'y réussir...

— Instinct vorace de survie ? Indolence crasse ? Goujaterie sociale et politique ? Compte sur moi, avait dit Lisa en libérant mes mains pour qu'elles recouvrent le duvet blond du pubis.

— Mais Dieu ? Qu'est-ce que nous allons faire avec ?

— Rien, mon coquelet, rien à faire et pas la peine de s'inquiéter. Même si nous voulons à tout prix mettre nos vies à son service, croyants fidèles en rêvant au paradis, il n'y aura toujours rien à faire. Moi à cause de mes excès de fornication, toi à cause de ta vanité aiguë.

Il y avait une petite veilleuse sous l'icône accrochée dans la grande chambre de la maison familiale. Ma mère l'allumait aux fêtes religieuses et, quand il n'y avait plus d'huile, elle restait éteinte jusqu'à la prochaine fête. La première Bible est apparue dans la maison quand j'étais étudiant, je l'avais trouvée chez un bouquiniste ; après l'avoir lue en cachette, comme j'avais lu *L'amant de Lady Chaterley*, je l'avais mise parmi les livres traduits du russe et vendus chaque mois par le syndicat des Ateliers Grivita. Avant de trancher le pain, mon père le pressait sur sa poitrine, murmurait parfois « Que Dieu nous protège ! » et, les lèvres serrées, y entaillait avec la pointe du couteau une grande croix – geste plutôt mécanique. J'avais cru hériter de cette habitude, mais toutes mes peines de la perpétuer s'avérèrent inutiles. On ne fabriquait plus que très rarement des pains ronds qu'on pouvait appuyer sur la poitrine et sans cette communion avec le corps le signe de la croix avait perdu pour moi sa dernière signification.

— En fait, qu'est-ce qui compte dans une vie, Lisa ? Ne pas être vaincu, ne pas offrir au monde dans lequel on est captif l'occasion de te fouler aux pieds. Entre la crainte diffuse d'être écrasé à tout moment et les preuves s'accumulent d'une existence médiocre ou carrément ratée, qu'est-ce qui est préférable ?

— Me raconter des histoires et m'aimer comme un chien aveugle, mon coquelet.

Lisa me manquait. Elle me manquait terriblement.

XXXI

La conséquence immédiate de la visite de l'appartement numéro 9, où j'avais habité et où l'autre Victor Victor était décédé, fut le refus de répondre au téléphone, le débranchement du répondeur, et des appels faits au dernier moment, uniquement pour des questions administratives, sur le deuxième appareil de la maison, mon préféré. Le téléphone avait tout de même continué à sonner, me rappelant que je n'étais pas seul au monde – ce qui me laissait complètement froid – et, s'il m'arrivait de décrocher, je le faisais par écœurement de l'entendre retentir ou par une curiosité subite, sans explication et en le regrettant immédiatement. J'aurais pu, bien sûr, condamner la sonnerie, l'arracher en entier et le jeter, mais cela aurait été un acharnement ridicule qui aurait altéré la volupté de savoir qu'à l'autre bout du fil quelqu'un attendait vainement qu'on lui réponde. Rien de pernicieux dans ce sadisme puéril, mais une preuve discrète que je ne faisais plus aucun secret de mes rapports compliqués avec mes semblables et que j'étais impatient qu'ils s'en aperçoivent.

J'avais déjà un premier signe encourageant : l'obstination avec laquelle je refusais de les sortir de la « merde » au téléphone, avait laissé du temps supplémentaire à mes étudiants pour développer leur adaptabilité sociale dans les stations d'essence et les centres commerciaux à gagner des salaires de misère, et à continuer de s'endetter furieusement pour voir consacrée dans un diplôme officiel leur ignorance superficiellement retouchée et si cher payée.

– Vous me trouverez, mesdames, mesdemoiselles, messieurs, pendant les heures prévues par la convention collective dans la salle de cours ou à mon bureau. Des études empiriques anciennes et récentes ont fait la démonstration convaincante que la transmission des connaissances en sciences humaines ne rencontre aucune difficulté, bien au contraire, lorsque le professeur et les étudiants se regardent de temps à autre dans les yeux – question de respect intellectuel mutuel, sinon catégoriquement de bon sens –, et, profitant de l'occasion, se vouvoient. Aristote et ses confrères ne parlaient pas au téléphone avec leurs apprentis, vous êtes sans doute au courant...

Je n'avais aucune raison de me sentir coupable. Les derniers appels du croque-mort et quelques conversations agitées avec mes étudiants justifiaient pleinement la réalité que, du moins en ce qui me concernait, les seules nouvelles possibles – sauf le désespoir attendrissant des vendeurs d'assurances-vie –, que livrait, une fois ouvert, le miraculeux appareil, qui, grâce au progrès, était accroché à la taille ou porté dans une poche comme preuve irréfutable que son bienheureux propriétaire participait de bon gré à l'insignifiant bavardage planétaire, étaient, soit catastrophiques, soit énervantes, soit inutiles. En n'ayant aucune nouvelle téléphonique à transmettre à personne – je n'avais jamais eu d'ailleurs à en donner à qui que ce soit dans ce pays où j'allais probablement mourir –, il était possible que je perdisse quelques occasions d'élargir mon cercle de connaissances respectables avec lesquelles j'aurais pu trouver certaines affinités, mais me lamenter ne servait à rien.

J'avais pris donc mon temps ce soir-là de fin d'hiver avant de me décider, au sixième appel insistant en une demi-heure, à soulever le récepteur du vieil appareil de bakélite noir avec les chiffres du cadran effacés ; je l'avais acheté au marché aux puces et, malgré les pressions de Bell Canada qui me facturait pour obstruction tenace au progrès, il n'était pas question que je m'en départisse. Dans quelques années, j'en étais convaincu, si je ne perdais pas la tête en me convertissant à la religion des nouvelles technologies, j'allais le revendre comme pièce rare à un prix faramineux.

La dernière fois que j'avais répondu, il y avait plus d'une semaine alors, c'était Ivana. J'aurais pu deviner, même si nous n'avions plus rien à nous dire, car nous n'eûmes jamais rien à nous dire, mais la rancœur des femmes m'a toujours pris au dépourvu.

J'avais revu Ivana au début des cours, nous avions échangé quelques mots sur Pierre qui était de nouveau en Afrique, elle avait oublié son genou glissé entre mes jambes et sa promesse de nous revoir, et moi j'en avais pris note sans aucun regret, sa laideur me fatiguait. Nous nous croisâmes ensuite pendant quelque temps, le mercredi dans la soirée, après les cours, dans le couloir faiblement éclairé. Je la saluais comme on salue une ombre, avec un mouvement discret de tête, et elle me répondait comme on répond à une ombre. Ce fut vers le milieu de l'hiver qu'elle s'arrêta à un pas de moi et me regarda longuement, immobile, avec une expression bête de stupeur ou de vide subit de toute pensée et de toute émotion. Les seuls signes que quelque chose se passait en elle étaient ses lèvres serrées et ses mains tremblotantes sur un dossier appuyé sur son ventre.

Je ne crois pas qu'elle me voyait vraiment. J'avais d'ailleurs depuis quelque temps l'impression bizarre que mes semblables de toutes les couleurs et tous les âges de Montréal me regardaient sans me voir et que moi-même, avec un effort substantiel de bonne volonté, je ne voyais en eux que des ombres, des silhouettes aux vagues traits humains arrachées un instant au tournis de leur chute vertigineuse et inexorable dans la promiscuité d'un futur qui se confondait avec le présent.

J'avais fait quelques expériences à l'Université avec ceux que je croisais plus souvent, des personnes raisonnablement éduquées et avec des responsabilités sociales et morales. Je les accrochais par la manche, je laissais ma main sur leur épaule, cherchais leur regard, regardais en face, parlais, et s'ils me l'avaient demandé, je

leur aurais dit la couleur de leurs yeux, je leur aurais montré la cicatrice laissée par le rasage du matin, les endroits où la poudre, le maquillage, le rouge à lèvres avaient caché les rides, les cernes, les morsures ou la fatigue ; je les aurais arrachés enfin pour quelques secondes au vertige de leur chute dans le néant pour leur donner l'occasion de me voir à leur tour. Mon cœur battait follement, mais tout ce qu'il m'avait été donné à entendre se résumait à des grognements sur la dernière réunion interminable du département, sur le climat en général horrible ou sur le prix de l'essence ; question de culture et d'alimentation, les prémices d'un minimum de complicité intellectuelle que tout n'était peut-être pas perdu, que nous pouvions encore nous sauver en nous agrippant l'un à l'autre, se dissipait au même moment ; le dégoût que tout mon être respirait tenait du domaine privé et il était exclu qu'il eut une autre cause que celle passagère d'une indisposition gastrique, facile à guérir.

En regardant Ivana ce soir-là, je me suis brusquement rendu compte que sa laideur n'était rien d'autre que le stigmate sans équivoque des Nord-Américains qui n'avaient jamais connu la faim, n'avaient jamais connu les souffrances de la guerre qu'au cinéma et à la télévision, n'avaient jamais vécu aucune autre révolution que celle sexuelle et qui ne pouvaient s'imaginer que la vie, la vraie vie était tout autre chose. Le visage du jeune avocat de New York, qui m'avait fait attendre quelques heures dans l'antichambre de son bureau tapissé d'affiches d'hommes nus, était marqué par le même stigmate.

Du corps d'Ivana, émanait l'odeur forte de la santé et du contentement, et son âme aurait pu être moins primitive que laissait paraître l'expression bête avec laquelle, immobile, elle me regardait, car elle ne s'était éloignée qu'au moment où, au bout du couloir, une autre ombre avait fait son apparition. Le mercredi suivant, échoués dans le même lit, elle m'avait palpé aveuglement de la tête jusqu'aux pieds (ses ongles étaient carrés), comme si elle voulait s'assurer que l'ombre rencontrée dans le couloir ne se dissiperait pas avant que la chose pour laquelle nous nous trouvions ensemble se passe comme il se devait.

Nous nous revîmes ensuite une fois par semaine, j'arrivais chez elle avec une bouteille du vin bon marché et la trouvais en soutien-gorge, string et porte-jarretelles en soie ou en plastique noir ; elle m'avait laissé comprendre une fois que, moins laide, elle aurait fait la pute et raconté ses exploits dans des romans à succès. Elle vidait presque seule la bouteille et, au fur et à mesure qu'elle se soûlait, sa laideur s'atténuait, devenait plus supportable, et les aspérités de son corps difforme fondaient dans une buée de reconnaissance hystérique.

J'allais constater assez vite que l'enthousiasme médiocre des premières nuits ne s'était plus répété et je lui avais alors proposé, cordialement, que nous nous contentions du croisement de nos ombres dans le couloir de l'Université et de l'attente de notre désintégration complète, ce qui ne pouvait pas tarder. Elle n'avait pas protesté, elle avait aussi des doutes sur nos compatibilités sexuelles et, reconnaissant, je l'avais raccompagnée jusqu'à sa voiture. Elle baissa la vitre pour me regarder pour la dernière fois avec son expression bête, et j'eus l'imprudence de lui effleurer le menton avec le bout du mon index. Geste regretté au même instant, car elle ne l'avait pas mérité et ne l'avait pas désiré, incapable qu'elle était de se l'imaginer et de goûter sa tendre délicatesse.

N'eut été la cicatrice fine taillée par ses dents dans ma main, le soir où elle appela et que je répondis, j'aurais été peut-être un peu troublé et ses vociférations m'auraient peut-être obligé à quelques commentaires salés.

– Cela fait trois jours, Victor Victor, que je t'appelle et il est le temps que tu te souviennes que sans communiquer, aujourd'hui, tu es fini ! Mais qu'est-ce que je dis ? Toi, tu es fini depuis longtemps, Victor Victor, c'est le communisme et les révolutions qui t'ont achevé! Tu n'es plus qu'un fantôme de la préhistoire ! Tu aurais dû être empêché par tous les moyens de traverser l'océan seulement pour montrer aux étudiants ton visage défiguré par le dégoût et leur demander de te regarder dans les yeux ! As-tu pensé à leur innocence ? À leur avenir ? Non, tu n'y as pas pensé ! Tu as voulu que je fasse ton jeu, mais j'ai ouvert les yeux avant de me laisser aller. Ne compte plus une deuxième fois sur Pierre, sur les trotskistes et les tiers-mondistes du département et sur le syndicat, tes jours comme professeur invité sont comptés, prends-en note Victor Victor !

Ivana avait raccroché, Victor Victor en avait pris note et n'avait plus touché pendant plus d'une semaine le vieux téléphone en bakélite.

XXXII

Ce soir-là, entre le quatrième et le cinquième appel, j'avais regardé par la fenêtre la ruelle qui appartenait depuis longtemps aux drogués et aux prostitués du quartier – j'avais loué l'appartement de Pierre qui aimait le spectacle; mais la tempête annoncée depuis quelques jours, dernière et capricieuse bouffée de l'hiver, donnée comme imminente, les avait chassés. Aucun autre événement notable n'était à signaler au pays et dans le monde – les crimes, les viols, les vols, les urgences des hôpitaux pris d'assaut et l'acharnement des Américains à modifier le relief des montagnes d'Afghanistan avec des bombes étaient la banalité même –, les journaux, les radios et les télévisions ne discouraient que sur la tempête.

L'arrivée attendue du printemps, sinon directement de l'été, avait trouvé un écho jusqu'à l'Université : un colloque exceptionnel sur la place occupée par les caprices des saisons dans les préoccupations quotidiennes par rapport à l'obsession de la populace du grand territoire du nord du continent nommé Canada de trépasser le plus tard possible et en bonne santé physique et intellectuelle, se déroulait à la même heure de la soirée. Les organisateurs avaient compté sur ma sensibilité d'Européen en général et sur mon regard encore innocent de fuyard de l'est de l'Europe en particulier, mais je m'étais fait un plaisir de décliner l'invitation.

J'aurais pu passer ainsi la soirée à attendre la tempête avec un livre à la main ou à sommeiller devant la télévision ou, enfin, à me traîner du fauteuil au canapé et l'inverse et à regretter modérément la collégialité lugubre du colloque. Et je l'aurais fait si le téléphone n'avait pas retenti à nouveau, m'arrachant du léger sommeil dans lequel je m'étais assoupi après le cinquième appel.

— Bobby, m'sieur Victor, à vos ordres! Bobby Cacoveanu qui veut vous rencontrer...

— On se reparle après la tempête, monsieur Bobby.

— Ce soir, m'sieur Victor ! Je vous ai cherché à l'Université, au colloque, et si vous n'aviez pas répondu je serais à votre porte...

— C'est si urgent ?

— J'arrive dans un quart d'heure.

Quelques minutes plus tard ce qui me tracassa fut le regret inutile de ne pas pouvoir me décider à me barricader, à éteindre les lumières et à attendre que la porte soit enfoncée, mais il était évident que Bobby Cacoveanu faisait partie des petites fatalités de ma nouvelle existence canadienne et il n'aurait à rien servi de tenir tête. Après plus de deux mois d'absence – même s'il était possible que je l'aie raté au lancement du livre de Claudia –, il brûlait certainement d'impatience de me faire part de ses derniers succès et d'abandonner discrètement sur la table une invitation pour le futur exploit sur lequel le journal qui entretenait sa célébrité avait écrit la veille et dont je ne savais, comme d'habitude, rien.

J'étais énervé quand j'ouvris la porte. Il s'en aperçut et recula d'un pas.

— La tempête est ajournée, dit-il, à vos ordres !

Je m'écartai en silence, il hésita un instant, juste le temps de récupérer son sourire éternel et triomphant de mégalomane, puis se glissa dans l'appartement et, s'arrêtant au milieu du salon, il déboutonna le manteau élégant, au col d'astrakan, que je voyais pour la première fois. Il chercha du regard où le déposer, visiblement pour me faire le lui prendre et aller l'accrocher quelque part. Je m'approchai de la fenêtre – afin qu'il comprenne qu'en le gardant sur ses épaules, la visite serait courte – et tirai le rideau en faisant semblant de vérifier si, vraiment, la tempête tardait.

En bas du haut mur de brique, de l'autre côté de la ruelle, recouvert en été par de la vigne sauvage, quelqu'un confectionnait un abri de fortune avec des morceaux de carton amassés dans un chariot piqué à un centre commercial. Emmitouflé jusqu'aux oreilles, aux mouvements lourds, il pouvait être aussi bien un homme qu'une femme, mais cela n'avait aucune importance.

– Je lui ai donné quelques cigarettes, dit Bobby Cacoveanu.

Le manteau gisait sur le plancher, à côté du fauteuil sur lequel il s'était commodément écroulé, et il avait parlé sans se mouvoir, comme c'était lui l'hôte et moi l'intrus curieux de savoir où il se trouvait.

– Je m'étais habitué avec les drogués et les prostitués, dis-je en m'asseyant sur le canapé qui lui faisait face.

– Vous êtes trop sensible, m'sieur Victor, je vous l'ai déjà dit. Trop sensible et trop grave…

– Donc…

Avant de me répondre, il pencha un peu en arrière sa tête massive sur laquelle les touffes de ses cheveux rigides généreusement enduits de brillantine semblaient dessinées par un caricaturiste compréhensif.

– Je rentre de la Patrie. J'ai atterri il y a quelques heures…

– Je vous croyais à New York.

– New York ? Je n'y suis allé que deux fois dans ma vie, il y a dix ans… Je n'aime pas, ça me déprime, ça me rend malade, trop d'agitation pour quelqu'un si agité comme moi...

– Vous m'aviez envoyé néanmoins une invitation depuis New York au lancement du livre de Claudia...

– Vous faites erreur, m'sieur Victor. Je ne m'occupe plus de choses pareilles, j'ai changé de préoccupations. Quant à Claudia, je ne l'ai pas vue depuis la mort de Moreno et je ne savais pas qu'elle écrivait... Elle écrit sur quoi ?

– Mais j'ai reçu cette invitation !

– Quelqu'un vous a joué un tour, dit-il, sourire fataliste. J'ai beaucoup d'ennemis. Il est possible que vous en ayez aussi, le monde est petit et, parmi tant d'immigrants roumains qui s'imaginent qu'ici les chiens se promènent avec des beignes roulés sur leur queue, il s'en est peut-être trouvé un qui vous en veut et a sauté sur l'occasion... Ou c'est peut-être Claudia qui vous l'avait envoyée... Moi, non, parole d'honneur ! Si vous voulez, je pourrais m'intéresser...

– Quand même...

Il me montra son passeport, il avait vraiment été deux mois en Roumanie, les tampons du départ et de l'arrivée en faisaient foi. Je me suis levé, suis sorti sur le balcon, ai ouvert l'armoire et pesai quelques instants dans mes mains l'urne contenant les cendres de feu Victor Victor. Revenu au salon, j'ouvris la porte du débarras et vis la valise du même Victor Victor. Je ne me rappelais pas ce que j'avais fait avec l'invitation, peut-être l'avais-je jetée ou égarée dans une des poches du complet vêtu le soir du lancement. Je vérifiai, je l'avais sans doute jetée. Si je ne l'avais pas oubliée dans la voiture. Non, je l'avais jetée. Expédiée ou non par Bobby Cacoveanu, je n'avais aucune raison de croire que j'avais rêvé. Ou, si j'avais rêvé, l'évidence que j'étais encore endormi, peut-être pour toujours, sautait aux yeux.

– Ça va, m'sieur Victor ?

– Peut-être qu'il s'agit d'une farce, dis-je en reprenant place sur le canapé. Puis, avec un effort énorme : Et votre visite dans la Patrie, monsieur Bobby, comment s'est-elle passée ?

Il se pencha à nouveau, légèrement, la tête en arrière, sortit le paquet de cigarettes et me demanda du regard s'il pouvait fumer. J'en allumai une moi aussi.

– La comtesse est en vie, m'sieur Victor ! Madame Lisa est en vie !

Deuxième partie

L'arôme de pulpe de noix crues

I

La tempête n'éclata pas cette nuit-là, ni dans les jours et les semaines qui suivirent. Il est possible qu'elle n'ait pas, non plus, éclaté plus tard et que le printemps ou l'été soient arrivés soudainement, comme cela s'était déjà passé. Mais il est cependant possible qu'elle éclatât finalement avec tant de puissance que ni le printemps, ni l'été n'arrivèrent plus. Ce qui, là aussi était déjà arrivé. Mais ça n'avait plus aucune importance pour moi, quoi qu'il soit arrivé, j'étais loin.

Je pris bien sûr Bobby Cacoveanu au sérieux. Je n'apprenais pas une nouvelle – j'avais toujours cru au fond de mon âme que Lisa ne pouvait mourir qu'en même temps que moi –, mais j'avais sans doute besoin que quelqu'un me le dise sans détour pour accepter enfin que je ne m'étais incrusté à Montréal que pour attendre ce moment où Lisa allait revenir, triomphante, dans mon existence. J'aurais préféré évidemment qu'elle se choisisse un autre messager, mais c'eut été stupide de faire des manières.

La seule crainte qui m'a accompagné cette longue nuit de fin d'hiver fut que mon instinct de conservation et ma capacité de jugement soient érodés, que ma volonté se métamorphosât en une marmelade de sentiments et d'émotions confus et que je fusse ainsi une marionnette dans les mains du destin incarné cette fois-ci par le grotesque Bobby Cacoveanu.

– Vous souvenez-vous, je vous ai dit une fois que je ne faisais rien au hasard...

Je me souvenais. J'étais encore à la fenêtre, contemplant, troublé, la méticulosité avec laquelle la silhouette vaguement humaine, emmitouflée de la tête jusqu'aux pieds, préparait son abri. Le vent annonciateur de la tempête s'était mis à souffler et le pauvre peinait sous la charge de chaque morceau de carton transporté du chariot jusqu'à la base du haut mur, là où il y avait une profonde cavité dissimulée l'été par la richesse de la vigne. Il les déposait dans un ordre dont il avait le secret, les soupesait du regard quelques instants, les déplaçait avec des coups de pied et, sans se presser, retournait en prendre d'autres dans le chariot ; l'éternité lui appartenait.

– Je me souviens, Monsieur Bobby, le temps de cueillir ce que vous aviez semé est arrivé. Mais ne me dites rien, laissez-moi deviner.

Il était maintenant assis sur le canapé et pouvait mieux me voir. Élégamment vêtu, comme d'habitude d'ailleurs. On n'aurait jamais dit qu'il avait voyagé toute la journée, ce qui était possible. Il me fixait en tapotant doucement sa fine moustache avec les pointes de l'index et du majeur, la cigarette glissée à leurs racines – les vagabonds de mon quartier d'enfance fumaient ainsi –, les paupières à moitié baissées, pour éviter la fumée, et semblait vouloir me faire comprendre qu'il était disposé à attendre toute la nuit la réponse introuvable à ce qu'il avait manigancé.

– Cacoveanu ! me suis-je soudainement rappelé avec une colère froide. C'était le nom du chef du personnel de l'Institut : Cacoveanu ! Un type petit, torturé...

Bobby Cacoveanu éclata de rire. C'était la première fois que je l'entendais rire. Des éclats de rire stridents, définitifs. Tout son être exultait le contentement et l'orgueil.

– Frère de mon père, m'sieur Victor ! Mon oncle ! Il vous aura fallu du temps pour comprendre ! Le seul de la famille qui n'a jamais souffert à cause de son nom. Cacoveanu, disait-il, nom prédestiné à remuer la merde des autres… Vous l'avez chassé après la Révolution, mais il n'est pas parti les mains vides. Il a pris tous les dossiers du personnel et les a cachés chez lui, dans la cave, convaincu que la folie révolutionnaire allait passer ; j'y ai jeté un coup d'œil. Il est mort de chagrin il y a deux ans, comme d'autres dans les années 1960 déçus que les Américains ne viennent plus… Chacun avec ses illusions, m'sieur Victor !

Je me rappelais l'épisode du renvoi du chef du personnel Cacoveanu de l'Institut. J'y avais pris part avec l'enthousiasme bête de ces jours de ferveur révolutionnaire. Tous sortis sur les marches de l'entrée, le directeur devant, nous l'avions regardé s'éloigner – un bout d'homme avec un bonnet de fourrure et un manteau dont les pans frôlaient ses chevilles, penché d'un côté à cause du poids de sa serviette, trop grande pour sa stature, marchant avec de petits pas, comme dans le sommeil. Assis derrière sa table, Ilarie, le portier, contemplait dignement, entre deux bouffées de cigarette, l'infantilisme justicier occasionné par l'élan révolutionnaire des messieurs et des mesdames les chercheurs.

Je me suis levé. J'aurais pu, en allant vers la table où se trouvaient mon paquet de cigarettes et les allumettes, prendre le neveu du chef du personnel par le col et, sans un mot, le mettre dehors, dans le couloir. Il n'aurait certainement pas protesté, mais il serait revenu par la fenêtre un jour ou une nuit plus tard, caché dans un trou de serpent et je n'aurais pu lui échapper. Il avait gagné ma bienveillance à le rencontrer et à l'écouter – je ne regrettais pas cette faiblesse, elle me rappelait les nuits de fête de ma jeunesse en compagnie douteuse. S'il avait réussi à m'arracher à mon apathie et à m'associer à son délire, il aurait été heureux et aurait fini par s'ennuyer avec moi. Sa malchance de schizophrène authentique fut qu'il était tombé sur un schizophrène de circonstance. Dans mon dossier, trouvé dans la cave de son oncle mort de chagrin, il n'y avait, je crois, aucune note dans ce sens, sinon il aurait su à qui il avait affaire.

Il restait la question de son intérêt subi pour le sort de Lisa. Durant l'année et demie passée depuis sa disparition et depuis l'annonce officielle de sa mort, il n'avait jamais, lors de nos rencontres – une dizaine, pas plus –, prononcé son nom ni ne l'avait évoqué, même en passant. Question de discrétion ou de tactique.

J'étais derrière lui, je tendis la main, je touchai presque le col de son veston et, une fraction de seconde avant de l'agripper et de le sortir dans le couloir – la tentation m'était revenue brusquement –, je me ressaisis. Il me fallait une explication. Et, parce que je n'avais rien d'autre à faire ce soir-là de fin d'hiver que de regarder par la fenêtre et d'être émerveillé du doigté et de la lenteur avec lesquels un délaissé par le sort construisait son abri à la base d'un haut mur jusqu'au ciel plus noir que jamais, je décidai d'avoir cette explication.

– Une bière, un verre du vin, un café, monsieur Bobby?

– Du café, m'sieur Victor, merci. La traversée de l'océan m'a tué.

Je préparai un café, remplis pour moi un verre de blanc, retournai à la fenêtre et lui demandai de s'expliquer.

Il but le café d'un trait et s'expliqua. Longuement, avec moult parenthèses et familiarités, comme s'il n'avait rien à cacher, en éructant de temps en temps des éclats de rire stridents et définitifs de contentement viscéral, et je le laissai me salir. Un prix à payer comme un autre pour reconnaître que nous venions, tous les deux, du même monde roumain et que, où que nous soyons et quelles que soient nos illusions, ce monde-là était le seul qui nous définissait.

II

Bobby Cacoveanu était le fils d'un cabaretier d'Oltenie qui avait toujours su, avant et après la guerre, comment voler avec mesure et à qui donner à boire à crédit. Il arrivait au cabaretier, que quelqu'un, à qui le communisme était monté à la tête, osa se moquer de lui en coupant son nom en deux et en l'appelant ricaneur : Caco ! Caca ! Le vieux Cacoveanu avalait l'affront sans sourciller et, tout en essuyant les verres, répliquait sur un ton sentencieux, en faisant voir ses dents en or :

– Cacoveanu, espèce de bovin, veut dire dans la langue des Thraces, nos ancêtres, celui qui chie dans la bouche des cons !

La conversion de Ceausescu au nationalisme vint dix ans plus tard et Bobby, alors Ion, élève de dernière année à l'école d'officiers de police, comprit que le nom allait lui porter chance, comme il avait porté chance à son oncle promu chef du personnel.

Cacoveanu Ion, nom authentique roumain, nom qui définissait le vrai Roumain (le vieux Cacoveanu savait ce qu'il disait), celui qui chie toujours dans la bouche de ceux qui n'ont pas les Thraces comme ancêtres ! Les Thraces, considérés par Hérodote comme les plus braves des braves, les plus intelligents des intelligents ! Et le vrai Roumain est brave et intelligent. Pas comme les autres !

Les femmes taquinaient parfois Bobby, Caco par ci,

Caco par là, mais il avait deux étoiles sur ses épaules, un revolver et l'accès aux entrepôts de vêtements d'exportation, et il le prenait comme un surnom. De temps à autre, un major ou un colonel, qui n'avait pas saisi la question du nationalisme dans toute son ampleur, lui cassait les pieds, mais finalement il fut choisi pour apprendre les langues étrangères et tout ce qu'il fallait pour bien se tenir auprès des étrangers de l'hôtel Intercontinental en visite au pays. Passionné et zélé comme il était, le jour de sa promotion et de missions plus importantes dans une ambassade de l'Occident dépravé n'était pas loin. S'il avait eu les yeux bleus, il aurait fait le planton sur les boulevards pour protéger Ceausescu de l'adoration des Bucarestois !

Il avait étudié trois ans comme un forcené. Pendant trois ans il avait été pressé comme un citron et *rafistolé* de tous les côtés pour qu'il ne reste plus, de celui qu'il avait été, que l'enveloppe, elle aussi si lustrée qu'il n'arrivait plus se à reconnaître dans le miroir. Il ne ressemblait pas à James Bond, mais il aimait à la folie sa nouvelle allure et ce qu'il allait faire dans la vie.

Mais, un jour, il fut jeté par erreur dans le Danube. Rendu de peine et de misère en Yougoslavie, et de là en Italie, à Latina, dans un camp, il avait fainéanté pendant un an et demi aux frais du Haut Commissariat de l'ONU pour les réfugiés, puis avait émigré au Canada. Exilé volontaire. Ennemi acharné du communisme. Dissident qui avait fui la terreur. Amoureux depuis son enfance de la grandiose nature canadienne. Prêt à tout faire pour la grande cause de la démocratie et de la liberté en Roumanie et partout dans le monde. Le discours pathétique et mensonger de presque tous les réfugiés de l'Est communiste… Il avait d'ailleurs été préparé à une telle situation.

La misère du monde régnait à Montréal lorsqu'il y arriva. Crise économique. Grèves. Taux de chômage à deux chiffres. Aide sociale juste suffisante pour ne pas crever de faim et de froid. Prêt en principe à faire n'importe quoi, si on lui offrait de quoi faire et s'il avait trouvé quelque chose à faire, mais personne ne voulait de lui et il ne trouvait rien.

Les ordres étaient clairs : il lui était défendu de faire quoi que ce soit qui aurait pu le distinguer du dernier de ses compatriotes ayant fui le communisme pour manger du matin au soir du capitalisme nord-américain et, même mis en « sommeil », que Dieu est grand, il pouvait se remplir les poches.

N'ayant rien à faire, il avait changé son prénom pour être tutoyé plus facilement par les Roumains et par ses nouveaux compatriotes. Ces derniers ne butaient pas sur les détails, ils avaient leurs idées simples et indestructibles sur les réfugiés qui avaient fui la misère et la terreur communistes, tous des affamés et des miséreux, et leur curiosité s'épuisait vite. Les Roumains, qui flânaient sombres et abouliques sur le parvis des églises, avaient eux aussi des idées simples et indestructibles : as-tu été, es-tu, ou non, communiste ? Haïs-tu suffisamment Ceausescu ? La Roumanie te donne-t-elle la nausée chaque jour ? Tes jurons montent-ils de tes viscères ou sont-ils lancés du bout des lèvres ? Aimes-tu le Canada et l'Amérique et tombes-tu de ta chaise d'admiration chaque fois que les Reagan, Bush, Clinton et leurs amis canadiens au pouvoir ouvrent la bouche ?

Il s'était débrouillé. Il trouvait même curieux qu'au fur et mesure que ses supérieurs de Roumanie le laissaient « dormir », de sacrer de façon de plus en plus convaincante, de haïr de plus en plus sincèrement, de vomir de plus en plus souvent, de renier le communisme de plus en plus impétueusement.

— Moi, m'sieur Victor, le seul garçon encore en vie — nous avons été trois enfants — du paysan cabaretier Dumitru Cacoveanu de Plopeni, en Oltenie, moi, qui aurais pu rester paysan idiot et voleur à la coopérative agricole, mais qui fut envoyé par le Parti à l'école pour apprendre les langues étrangères et comment me servir d'un couteau et d'une fourchette, à qui le Parti avait donné un revolver et qui l'avait encouragé à habiller ses maîtresses avec des vêtements d'exportation, moi, qui avais été expédié par erreur en Amérique du Nord, dans le ventre du monstre, pour le déchirer dès que j'y étais ! Moi, qui avais cru au communisme plus qu'en ma propre mère ! Reconnaissez qu'il y avait de quoi être étonné par ce qui m'arrivait !

– Tout à fait, monsieur Bobby.

– Mais j'ai une excuse. Je fais partie de la génération de ceux qui sont nés quand, si on ne s'arrangeait pas pour être aimé par le Parti, la vie n'était qu'un cul-de-sac. Vous et votre génération, vous avez vécu les quelques années d'après-guerre, quand tout était encore trouble, quand les Américains étaient encore attendus. Vous avez vécu la déstalinisation, les années du dégel, l'année 1968, et vous vous êtes faits à l'idée qu'un autre monde socialiste était possible, et, lorsque tout s'est écroulé, vous aviez au moins le souvenir de cet espoir. Quand j'ouvris les yeux au monde, il n'y avait plus d'espoir, soit tu disais et faisais ce qu'il fallait dire et faire, soit tu crevais !

– Personne ne veut crever bêtement.

– L'homme est à la merci de son époque, m'sieur Victor, les anciens chroniqueurs avaient raison. C'est valable aussi pour le capitalisme, à mon avis.

– C'est vrai qu'il est difficile de sortir de l'Histoire…

– Je n'ai pas essayé, mais vous avez raison. Autant que je sache, vous l'avez floué souvent, vous vous êtes mis en travers, mais vous avez avalé finalement le morceau qui vous arrangeait… Moi, je n'ai pas perdu de temps pour l'accepter telle quelle était et bien m'en a pris…

– Dites merci à Dieu de n'avoir pas été au pays pendant la Révolution, autrement vous auriez tiré sur le peuple sans aucun état d'âme !

– Pas question de le remercier, m'sieur Victor, Dieu n'y a été pour rien ! Je suis la victime d'une erreur : j'ai été jeté dans le Danube à la place d'un autre... État d'âme ou non, si j'étais resté au pays je serais aujourd'hui riche et célèbre !

Tout à fait vrai. Il avait perdu l'occasion de se retrouver, non pas parmi les assassins jamais découverts, mais parmi ceux qui s'étaient précipités les premiers, après la chute du communisme, pour enfoncer leurs dents dans la chair du capitalisme, les premiers partis à la chasse, rapaces et cruels.

Je m'en souvenais. La terre n'était pas encore sèche sur les tombes des innocents et des rêveurs et les croix en marbre blanc des héros de la mascarade révolutionnaire n'étaient pas encore ciselées, que les gloutons se gavaient déjà. Anonymes et fanatiques serviteurs du communisme, métamorphosés pendant la nuit en bâtisseurs fanatiques du capitalisme. Le torse bombé par la hargne avec laquelle ils se bourraient, ils trônaient, en couleurs, dans les pages des revues et des journaux qu'ils se passaient l'un à l'autre avec le bonheur fou d'adolescents retardés qui s'enferment dans la salle de bain pour contempler leur virilité douteuse. Sans aucune pitié pour les autres. Comme dans la jungle. Car rien ne les y empêchait et rien ne les en avait empêchés. Aucune loi, aucune norme, aucune morale. Par complicité. Par dégoût. Par impuissance. Par envie. Ils n'étaient plus qu'une horde de hyènes jamais rassasiées. Un morceau de viande, une voiture, un téléviseur, quelques centaines de dollars mis à la portée de leur main et leurs yeux étaient injectés de sang et leur bouche, tordue par un rictus triomphant, commençait à baver d'envie. Ils étaient rassasiés, ils avaient des maisons, des voitures, des téléviseurs, de l'argent, mais ils en voulaient encore et encore, prêts à tout faire pour satisfaire leur gourmandise bestiale de pouvoir s'empiffrer plus que les autres...

– Il n'est jamais trop tard pour rentrer, Monsieur Bobby. La dégénérescence du communisme a fait des dernières générations de Roumains des esclaves heureux du capitalisme... vous allez certainement y retrouver votre place...

– Vous me jugez trop sévèrement, m'sieur Victor.

– Je ne fais qu'aller jusqu'au bout de vos pensées.

– Nous deux, nous sommes faits pour nous entendre, m'sieur Victor ! Quoi que vous pensiez, nous sommes faits pour nous entendre !...

III

Je tournai le regard vers la voiture de police arrêtée au coin de la rue, tous les gyrophares allumés. Je connaissais le stratagème depuis l'été, il était destiné à donner le temps aux drogués et aux prostitués de disparaître dans le parc à l'autre bout de la rue. Un policier descendait toujours, mais il restait près de la voiture, le coude appuyé sur la portière, pour goûter à l'aise le spectacle des malheureux qui couraient titubants.

Un policier descendit, appuya un instant son coude sur la portière, se pencha pour échanger quelques mots avec son collègue qui tenait le volant, poussa ensuite la portière et, lampe de poche allumée, s'approcha, décidé, de la silhouette blottie près du mur pour fumer.

Le policier avançait en balançant le faisceau de lumière sur le visage de l'homme – je le voyais enfin clairement, c'était un homme encore jeune –, en lui rappelant l'obligation élémentaire de tout suspect de se mettre respectueusement debout quand un représentant de l'ordre établi ne se sent pas menacé.

Le premier geste du jeune homme fut d'obturer le faisceau de lumière de la main avec laquelle il tenait la cigarette, ce qui coupa involontairement l'élan avec lequel le policier avançait. Le deuxième geste, précipité, après que le balancement de la lampe de poche se soit accéléré et accompagné, sans doute, par des exhortations vociférées, fut de serrer ses jambes enveloppées dans des journaux et d'essayer de se lever en cherchant un appui sur sa main libre.

Lorsqu'il glissa, lorsque sa silhouette difforme s'étendit et s'immobilisa quelques longues secondes sur le trottoir, le policier s'arrêta, recula, prévoyant, d'un pas et fit signe à son collègue de lui venir en aide. C'était apparemment une femme à la poitrine énorme mise en évidence par la coupe légère de l'uniforme et de la parka ouverte jusqu'aux hanches. Elle s'approcha à grands pas et s'arrêta en position d'attaque, revolver à la main. Ce fut à ce moment que la masse informe de vêtements ficelés avec des cordes et des ceintures fit un dernier effort pour se lever avant de retomber raide.

La sirène d'une ambulance retentit et je quittai la fenêtre. Assis sur le fauteuil, je voyais Bobby Cacoveanu du profil : appuyé sur le dossier du canapé, il fumait en palpant mécaniquement la pointe de ses favoris. Il avait senti quelque chose. La lumière de l'ambulance glissa quelques instants sur son visage crispé. Il se pencha, s'étira, prit son manteau et le posa, hésitant, sur ses genoux.

– Vous me méprisez, m'sieur Victor. Ce serait peut-être mieux que je m'en aille.

– Comme vous voulez, Monsieur Bobby. En réalité, je compatis plutôt.

Il poussa le manteau à l'autre bout du canapé.

– Alors, c'est presque réciproque.

– Pourquoi n'avez-vous pas essayé de vous vendre, comme le général Gabi ?

Il éclata d'un rire court. L'espion qu'il aurait dû être « dormait », il attendait d'être « réveillé » par ses supérieurs de Bucarest qui l'avaient jeté par erreur dans le Danube. Ils avaient leurs plans, ils l'avaient oublié, qu'importe, ce sommeil ne l'arrangeait guère. Il avait pris de l'âge, avait loué une chambre, avait mangé uniquement des pilons de volaille nourrie aux hormones. Il aimait les beaux vêtements – les voitures, non, il n'aimait pas parce qu'il ne pouvait pas prendre un verre lorsqu'il en avait envie –, et les femmes lui manquaient horriblement. Tout cela coûtait de l'argent, il n'en avait pas et personne ne lui en donnait pour ses beaux yeux. S'il avait trahi, il n'aurait ramassé que des miettes, car, à part son matricule de lieutenant, il ne savait rien des secrets de la patrie et de sa police politique, et la seule perspective aurait été d'attendre d'être abattu par le collègue à la place duquel il avait été jeté dans le Danube. Et c'est ainsi qu'il avait commencé à faire ce que font tous les immigrés désespérés : jouer des coudes en espérant remonter à la surface, prendre une bouchée d'air et, la pause terminée, s'enfoncer à nouveau dans la merde et recommencer à jouer des coudes.

La discipline de l'école des officiers l'avait beaucoup aidé. Entêté et ambitieux, il avait toujours rêvé d'avoir une forme de pouvoir sur les autres, fut-elle minuscule. Pas bête du tout, il était passionné. Alors, il s'y était pris méthodiquement : comment diable s'en sortir pour toujours quand même tirer avec un revolver était pour lui un mystère, pour ne pas dire qu'il n'en possédait plus ? Que fait donc le Roumain vaniteux et futé – s'était-il demandé – lorsqu'il est aux abois et quand il est convaincu que le travail physique n'est pas pour lui et, que, de surcroît, il est mal payé ?

– Qu'est-ce qu'il fait, m'sieur Victor ? Il roule le premier connard rencontré dans la rue !

Il m'avait déjà raconté. Aucun effort, les cons sont comme les mouches qui se ruent sur les sucreries, ils ont hâte d'être plumés. Follement amusant comme ils le cherchent et avec quelle jouissance ils se laissent déculotter!

– C'est pour toi, Cacoveanu ! Et, grâce à Dieu, sur ce continent que j'ai traversé plusieurs fois pour voir comment m'y prendre, les cons pullulent comme nulle part ailleurs ! Parce qu'ici, m'sieur Victor, vous l'avez observé, quelques futés plument plus de 300 millions de connards, sans aucune honte, au contraire, avec emphase et manières, en couleurs, avec de jolies poules renversées sur le capot des voitures !

Vente, publicité, marketing, voilà les mots magiques! C'était cela le passe-partout pour ouvrir le crâne vide du con et y mettre, pour lui tenir lieu de cervelle jusqu'à la prochaine opération, le devoir sacré d'acheter immédiatement la dernière invention pour fouiller dans ses narines ; sous peine de rester un con dont personne ne voudra. Et la seule justification du con à vivre est qu'il croit que le monde repose sur ses épaules. Il n'en a pas besoin de la dernière invention, il peut fouiller dans ses narines avec ses doigts, c'est plus simple et efficace, mais il l'achète, parce que sa plus grande peur est d'être chassé du troupeau, de se réveiller sur le bord tandis que le troupeau continue avec enthousiasme son chemin tracé d'avance.

– Communisme et fascisme tout court, m'sieur Victor !

Je le laissai digérer son émotion. Je lui préparai un autre café, qu'il vida d'un coup. Il se vautra sur le canapé et m'éclaboussa à nouveau avec ses éclats de rire stridents et définitifs de contentement et d'orgueil. Je compris que le moment de se parler d'homme à homme était arrivé et que tous les coups étaient permis ; il fallait qu'il prenne sa revanche, et je le laissai faire.

IV

Bobby Cacoveanu venait à peine de terminer l'école des officiers quand Lisa s'était enfuie avec le général Gabi et que l'Europe libre m'avait rendu célèbre. Je n'étais ni le premier ni le dernier des hommes cocufiés par sa femme, mais j'avais eu au moins la satisfaction qu'en entrant dans la légende – et il était difficile alors d'entrer dans la légende, Bobby Cacoveanu était d'accord avec moi – j'avais vengé tous les cocus du pays. Je leur avais donné un terme supérieur de comparaison. J'avais occupé ainsi pour toujours le terrain et donné à tous les hommes – à lui aussi – l'orgueil de rester des cocus anonymes. Dès lors, il n'avait plus jugé un homme en fonction de ses rapports avec les femmes et, chaque fois qu'une femme l'avait trompé, il avait pensé à moi avec envie et reconnaissance. S'il avait su qu'un jour il me rencontrerait...

Il n'en avait pas cru ses yeux lorsque j'avais débarqué sur le parvis de l'hôtel, à Montréal. Ron Wolf aurait voulu nous présenter, mais Bobby Cacoveanu en avait ressenti une sorte de gêne pour moi. Au diable, s'était-il dit, mais ça allait mal avec les légendes fondamentales de la patrie si Victor Victor a oublié qui l'avait cocufié ! C'est vrai que les Roumains ont le don de l'oubli et font appel aux légendes seulement lorsqu'ils sont mal pris, mais quand même ! Il était resté à l'écart, dans le hall de l'hôtel, et m'avait vu descendre bien disposé de la voiture et jouer au chat et à la souris avec Ron Wolf et Moreno ; il connaissait aussi le truc avec les journaux passés d'une main à l'autre. Il avait plus ou moins aimé. Bref, il avait demandé à Ron Wolf de lui donner le temps de se dégriser, mais il ne s'était vraiment dégrisé qu'à la fin de l'année qui venait de s'écouler, lors de son retour en Roumanie pour ses nouvelles affaires...

Il comprenait qu'on puisse aimer une femme à la folie, passionnément, maladivement, comme je le faisais, qu'on puisse même tuer pour elle. Il avait eu un tel amour d'adolescent durant ses années à l'école des officiers. Il la voyait une fois toutes les deux ou trois semaines, quand il était en permission, et attendait alors dans la rue des heures et des heures qu'elle descende de l'appartement où elle forniquait sans doute avec un autre. La colère le faisait pleurer, fumer comme un pompier, il pleuvait, il neigeait et, les yeux rivés sur la fenêtre de l'appartement, il se disait qu'il allait la tuer si elle tardait à descendre. Elle tardait, elle n'était jamais descendue à l'heure convenue, mais, dès qu'elle s'approchait, il s'amollissait comme un chiffon mouillé. Elle sentait la femme baisée, il se disait qu'elle aurait sentie pareille si s'était lui qui l'avait baisé, et il l'accompagnait chez elle, à pied, à l'autre bout de Bucarest. Cela fut là tout l'amour qu'elle lui donnât : marcher à ses côtés pendant deux heures et un baiser furtif sur la joue au moment de se séparer. Mais il s'était pour toujours guéri d'aimer comme un adolescent...

Il avait commencé à collaborer avec Ron Wolf après la Révolution roumaine. L'espion qu'il aurait dû être « dormait » toujours, mais il n'était plus question ni de le « réveiller », ni de le faire rentrer au pays. Il avait, en effet, conclu une entente avec ses supérieurs de Bucarest, car, comme par hasard, ses intérêts, les leurs et ceux de Ron Wolf coïncidaient alors. Mais le général Gabi le soupçonnait toujours et le tenait à distance. Pour tout dire, le général le traitait avec une indifférence suprême et, par-dessus tout, était affreusement jaloux ; outre Moreno, il ne laissait personne approcher Lisa. Bobby Cacoveanu croyait n'avoir jamais été plus près de dix mètres du général et pas plus de dix secondes ; il n'avait pas six sens, il en avait vingt et, dès qu'il essayait de l'approcher, le général se volatilisait. N'eût été Moreno, Bobby Cacoveanu n'aurait jamais rien su sur Lisa et sur sa relation avec le général.

Complètement étourdi par l'amour, Moreno ! Il ne dormait presque plus et faisait l'impossible pour se trouver près de Lisa et du général, un fantôme, car ils l'ignoraient la plupart du temps. Il racontait peut-être des histoires, mais, selon Moreno, le général demandait chaque soir à Lisa de s'agenouiller à ses pieds et de lui jurer fidélité et amour ; pour un traître à la patrie, il avait du toupet, le général ! Et Lisa s'agenouillait, pleurait et lui jurait fidélité et amour. Chaque soir.

Peut-être que les informations de Bobby Cacoveanu n'étaient pas très exactes, mais mon invitation à Paris datait de la période où le général avait dû retourner sous les scalpels des chirurgiens. Difficile de savoir comment Lisa l'avait convaincu de donner son accord – Ron Wolf avait été catégoriquement contre –, mais il était plausible de croire que le dévouement avec lequel, des années durant, elle l'avait veillé après chaque opération avait dissipé toutes ses craintes : il était aimé, elle lui était fidèle ! Quoi qu'il arrivât, bien qu'il changeât de visage, elle allait lui rester fidèle et son amour pour lui perdurerait !

Ron Wolf avait dit ce qu'il pensait de leur initiative à mon égard : ils jouaient avec le feu et une catastrophe n'était pas exclue. Il comprenait que le général veuille profiter de l'occasion pour me rappeler que c'était à lui que je devais la gloire honteuse de cocu de la nation. Il comprenait moins, même pas du tout, le désir longtemps réprimé de Lisa d'enterrer définitivement les quinze ans de mariage avec moi comme une preuve supplémentaire d'amour pour le général, mais comme les femmes matures resteraient toujours pour lui un mystère insondable, il ne s'en formalisa pas trop.

C'est moi qui lui donnais des soucis. Rien ne m'empêchait de faire un mélange explosif de l'orgueil du général, qui n'avait plus de doutes sur Lisa, et de l'insolence de Lisa qui se sentait suffisamment forte pour me rencontrer et conclure qu'elle avait devant elle un homme qui ne lui disait plus rien et, certainement, ne lui avait jamais rien dit. Je l'avais fait, d'ailleurs, ce mélange explosif avec les conséquences connues...

Mais le général et Lisa ignoraient comment on « mange » un intellectuel hébété par une révolution avortée, pauvre, sans raison de vivre dans le capitalisme à peine importé dans sa patrie, et auquel on donne l'occasion de faire voir à Paris son dégoût de la vie ! Parce que Ron Wolf était convaincu que j'allais mordre, par trop d'imagination et par pure acrobatie spirituelle, dans l'appât négocié avec le faux comte Komarovsky pour me métamorphoser en faux comte. Non pas pour que je devienne un interlocuteur valable, qui avait donc un prix, mais pour que je devienne un fantôme qui, tout simplement évoqué, aurait conféré au couple l'illusion de la perfection et de l'harmonie éternelle.

Ron Wolf avait raison uniquement sur mon imagination et mes acrobaties spirituelles, mais, pour le reste, il était tout aussi ignorant que le général et Lisa. Bobby Cacoveanu savait bien que je ne faisais pas partie de ceux qui changent d'identité et de certitudes avec la désinvolture d'un commis voyageur qui change le contenu de sa valise et s'en va à la chasse aux clients. J'étais fait d'une autre pâte que ces intellectuels roumains gavés par l'Occident après la Révolution pour leurs beaux yeux et autres faveurs inavouables, les Euro-atlantiques, les universalistes qui voulaient déménager la Roumanie, la patrie, à Atlanta, dans le garage de Coca Cola, ou, du moins, quelque part en Europe, entre Paris et Berlin, plus près de Londres... Je ne sautais pas d'un avion à l'autre parce que sur tous les continents il y avait des colloques, des symposiums, des conférences sur l'épaisseur de la couche d'ozone et son influence sur les vertus de la démocratie, de la liberté, de l'économie du marché, et qu'un représentant d'un ancien pays communiste ayant mis le cap sur la route du vrai capitalisme faisait toujours bien. Quelque chose comme une araignée à deux têtes qui se laisse regarder et retourner de tous les côtés sans faire de manières, comme toute espèce tenue sous perfusion...

Non, je faisais partie des intellectuels issus du peuple, dont le destin se confondait avec le destin du communisme roumain : du faste et de l'enthousiasme révolutionnaires à la promiscuité sociale et politique et à la mort. Cinquante ans d'Histoire traversés avec d'incroyables acrobaties spirituelles et avec une fantaisie démente, mais la récréation était finie !

Bref, aurait dit Ron Wolf, en m'invitant à Paris, le général et Lisa ne faisaient rien d'autre que de me prolonger artificiellement et inutilement la vie, et il s'en lavait les mains. Qu'ils aillent vivre avec les conséquences de leur aveuglement.

V

Lisa et le général avaient voyagé ensemble et s'étaient installés au même hôtel, mais à des étages différents. Une heure avant qu'elle descende pour me rencontrer, le général avait fait une horrible crise de jalousie et elle s'était sauvée en pleurant, agenouillée à ses pieds et en lui jurant amour et fidélité éternelle. Le général avait gagné le bar et s'y été incrusté jusqu'à minuit quand, alors qu'il était complètement ivre, une pute de luxe l'avait convaincu de s'agripper à ses épaules et de monter dans sa chambre.

Angela ! Le général la connaissait, il l'avait poussé dans les bras de Ron Wolf quand elle était encore une jeune fille, avant de couper court à l'envie de Ron Wolf de l'emmener aux États-Unis.

Pendant deux semaines, jusqu'à ce que le faux prince ait accepté de me louer la mansarde de feu Komarovsky, Lisa et le général ne se virent plus et ne se parlèrent plus que par écrit sur des morceaux de papier laissés à la réception. Pendant deux semaines, le général se soûla comme un vrai militaire, s'agrippa aux épaules étroites d'Angela, se réveilla dans l'après-midi seul dans le grand lit, reniflant l'odeur de la pute imprégnée dans les draps et dans la chair de son corps exténué et retomba dans le sommeil jusqu'au soir. Pendant deux semaines, avant de descendre au bar, accoudé au comptoir de la réception, il lut les messages rassurants et amoureux de Lisa et prit soin de lui répondre avec presque les mêmes mots.

Ils se retrouvèrent dans le même taxi le jour du départ, s'assirent l'un à côté de l'autre dans le même avion, arrivèrent à Montréal, ouvrirent la porte de leur appartement qui sentait l'odeur artificielle de pommes et s'assurèrent enfin réciproquement que les deux semaines de l'éloignement n'avaient été qu'un cauchemar et que le temps de se réveiller arrivait.

Si Angela ne s'était pas entêtée à garder la petite blonde, conçue avec le général lors d'une de ses visites à Paris pour des examens médicaux, je n'aurais probablement jamais mis les pieds à Montréal. Lisa me l'avait fourrée dans la vie et dans les draps sur l'insistance du général ; attendrissante inconscience et monstrueuse vanité de femme aimée, de confier, provisoirement ou pour toujours, l'hygiène sexuelle du seul homme de sa vie sachant lui raconter des histoires, à une amie sans préjugés.

Lorsque la petite fille d'Angela naquit, lorsque ce ne fut plus un secret pour Lisa que le père de la petite était le général, Ron Wolf avait été appelé au secours. Et Ron Wolf ne perdit pas de temps : Angela fut expédiée illico au pays ensoleillé de l'agent arabe au service d'Israël, le général acquitta sans broncher la note et Lisa s'offrit la liberté de m'amener à Montréal.

Avant de disparaître, avant de préparer sa fausse mort, Lisa avait fait tout ce qu'elle avait pu pour le général et pour moi. Le général, en convalescence après sa dernière opération et sombre comme un soldat de métier qui avait perdu une autre guerre, héritait du souvenir d'une femme que savait s'agenouiller, pleurer et jurer amour et fidélité. Moi, l'amoureux inconditionnel, j'héritais de sa garçonnière de Bucarest dans laquelle elle m'avait accueilli pour la première fois le jour où la police s'était affairée à me couper la barbe et les cheveux. Elle l'avait achetée, prévoyante, quand j'étais encore à Paris et me laissais la latitude de la vendre, de la louer ou d'y prendre demeure si, chassé par le climat canadien ou dégoûté par l'Amérique du Nord, je rentrais pour toujours au pays pour, éventuellement, y mourir réconcilié avec le monde. Exactement les mêmes mots que les dispositions testamentaires de Lisa, que le jeune pédéraste de New York m'avait lus en souriant deux fois, avant de me faire signer pour certifier que j'en avais pris connaissance.

*

Il n'y avait plus rien à ajouter. Boby Cacoveanu se leva, s'étira, fit craquer ses phalanges et les cartilages de son cou, éructa quelques grognements de plaisir, fit enfin deux génuflexions et s'assit à nouveau.

– Mon impression, m'sieur Victor – dit-il avec une surprenante gravité –, mon impression, dis-je, ma conviction, est que tous deux, nous ne sommes que des cadavres vivants. Moi, depuis qu'on m'a jeté par erreur dans le Danube. Vous, depuis la chute du communisme. Mais le jour du règlement de comptes approche…

VI

Ce ne fut que par pur ahurissement que cette nuit-là de fin d'hiver, tiré soudainement d'un sommeil agité, je répondis de nouveau au téléphone.

Professeur Todorov ! Je l'avais félicité à l'occasion des fêtes et peut-être m'avait-il aussi envoyé une carte avec un texte idiot déjà imprimé en oubliant de le signer, car je ne me rappelais pas l'avoir remarqué parmi celles reçues des institutions qui me considéraient comme leur client.

Neuf heures du matin à Paris et le professeur Todorov, à peine réveillé, était en forme. Il parlait au téléphone avec le même timbre dramatiquement coquet avec lequel il aurait parlé devant un microphone de radio. Il avait été, la veille, à l'enterrement du faux prince tombé sous les roues d'une rame de métro, en abandonnant probablement au dernier moment, avant que les portes se ferment, un interlocuteur agaçant. On l'avait enterré à côté du faux comte Komarovsky sous le regard résigné de quelques Russes délabrés par l'âge et les maladies.

Le professeur ne se trouvait pas par hasard au cimetière orthodoxe, il y avait acquis une parcelle et, en attendant sa mort qui tardait toujours, s'était mis à construire un caveau. Rien de prétentieux, une boîte modeste en ciment, avec une croix en ciment sur laquelle il avait déjà creusé l'épitaphe destinée aux curieux : « Gardez vos distances ! Ici repose un vendeur d'illusions ! »

Il avait rejoint le cortège funéraire du prince, car il ne pouvait pas refuser un dernier hommage à une connaissance qui avait frénétiquement vécu la vie d'un autre comme s'il s'agissait de sa propre vie. Les vieux perdus dans leurs manteaux et redingotes usés, aux poitrines parées de décorations et de médailles frottées avec de la pâte dentifrice pour qu'elles retrouvent l'éclat d'autrefois, avaient payé son enterrement, assuré son éternité princière en compagnie de l'éternité du comte et s'étaient donnés ainsi toutes les raisons d'attendre en toute quiétude leur tour à la même éternité truquée.

Sa main gauche appuyée sur la croix en bois du prince, laissant filtrer à travers les doigts de sa main droite la terre du pardon sur le cercueil porté dans la tombe, le professeur Todorov avait eu la révélation de l'erreur dévastatrice de son existence : il avait cru vivre sa propre vie – il ne s'était jamais posé, en fait, une question si définitive et si troublante sur lui-même –, mais en réalité il avait bêtement vécu la vie d'un autre, d'un étranger, d'un vendeur d'illusions ! Les feus comte et prince avaient choisi eux-mêmes leurs fausses vies, tandis que sa fausse vie, à lui, avait été choisie par d'autres à un âge où c'était encore possible et il avait fini par croire qu'elle était la sienne !

– Vous vous rendez compte, cher collègue, il n'est plus question que je meure ! J'ai arrêté la construction du caveau, vendu la croix… J'ai une vie à vivre, la mienne !...

– Professeur Todorov, l'interrompis-je avec délicatesse, racontez-moi tout dans une lettre, il est trois heures du matin.

– Je l'ai déjà fait et j'ai envoyé la lettre en urgence. J'ai seulement voulu t'avertir, pour que tu ne sois pas pris par surprise, que tu auras affaire à un autre homme… Je t'ai réveillé, mille excuses !

Je ne pus retrouver le sommeil. Le vent avait pulvérisé l'abri inachevé et, à la base du mur, la brèche profonde était tout aussi noire que le ciel. J'étais encore à la fenêtre, la tête vide et l'âme amorphe, quand la lumière se fit et une masse informe de couvertures, de journaux et de feuilles de plastique s'extirpa de la brèche centimètre après centimètre. L'homme ou la femme se mit debout avec difficulté et s'aventura à faire quelques pas sur le trottoir glissant. Il s'arrêta brusquement, leva la tête et regarda autour de lui. J'eus l'impression qu'en me découvrant à la fenêtre, il s'y accrocha. Sa tête, son nez et sa bouche étaient enveloppés dans quelques foulards, je vis seulement ses yeux, deux globules noirs dans lesquels il y avait encore peut-être une trace de chaleur et de vie. Je lui fis signe de monter, je lui montrai comment y parvenir. Il secoua sa tête et s'éloigna.

VII

À midi, je poussai les portes de la résidence pour les espions et les traîtres à la retraite, que j'avais quitté un an et demi auparavant. Je n'y étais plus retourné, j'avais presque oublié son existence et, pour quelques instants, la silhouette de Moreno le matin du mon départ jaillit devant mes yeux. Si j'avais été moins prétentieux, si je ne lui avais pas cassé les oreilles avec Chronos, Kant, Goethe et le communisme il aurait probablement ouvert davantage son cœur et m'aurait raconté aussi comment Lisa s'agenouillait en pleurant aux pieds du général et lui jurait amour et fidélité ; je ne pouvais pas sortir de ma tête cette scène si dégradante pour une femme comme Lisa, je ne pouvais pas m'imaginer tombé à mon tour, par amour pour elle, aux pieds du soldat !

J'étais monté sur mont Royal tenir tête au vent, en suivant les traces laissées par les chenilles d'un engin de déneigement, et la soudaine chaleur du hall de la résidence me paralysa dès que j'en franchis le seuil. Et lorsque la silhouette de Moreno se volatilisa et que le souvenir de Lisa s'estompa suffisamment pour que je n'en sente plus le poids, je constatai, perplexe, que je me trouvais dans un endroit complètement inconnu.

Il était possible que le vent et le froid m'aient précipité vers le premier édifice dressé sur mon chemin et, comme j'avais poussé la porte avec mon épaule, sans lever les yeux, je ne m'étais pas aperçu de mon erreur. Il était aussi possible que, durant l'année et demie passée, la résidence ait été rénovée pour rendre plus agréable l'existence larvaire des pensionnaires et, si j'avais atterri ailleurs – j'en doutais en fait –, alors ma perplexité était justifiée. Certes, le hall où je m'étais séparé de Moreno et que, pendant dix jours, j'avais traversé pour faire mes promenades nocturnes, n'était plus là. Le parc avait aussi disparu – je fis la découverte un peu plus tard –, comme d'ailleurs le perron sur lequel Ron Wolf m'avait froidement accueilli. Ou tout cela n'avait existé que dans mon imagination échauffée. Ou n'avait purement et simplement jamais existé.

Je me trouvais plus probablement dans l'immense hall d'un bloc d'appartements de luxe, au milieu duquel trônait une fontaine artésienne, une sorte de poisson monstrueux en cuivre qui crachait à des intervalles savamment calculés, un faisceau d'eau colorée en bleu. Autour du bassin, il y avait de plantureuses plantes tropicales, quelques blocs de marbre sculptés ici et là et habilement dissimulés, des canapés et fauteuils en cuir et, debout en arrière du comptoir de ce qui aurait pu être la réception d'un hôtel cinq étoiles, un homme en veston bleu et cravate rouge qui me regardait, suspicieux. Cinq montres octogonales, incrustées en bois au-dessus de sa tête chauve et, vue la distance, respectable, indiquaient les heures des principales capitales du monde. Aucune odeur, absolument aucune, comme si l'air du hall avait été vidé de toute trace de vie.

– Vous êtes invité, vous cherchez quelqu'un, vous livrez quelque chose ? dit-il sans apparemment ouvrir la bouche.

– Le général Gabi…, répondis-je, et je sus enfin que c'était pour lui que je me trouvais là. Il m'attend, mais j'ai oublié le numéro du son appartement…

– Il n'habite pas ici, allez vous-en, je vous en prie !
C'est une propriété privée !

– Il y a un malentendu, j'ai été invité, il m'attend,
vérifiez encore une fois !

– N'insistez plus, le dénommé général n'habite pas
ici !

– Ron Wolf, une autre connaissance...

Il ne me répondit plus et un surveillant armé d'un
bâton me convainquit de m'en aller. Le froid me pénétra
à nouveau jusqu'aux os, je levai les yeux sur la pyramide
sous laquelle le parc – s'il avait jamais existé –, avait peut-
être été enfoui, enfonçai ma tête sur ma poitrine et me
laissai porter par le vent dans la rue.

Pendant deux heures, trois, toute la journée en fait,
jusqu'au moment où je ne fus plus qu'un morceau de
glace, je montai et descendis les rues des environs, le
souffle coupé et les pas vacillants, avec le sentiment
atroce de m'être égaré sans aucun espoir de retrouver le
bon chemin.

Il était impossible que les espions et les traîtres à la
retraite, les pensionnaires de Ron Wolf, n'aient pas
existé, je les avais côtoyés dix jours ! Moreno, Claudia,
Ron Wolf, Boby Cacoveanu, ma dernière nuit d'amour
avec Lisa... je ne rêvais pas, je ne délirais pas ! Il aurait
été absurde de m'imaginer que Ron Wolf ait fait
disparaître par magie le somptueux édifice de cinq étages
entouré d'un parc centenaire ou l'avait transformé de ses
fondations jusqu'au toit seulement pour me jouer encore
un mauvais tour, seulement pour me convaincre que lui
et ses pensionnaires n'avaient existé que dans mes
hallucinations ! Si eux n'avaient pas existé, alors moi je
n'avais pas existé non plus ! S'ils avaient disparu, alors
moi j'avais aussi disparu !

Je ne tins pas le compte des jours où, les stores tirés,
je restai couché malade de froid, de nausée, de doutes et
de colère. Quand je fus à nouveau capable de me tenir

debout, quand je vainquis la peur de sortir à nouveau dehors pour affronter le froid, je montai en voiture sur le mont Royal et le traversai dans tous les sens, rue après rue, mètre par mètre, édifice par édifice. Pour ne plus me poser de questions bêtes, je pris plusieurs photographies avec moi dans le décor – un automobiliste resté en panne m'immortalisa après que je lui aie donné un coup de main pour redémarrer ; il m'avait demandé de sourire et j'avais souri de toutes mes dents. J'avais développé les photos le même jour, il n'y avait plus aucune bizarrerie, j'y étais en chair et en os, les deux pieds bien plantés sur le trottoir, souriant, suffisamment loin afin que l'édifice entier, d'où j'avais été chassé, soit bien visible. On y voyait même le ventre de la brute au bâton accroché à sa ceinture, pour avoir les mains libres pour casser la glace.

J'avais mis les photos bien en vue, pour les regarder de temps à autre et pour me dire que tout était terminé. Tout, enfin, une façon de me rassurer, mais il fallait que je me dise quelque chose de définitif et d'encourageant pour maîtriser la tentation constante de ne pas grimper sur les murs ou de sortir dans la rue et de me cacher pour toujours dans le trou de la base du mur.

La lettre du professeur Todorov n'était jamais arrivée. Trop énervé, il ne l'avait peut-être jamais envoyée. Ou il ne l'avait pas écrite. Ou elle s'était égarée ; elle ne m'aurait été d'aucune utilité, et à lui non plus. Il était décédé. La mort l'avait enfin rattrapé. Ce fut Ivana qui me donna la nouvelle sur le même couloir faiblement éclairé de l'Université, à la fin des cours. Elle avait parlé à Pierre, qui se trouvait à Paris pour une conférence sur son coin d'Afrique.

– Todorov a enfin crevé, avait dit Ivana.

Elle semblait contente. Elle était contente. Je vis rouge et toute la colère et tout le désespoir accumulés en moi s'écoulèrent dans la brusquerie avec laquelle j'enfonçai ma main dans son sexe.

– Espèce de pute malheureuse, c'est toi qui es morte depuis longtemps !

Elle aurait dû hurler, se débattre, me déchirer, appeler les surveillants, la police, les détachements de femmes stériles aux coupes de cheveux masculines, qui cachaient sous des pull-overs et des pantalons amples leurs excroissances et difformités et chaussaient des bottes aux lacets non ficelés, mais elle s'attendrit, je la sentis fondre. Elle couvrit ma main avec les siennes et l'appuya plus profondément entre ses cuisses, et la puanteur connue de ses sécrétions monta jusqu'à mes narines, colla au palais de ma bouche, m'écœura.

– Tu ne peux pas me laisser comme ça !

Je la laissai.

VIII

Bobby Cacoveanu m'attendait dans le hall de l'entrée. Pendant une semaine entière, visiblement au courant de mes allers et retours, il m'avait attendu chaque jour. Dès sa deuxième visite, il avait déjà pris ses habitudes : enfoncé dans le coin du canapé avec un plaisir évident, le manteau à portée de main au cas où il serait mis dans la situation de me rejouer la scène de sa dignité offensée, il vidait d'un coup le café sans sucre, fumait, sortait de temps en temps un calepin aux couvertures brunes froissées, le consultait ou griffonnait quelques lignes, et parlait. Sans interruption, éclatant souvent de rire, j'avais de la peine à glisser quelques remarques de circonstance.

Je ne me rendis compte qu'après sa deuxième ou troisième visite qu'il cherchait ma compagnie, en m'obligeant carrément à l'inviter à monter, non pas tant parce qu'il avait trouvé en moi un auditeur indulgent, mais surtout pour ne pas être seul dans un moment où il pressentait – peut-être le savait-il déjà –, que son existence se trouvait à un carrefour.

Nous nous trouvions, en effet, tous deux à un moment décisif de notre existence et, même si le fossé qui nous séparait allait se transformer bientôt en abîme, même si son délire de mégalomane et de menteur furibond finissait chaque fois par m'agacer – il comprenait alors qu'il lui fallait partir, et il s'en allait contrarié –, les heures passées ensemble cette semaine-là sont l'un des souvenirs qui me troublent encore aujourd'hui par leur intensité.

Cette semaine fut aussi l'occasion de découvrir que son élégance, qui m'avait toujours intrigué, tenait plutôt du soin minutieux avec lequel il entretenait, portait, changeait et combinait comme dans un jeu de cartes longuement exercé, ses trois complets, ses chemises, cravates et chaussures. Quant au manteau au col d'astrakan, probablement unique à Montréal, plié négligemment un soir l'étiquette visible, il avait été fabriqué en Roumanie sans doute à l'époque où il avait un revolver et avait accès aux entrepôts de vêtements pour l'exportation.

Il avait de grands projets, bien sûr. Grands et assez vagues – ou il ne voulait pas tout me dire –, mais il m'avait finalement laissé entendre que, à part ses nouvelles et récentes affaires dans la Patrie, elles aussi secrètes – il disait « Patrie » comme un reproche voilé chaque fois qu'il parlait de la Roumanie –, ce qui le tourmentait étaient les préparations du règlement de comptes avec ceux qui l'avaient jeté par erreur dans le Danube et abandonné avec la même indolence ou mauvaise volonté sur le continent nord-américain.

– Il existe des abjections qui ne s'oublient pas, m'sieur Victor ! Je n'ai pas essayé, d'ailleurs. Je les ai gardées en moi, je me suis fait petit, j'ai serré les dents, mais je savais que le jour du règlement de comptes viendrait. Ça sera une grande distraction, m'sieur Victor, vous êtes mon invité spécial au spectacle ! Plus fort que la Révolution à la télé, je sais ce que je dis !...

Je ne doutais pas qu'il sache ce qu'il disait. J'inclinais même, en fait, à lui accorder le droit et le devoir de régler ses comptes même avec l'Histoire et d'exiger, à son tour, sinon le mérite d'avoir contribué à la chute du communisme en tant qu'espion « endormi » et donc inoffensif pour la pérennité et le triomphe du capitalisme, au moins l'admiration et, à la rigueur, la reconnaissance pour avoir réussi à incarner avec un talent d'exception l'essence même de l'Amérique du Nord : l'immigrant qui, malgré les obstacles, garde espoir et finit par réussir dans la vie, sourire aux lèvres.

– Vous vous moquez de moi, m'sieur Victor, et vous avez raison. Je me « bidonne » souvent moi-même de ce que l'Amérique a pu faire du fils du cabaretier de Plopeni. Mais de temps en temps, il sévit en moi comme une tempête, et je pense à ce que ma vie aurait été si j'étais resté dans la Patrie pour m'occuper des étrangers de l'Intercontinental et frayer avec les putes en service commandé. J'aurais peut-être, aujourd'hui, une femme, un enfant ou deux, quelques étoiles en plus sur les épaules. Et même si j'avais tiré sur les révolutionnaires et écopé de quelques années de prison, j'aurais su que quelqu'un m'attendait. Ici, emprisonné pour un larcin, personne ne m'a attendu... Vous comprenez alors, m'sieur Victor, pourquoi je veux régler mes comptes avec ces salauds : parce qu'ils m'ont faussé le destin !

Dans la bouche de l'ancien lieutenant le mot destin avait bizarrement sonné. Lui-même avait semblé étonné, car il était resté quelques instants la bouche grande ouverte, sans respirer, comme s'il réalisait lentement l'énormité d'avoir prononcé un mot qui n'avait aucun lien avec la réalité de son existence. Et puis il avait sorti son calepin aux couvertures brunes, noté quelque chose, avait lu et relu, eu une autre idée, noté, remis le calepin dans sa poche et éclaté enfin d'un rire de satisfaction :

– Je les mangerais tout crus, m'sieur Victor !

Les idées ne lui manquaient pas, le calepin en débordait. Il lui manquait seulement les noms des salauds qui lui avaient « faussé » le destin – il agita ses mains au-dessus de sa tête, en indiquant un univers pesant, impossible à définir autrement qu'avec imprécision. Ils avaient pris leur retraite, faisaient ou non des affaires, étaient morts, occupaient de grandes fonctions et étaient devenus intouchables, se couvraient réciproquement... il tâtonnait ainsi depuis des années, son désir de régler ses comptes tenu en sourdine, car l'entente conclue avec eux après la Révolution lui rapportait beaucoup. Et il ne l'aurait pas brisée, ni laissé jaillir en lui, ravageur, le désir du règlement de comptes si un de ses anciens collègues de l'école d'officiers ne lui avait raconté que son lancement par erreur dans le Danube était devenu un sujet d'étude pour les futurs défenseurs de l'ordre établi.

– Il étouffait de rire, mon collègue ! Si lui, qui me connaissait depuis toujours, n'avait pas honte de s'esclaffer devant moi, alors toute la police s'esclaffait sur mon compte, et demain toute la nation s'esclafferait, croyez-vous que cela m'a fait du bien ?

Je ne le croyais pas.

– Détrompez-vous, m'sieur Victor, ça m'a fait du bien, car autrement je ne serais pas sorti de ma torpeur. Ce collègue à moi, il faut que vous le sachiez pour comprendre, c'est une brute, un primitif, quoiqu'il ait été le seul à l'école qui m'appelait par mon prénom de baptême. Ion, Ionica, me susurrait-il et il me donnait un coup sur la nuque. Il s'était acoquiné avec le peuple révolutionnaire, il venait de festoyer la veille et avait la gueule de bois, et on l'avait fait major exceptionnellement. Il sait qu'il mourra major, sa tête n'est pas très bien meublée et une autre révolution n'est pas pour bientôt. Son fils et sa fille, il les a mis à l'école d'officiers, car la Patrie a besoin de policiers plus que jamais, il s'est fait construire une villa à la campagne, festoie tant que ses muscles le peuvent et joue au trictrac avec les voleurs arrêtés pour leur tirer les vers du nez. Il est heureux. Il y a deux semaines, lorsque je l'ai vu pour la dernière fois, il m'a raconté l'histoire avec l'école d'officiers. Je me suis soudainement réveillé comme si j'avais fait un cauche-mar. Ça alors ! Ce primitif, cette brute avait réglé tous ces comptes avec le monde, tandis que moi, le grand monument des vertus américaines qui cours à perdre haleine, au bout du monde, après l'argent et le bonheur, moi, je ronge depuis tant d'années, sous toutes sortes de prétextes, mon règlement de comptes ! Qui admirer, lui ou moi ?

C'était une question. Et il sortit à nouveau le calepin, ouvrit à nouveau son stylo à plume et le porta quelques instants, méditatif, à ses lèvres, mais ne prit aucune note ; la question l'avait déjà traversé et la réponse avait déjà été notée.

Mon regard resta accroché au stylo à plume avec lequel il s'était mis à frapper rapidement ses lèvres – un stylo massif, plume en or et capuchon serré par un anneau aussi en or qui se prolongeait et se roulait gracieusement dans un monogramme en majuscules du propriétaire : B.C.

Ce stylo avait attiré mon attention lors de sa première visite, puis, je ne lui avais plus accordé d'importance, mon regard s'était habitué à ce cylindre noir avec lequel Bobby Cacoveanu sauvait ses idées et frappait de temps à autre ses lèvres. Mais ce soir-là, vers la fin de la semaine, quand il m'avait raconté l'histoire du son collègue, je m'étais aperçu qu'il n'exhibait pas pour rien le précieux objet entré, Dieu sait comment, en sa possession et personnalisé pour l'éternité.

Faussé ou non, Bobby Cacoveanu était certainement arrivé à la conclusion que, depuis qu'il s'était sauvé du Danube, il n'avait rien laissé au hasard dans son destin. Les premières années de misère vécues au Canada, la découverte miraculeuse du marketing, l'obstination avec laquelle il tenait à paraître toujours élégant, sa soif de gloire, sa mégalomanie, les rumeurs dévastatrices colportées sur sa personne et qu'il entretenait avec une fierté sans faille, les mois d'emprisonnement pour une affaire de détournement de fonds, sa collaboration ambiguë avec Ron Wolf, ses affaires fructueuses dans la Roumanie postrévolutionnaire, l'assuraient sans doute qu'il était devenu pour toujours un autre homme. Le fils du cabaretier de Plopeni et l'infortuné lieutenant sur qui les futures générations de policiers de la Patrie allaient se « dilater la rate » n'étaient qu'un souvenir pittoresque bon à évoquer avec un compatriote qui, sans explication, acceptait sa compagnie et écoutait avec une immense patience, elle aussi sans explication, ses histoires sur ses grands exploits passés et futurs.

Le précieux stylo avec monogramme, agité sous mes yeux depuis une semaine, était la dernière touche de sa nouvelle identité – minutieusement et tenacement retouchée jusqu'à la caricature –, et le règlement de comptes planifié sa première action d'envergure.

Il éclata d'un rire triomphant et prit son manteau :

– Vous avez une façon de m'insulter, m'sieur Victor, que je me sens plutôt flatté… J'ai un rendez-vous, j'attends des nouvelles de Bucarest, mais si vous voulez je vous raconte l'histoire du stylo, elle est assez brève…

– Une autre fois, Monsieur Bobby.

– Bien sûr. Et, après avoir enfilé son manteau, grave, comme cela lui était arrivé une seule fois, lorsqu'il m'avait dit que nous étions tous deux des cadavres vivants : la solitude ne vous rend pas fou parfois ?

– Cela ne m'est pas arrivé depuis longtemps.

– Moi, j'enrage, me croyez-vous ?

Je le croyais. Le lendemain, il ne m'attendait plus dans le hall et – mais rien de me surprenait plus –, son absence m'avait peiné. Il refit son apparition à la fin de la semaine, pour quelques minutes. Les nouvelles de Bucarest étaient bonnes, les noms de ceux qu'il recherchait commençaient à refaire surface, et il m'invita à nouveau au spectacle de son règlement de comptes.

– Je vous ai invité tant de fois et vous avez toujours refusé… Vous irez de toute manière dans la Patrie après la fin des cours, faites-moi enfin le plaisir d'accepter, vous n'allez pas regretter ! J'ai sauvé une agence de voyage de la faillite et je peux avoir des billets à moitié prix, pensez-y !

– Je vais y penser, Monsieur Bobby.

IX

Il pleuvait sur Bucarest. Pluie fine et monotone d'un printemps qui s'éternisait. Il pleuvait à Vienne aussi. Je regardai ma montre et constatai que nous arrivions à temps. Nous étions partis en retard de Vienne à cause d'une bombe qui aurait été découverte dans l'aéroport ou dans l'avion ou, purement et simplement inventée pour ne pas oublier dans quel monde nous vivions ; le voyageur exaspéré à qui appartenait cette remarque s'était senti obligé de préciser sa pensée : les Américains bombardaient Bagdad depuis quelques semaines.

C'était une performance très autrichienne ce souci de ponctualité et je l'aurais ignoré si les Chinois ne s'étaient mis à applaudir avec un enchantement particulier. Ils rentraient chez eux, il n'y avait pas de doute ; ils étaient si nombreux à l'embarquement que j'avais cru me tromper de destination.

J'étais fatigué et de mauvaise humeur. Les réacteurs hurlaient et l'avion cahotait comme un chariot sur une route défoncée. Depuis quelque temps, les mains enfoncées sous la ceinture du son pantalon, Bobby Cacoveanu s'agitait nerveusement. Il sentit mon regard somnolent et, avec un large sourire, me fit voir un instant le petit sac bourré de dollars accroché à sa taille.

Il m'en avait parlé à Vienne, en attendant devant une bière que la bombe soit trouvée et que nous puissions monter dans l'avion. Il était si ravi que j'ai accepté de voyager avec lui qu'il ne se contenait plus, ayant ainsi la preuve qu'il avait trouvé en moi sinon un complice, du moins une connaissance qui le comprenait et à qui il pouvait tout raconter sans aucune crainte – sauf les détails du spectacle annoncé de son règlement de comptes, pour ne pas gâcher, bien sûr, mon plaisir, mais avec sa frénésie et sa mégalomanie habituelles. Aucun motif donc d'être étonné.

L'histoire de la bombe semblait toutefois l'avoir beaucoup troublé, car je ne pouvais m'expliquer autrement pourquoi, la chope de bière vidée d'un trait, il m'avait avoué la nature de ses récentes affaires en Roumanie : il vendait à la police et aux agences de sécurité des bâtons, des boucliers, des menottes, des grenades lacrymogènes et d'autres objets du même genre. Devant mon silence, il s'était mis à vanter longuement la qualité de la marchandise et les avantages de commercer dans la Patrie où, avec un bakchich bien placé, l'impossible devenait possible. Si les douaniers roumains fermaient de nouveau les yeux, les dollars cachés sur son ventre étaient destinés, en partie – le spectacle du règlement de comptes avait un prix lui aussi, mais ça valait la peine –, à graisser la patte de quelques hauts fonctionnaires afin qu'ils mettent leurs précieuses signatures au bas d'un contrat important. Le plus important depuis qu'il s'était lancé dans ce genre d'affaires : des grenades assourdissantes dernier cri pour disperser les foules en colère.

J'avais vidé moi aussi la chope avec la forte impression qu'il tenait à ce que j'apprécie de vive voix et à sa juste valeur sa généreuse contribution à l'essor de la démocratie dans notre pays natal. J'avais bien sûr apprécié. Sans l'insulter et sans qu'il comprenne que je l'avais flatté. Il s'était alors précipité pour commander deux autres chopes de bière, mais il avait été trop tard pour en profiter, car la bombe venait d'être, ou non, découverte et nous dûmes nous dépêcher.

L'avion vira à gauche vers la nouvelle aile de l'aéroport, construite par les Italiens après mon départ. Bobby Cacoveanu était mieux informé : les Italiens et les Allemands. *Fifty-fifty.* D'accord, mais y avait-il encore des Roumains en Roumanie ?

Il ne me répondit pas. Le contrôle de ses dollars terminé, il remonta la fermeture Éclair et se pencha vers moi, pour regarder dehors. Je lui fis place. Les touffes désordonnées de ses cheveux noirs brillaient et puaient la brillantine ; il les avait probablement enduites et arrangées lors de sa dernière visite aux toilettes.

C'était la première fois qu'il se trouvait si près de moi. Il sentait fort et je couvris inutilement ma bouche et mon nez. J'aurais pu le cogner sec, sur la nuque, et le voir s'effondrer, mais j'y renonçai, peut-être parce que je ne savais pas encore pourquoi je sentais de temps à autre le besoin de le frapper.

À part des carcasses d'avions de chaque côté de la piste et la pluie fine et monotone qui tombait, il n'y avait rien d'autre à voir. S'il n'y a pas d'habitations aux alentours sur lesquelles les avions peuvent tomber, les aéroports sont partout désolants.

Bobby Cacoveanu éclata d'un rire nerveux. Je compris que c'était sa blague habituelle à la fin d'un voyage en avion.

Une voix altérée nous invita en anglais, en allemand et en roumain à ne pas quitter nos sièges avant que les moteurs s'arrêtent, mais les Chinois étaient déjà debout et récupéraient fébrilement leurs bagages à main. Mécontents peut-être que le mandarin eût été négligé. Ou, si contents d'arriver chez eux, qu'ils avaient laissé tomber leur timidité pour démontrer qu'ils étaient plus talentueux dans la débandade que les Roumains qui habitaient encore éventuellement le pays et voyageaient moins à Vienne ; quoi qu'il en fût, cette agitation bruyante, la sonorité stridente du mandarin et la nervosité de Bobby Cacoveanu me réveillèrent enfin.

Je restai assis jusqu'au moment où tous les voyageurs eurent quitté l'avion. J'aurais préféré, en fait, ne pas être arrivé. Rester encore suspendu dans le ciel en attendant que les années écoulées depuis que j'avais quitté le pays s'éteignent, se dissipent, sans laisser en moi aucun souvenir, aucune souffrance, aucune colère. Comme si ces années-là n'avaient pas existé. Comme si moi-même j'avais cessé d'exister et n'avais repris mon existence que là où je l'avais laissée au moment de la disparition de ces années de chaos. Si c'était possible. Mais ça ne l'était pas.

Bobby Cacoveanu m'avait attendu patiemment et, lorsque je fus dans le couloir aux murs de verre et au plancher en plastique bleu, qui menait au contrôle des passeports, il alluma une cigarette. Devant nous, talons hauts, tailleur strict et sac à main marqué de quelques lettres en laiton ou en or – trop imbriquées pour se faire une idée du nom du maroquinier, si on y tenait bien sûr –, marchait une jeune femme aux cheveux noirs serrés dans un chignon sophistiqué.

Bobby Cacoveanu tint à déchiffrer le nom du maroquinier. Il baissa les paupières, avança d'un pas, recula et avança à nouveau pour voir de plus près et, à nouveau reculé, les sourcils froncés, soupesa les résultats de ses observations. J'eus l'impression, après sa troisième tentative, que les lettres en laiton ou en or jouaient sur ses lèvres dans toutes les combinaisons possibles, sans qu'il parvienne à leur donner un sens.

Il jeta le mégot, l'écrasa avec la pointe de la semelle et, sans un mot, aborda la jeune femme. Je m'étais trompé sur son intérêt réel – le petit derrière de la femme se mouvait, ferme et prometteur à chaque frappe de ses hauts talons sur le plastique bleu du couloir – et je les laissai s'éloigner.

Il y avait une bousculade devant un des guichets de contrôle des passeports et je cherchai du regard où me présenter quand je sentis la main de quelqu'un s'agripper timidement à mon épaule. Je me tournai. Accompagné de deux gaillards aux vestes en cuir, Bobby Cacoveanu, traits décomposés, libéra mon épaule en balbutiant une excuse. Un des gaillards ouvrit la bouche :

– C'est votre pote ce sac de caca du nom de Cacoveanu ?

Je pensai, l'instant après, que pour une brute, le jeu de mots, volontaire ou non, auquel il s'était adonné tenait du prodige. Intimidé par sa propre performance, il s'était mis à frotter vigoureusement son menton avec le dos de sa main poilue, et je fus tenté de l'encourager dans ses exploits linguistiques. Si l'autre gaillard n'avait pas toussé, ne m'avait pas attrapé par la manche pour me ressaisir et n'avait pas levé de façon menaçante ses sourcils afin que je réponde, je serais probablement resté encore quelque temps – sinon pour toujours – avec la conviction que Bobby Cacoveanu n'avait existé que dans mon imagination.

Il bougea précautionneusement entre les deux gaillards et accrocha son regard au mien. Tout ce que je vis alors fut la cruelle humilité du fils du cabaretier de Plopeni et la peur bestiale du lieutenant, jeté par erreur dans le Danube, d'être abandonné.

– Oui, dis-je enfin, c'est mon pote.

– Il est notre invité, soyez rassuré.

X

Un de mes anciens collègues de l'Institut, dont je m'étais rappelé le numéro de téléphone, m'avait réservé une chambre dans un petit hôtel près du palais royal. Je voyais par la fenêtre une rue étroite avec les trottoirs occupés par des voitures et quelques blocs d'habitations, sales et détériorés par les tremblements de terre. C'était la première fois que je couchais dans un hôtel à Bucarest.

À midi, j'étais installé. Plutôt confortable. Le téléphone ne fonctionnait pas, mais je dénombrai à un téléviseur suspendu au bout d'une tige accrochée au mur, avant de perdre patience, une douzaine de chaînes étrangères. Je le laissai allumé sur une station turque où une danseuse de ventre se trémoussait de tous ses membres.

Je descendis pour manger, mais le restaurant était fermé pour rénovation. D'ailleurs, si j'avais bien compris les chuchotements en anglais de deux Scandinaves blonds et pâles, bien mis, qui traversaient le hall, l'hôtel était à vendre.

Le réceptionniste fit la sourde oreille lorsqu'il fut question du téléphone défectueux, mais il me tendit un bout de papier sur lequel il avait noté un message ; je le mis dans ma poche sans le regarder. C'était sans doute mon collègue, mais il pouvait attendre.

Je sortis dans la rue. Il ne pleuvait plus et le soleil

avait éclairci le ciel. Je m'arrêtai pour contempler l'eau accumulée sur le trottoir qui s'évaporait en nuages fins, et je respirai profondément, avec un bonheur irrépressible, l'air soudainement frais ; nulle part au monde l'air frais du printemps n'est si pur et si fortifiant qu'à Bucarest. Une voiture klaxonna, je tournai le regard et eus le temps de voir que le chauffeur agitait sa main en guise de salut. Je lui répondis avec un hochement de tête. Il m'avait certainement confondu avec un ami, mais le klaxon retentit à nouveau. Et puis encore une fois. Je compris, enfin : il saluait joyeusement, les femmes sorties dans la rue en tenue printanière. Leur allure déterminée et bien connue à se trouver dans la rue sans aucune autre raison, apparemment, que d'être regardées par les hommes, m'avait inexplicablement assombri.

Je mangeai sans appétit. Je fis ensuite l'effort d'acheter un bouquet de fleurs et une bouteille de whisky. Le pressentiment que j'étais en train de commettre une imprudence me fit hésiter avant d'arrêter un taxi. Le vieux chauffeur me chercha dans le rétroviseur, me considéra en expert et m'annonça le prix. Exorbitant. Je m'étais laissé faire à l'aéroport et voulus descendre. Le vieux coupa le prix d'un tiers et nous partîmes.

Il y avait dans la rue et sur les trottoirs plus de vieilles et de nouvelles voitures qu'avant mon départ. Mais, ça sautait aux yeux, la ferraille de l'Europe avait trouvé, entre-temps, beaucoup de preneurs à Bucarest. Celle dans laquelle je me trouvais était une Mercedes des années 1960, le vieux l'avait achetée à l'un de ses neveux qui en faisait la contrebande ; il m'en avait parlé sur un ton normal, comme si la contrebande de voitures était une occupation tout à fait respectable. Je l'écoutai en silence.

– Celui qui ne vole pas aujourd'hui est mort ! conclut le vieux.

XI

Mon cousin n'avait pas déménagé, mais les Grecs qui s'étaient portés acquéreurs de la compagnie nationale de téléphone changeaient les numéros quand ils en avaient envie. Il me montra son téléphone mobile, accroché à sa taille, après quoi nous nous embrassâmes. Sa femme était grippée, je lui fis le baisemain et, empourprée, elle disparut dans la cuisine avec le bouquet de fleurs. Mon cousin regarda la bouteille de whisky dans la lumière, la secoua sceptique – j'avais oublié, il ne buvait que de l'eau de vie – et la mis dans le buffet du salon ; il me rappelait quelque chose ce buffet, mais je ne savais pas exactement quoi. Sa femme vint et mit la bouteille sur une autre étagère.

Un couple irréel. Il était blond, blême, grand et maigre, elle était grosse, brune et petite. Ils avaient trois filles et un garçon. La cadette était encore à l'école et à la maison, les deux autres avaient pris mari, mis des enfants au monde et ne travaillaient pas, et le garçon faisait son service militaire.

J'avais longtemps cru que mon cousin était colonel des pompiers et étudiait le droit par manque de brasiers. Ses sacrifices pour sa grande famille m'avaient toujours impressionné. Il occupait, en réalité, une fonction importante dans la hiérarchie policière du pays et avait pleinement profité des privilèges qui s'y rattachaient.

Quand nous, les proches parents, avions des embarras de chauffard ou que l'administration nous mettait de bâtons dans les roues, c'est lui qui nous venait en aide avec son sourire d'homme toujours prêt aux sacrifices ; je ne sais pas pourquoi nous ne nous posions jamais la question de savoir comment un simple colonel de pompiers avait tant d'influence et de pouvoir.

Dans les premiers jours de la révolution, quelques journaux, partis à la chasse de coupables à lyncher par le peuple en colère, l'avaient accusé des pires exactions. Il avait pris peur et, pendant une semaine, enfermé dans son bureau, avait attendu qu'on vienne l'arrêter ou le tuer. La semaine suivante, il enquêtait sur les membres du Comité central du Parti emprisonnés au nom du même peuple en colère. Ce renversement de la situation l'avait réjoui, mais, une fois qu'un calme précaire fut rétabli dans le pays qui avait sombré dans le chaos, il eut le bon sens de prendre sa retraite et de s'inscrire au barreau. Ses clients étaient les mêmes bandits sur lesquels il avait enquêté jusqu'à tout récemment, ainsi que quelques Arabes. Il y avait également un Espagnol, ou un Russe, qui voulait ouvrir un réseau de stations d'essence.

— Je me suis frotté dans ma vie à tant de vilenie humaine, dit-il avec son sourire timide de souffrance, que je me demande de plus en plus souvent comment j'ai réussi à préserver mon âme propre et ma tête entière. Et que dire de la folie criminelle de cette Révolution importée quand ma vie a été suspendue à un fil ?... Je m'en suis tiré par miracle, cousin Victor, croyez-moi, vraiment par miracle !

J'avais eu déjà des échos de ses étonnements et des mêmes conclusions avant de quitter le pays et, pour la énième fois, je lui donnai raison, cela avait été, bien sûr, un miracle. Sa femme reprit en écho l'idée du miracle et je leur donnai encore une fois raison, avec plus de conviction.

– Tu sais que ton appartement a été repris par son ancien propriétaire, un fuyard comme toi... Une canaille insatiable. Avant que je puisse faire quoi que ce soit, tout était dans la rue, l'appartement vendu et une porte en acier avait été posée... Il est rentré en France... Tout ce que j'ai pu sauvé des Gitans a été le buffet, je te le donne si tu veux, il est de toute façon trop grand...

– Non, je ne le veux pas, dis-je en me rappelant enfin que les bons du Trésor qui avaient fait rêver Lisa étaient cachés en arrière, et qu'elle avait gardé longtemps ses bijoux sur le buste de Staline posé sur la même étagère où la bouteille de whisky avait été placée. Gardez-le et n'en parlons plus !

Ils s'émurent encore une fois. Nous bûmes du café turc servi avec de la confiture de cerises amères et de l'eau avec des glaçons, comme dans le bon vieux temps, et nous fumâmes en silence.

– Mais, non, sérieusement, cousin Victor, quelle est la différence entre toi, intellectuel qui a écrit des livres et a fait des recherches scientifiques pour le bien du peuple, et le dernier analphabète ou l'ingénieur incapable qui ne supporte plus les puanteurs de la Patrie et fout le camp en Occident pour purifier ses poumons sensibles ?... Aucune, cousin Victor, aucune !...

Quand je croyais encore qu'il était colonel de pompiers, il ne se rappelait jamais ce que je faisais en réalité dans la vie. Ou bien, quand, après quelques verres d'eau de vie, avec beaucoup de joyeuse souffrance, la mémoire lui revenait enfin vaguement, il m'enlaçait protecteur par les épaules et me tirait vers sa poitrine osseuse :

– Vous, les intellectuels, cousin Victor, vous mangez l'argent du peuple pour rien ! Ne le décevez pas, les gars, car tout à coup il peut se fâcher et couper vos rations !

Je le prenais alors à la légère, mais il était sérieux et – je dois l'admettre sur le tard, après tant d'années – il savait ce qu'il disait. Il était possible que j'aie déçu aussi le peuple, mais, certainement, je l'avais déçu, lui, et je lui avais donné enfin l'occasion de me le reprocher.

Lorsque je l'avais revu après qu'il ait pris sa retraite et qu'il attendait la confirmation de son inscription au barreau, il avait essayé de me culpabiliser pour la Révolution :

– Toi, tu t'es vendu aussi aux étrangers comme ceux et celles qui salissent l'écran de la télé – j'ai la nausée rien qu'à prononcer leurs noms –, et crient du matin au soir : À bas les communistes ! À bas la Securitate ! Vive l'Amérique ! Vive le capitalisme !... Pendant quarante-cinq ans vous avez gavé le peuple avec le communisme et maintenant vous le gavez avec le capitalisme, la belle affaire, les gars !...

Mais, comme il ne m'avait jamais vu à la télévision et que je l'avais prié de m'avertir quand, hébété par la Révolution, le bon peuple allait couper mes rations, il ne m'avait pas complètement renié.

Le jour où je lui avais emprunté l'argent et la valise pour mon voyage à Paris, il était de nouveau confiant dans la vie et, lors des adieux, m'avait enlacé les épaules :

– Cousin Victor, si tu tombes à Paris sur un capitaliste abruti qui veut acheter cette Roumanie nauséabonde et en ruine, dis-lui que je l'attends !... Tu auras ta commission, avait-il ajouté en me serrant à nouveau sur sa poitrine osseuse.

Je l'avais toujours déçu, mais il n'avait jamais perdu espoir qu'un jour je serais à la hauteur de ses attentes.

– La malédiction de ta vie a été Lisa, dit-il. Je n'ai jamais compris ta passion pour elle…

Son sourire de souffrance m'agaçait. Je pressentis qu'il allait enchaîner avec l'histoire de la disparition de Lisa du domicile conjugal, des quarante-cinq jours pendant lesquels il avait mis toute la police du pays en alerte, de sa sincère amertume de me savoir cocu de la nation et de son regret, encore plus sincère, de n'avoir jamais attrapé l'infidèle pour la jeter, repentie, à mes pieds.

– C'est pour elle que tu ais allé en Amérique, reprit-il, elle t'a berné encore une fois… La honte qu'elle t'a faite ne lui suffisait pas, elle a voulu te savoir le cocu de la planète et toi, connard comme nul autre, tu t'es précipité pour goûter une nouvelle gloire !... Ne te fâche pas, je suis plus vieux que toi et j'en sais beaucoup sur les faiblesses des hommes !

– Je ne me fâche pas, c'est une histoire du passé.

– Il n'existe pas d'histoires du passé ou du présent. Il existe seulement de belles histoires et des histoires laides!

– Possible, dis-je en me levant.

Ils insistèrent pour que je reste. Je refusai et mon cousin se leva à son tour. Sa femme lui apporta son pardessus et nous descendîmes. Il ouvrit la portière de sa voiture garée sur le trottoir devant l'entrée.

– Je t'accompagne, dit-il fermement.

C'était une BMW si rafistolée qu'elle semblait neuve. Ou, peut-être, qu'elle venait de sortir de l'usine, mais je ne posai aucune question et il ne dit rien. Il souriait tristement et je crus qu'il dévorait mon silence comme la preuve que ma surprise de le voir au volant d'une telle merveille avait été si grande que j'en avais perdu la voix.

– Et comment as-tu voyagé ?

– Bien, bien…

Il ne me posa aucune question sur ce que je faisais et comment je vivais au Canada, et moi je ne sentis pas la besoin de le mettre au courant. Tout aurait pu s'arrêter là, du moins pour encore quelques jours, si je n'avais fait l'imprudence de répondre à une question posée après avoir brûlé un feu rouge :

– Caco, Cacoveanu Ion, Bobby Cacoveanu, il est aussi à Montréal, il te dit quelque chose ?

– Tu le connais ?

– Jamais rencontré, mais je le connais. Toute la police roumaine le connaît, c'est la merde qui a été jetée par erreur dans le Danube...

Il brûla, imperturbable, encore deux feux rouges avant de décider que le risque de me donner des détails sur Bobby Cacoveanu était nul. Je ne tins pas à les connaître, j'insistai plusieurs fois, mais en vain, il voulait que je sache.

Les membres du Comité central du Parti étaient encore sous sa main, au sous-sol de la Préfecture, quand il avait entendu qu'un certain Warner ou Wolf ou Lewin – aucune importance le nom, encore un de ces Américains qui faisaient des affaires florissantes en Roumanie depuis vingt ou trente ans et qui chassaient l'ours avec Ceausescu – avait envoyé Caco avec un transport de boucliers, de bâtons, de menottes, de grenades lacrymogènes et autres outils du même genre pour tenir en laisse le peuple. Comment Bobby Cacoveanu s'y était-il pris pour gagner la confiance de Warner, Wolf ou Lewin, restait un mystère. Peut-être que Warner, Wolf ou Lewin n'était qu'un de ces étrangers détraqués qui, au lendemain de la Révolution, avaient débarqué au pays à la recherche de chair fraîche et, prévoyant, Caco avait offert son cul en guise de garantie.

Mon cousin baissa la fenêtre et cracha, dégoûté, dans la rue.

L'affaire avait été conclue comme avant, sans trop de paperasses, sur la parole d'honneur et avec de longs serrements de mains. Vérification faite par l'un des opportunistes vomis par la Révolution, qui entendait prendre sa part, plus d'un quart de la commande manquait. Prends l'aveugle et arrache-lui les yeux. Caco avait déguerpi. Comme il n'était pas question d'une rupture et comme le peuple bouillonnait encore de colère et que les besoins de la police grandissaient d'un jour à l'autre, Warner, Wolf ou Lewin avait été mis au courant du passé de Caco afin qu'il soit remplacé par une personne plus fiable. L'idée n'avait pas été retenue et Caco avait fait encore quelques livraisons en dévalisant les commandes avec mesure, et puis il avait disparu sans que personne ne le regrette. Il était réapparu au début de l'année, plus gourmand que jamais. Tabassé et les poches vides, avant d'être mis de force dans le premier avion, il s'était juré ne plus jamais mettre les pieds à Bucarest et d'effacer de sa mémoire et de son âme la maudite Patrie qui ne savait pas reconnaître les mérites de ses fils aimants.

Mon cousin cracha de nouveau dégoûté par la fenêtre :

– Dans quel monde m'a-t-il été donné de vivre ! Caco à la une des journaux, Caco filmé à l'aéroport, hurlant : « la Patrie, la Patrie, les canailles ont faits main basse sur la Patrie, réveillez-vous Roumains, réglez vos comptes avec ces canailles, qu'est-ce que vous attendez pour faire une autre révolution ? »

Nous étions devant l'hôtel. Mon cousin me rappela l'invitation faite pour la fin de la semaine, pour faire la connaissance de ses gendres et de ses petits-fils, et je lui promis de venir. Il descendit pour que nous nous embrassions. Je n'avais aucun autre parent au pays, j'étais son seul parent qui vivait en Amérique du Nord, et cette soudaine révélation m'émut beaucoup. Cela aurait pu s'expliquer aussi par la fatigue, mais le vrai motif de ce bonheur désuet et presque oublié avait été de savoir que j'avais encore une famille.

Lorsqu'il tourna au coin de la rue, je découvris sur ses lèvres son sourire triste et timide de souffrance. Il me chercha lui aussi du regard et klaxonna joyeusement, tout aussi joyeusement que le chauffeur qui klaxonnait, à midi, les jeunes femmes.

Le réceptionniste avait un autre message pour moi. Je le mis dans ma poche, à côté du premier, sans le regarder. Le téléphone fonctionnait, mais ma valise et mon sac de voyage étaient renversés sur le lit. J'y avais fouillé, avant de partir, à la recherche de chaussettes propres, mais je ne me rappelais pas avoir tout mis sens dessus dessous. Il ne me manquait rien, je n'avais pas grand-chose d'ailleurs, et l'urne contenant les cendres de feu Victor Victor avait été mise précautionneusement sur la bordure de la fenêtre.

Je n'eus pas la force de descendre et de faire une réclamation. Je pris ma douche. À la télé, que j'avais laissée allumée sur la chaîne turque, une autre danseuse de ventre, ou la même que celle de midi, se trémoussait de tous ses membres. Sur la chaîne nationale passait un film américain avec de policiers et de bandits qui se tiraient dessus. J'éteignis.

XII

Je me réveillai brusquement, en sueur de la tête jusqu'aux pieds, dans la petite chambre de l'hôtel inondée par le soleil du matin et par les bruits sourds et soudain familiers de la rue. Et convaincu que quelqu'un, un homme, avait crié deux fois d'une voix inconnue, un peu enrouée, mon nom : « Victor !... Victor !... »

J'avais fait un rêve. Un de ces rêves épuisants dont je ne me rappelais jamais, ce qui, d'ailleurs, ne m'aurait servi à rien, car je n'avais jamais cru aux rêves. Lisa y croyait et tenait mordicus à me raconter les siens jusqu'aux plus petits détails. Dans la cuisine, le matin, en chemise de nuit transparente, les bras enlacés autour de ses jambes levées sur le bord de la chaise et le menton appuyé sur les genoux, égarée encore dans ce qu'elle venait de rêver, elle chuchotait et chuchotait et me les racontait avec des hoquets de surprise et d'incertitudes et insistait pour que je leur donne une signification. Je n'y voyais rien, elle voyait tout et davantage.

C'était quand même bizarre, j'étais incapable de me souvenir de mes rêves, mais les rêves de Lisa s'incrustaient dans ma mémoire avec tant de précision que, deux ou trois mois plus tard, je pouvais les raconter d'un bout à l'autre, tous les détails compris. Ce qui m'arrivait quand elle se réveillait sans avoir fait de rêves et, exaspérée de bavarder sur le travail ou la misère politique, me demandait de lui raconter le premier qui me passait par la tête. Je le lui racontais en imitant son chuchotement. Le menton appuyé sur ses genoux, elle hoquetait tout aussi convaincue que le matin où elle racontait son rêve. J'avais ma récompense, jamais elle n'était aussi belle que lorsque je lui racontais ses propres rêves.

Je mis mon veston et lus enfin, les messages téléphoniques. Mon collègue m'attendait n'importe quand à l'Institut, mais pas avant onze heures et pas plus tard que treize heures. C'était gentil à lui de me rappeler que rien n'avait changé à l'Institut depuis mon départ.

Le deuxième message m'était parvenu par erreur : un numéro de téléphone mobile et l'urgence d'appeler, notée en majuscules par le réceptionniste. Je froissai le morceau de papier et le jetai dans la corbeille placée près de la fenêtre. Je remarquai alors, immobile entre deux voitures parquées sur le trottoir de l'autre côté de la rue, devant un magasin italien de chaussures, un inconnu sans âge, vêtu en blanc et portant sur son bras droit, une canne noire, mince, au poignet argenté. Cabotin ou sincèrement content de l'impression que son allure et son immobilisme faisaient sur les passants obligés de descendre dans la rue, pour le contourner amusés, intrigués ou fâchés avant de remonter sur le trottoir occupé par des voitures.

L'homme me découvrit soudain à la fenêtre, fit un pas en avant et, chapeau blanc de paille suspendu au bout de ses doigts, me gratifia d'un large sourire. Je vis son visage dévasté, complètement inconnu et, quand il balança encore une fois le chapeau, j'eus l'impression qu'il m'invitait à descendre.

Il était possible que son cri – « Victor !... Victor !... – m'ait réveillé. Chapeau levé au-dessus de sa tête, il attendait visiblement un signe de ma part, mais j'eus peur de l'avoir mal compris et refusai de lui répondre.

Nous nous regardions. Je n'avais aucun doute, si je

l'avais déjà rencontré il ne pouvait être que l'un des jumeaux Usurelu, les coiffeurs du mon quartier d'enfance, qui s'habillaient en blanc de la tête aux pieds, portaient des chapeaux de paille et des cannes aux poignets argentés et, cabotins parfaits, courtisaient les danseuses du Théâtre des variétés ! C'est l'un d'entre eux qui m'avait rasé pour la première fois et aspergé mon visage de lavande et, l'un ou l'autre, qui m'avait mis entre les bras d'une vieille danseuse qui dépucelait pour rien du tout et, avec une vocation particulière, les garçons recommandés par ses anciens amants.

Si je ne l'avais pas déjà rencontré, ce qui me semblait presque sûr, la gesticulation de l'inconnu s'adressait certainement à quelqu'un d'autre planté à une autre fenêtre de l'hôtel. Il perdit, d'ailleurs, rapidement patience à attendre un signe de ma part et se retira entre deux voitures en couvrant son visage avec son chapeau. Je fus convaincu qu'il attendait une femme.

Je voulus voir cette femme sortir de l'hôtel, traverser la rue et se blottir souriante, ou en larmes, dans les bras de cet homme sans âge et au visage défiguré, mais elle tardait à se montrer.

Avant qu'il le mette sur sa tête, l'inconnu traça avec le chapeau une ellipse en l'air, glissa ensuite la canne entre les doigts de sa main droite et l'appuya sur l'asphalte, sourit content de son élasticité et descendit brusquement dans la rue pour aller à la rencontre de la femme enfin sortie de l'hôtel.

Les klaxons, les crissements de freins et les cris des passants jaillirent presque tous au même moment. Affolé, l'homme tourna sur ses talons et, la canne levée au-dessus de sa tête, essaya de remonter sur le trottoir. Frappé et jeté à terre par une voiture, son corps disparu sous une camionnette qui venait en sens inverse.

Je ne le vis plus. J'entendis la sirène d'une voiture de police, puis celle d'une ambulance, quelques portières fermées avec violence et, après quelques instants lourds de silence, les bruits sourds et familiers de la rue. Je découvris alors, projeté aux pieds d'une femme effrayée, le chapeau blanc et intact de celui qui aurait pu être un des frères Usurelu, et l'accident perdit instantanément toute trace de réalité. Je voulus au moins le croire.

XIII

Je descendis et le réceptionniste me dirigea vers une pièce sans fenêtre où on servait le petit déjeuner. Les putes à la table des Scandinaves qui voulaient acheter l'hôtel me considérèrent du regard et m'abandonnèrent sans regret avant même que j'ai franchi le seuil. Les Scandinaves me regardèrent eux aussi et échangèrent des sourires sur le discernement de leurs compagnes de nuit.

– Enfin, vous voilà !

Je ne l'avais pas remarqué, mais il s'était mis debout, au fond de la pièce, en renversant sa chaise. Caco, reposé, frais, habillé en sportif, ses cheveux abondamment enduits de brillantine luisaient comme une auréole, sa main gauche collée possessionnelle sur la nuque d'une très jeune femme. Une enfant aux yeux grands et noirs et, après avoir redressé la chaise de Caco, avec un sourire tout aussi féroce que le sourire des putes que j'avais déçues. Il n'y avait personne d'autre dans la pièce et l'air me manqua brusquement.

– Venez, m'sieur Victor, venez, il y a eu un malentendu, je vous expliquerai tout, mais je veux tout d'abord vous présenter Isabelle, ma fiancée...

Pourquoi acceptai-je de m'asseoir et de l'écouter ? À cause de l'enfant au sourire féroce qui me rappelait Lisa à ses moments d'éloignement ? À cause de l'inconnu vêtu de blanc qui m'avait fait revivre mes souvenirs ? À cause du printemps bucarestois qui me donnait des vertiges?

J'étais assis avant d'avoir trouvé la réponse et la soudaine sensation d'être sénile me fit du bien.

– Va prendre un peu d'air, chérie, dit Caco en glissant dans la main d'Isabelle une liasse d'argent, j'ai quelque chose à discuter avec m'sieur Victor.

– C'est trop tôt, les magasins sont fermés, murmura Isabelle.

Caco enlaça ses épaules et la souleva avec une surprenante délicatesse :

– Ils vont ouvrir pour toi, chérie, tu verras, cours !...

Lorsque Isabelle s'éloigna, enfant aux ondoiements lascifs des hanches – les Scandinaves tressaillirent et les putes pouffèrent de rire, envieuses –, Caco approcha sa chaise de la mienne et enfonça pathétiquement sa tête dans ses mains.

– Je suis en train de devenir fou, m'sieur Victor.

Je commandai un café au serveur castrat. Caco lui fit signe qu'il ne voulait rien. Je regardai ma montre, il me vit et soupira profondément. Il portait au petit doigt de sa main gauche un anneau en or massif, avec monogramme, dont je ne me rappelais pas ou, plus. Je n'avais jamais regardé ses mains.

J'allumai une cigarette ; c'était tout ce que je pouvais faire avant de terminer mon café et de le quitter. Il me regarda brusquement en face et articula à vive voix :

– Les canailles ont eu vent de mes intentions, mais je ne suis pas né de la dernière pluie ! Le spectacle promis aura lieu, l'invitation reste valable. Je voulais vous dire encore quelque chose… Qu'est-ce que je voulais vous dire ?...

Il baissa son regard sur ses mains collées sur la table, les doigts détachés, et les contempla intensément, comme si c'étaient les mains d'un autre. Il sortit ensuite de la poche intérieure du son veston de sportif une plaquette, me la fourra sous les yeux et colla à nouveau ses mains sur la table.

– Je voulais vous dire encore quelque chose, qu'est-ce que je voulais… ?

Des poèmes écrits par Isabelle (le nom de famille manquait sur la couverture) et publiés modestement sous le titre : *Melancholia*. Ils avaient signé, tous les deux, sur la page de garde, une dédicace elliptique : *À Monsieur Victor Victor, notre reconnaissance.*

Je présumai qu'il lui avait raconté quelque chose sur moi, sinon tout, ce qui ne me dérangeait guère, la jeune génération était justifiée à connaître les légendes fondamentales de la nation, mais la posture de garant de leur éventuel sermon de fidélité réciproque, dans lequel ils m'avaient placé avec une hypocrite reconnaissance, me semblait d'un grotesque ahurissant.

Je fis glisser la plaquette vers Caco et me levai. Depuis quelques instants, arrêté sur le seuil de la pièce, deux tasses de café sur un plateau, le gaillard de l'aéroport qui faisait de jeux des mots promenait souriant son regard de notre table à celle des Scandinaves et des putes. J'étais debout, à moitié tourné pour partir, quand le gaillard avança rieur, suivi par le serveur castrat. Il déposa le plateau sur la table et me poussa légèrement, décidé à me faire rasseoir. Il libéra mon épaule :

– Vous m'excusez, mais j'ai besoin de témoins sérieux.

Apparu lui aussi sur le seuil de la pièce, l'autre gaillard de l'aéroport avait froncé ses sourcils drus à l'adresse des putes soudainement timides.

– Le fiancé de la poétesse est servi !

– Qu'est-ce que tu sais sur la poésie ? articula Caco en balançant sa tête.

– Écoute, connard ! fit le gaillard, un instant tenté de le frapper sur la nuque. Il écarta un peu ses jambes, humecta ses lèvres et, les yeux levés au plafond, ouvrit sa bouche : Écoute et émerveille-toi : *Je ne suis pas mélancolique, mais souvent triste / Je ne haïs pas encore inutilement, mais dans mes rêves purs / Je maudis la laideur du monde...* Je t'ai laissé bouche bée, Caco ?

J'éclatai d'un rire bête. Je me sentais parfaitement dans ma condition de sénile qui s'était laissé prendre dans les méandres de ses propres sentiments incongrus, mais je ne pouvais pas garantir que le gaillard, visiblement traversé de doutes sur la fidélité de sa mémoire, aurait la même indulgence ; à Bucarest, j'avais oublié, il faut faire très attention, les brutes sont extrêmement sensibles.

Je sirotai une gorgée de café. En retrait, par précaution, près de la table des Scandinaves et des putes, le serveur castré profita du silence pour pouffer de rire. Ce qui aurait été sans aucune conséquence, s'il ne s'était pas trompé sur la signification du sourire du gaillard aux sourcils froncés. Les jambes un peu écartées, les lèvres précipitamment humectées et les yeux rivés au plafond, la voix aiguë du castrat raisonna étrangement dans la petite pièce sans fenêtre :

— *...dans mes rêves purs / Je maudis la laideur du monde...*

Et, dans le silence lourd qui tomba, il ne trouva rien mieux à faire que de pouffer à nouveau de rire. Ce qui suivit, et je fus pris par surprise, ne dura pas plus que quelques secondes. Le gaillard aux sourcils froncés fit un saut et frappa, sec, la tête de l'insolent, les putes crièrent excitées, les Scandinaves eurent l'air de trouver la situation distrayante et Caco cessa brusquement de balancer la tête. Il but un peu de café, essuya les commissures de ses lèvres avec le bout de ses doigts, toussa, fataliste, et se leva sans rien dire.

Le gaillard qui faisait de jeux de mots se pencha, pris par le bras le serveur castré, le remit débout et montra la porte à Caco.

Je fermai les yeux et, longtemps, je m'intimai de ne

plus penser à rien. Et puis j'eus faim et allai à la cuisine pour chercher le serveur castré. Lorsque je revins, il n'y avait plus personne dans la pièce et je me dis que mes retrouvailles avec Bucarest avaient très mal commencé.

.

XIV

J'aurais dû, bien sûr, dire catégoriquement non.
Prendre mes affaires, partir et tout oublier. Ce que je fis,
en partie, c'est-à-dire, prendre mes affaires. Un portefeuille dans lequel j'avais mis les papiers de la garçonnière
de Lisa donnés par le jeune pédéraste de New York.
Mais elle était devant moi, Isabelle. Larmoyante. Le
chapeau de paille blanc et la canne noire au poignet
argenté de l'inconnu sans âge accidenté dans la rue, entre
les mains. Aucun magasin n'avait ouvert pour elle et elle
était devant une vitrine quand elle avait vu Caco poussé
dans une voiture. Réfugiée sur l'autre trottoir, elle s'était
arrêtée devant la vitrine de chaussures italiennes. La
voiture avec Caco avait disparu au coin de la rue quand la
vendeuse du magasin, qui venait d'arriver, lui avait tendu
le chapeau accroché au poignet de la canne, elle n'en
voulait pas, les objets d'un mort inconnu portent
malheur. Isabelle les avait pris.
    – J'ai souvent des désirs morbides…
    Elle souriait férocement et me regardait en face.
    – Je reste avec vous, dit-elle.
    Pourquoi ai-je pris le portefeuille sans lui dire non ?
Pourquoi ne suis-je pas sorti avant qu'elle me dise qu'elle
avait peur de rentrer chez elle ? Pourquoi, en l'écoutant,
ai-je remis le portefeuille sur la table ? Avant qu'elle ne se
blottisse en larmes sur ma poitrine? Avant que je perdisse

la tête et que je veuille croire que son corps d'enfant sentait la pulpe de noix crues ?

J'essuyai ses larmes avec mon mouchoir. Ma main tremblait. Le visage enfoncé dans le mouchoir, elle commença à mouvoir sa tête en même temps que les mouvements hésitants de ma main. Elle prit brusquement ma main, un instant, avant de passer le mouchoir dans la sienne.

Je la regardai enfin. Un enfant aux yeux noirs et sombres. Cheveux noirs séparés au sommet de sa tête par une raie et serrés en arrière de ses oreilles par deux barrettes dorées. Front haut et froncé. Bouche bien tracée. Menton impertinent. Épaules et seins qui avaient connu l'amour. Taille mince. Hanches lascives même immobiles. Jambes longues, sans bas, jupe courte et sandales à talons hauts. Et mon mouchoir serré dans sa main gauche aux ongles mangés jusqu'à la chair.

– J'ai peur de rester seule, gémit-elle.

Je lui demandai des explications. Elle me les donna et j'ai dû admettre que, si elle disait la vérité, sa peur était justifiée. Elle ne savait pas très bien quel genre d'affaires faisait Caco, quelque chose avec la police et les agences privées de sécurité. Mais il était clair que, soit quelqu'un d'important avait pris au sérieux son serment de ne plus jamais remettre les pieds en Roumanie, soit sa présence faisait échouer les plans de ses anciens clients qui n'étaient pas restés les bras croisés. Elle ignorait comment et quand il allait à nouveau s'échapper, mais elle lui faisait confiance.

– Il est très malin, dit-elle et prit la plaquette, l'ouvrit à la page dédicacée et chercha mes yeux. C'est lui qui a eu l'idée…

– Bien sûr, dis-je. Il t'a raconté sans doute beaucoup de choses sur moi.

– Tout.

Ses yeux noirs et sombres me fixaient intensément

quand, en mordant ses lèvres, elle détacha et froissa la page dédicacée. Elle sourit de nouveau férocement en déchirant la feuille et en laissant tomber sur le plancher les morceaux. Puis, elle me tendit la plaquette.

Nous partîmes ensemble. Couple insolite traversant sans hâte le parc Cismigiu : Isabelle faisant tourner à chaque pas autour de sa taille le chapeau blanc, et moi enfonçant, avec une adresse approximative, la canne au poignet argenté dans l'asphalte

Il faisait chaud. Les enfants jouaient dans le sable, les mères et grand-mères bavardaient et tricotaient à l'ombre, les pensionnaires installés dans les chaises alignées le long des allés lisaient les journaux ou jouaient aux échecs, quelques militaires en permission se promenaient, main dans la main, avec leurs amies passagères.

Je n'attendais rien d'Isabelle et j'étais convaincu que, dans dix, quinze minutes, elle n'attendrait plus rien de moi et que nous allions nous séparer sans trop d'explications. Elle marchait calmement près de moi, comme si elle voulait ne pas me décevoir avant d'être elle-même déçue. Cela m'était égal, évidemment. Et sa voix chaude et un peu chantée avait tout pour me plaire. Ça me plaisait aussi qu'elle écrive de la poésie. Tout autant que l'impudeur avec laquelle elle me faisait part de sa petite et décousue existence de jeune femme.

Elle venait de Moldavie et était seule à Bucarest. Étudiante en lettres et, plusieurs fois par semaine, vendeuse dans un magasin français de meubles. Caco – elle avait prononcé tout d'abord, hésitante, Cacoveanu, ensuite Bobby et enfin, avec un rire humide, Caco –, était apparu dans sa vie au début de l'année. Il voulait ouvrir un bureau et cherchait des meubles pas trop cher. Il était sorti du magasin français sans rien acheter. Mais, le même jour, de retour en soirée, il avait acheté un divan bleu. Ils avaient passé la nuit ensemble sur ce divan dans sa garçonnière louée, elle lui avait lu ses poésies et il l'avait écouté sidéré, car jamais il n'aurait pu s'imaginer que les poésies écrites par une femme puissent tant le troubler – c'est du moins ce qu'il lui avait dit, et elle avait préféré le croire. Elle s'était bien sûr dépêchée de coucher avec lui, mais les poésies et le romantisme auraient été insuffisants pour convaincre Caco de l'emmener avec lui au Canada. Il n'était pas le premier homme qui disparaissait de sa vie avant qu'elle sache vraiment s'il valait la peine ou non de l'aimer, mais l'arrivée de Caco avait ravivé son espoir de quitter le pays.

– Le printemps bucarestois te manquera, dis-je pour dire quelque chose.

– Il ne me manquera pas ! protesta-t-elle avec sa voix chaude et un peu chantée. Ni le printemps, ni la Roumanie, rien ne me manquera de ce pays ! Je le hais !...

– Pourquoi ?

– Je le hais ! C'est un pays pour les vieillards, pas pour les jeunes…

– Des vieillards, il en existe aussi au Canada, de plus en plus nombreux…

– Mais ils ne sont pas aussi méchants qu'ici. Ils ne se lamentent pas sur leur sort. Ils ne regrettent pas le communisme, ils…

Elle s'arrêta et mit le chapeau sur sa tête, le baissa pour couvrir à moitié ses yeux et sourit férocement :

– Je tuerais avec mes mains tous, tous les vieux Roumains !...

Je m'arrêtai à mon tour et appuyé sur la canne, je relevai légèrement son chapeau, pour voir ses yeux. Elle se tourna brusquement et baissa à nouveau son chapeau :

– Eux aussi veulent nous tuer !...

Possible, me dis-je, peut-être même réelle et justifiée

cette haine réciproque, mais je n'étais plus intéressé à continuer la discussion. Nous étions près de l'allée déserte qu'on voyait par la fenêtre de la garçonnière de Lisa, et j'aurais voulu rester seul. Je lui tendis la canne, dis au revoir et m'éloignai. Je pressai le pas lorsqu'elle me rejoignit, elle le pressa aussi et continua à m'accompagner en silence, frappant, furieuse, avec la canne sur l'asphalte. Quand je tournai dans l'allée déserte, quand je m'arrêtai pour chercher la fenêtre de la garçonnière et quand, enfin, je la trouvai, ému, je sentis ses doigts accrocher la manche du mon veston.

– Vous, je vous laisse en vie, j'entendis son murmure d'enfant obligé de reconnaître sa faute, et elle me tendit la canne.

Nous montâmes ensemble et, au moment où je mis les deux pieds sur la même marche avant de monter la suivante pour de nouveau m'arrêter, Isabelle vint à côté de moi et fit de même en pouffant d'un petit rire espiègle. Arrivés à l'étage où nous attendait l'administrateur, nos regards se croisèrent et elle s'empourpra jusqu'aux oreilles – elle était entrée dans un jeu équivoque et peut-être qu'il était trop tard pour ne pas le jouer jusqu'à la fin. Son intuition de femme ne l'avait pas trompée : jadis, Lisa et moi nous montions l'escalier de la même manière, en retardant rieurs l'instant où nous allions nous jeter sur le lit et laisser nos désirs se déchaîner.

Les questions exactes et méfiantes de l'administrateur – un des vieillards querelleurs qu'Isabelle aurait tué avec ses mains –, la compréhension difficile des papiers écrits en anglais anéantirent l'équivoque érotique qui s'était insinuée entre Isabelle et moi ; elle redevint une enfant sans défense et moi un monsieur d'un certain âge qui n'osait plus avoir envie d'une jeune femme qui n'avait plus envie de lui.

L'héritier que j'étais – le mot me fit frémir –, n'aurait

pas dû s'interroger de vive voix sur la raison pour laquelle Lisa avait acheté la modeste garçonnière d'un édifice qui allait s'effondrer au premier tremblement de terre, mais je le fis, je crois, candidement afin que l'administrateur et Isabelle ne s'imaginent pas que je ne savais pas prendre les choses comme elles étaient et éventuellement me réjouir de ma chance.

— Il a résisté à tous les tremblements de terre, il résistera à d'autres, dit l'administrateur en ouvrant la porte.

Isabelle y entra après m'avoir demandé la permission avec un petit sourire, et moi je restai sur le palier avec l'administrateur pour payer les arriérés pour l'entretien et les sommes dues à la femme qui nettoyait une fois par mois la garçonnière depuis qu'elle avait été achetée ; il s'en alla avec un sourire méchant aussitôt le bakchich, substantiel, en main.

Lisa avait su ce qu'elle me laissait en héritage : l'illusion de l'éternel retour ! Vingt-six ans auparavant, quand j'avais franchi pour la première fois le seuil de la garçonnière, je m'étais arrêté dans le hall étroit et obscur frappé jusqu'au profond de moi-même par l'arôme fort de pulpe de noix crues. Lisa s'était glissée près de moi, frôlant fugitivement avec ses doigts ma tête chauve dont les policiers m'avaient dotée dans leur lutte contre le cosmopolitisme, et je l'avais trouvé au lit, nue...

Quand j'enlevai les draps poussiéreux qui couvraient les meubles, je me rendis compte que le temps s'était figé vingt-six ans plus tôt. Le même arôme vertigineux de pulpe de noix crues, les mêmes murs peints en bleu, la même armoire lourde et sombre que j'avais montée par l'escalier avec le père de Lisa, les mêmes livres dans la bibliothèque, les mêmes flacons de parfum sur les étagères, le même canapé à deux places, les mêmes tableaux abstraits signés par un ami mort dans un accident, la même table ronde et les mêmes deux chaises montées elles aussi par l'escalier à bout de bras, le même rideau fleuri cousu par la mère de Lisa, le même tapis acheté avec Lisa l'année où le grand activiste du Parti, dont j'avais porté le portrait lors de quelques défilés à la gloire du communisme, nous avait fait cadeau de l'appartement d'un fuyard vers la France et dans lequel nous avions tout déménagé. Si mon cousin avait sauvé le buffet massif, acheté plus tard, les Gitans du quartier s'étaient ramassés avec rien après que le fuyard, de retour, eût regagné l'appartement vidé par Lisa pour reconstituer la garçonnière telle qu'elle était vingt-six ans auparavant. C'était elle, Lisa, qui manquait pour que l'illusion de l'éternel retour soit parfaite.

Sourde aux bruits des draps enlevés, sourde à ma présence fébrile, chapeau sur la tête, Isabelle regardait l'allée déserte par la fenêtre ouverte. Quand je m'assis enfin et allumai une cigarette, elle se tourna, me considéra quelques instants avec son sourire féroce, abandonna le chapeau sur le dossier d'une chaise et sortit.

– Je vous attends en bas…

Elle ne m'a pas attendu. L'administrateur était sur le trottoir, devant l'entrée. Les mains dans le dos et les yeux fixés sur la pointe du soulier avec lequel il frappait, acharné, les touffes d'herbe qui avaient crevé l'asphalte.

– Effrontée comme une gitane la fille qui était avec vous…

– Faut pas la prendre au sérieux.

– Vous ne vivez pas au pays, vous ne connaissez pas les jeunes d'aujourd'hui !... Votre nom me dit quelque chose, mais je n'arrive pas à me rappeler exactement quoi... Victor Victor…

– Le cocu de la nation, ne vous tourmentez plus.

– C'est donc vous ! dit-il, content.

– C'est moi.

– Il y avait plus de gaieté au pays dans ces années-là... Il leva son pied en l'air, prêt à frapper la mauvaise herbe : Alors, qu'est-ce que vous allez faire avec la garçonnière ? Prendre demeure, vendre, louer ?

— Je ne sais pas encore.

— Faites-moi signe quand vous le saurez, dit-il en coupant l'herbe d'un coup de pied. Et n'oubliez pas de m'apporter les papiers traduits en roumain.

XV

Je flânai plus d'une heure au centre-ville. Je regardai les passants, les vitrines des magasins aux enseignes en anglais et aux prix faramineux, les vieilles femmes en noir qui faisaient la manche, les estropiés qui mendiaient aux feux rouges, je m'arrêtai pour contempler un cortège officiel avec des policiers à moto qui ouvraient et fermaient la route, et je pris mon temps près du siège du gouvernement où, entourés par une clôture métallique et surveillés par des policiers en tenue de combat, quelques dizaines d'ouvriers gueulaient contre la privatisation de leur usine ; c'était plus triste qu'à Montréal de voir la révolte de ces prolétaires roumains qui, treize ans auparavant, se trouvaient encore – du moins en principe –, au pouvoir. J'achetai ensuite quelques journaux et, installé sur une petite terrasse vis-à-vis l'hôtel Ambassador, je pris un café.

Je redécouvris la presse roumaine avec le sentiment d'avoir plongé dans une flaque d'immondices. Rien n'avait vraiment changé depuis mon départ : misère politique, économique, sociale, morale ; faits divers détaillés jusqu'au scabreux : viols, drogues, prostitution, vols, accidents, corruption…

Un pays à haïr. Non, pas un pays, un lieu maudit et nauséabond à fuir et à oublier. Mon dégoût du monde n'était qu'une gâterie d'intellectuel fin à l'égard de la vomissure putride des scribouillards rendus au faîte de leur prosternation aux pieds du Messie à mille têtes – le « vrai capitalisme », l'Amérique, l'Occident, la richesse, l'OTAN, l'Union européenne… – qui, pendant mon absence, avait rebondi avec plus d'insolence, avec plus de voracité. Cette malveillance postrévolutionnaire m'avait toujours interpellé par sa violence viscérale et chaotique. Compréhensible en quelque sorte douze années plus tôt, quand le délire de la chute du communisme avait mis sens dessus dessous les âmes et les esprits, en laissant paraître autant de noblesse que de vilenie humaines, la haine du pays avait perduré, elle était plus fraîche que jamais et sa capacité de salir et de détruire sciemment et tenacement s'était accrue. De toute évidence, elle était devenue une marque de commerce, une vertu, une profession payante dans laquelle se vautraient autant les anciens domestiques du communisme, qui avaient changé du jour au lendemain d'allégeance, que les jeunes loups scribouillards attirés comme les moustiques par la lumière du capitalisme ; dans les années 1950, la lumière venait de l'Est, aveuglante, au début du troisième millénaire elle venait de l'Ouest, tout aussi aveuglante.

*

Un soir, vers la fin de la semaine de ses visites, lorsque Bobby Cacoveanu s'était tu quelques minutes, j'avais glissé quelques commentaires en marge de ses projets secrets de vengeance : chacun est en droit d'aimer ou de haïr ce qu'il veut, quand il veut et qui il veut par faiblesse ou non de caractère ou pour des motifs qui l'arrangent. Le voisin du palier, l'ex-femme ou l'ex-mari, le propriétaire du commerce du coin, le supérieur hiérarchique ou le subordonné, la télévision, la police, le communisme, le capitalisme, les juifs, les Arabes, les homos, Bush, Poutine, Constantinescu, Iliescu... Un verre à la main, entre amis ou simples connaissances, l'homme ou la femme s'explique ou pas et on l'écoute ou pas, on se laisse ou non convaincre, on s'amuse ou on s'ennuie, l'hostilité, l'amour ou la tolérance restent dans les limites de la normalité et de la cohabitation plus ou moins paisible.

Malmenée par l'Occident et rendue par les Roumains eux-mêmes si chaotique et si déprimante, cette période postrévolutionnaire traversée par le pays a vu naître des individus rongés par le désir de vengeance publique. Ils se considèrent – ou s'imaginent d'être, même si personne ne leur a demandé – les porte-parole de l'époque d'épanouissement démocratique et capitaliste, les justiciers au devoir, les plus beaux de la nation, les Belles au Bois dormant aux joues empourprées et aux seins palpitants sous la brise de la liberté, du progrès et de la nouvel ordre du monde. Purs comme une larme, nés dans des éprouvettes et miraculeusement grandis à l'abri des tentations infâmes du monde d'hier et d'aujourd'hui, la démocratie, le capitalisme, la liberté d'expression et toutes les merveilles qui s'annoncent siéent parfaitement à leur âge d'adultes et à leur jeunesse en quête d'absolu sonnant.

Alors – avais-je continué –, ils se sentent autorisés à faire leur devoir à vomir leur trop-plein de fiel sur le pauvre pays et, accessoirement, sur quelques présumés ou réels ennemis. Qu'il se réveille ce peuple endormi et fainéant et accepte que son destin a été, est et sera toujours écrit ailleurs, par les Russes, par l'Occident, par les États-Unis ! Eux, les immaculés, ils abhorrent le communisme et portent le présent et l'avenir capitaliste du pays au bout de leurs doigts – magiciens que seules la bêtise, l'ignorance et les saloperies de ceux qu'ils haïssent empêchent de montrer entièrement leur adresse. Douze ans auparavant ils abhorraient le capitalisme et en voulaient à ceux qui doutaient de l'avènement radieux du communisme…

— Vous n'en voulez à personne, m'sieur Victor, vraiment à personne ? Aucun règlement de compte ?... Rien ?... Rien ?... Vous êtes un saint, m'sieur Victor ! J'étais un saint. En déroute, mais un saint.

*

Je finis mon café et partis vers l'Institut. Pendant vingt-deux ans, j'avais pris le même chemin à pied ou en voiture. Une rue étroite, des villas somptueuses de chaque côté, des trottoirs avec l'asphalte soulevé par les racines des mûriers et des tilleuls. Je cueillais souvent, au début de l'été, une branche de tilleul ou une poignée de mûres juteuses pour Lisa. Elle mangeait les mûres dans ma main, goulûment, ses lèvres étaient mauves quelques jours, et l'arôme douceâtre des fleurs de tilleul cachées sous l'oreiller se mélangeait délicatement avec l'arôme de pulpe de noix crues de son corps.

Le commerce minable d'Ilonca, la femme de ménage de l'Institut, n'existait plus. Je me demandai stupidement si les arbres m'avaient reconnu. Et je m'arrêtai brusquement. Trois hommes et une femme descendaient, pressés, les marches de l'entrée de l'Institut. Une vieille Dacia les attendait, mais le chauffeur avait disparu. Intrigués, les trois hommes et la femme tournèrent leurs regards vers le portier Ilarie qui, sorti au soleil, leva un instant, fataliste, sa casquette.

Étrangers, sans doute, les quatre. Toujours pressés, il fallait que ça se sache. La femme monta devant et les hommes prirent place en arrière de la voiture après quelques politesses. Le chauffeur, nul autre que le directeur de l'Institut, fit enfin son apparition en vacillant sous ses jambes courtes, et lorsque la voiture s'éloigna,

Ilarie enleva sa casquette, cracha discrètement et étendit méticuleusement le crachat avec sa semelle.

La villa de deux étages, où l'Institut fonctionnait depuis sa création, avait appartenu avant-guerre à un banquier sans héritier, car personne ne l'avait revendiqué après la Révolution. Beaucoup d'étrangers qui débarquaient pendant les années où j'étais encore au pays s'étonnaient que l'horrible régime communiste eût montré tant de considération pour le lieu de travail des chercheurs, mais aucune explication ne leur semblait convaincante ; j'étais alors parmi ceux qui, prosternés, larmes aux yeux, aux pieds du Messie à mille têtes, imploraient le salut du pays.

Sa casquette pendue au bout de ses doigts, Ilarie descendit les marches et me serra contre sa poitrine. Je l'embrassai à mon tour, ému. Il me libéra un instant, recula d'un pas, essuya avec le dos de sa main ses larmes et son nez, me mesura de la tête aux pieds et me prit de nouveau dans ses bras.

– Que je suis si content de vous voir, Monsieur Victor, quel bonheur que vous ne m'ayez pas oublié !... J'ai failli ne pas vous reconnaître, si blême et aussi fier que la dame et les messieurs allemands qui viennent juste de partir au restaurant. Quel bonheur de vous revoir !...

– Pour moi aussi, Ilarie.

J'étais vraiment content de le revoir et je ne sus plus quoi ajouter. Lui non plus, d'ailleurs. Il m'offrit une cigarette – « Je me suis moi aussi adonné aux américaines, pour crever d'un cancer américain comme tout Roumain qui se respecte... » –, nous éclatâmes tous les deux de rire, prîment place sur la dernière marche de l'escalier et fumâmes en silence.

Mon collègue était parti. Sauf Ilarie, en fait, il n'y avait plus personne à l'Institut, comme toujours.

XVI

L'homme élégamment vêtu, qui était descendu d'une limousine aux vitres fumées et s'était planté devant moi dans le hall de l'hôtel, la main gauche dans la poche de son veston et la tête un peu penchée en arrière, me regardait patiemment.

– Général Gabi, dit-il pour la deuxième ou la troisième fois.

Une minute plus tard, il dit encore une fois :

– Général Gabi...

– J'ai compris, dis-je, enfin.

Sa lèvre inférieure, difforme, pendait dans une sorte de sourire d'impuissance. Il passa soudainement ses deux mains sur son visage. Délicatement, comme s'il craignait de ne pas le détruire.

– J'ai eu cinq opérations...

Caco m'avait raconté. Conseillé par ses nouveaux maîtres, le général avait abandonné pour la première fois son visage aux mains des chirurgiens quelques mois après sa traîtrise. Pour des raisons obscures, l'opération avait échoué. Six mois plus tard, une deuxième opération s'était soldée avec le même effet désastreux : voulu plus ou moins méridional et refait en conséquence, le visage du général avait inexplicablement gonflé pour se figer dans des traits mongoliens. Quelques mois et quelques jours de consultation après, le grand spécialiste sollicité en urgence, était arrivé à la conclusion que la monstrueuse métamorphose des yeux, des pommettes, de la bouche et du menton était définitive et il s'était concentré sur la lèvre inférieure du général. Plus charnue que la lèvre supérieure, elle pendait légèrement depuis la naissance du futur général et faisait partie de ses charmes indiscutables ; je me souvenais parfaitement du cadeau secret et agréablement empoisonné offert par Lisa à mon arrivée à Montréal : la photo du séducteur mâle roumain à la fleur de l'âge pour lequel elle m'avait quitté. Il était difficile d'imaginer que sous le scalpel du grand spécialiste la lèvre inférieure du général allait prendre tant de poids, que tenir la bouche fermée et empêcher la salive de couler sur son menton étaient devenus un calvaire, mais c'est exactement ce qui lui était arrivé.

Les Américains avaient acheté sa traîtrise avec beaucoup d'argent, mais le général devait sa fortune à l'incompétence des cinq chirurgiens qui lui avaient massacré le visage ; une sixième opération l'aurait rendu encore plus riche, mais il en avait eu assez de se faire défigurer.

– C'est moi qui vous ai laissé les deux messages, dit-il. Vous avez oublié, à Bucarest tout le monde connaît tout le monde et les secrets n'existent pas.

Et, après quelques instants, comme une concession :

– Malgré tout ce qui s'est passé, Ron Wolf a gardé une certaine sympathie pour vous…

– Je ne pourrais dire la même chose.

– C'est compréhensible.

– Je croyais ne plus l'intéresser.

– Pour un professionnel du renseignement comme Ron, l'intellectuel que vous êtes, floué par l'Histoire, sera toujours une mine d'or…

– Je ne suis pas un cas spécial, l'Histoire a depuis toujours floué les intellectuels.

– Il sera content d'apprendre qu'au moins sur cette question vous pensez la même chose.

Nous aurions pu continuer à faire les intelligents encore longtemps, mais il était évident que le général avait tenu à me rencontrer pour toute autre chose et, comme il était devant moi et que je n'avais rien d'important à faire jusqu'au lendemain, j'acceptai sans façon son invitation de continuer la discussion dans un endroit plus convenable.

Je le suivis dans la rue, où l'attendait la limousine aux vitres fumées. Avant que le chauffeur en costume bleu marine ouvre la portière, le général passa à nouveau ses mains sur son visage, avec la même délicatesse que la première fois ; cette fois-ci, j'allais immédiatement comprendre, pour cacher son regard subitement trouble.

– Je veux vous montrer où, apparemment, elle a logé quelques semaines plus tôt... si vous n'avez rien contre...

Il n'attendit pas ma réponse et monta en face de moi. Lorsqu'il me vit assis, le chauffeur poussa la portière avec grand soin, comme le faisait – je me souvenais – le chauffeur de Ron Wolf, mais pas avec la même dextérité, parce que le bruit déplut au général qui resserra les épaules et se raidit, le regard fixé en avant. D'ailleurs, il ne bougea plus de tout le trajet. Nous étions près l'un de l'autre, trop près pour ne pas être tentés de nous sauter réciproquement au cou.

Nous arrêtâmes devant une villa récemment construite dans le quartier aux rues avec de noms de capitales du monde entre deux villas grisâtres d'avant-guerre, il m'indiqua sans parler, avec des gestes courts de la main, et sans se tourner, un petit balcon à moitié occupé par une installation d'air conditionnée, puis une fenêtre et encore une, les deux sans rideaux.

Un appartement assez grand au premier étage d'une villa sans aucune prétention architecturale, peinte en orange, la couleur à la mode dans la ville, dans lequel Lisa avait peut-être logé quelques semaines plus tôt – ce fut tout ce que je pus me dire. Le chauffeur démarra lentement, pour me laisser probablement le temps d'apprendre par cœur les alentours et pour y voir clair, sans émotion, s'il ne le faisait éventuellement chaque fois que le général passait par là.

Nous sortîmes sur le grand boulevard qui menait à l'aéroport, dépassâmes la fontaine et la villa Mioritza – elles étaient toutes deux en ruine depuis une éternité –, tournâmes à droite dans la forêt qui cachait le lac Herastrau, dépassâmes une barrière promptement soulevée par un policier armé et arrêtâmes enfin au stationnement d'un édifice coquet, fraîchement rénové, sans étage, sans doute pour passer inaperçu. C'était peut-être un des magasins destinés aux diplomates – quelques Mercedes portaient sur leurs plaques minéralogiques les majuscules CD, en bleu –, mais je suivis le général sans poser de questions.

Deux minutes plus tard, nous étions carrés dans des fauteuils en cuir, à une distance respectable, d'un côté et de l'autre d'une table basse, dans un salon privé d'un restaurant apparemment désert à cette heure-là, près d'une fenêtre qui s'ouvrait sur une terrasse, vers la forêt et vers l'eau sombre du lac Herastrau. Une jeune femme, qui ressemblait plutôt à une gouvernante anglaise, avait déposé sur la table petits fours, verres, boissons, glace, cendriers et cigares ; le général y était un habitué et ses préférences étaient connues.

L'appartement de la villa où Lisa avait, ou non, logé était loué pour un an par un bureau parisien, qui travaillait surtout avec des compagnies étrangères; impossible d'obtenir la moindre information supplémentaire. Le seul locataire vu quelques semaines plus tôt, en plein hiver, aurait été Lisa. La même femme, avait appris le général, aurait visité plusieurs fois les ambassades de

Russie et de Norvège. Les photos et le film faits plus tard montraient une femme grande et souple, vêtue d'un manteau de fourrure de renard argenté dont la cape généreuse cachait gracieusement son visage. Lisa ou une autre femme, le général ne pouvait pas trancher, mais il se rappelait lui avoir fait cadeau de cette fourrure en renard argenté, achetée en Russie, quand ils habitaient encore aux États-Unis, à un de ses anniversaires. Mais il se souvenait aussi qu'elle ne l'avait revêtue qu'une seule fois, le soir de son anniversaire, et alors seulement pour quelques minutes, pour lui faire plaisir. D'ailleurs, après qu'ils se soient définitivement installés à Montréal, la fourrure avait disparu ou, plus exactement, le général ne l'avait plus trouvé parmi celles confiées l'une après l'autre à une compagnie spécialisée dans l'entreposage – obligation qui lui revenait et qu'il bâclait souvent.

Ce qui, en regardant longuement les photos et le film, l'avait fait quand même croire qu'aucune autre femme que Lisa n'aurait été capable de dissimuler avec tant de grâce féminine son identité, avait été un détail qu'elle avait considéré moins important ou, que, par coquetterie, elle avait négligé : le monogramme de son sac à main, dessinée par le général, les trois lettres tournées en or massif, LPK, Lisa Pavlovitch Komarovsky, que même le célèbre maroquinier italien avait trouvés d'un goût parfait. Contacté, l'Italien en avait expédié depuis peu une copie en laiton, mais la comparaison avec l'original, altéré par l'objectif de l'appareil photo et de celui de la caméra, n'avait pas été concluante.

– Voilà, dit le général, vous en savez maintenant autant que moi et que tout Bucarest sur sa possible présence ici. Vous arrivez trop tard… ou trop tôt si vous êtes décidé à attendre sa réapparition… Si vous voulez voir les photos et le film…

– Je vous crois sur parole.

J'aurais dû le remercier, mais les mots avaient refusé

de sortir de ma bouche. Je n'avais, en réalité, rien d'autre à dire et, du moins pour le moment, le général non plus. Enfoncé rigidement dans le fauteuil, la tête penchée un peu en arrière pour atténuer la boursouflure mongolienne de son visage et la proéminence difforme de sa lèvre inférieure, il regardait attentivement ses ongles.

Je les regardai à mon tour. Roses, féminins, égaux et finement coupés. Il les regardait peut-être afin que je regarde les miens, à des fins de comparaison. Devant lui ou plus tard. « Mains de progéniture de tapissier du chemin de fer », murmurait jadis Lisa frémissante sous leurs caresses. Mais peut-être que regarder ses ongles n'était, pour le général, qu'une manière consommée de laisser ses interlocuteurs s'égarer dans de considérations farfelues et ainsi les déstabiliser sans trop d'efforts.

Quoi qu'il en soit, en regardant ses ongles, je sus exactement pourquoi je l'avais suivi : pour l'étrangler. Et je prenais mon temps pour ne pas le rater par trop d'impatience. À vrai dire, il n'aurait eu aucune difficulté à me mettre en miettes, car si les Américains avaient consciencieusement défiguré son visage ils n'avaient pas touché à ses muscles et à sa stature de soldat, mais il aurait été humiliant de ne pas au moins essayer.

J'allumai une cigarette. D'un certain point de vue, nous étions tous les deux quittes : il avait pris ma femme, je lui avais pris sa femme. Je le savais, il le savait tout aussi bien. Qu'il fût question de la même femme qui nous avait laissé croire dans nos étoiles de mâles, était, dans le pire des cas, un accident grotesque et au mieux, un hasard. Lisa n'avait aucun motif de ne pas vivre en toute quiétude son triomphe de femme aimée ; le seul reproche que nous puissions lui faire, le général et moi, les seuls hommes peut-être qui avaient vraiment compté dans sa vie, était qu'elle n'ait pas pris soin d'éviter que nous nous trouvions un jour face à face. Si cette rencontre n'était ni un accident grotesque, ni le fait du hasard, alors nul autre que moi n'aurait pu être coupable sans appel de s'être laissé à nouveau entraîner par pure acrobatie spirituelle dans une situation inextricable.

J'éteignis la cigarette consommée à moitié et me levai :

— Je crois que nous nous sommes dit tout ce que nous avions à nous dire...

— Non, non, protesta le général, soyez raisonnable ! J'attendais depuis longtemps de vous connaître, vous aussi probablement, nous ne savons pas trop de choses l'un sur l'autre... Enfin, j'en sais davantage sur vous que vous sur moi... Prenez quelque chose.

Je repris place et allumai une autre cigarette. Il se redressa dans le fauteuil, prit un cigare et le tourna longuement entre ses doigts aux ongles finement coupés.

Nous fumâmes en silence. Il tenait le cigare entre le pouce et l'index de sa main gauche, près de ses lèvres, et aspirait et respirait la fumée dense et parfumée à intervalles réguliers, comme un jouet programmé. Ce recueillement sur la tombe de nos souvenirs de la femme que nous nous étions volée l'un à l'autre était si ridicule et si attendrissant que le désir de l'étrangler me quitta brusquement.

— Je veux être sincère avec vous.

— J'ignore à quoi ça peut servir, mais soyez-le mon général !

XVII

Il fut sincère. Certainement, autant que peut l'être un traître, fut-il à la retraite.

Il avait quitté Montréal pour Paris après la mort annoncée de Lisa, mais les seuls résultats de ses tentatives timides de réconciliation avec Angela furent la reconnaissance officielle de sa paternité et les frais afférents.

– Angela est la seule femme que j'aie payée dans ma vie d'homme, je ne peux pas m'expliquer autrement pourquoi ma fille ne ressemble qu'à elle…

Il avait pris la décision de rentrer définitivement en Roumanie à condition que sa condamnation à mort soit révoquée et que lui soient rendus son grade et ses biens desquels il avait été dépossédé. Les négociations prirent du temps et il avait eu aussi besoin de temps pour s'habituer avec la pensée de vivre comme un étranger parmi les siens, parce qu'il était exclu de rendre public que, sous sa nouvelle apparence, se cachait en réalité l'ancien général des services secrets qui avait prévu, par sa traîtrise, la chute du communisme ; le bon peuple roumain – il avait dit exactement : « le bon peuple roumain », compatissant –, encore hébété par la Révolution n'était pas prêt à l'accepter dans le panthéon de ses légendes fondamentales sans questions embarrassantes.

La duplicité ne l'avait jamais incommodé – c'était

dans sa nature et la profession l'avait ciselé jusqu'à ne plus comprendre lui-même les limites. Ce qui l'incommodait, par contre, c'était le sentiment de plus en plus fort que, depuis la chute du communisme, son existence était devenue risible et que son retour définitif au pays n'était plus que l'acceptation du sombre commencement de la fin de la vie.

En attendant le jour où il allait être officiellement déclaré héros de la nation, les autorités avaient mis à sa disposition un appartement et une limousine avec chauffeur. Il ne sortait que rarement dans la ville, et pour peu du temps, et toujours en voiture. Non qu'il ait honte de son visage, mais parce que la curiosité des autres le fatiguait énormément. Il végétait ainsi en écoutant de la musique ou en lisant, mais la plupart du temps en ne faisant rien que végéter. Par mélancolie et par peur de faire une dépression, il s'était mis à écrire ses mémoires. Mais trop de personnes impliquées étaient encore en vie ou encore bien placées pour qu'il ait l'espoir de les achever et de les publier éventuellement sans aucun risque ; la médaille et les honneurs de héros de la nation qu'on lui préparait et qu'il entendait accepter comme une récompense tardive et tout aussi risible que son existence pour le bien fait au pays, n'étaient pas en mesure de le protéger suffisamment.

— Vous pouvez vous consoler avec la reconnaissance éternelle des Américains…

Le général crispa la bouche dans un sourire d'impuissance :

— Ils sont comme ça, les Américains et rien ne les changera. Ils aiment payer pour se faire haïr, c'est leur fatalité…

Lorsqu'il quittait l'appartement, c'était le plus souvent pour se réfugier dans le salon privé du restaurant où nous nous trouvions. Calé dans un fauteuil devant la fenêtre, il contemplait sans penser la terrasse, la forêt et le lac Herastrau. C'est ici qu'il avait amené pour la première et la dernière fois Lisa – il n'avait pas prononcé son nom, il avait dit : « C'est ici que je suis venu avec elle… » – le jour où ils avaient pris soin de leurs ongles. C'était son seul souvenir du pays et le restaurant était le seul endroit qui avait résisté au temps : les mêmes fauteuils, la même table, la même jeune gouvernante anglaise, inexpressive et muette, qui connaissait ses goûts, les mêmes diplomates qui se retiraient discrètement dans leurs salons privés ; le salon de coiffure de l'Athénée Palace n'était plus reconnaissable après la rénovation de l'hôtel et son rachat par la chaîne Hilton. Là, devant la fenêtre, les fauteuils collés, ils avaient conclu l'entente qui faisait de moi le cocu de la nation. Ces mots furent en fait :

– Aucun homme ne rencontre deux fois dans sa vie un tel moment magique et sublime de communion totale avec une femme…

Je pouvais aussi lui raconter mes moments magiques et sublimes de communion totale avec Lisa – la vie avait été plus généreuse avec moi –, l'inviter dans la garçonnière héritée et finir avec lui comme de bons amis qui se prennent réciproquement en pitié.

Il se taisait, perdu dans ses souvenirs. Il ralluma le cigare éteint, se versa un peu de whisky, balança légèrement le verre pour faire fondre les glaçons et sirota quelques gorgées, sa main libre couvrant sa bouche.

– Vous ne prononcez jamais son nom.

– Le chauffeur vous ramène, dit-il sec, comme un ordre. Et, quand je fus près de la porte, sans se mouvoir et sur le même ton de commande : J'ai lu votre bouquin sur les souvenirs des luttes ouvrières… remarquable pour les années où vous l'avez écrit…

J'avais été un soldat récalcitrant et, durant les quelques mois passés en uniforme, j'avais plusieurs fois failli être envoyé devant la Cour martiale. Le ton sec du général m'avait paralysé à un pas de la porte comme si je me trouvais de nouveau devant le sergent analphabète qui arrachait les boutons de mon uniforme sous prétexte qu'ils étaient mal cousus.

– À quoi bon aller à l'Université si tes boutons tombent ? maugréait-il.

Il avait raison, l'Université ne me servait à rien, car je recousais les boutons arrachés si maladroitement qu'ils restaient entre ses doigts dès qu'il les tordait. C'était une brute, mais le jour où j'avais attaché les boutons avec un seul fil et qu'il les avait cueillis sans presque les toucher, son visage s'était éclairci et, après quelques instants de perplexité, avait éclaté de rire et lancé son poignet dans ma poitrine :

– T'as pigé ce que je voulais, espèce d'intellectuel emmerdeur !

Pendant deux jours, il avait fait avec moi des exercices de reptation, mais ensuite il n'avait plus touché à mes boutons.

Je fis demi-tour, repris place dans le fauteuil, remplis mon verre avec whisky et le vidai d'un trait.

– Mon grand-père maternel a été tué lors des grèves des Ateliers Grivita en 1933, dit le général surpris par mon revirement, mais visiblement disposé à me fournir d'autres détails sur son grand-père gréviste.

Il m'avait sous-estimé, comme le sergent, sa famille entière aurait pu être fusillée lors de toutes les luttes ouvrières d'avant-guerre. Ma volte-face avait une autre explication, il me fallait seulement un peu du temps pour clarifier mes pensées et trouver les bons mots. Je remplis à nouveau mon verre et voulus le vider, mais après la première gorgée l'alcool me monta brusquement à la tête et j'abandonnai hésitant le verre sur la table.

– Non, sérieusement, mon général, je balbutiai pris de vertige, je ne sais pas qui d'entre nous deux est plus ridicule que l'autre, mais, certainement, nous sommes tous les deux vraiment ridicules.

Il éclata de rire. Enfin, son visage caché par son verre et par sa main libre, il éructa quelques sons qui me semblèrent tenir d'un rire sincère.

– Vous voulez dire qu'au lieu de nous sauter réciproquement au cou comme deux vrais mâles qui ont tous les motifs de se détester, nous nous disputons comme deux mômes la même femme découverte dans une revue ?

– Quelque chose comme ça, articulai-je avec difficulté.

– Vous sentez-vous bien ?

– Je suis ivre, mon général... Depuis quelque temps, l'alcool me monte à la tête plus vite qu'avant, je ne sais pas pourquoi...

– Je vous raccompagne à l'hôtel.

Il me raccompagna. Assis à côté de moi sur la banquette arrière. Tournant de temps à autre la tête pour voir comment j'allais et intimant au chauffeur de rouler plus vite. Deux petits vieux qui avaient cru dans leurs étoiles de mâles. Séparés par tout, nous n'aurions jamais eu l'occasion de nous rencontrer si Lisa n'était pas entrée dans nos vies.

Il descendit avec moi et m'accompagna jusqu'au hall de l'hôtel.

– Je vous envoie mon docteur.

– Non, merci.

– Permettez-moi de vous donner un conseil.

Je n'étais plus ivre et j'avais envie de me quereller :

– Allez-y, ça ne compte plus.

Son intérêt pour moi se dissipa et il fut décidément brutal :

– Cacoveanu n'est pas un individu fréquentable à Bucarest. Et, tournant sur ses talons, comme un militaire : Il n'est, en fait, nulle part fréquentable !

XVIII

J'avais quitté l'hôtel dans la soirée et m'étais installé tant bien que mal dans la garçonnière. Je regardais mélancoliquement par la fenêtre l'allée déserte du parc Cismigiu quand l'administrateur entra sans frapper.

– L'effrontée qui était avec vous ce matin est en bas et veut vous parler. C'est un bloc de personnes sérieuses, dit-il encore, en descendant avec moi. Peut-être avez-vous oublié, mais il existe encore des personnes sérieuses dans ce pays...

Je profanai pour la deuxième fois la garçonnière de la jeunesse de Lisa et de la mienne, mais la journée avait été trop épuisante pour ne pas chercher dans la fraîcheur retrouvée et inattendue d'Isabelle un peu de réconfort et même davantage si c'était possible. En la revoyant devant l'entrée du bloc si abattue que son sourire féroce à l'adresse de l'administrateur semblait plutôt une grimace d'enfant gâtée j'eus une envie éhontée d'elle. Mais je n'aurais pas eu le courage de la prendre par la main et de l'entraîner pressé et silencieux dans l'escalier si l'administrateur n'avait pas compris ce qui se passait avec moi et n'avait pas crié, exaspéré :

– Si vous ne m'apportez pas demain les papiers traduits, je vous fais mettre dehors par la police!

Isabelle avait passé sa journée à l'Université et à la bibliothèque. Vers la soirée, rentrée à la maison, elle avait vu devant l'entrée la même voiture dans laquelle Caco avait été poussé le matin, elle s'était vite éloignée. Elle m'avait cherché à l'hôtel et, en route pour aller chez une amie qui aurait pu l'accueillir pour la nuit, elle s'était hasardée à faire un détour pour se trouver enfin face à face avec l'administrateur sorti se battre avec les touffes d'herbes qui avaient crevé l'asphalte.

– S'il n'était pas devenu rouge de colère, chuchota Isabelle en me fixant un instant avec ses yeux noirs et en croisant lentement ses jambes, je n'aurais pas su que vous étiez ici...

– Tu mens, dis-je, le regard accroché confusément à ses chevilles fines, mais c'est un beau mensonge pour ne pas le croire...

– Vous me devez protection, dit-elle, très sérieuse, je vous ai promis de vous laisser en vie !

– Tu as peut-être fait une erreur, dis-je tout aussi sérieux, ou c'est peut-être trop tard...

Elle se leva – elle s'était assise sur la chaise sur le dossier duquel elle avait abandonné le matin le chapeau de paille blanc –, vint près de moi – j'étais assis sur le canapé –, prit ma main et m'obligea à me mettre debout :

– Je n'ai pas fait d'erreur et ce n'est pas trop tard. J'ai faim, dit-elle encore.

Nous restâmes jusqu'à tard, dans la nuit, dans un bar des alentours aménagé au rez-de-chaussée d'une ancienne maison bourgeoise, plein de jeunes bruyants et agités. Nous ne parlâmes pas beaucoup, nous aurions dû crier, et rien ne changea quand Isabelle tira sa chaise près de la mienne ; j'aurais dû me coller à elle ou elle à moi pour nous entendre, mais je n'ai pas osé et elle non plus peut-être, car elle était connue et aux tables qui nous entouraient on cassait sans doute du sucre sur nos dos.

Nous mangeâmes des sandwichs au jambon et bûmes de la bière hollandaise brassée au pays. Les dizaines de haut-parleurs accrochés apparemment dans tous les coins hurlaient de la musique américaine à la mode, le téléviseur qui pendait du plafond et les bombardiers américains d'un film de guerre qui s'y éternisait, aussi.

Lorsque l'heure des nouvelles vint, nous étions trop loin pour comprendre les cris de Caco filmé sur le plateau d'une émission de divertissement, avant qu'un garde ne lui couvre la bouche et d'autres ne l'immobilisent et le fassent sortir du champ de la caméra. Isabelle se leva, mais Caco avait déjà disparu et une autre nouvelle s'ensuivit. Elle reprit place près de moi, se pencha, laissa sa petite main brûlante sur ma nuque et me dit à l'oreille :

– Je crois qu'il a perdu l'esprit.

Elle enfonça ses dents dans le sandwich avec une gourmandise d'enfant. Je me penchai, collai ma main sur sa nuque, collai ma joue à la sienne et aspirai assoiffé l'arôme de pulpe de noix crues qui jaillissait de la racine du son cou.

– Et ton départ pour le Canada ? criai-je imprudemment.

Elle frotta doucement son visage qui sentait la moutarde et le jambon au mien. Je m'éloignai, en gardant ma main sur son cou, et déplaçai la chaise afin de pouvoir la regarder de profil et, si je lui faisais tourner délicatement la tête, d'en face ; dans l'agitation et la cacophonie assourdissante du bar, c'était tout ce que je pouvais faire pour l'approcher et, en même temps, l'éloigner de moi.

Vue d'en face, entre deux bouchées de sandwich, quand son sourire féroce fleurissait involontairement sur ses lèvres, elle était une étrangère incroyablement jeune qui voulait tuer les vieux et fuir à tout prix le pays. Vue de profil, avec ses cheveux noirs noués en arrière des oreilles avec des barrettes dorées, comme lorsque je l'avais vue pour la première fois le matin, elle était la poétesse qui, dans ses rêves purs, maudissait la laideur du monde ; j'aurais aimé la serrer longuement dans mes bras et lui faire l'amour avec la ferveur d'un autre âge.

Je ne savais pas si, à son tour, elle me regardait ou non ; elle semblait plutôt ne pas me voir, si éventuellement son regard glissait sur moi pour s'arrêter sur un des jeunes attablés près de nous.

Je n'avais aucune idée comment aller finir la soirée et ne voulais d'ailleurs pas m'en faire. Je n'étais pas tombé subitement en amour, je me disais que je la protégeais d'un danger – auquel, en fait, je refusais de penser, car incapable de le comprendre ou de le sentir – et que les quelques heures de coquetterie étaient tout ce qu'elle pouvait donner à un vieux qu'elle s'était décidée à garder en vie.

XIX

Je buvais de la bière et, en la regardant tantôt du profil, tantôt de face – elle semblait ronronner de plaisir chaque fois que je bougeais délicatement sa tête –, je me demandai si les jeunes d'aujourd'hui (du début du troisième millénaire) étaient différents de ceux de ma génération. Seul le futur comptait pour eux ; pour ma génération aussi, pour tous les jeunes, en fait, depuis toujours et pour toujours aussi. Le passé n'existe pas ou très peu, et sans prégnance, et le présent dans la mesure où ils s'imaginent qu'il a une incidence sur le futur. Un futur tout autant fastueux qu'illusoire.

Le dégoût et les désillusions étaient depuis toujours et pour toujours le privilège guère enviable des vieux. Ils allaient vieillir aussi un beau jour, mais ce jour-là leur semblait si lointain que le temps d'y penser leur manquait.

Dans mes années de jeunesse, les filles étaient tout aussi belles, quelques-unes écrivaient des poèmes, d'autres rêvaient d'être comtesses ou de se marier avec des Arabes ou des Noirs venus étudier en Roumanie comment faire la révolution communiste. Il y avait aussi des fidèles et des infidèles, et les garçons passaient virilement et avec des souffrances minimes d'un amour à l'autre et, lorsqu'ils succombaient définitivement, ils étaient déjà adultes et savaient tout et rien sur les femmes.

Dans mes années de jeunesse, la bière n'était pas hollandaise et brassée au pays sous licence, mais elle avait le même goût amer, et le jambon et le pain étaient meilleurs, car le fumage artificiel et les boulangeries industrielles n'existaient pas encore. Coca-Cola était une boisson impérialiste, mais on en trouvait parfois dans les commerces Pepsi-Cola pour satisfaire nos passagères minauderies cosmopolites. Le whisky s'achetait seulement avec des devises, dans les magasins spéciaux, et il coûtait très cher dans le seul bar de Bucarest, le Berlin, accessible aux jeunes. Toujours presque désert, le bar. Et ennuyeux lorsque Petru Dumitriu, grand écrivain dans les grâces du Parti, n'était pas là accompagné de belles femmes et tenant en laisse son labrador qui bavait sous sa muselière ; même après sa fuite inexplicable en France, le parfum de ses maîtresses y avait longtemps flotté dans l'air et fait rêver.

Nous n'avions pas le droit de voyager en Occident pour nettoyer ses toilettes ou cueillir ses fraises – occupations en vogue chez les jeunes et moins jeunes d'aujourd'hui rendus hystériques par l'envie de colorier leur existence du jour au lendemain afin qu'elle soit identique aux publicités vomies par la télévision. Nous avions, par contre, le droit et peut-être même le devoir de rebâtir un pays dévasté par la guerre. Ce qui s'était passé avec le romantisme de rigueur, à jamais anéanti par la sanglante mascarade révolutionnaire de décembre 1989, comme d'ailleurs l'amour de la patrie.

Nous ne pouvions pas conspuer le Parti et le communisme de vive voix, mais nous le faisions entre amis, au risque d'avoir parmi nous des délateurs par vocation ou par faiblesse d'esprit et de nous faire taire longtemps.

La pornographie nous était inconnue, mais personne

ne se plaignait de ne pas savoir comment faire l'amour. Les homosexuels, si on en avait au pays, vivaient discrètement leur malformation, et les drogues et le chômage définissaient le même monde étranger et lointain que l'Histoire n'allait pas tarder à enterrer. La vie était belle alors. Aussi belle qu'elle peut l'être lorsqu'on est jeune. Les vieux ne butaient pas sur nos chemins et nous ne voulions pas les tuer, car eux non plus ne voulaient pas nous tuer. Nous vivions purement et simplement ensemble, nous ne précédions et ne suivions les uns après les autres dans une sorte de fatalisme douceâtre et truculent nourri depuis toujours et pour toujours par la malédiction géographique et historique du pays dans lequel nous avions vu le jour.

J'avais été, peut-être, trop longtemps absent du pays. Peut-être aussi que le monde roumain s'était résumé des années et des années pour moi à l'obsession du chaos de ma propre existence. Peut-être, enfin, que je n'étais plus qu'un de ces vieux qui avaient laissé aux jeunes un pays sinistré et politiquement abject et dont le seul avenir était le capitalisme sauvage d'importation, et d'autres jeunes qu'Isabelle avaient raison de désirer ma mort.

Isabelle avait grandi et étudié dans la transition chaotique et gluante des treize dernières années, quand ce que ses parents – des petits fonctionnaires – savaient sur la vie et le monde ne lui avait été d'aucun secours ; quand les bassesses économiques, politiques, intellectuelles et professionnelles auraient pu la perdre pour toujours.

Elle avait ainsi grandi presque seule et la poésie l'avait sauvé des singeries afro-américaines et euro-atlantiques. Elle n'avait pas de tatouages sur la peau, ni d'anneaux dans le nez et sur sa langue ou ailleurs. Elle avait la tête sur les épaules et son regard n'était pas embrouillé par les drogues et par l'impuissance, elle voyait bien les misères du pays, en rien différentes des misères crachées dans l'éther et en écrit par les missionnaires zélés des résidus de l'obligatoire civilisation d'importation. Elle avait, d'ailleurs, aux frais d'une fondation spécialisée dans la promotion universelle du capitalisme, vu de ses propres yeux l'Europe occidentale de carte postale à l'usage des primitifs à peine sauvés du communisme et se serait cachée dans un container pour traverser l'océan et forcer les portes du paradis nord-américain si quelqu'un l'avait convaincue qu'au paradis elle pourrait encore écrire ses poèmes.

Le monde était laid partout. La politique roumaine, ses bouffons tristes, simplets, mystiques et piteux ne l'intéressaient guère. Les chacals qui avaient fait main basse sur le pays, non plus. Les promesses électorales et la richesse des chacals ne lui tenaient lieu ni de téléphone mobile, ni d'argent de poche pour ses petits et grands caprices vestimentaires, ni pour sa vie de tous les jours. Ses intérêts étaient immédiats, élémentaires, pragmatiques. Mais elle savait que dans la jungle du monde d'aujourd'hui et de demain seuls les plus forts survivraient, et elle croyait en faire partie. Elle savait tout aussi bien que la solitude dans laquelle elle avait grandi l'accompagnerait toute sa vie, que personne ne payerait à sa place et que personne n'apaiserait ses souffrances. Elle haïssait, bien sûr, les vieux, car ils ne lui avaient été et ne lui étaient d'aucun secours ; elle les haïssait pour leur indolence, leur rancune, leur dérision et leur fatalisme atavique. Elle les haïssait et les tuait avec ses mains dans chaque vers couché sur papier.

– Alors, pourquoi veux-tu quitter le pays ? Nulle part qu'ici tu n'auras cette chance de détruire tout ce qu'il faut détruire, fut-il par écrit, de ce monde laissé par les vieux et en bâtir un autre…

Le bar s'était presque vidé et nous pouvions nous entendre sans crier. Maintenant, elle se taisait têtue, la pointe de ses pouces glissant d'une main à l'autre sur ses ongles coupés jusqu'à la chair.

— Peut-être, dis-je presque paternellement, peut-être que Caco t'a vendu pour rien un rêve qui ne te sied pas. C'est sa spécialité, la vente...

— Il m'a raconté beaucoup d'histoire, dit-elle, en chuchotant.

— Moi aussi j'ai raconté jadis des histoires à une femme. Différentes, mais des histoires...

— Je sais. C'est pour cela que je vous ai laissé en vie... pour que vous me les racontiez à moi aussi...

Le bar ferma à minuit. Il faisait froid dehors et, lorsque je mis mon veston sur ses épaules, Isabelle m'enlaça et se serra contre moi. J'arrêtai un taxi et ouvris la portière, pour qu'elle monte, mais elle se serra encore plus fort contre moi.

— Tu fais une bêtise, dis-je avec douceur et en essayant sans conviction de l'éloigner, tu vas la regretter demain matin...

XX

C'était samedi et mon cousin m'attendait pour souper en famille. Je téléphonai pour annoncer que je serai en avance, afin que nous puissions discuter tranquillement.

– Quel est ton problème ?

Depuis que je le connaissais, son instinct, avec lequel il décodait, probablement dans le ton de ma voix, que j'étais dans l'embarras et que j'allais y rester sans son aide, ne l'avait jamais trompé. Et, jamais, il ne m'avait posé une autre question : « Quel est ton problème ? », ce qui voulait dire qu'il était tout à fait normal que j'aie un problème, que je lui demande son aide, qu'il m'aide et que, quoi que fût ce problème, il était déjà à moitié réglé. Comme il m'avait toujours tenu dans l'ignorance de la nature exacte de son métier de policier – la découverte, par hasard, qu'il n'était pas colonel de pompiers n'avait rien changé –, sa principale mission dans la vie semblait être de se sacrifier pour sa famille et d'aider les parents et les amis maladroits.

– Quel est ton problème, cousin Victor, dit-il encore, beaucoup de choses ont-elles changé depuis ton départ ?

– Je t'expliquerai ce soir...

Isabelle m'avait prêté son téléphone mobile et m'attendait devant une vitrine chargée comme un bazar. Le matin, nous étions allés chez elle, à la périphérie de la ville. Il faisait froid et elle voulait récupérer quelques

305

vêtements plus chauds et, surtout, se faire belle, pour ne pas décevoir mon cousin et la famille dès la première rencontre.

– Je leur offre aussi mon livre ? m'avait-elle demandé, maligne.

– Avec une belle dédicace, avais-je répondu en souriant.

La voiture dans laquelle Caco avait été emmené la veille était devant l'entrée, mais le chauffeur somnolait, la tête renversée en arrière, et nous étions montés. Le seul meuble qui valait quelque chose dans la petite chambre aux murs égratignés et au plancher en linoléum était le divan bleu acheté par Caco. Je l'avais remarqué, subitement amusé. Je m'étais même allongé et avais essayé les ressorts, et m'étais ressaisi seulement quand Isabelle s'était ruée sur moi et avait commencé à me frapper la poitrine.

– Pardonne-moi, j'avais dit en l'embrassant sur les tempes et sur la commissure des lèvres, pardonne-moi, je suis un idiot !

– Tu n'es pas idiot, tu es jaloux ! s'était-elle acharnée. Tu es jaloux, jaloux, jaloux comme un jouvenceau idiot !

Je l'avais serré sur ma poitrine, pris de vertige. Je n'avais jamais été jaloux des amants de Lisa, mon amour pour elle était trop dévastateur, ses infidélités maladives trop profondes et mes accès de jalousie, quand j'en avais, trop improvisés pour qu'ils servent à quoi que ce soit à l'un ou à l'autre. Mais je m'étais rendu compte, stupéfait, que pour l'enfant blottie sur ma poitrine et dans les bras de laquelle j'avais retrouvé pendant une nuit entière toute ma jeunesse, j'aurais été capable de faire n'importe quoi pour qu'elle soit uniquement à moi. Au moins pour encore une nuit. Au moins pour encore une nuit et un jour.

Elle regardait, immobile, la vitrine. En m'approchant, sans qu'elle s'en aperçoive, je regardai moi aussi pour savoir éventuellement ce qui avait attiré son attention. Je ne vis rien de particulier, sinon des babioles en plastique très colorées : boîtes, assiettes, flacons, guirlandes, boules, jouets, figurines répugnantes, jumelles, balais, clefs, tournevis, marteaux, veilleuses, lampadaires, colliers de fausses perles, bijoux... et, en arrière du comptoir, un Chinois obèse qui se rafraîchissait avec un éventail énorme.

– Qu'est-ce qui te plaît ? dis-je en touchant doucement son épaule.

Elle enfonça ses ongles dans ma main, non pas pour la rejeter, mais pour mieux reposer son épaule. Sa clavicule fragile joua quelques instants dans ma paume et, comme pendant la nuit passée, lorsqu'elle s'était brusquement endormie, la rondeur parfaite de son épaule de jeune femme aimée avec ardeur se nicha définitivement dans la chaleur protectrice de mes doigts ; le matin, au réveil, ses ongles coupés jusqu'à la chair étaient toujours enfoncés dans ma main protectrice.

Nous partîmes ainsi enlacés, sans aucun but, silencieux et indifférents aux regards chargés de réprobation des passants. Nous aurions pu longtemps encore flâner ainsi avec l'illusion puérile que rien ne nous empêcherait d'avancer pour le restant de nos vies – enlacés et aveugles, passionnément amoureux –, jusqu'au bout du monde, si mon ancien collègue de l'Institut ne nous avait barré la route. Gros, en sueurs et malotru comme il l'avait toujours été, il me prit dans ses bras et m'apostropha, enjoué :

– Voilà ce que veux dire avoir des dollars et atterrir de l'Amérique, on se trouve immédiatement une poulette pour lécher les blessures du déracinement !...

– Mademoiselle est poète, dis-je un peu offusqué et en essayant de me libérer. Isabelle, tu en as peut-être entendu...

– À son âge, toutes les demoiselles sont poètes ! Vous

307

excuserez, Mademoiselle Isabelle, mon ignorance, mais les temps sont durs et la poésie est le dernier de mes soucis. Je ne te demande pas comment tu vas, j'ai compris, dit-il en me libérant enfin. Ne me demande pas comment je vais, je ne veux pas t'attrister et ta poétesse ne me pardonnerait jamais... Allez, je vous embrasse, mon bus arrive. Tu n'es plus à l'hôtel, passe-moi un coup de fil ou viens à l'Institut... pour que nous pleurions de pitié ensemble... Une grosse bise... N'exagérez pas, les enfants !...

Il disparut et je me sentis soudainement mal à l'aise et ridicule près d'Isabelle. Il fallut qu'elle glisse avec un naturel fou son bras sous le mien, qu'elle se colle à moi pour nous frayer plus facilement un chemin sur le trottoir bondé, et que la chaleur de son corps frêle et élastique me pénètre pour que je retombe, abruti, dans l'euphorie et l'insouciance.

Nous fîmes ensuite le tour de toutes les librairies et des galeries d'art du centre-ville, je lui achetai quelques livres qui semblaient l'intéresser et une aquarelle insipide qui lui rappelait les couchers de soleil de son enfance, et elle me remercia en m'embrassant pudiquement sur les joues et, par hasard, sur la bouche. Elle voulut voir un film, nous entrâmes, mais elle perdit vite patience et nous tournâmes en ronde plus d'une demi-heure à la recherche d'un restaurant libanais introuvable où elle était allée une fois et qu'elle avait aimé. Nous nous retrouvâmes finalement au soleil, sur une banquette en bois, devant un hamburger au goût d'éponge et un gobelet de Coca-Cola.

Je mangeais pour la première fois dans un McDonald's. Mais, sur la banquette en bois, à la table en plastique jaune, c'est un autre qui aurait pu se trouver là, un inconnu, et pas moi, le chercheur scientifique et l'universitaire de trente-cinq ans plus vieux qu'Isabelle, en costume cravate, les cheveux gris strictement coupés, aux gestes mesurés et au sourire éternel de dégoût – et cette idée simple et claire qu'il était possible que, depuis un jour et une nuit, j'avais cessé de savoir qui j'étais, me sembla tout aussi fascinante et incroyable que la présence d'Isabelle à côté de moi, les coudes levés près des miens et le regard fixé, pour ne pas se mordre les doigts, sur la répugnante invention américaine arrivée en Roumanie comme un don du ciel.

– J'ai sommeil, dit-elle soudainement, en mettant sa tête sur mon épaule. Je dors, soupira-t-elle et je sentis qu'elle glissait dans le sommeil.

Elle s'était endormie les yeux à moitié ouverts. J'enlaçai sa taille, je la levai et l'entraînai vers la sortie. Elle dormit aussi dans le taxi, en respirant profondément de temps à autre, couchée sur mes genoux, et lorsque nous arrivâmes et que je la pris dans mes bras elle était légère comme une plume.

Devant l'entrée (il passait visiblement la plus grande partie de sa vie à lutter avec l'herbe qui défonçait l'asphalte), l'administrateur ouvrit la porte sans nous regarder. Je montai, je pris du temps à mettre la clef dans la serrure et, enfin, je déposai la charge aimée dans le lit. Je défis avec difficulté ses bras qui m'enlaçaient, j'enlevai son tailleur, la blouse et ses pantalons, et je la couvris. Elle soupira, ouvrit un instant les yeux, murmura souriante quelque chose et retomba dans le sommeil.

Je la regardai tout l'après-midi. Comme je regardais jadis Lisa. Pour la première fois sans que le souvenir me fasse mal. Avec l'illusion bienfaisante que Lisa n'avait jamais existé dans ma vie. Ni elle ni ce que j'avais vécu ces dernières trente-cinq années. Rien. Rien. Mon passé avait disparu, s'était volatilisé, car il n'avait jamais autrement existé que comme une histoire racontée et vécue par un autre et en laquelle je n'avais plus aucun motif de croire. Je me sentais léger, mon âme s'était libérée d'un immense poids, et si je m'étais jeté dans le vide j'aurais sans doute plané.

Assis sur le canapé, fumant et regardant l'enfant qui dormait les genoux serrés sous son menton, je me dit que la vie était belle et qu'avant que le dégoût ne m'accable à nouveau j'avais encore beaucoup de choses à vivre.

XXI

Ma mère et mon père étaient enterrés au cimetière du quartier de mon enfance. Ils moururent avant que le caveau soit payé – une construction sinistre en béton, avec une plaque d'acier qui se déplaçait sur des chenilles et laissait voir d'un côté et de l'autre du fossé des places encore vides. J'ignorais combien il y en avait ; je n'avais jamais su d'ailleurs trop bien comment ils s'étaient préparés pour leur départ. Ça avait été, apparemment, l'idée des parents de mon cousin ces places. Ils s'étaient occupés de garder le caveau en bon état et ils exigeaient d'être enterrés face à face, pour se regarder et se parler de temps en temps.

– Mon vieux avait ses idées, dit mon cousin en éclatant d'un rire bienséant.

La famille avait presque terminé de souper lorsque nous arrivâmes. Avec son sens maternel et ce qu'elle avait préservé en elle comme femme d'un seul homme, la femme de mon cousin jaugea Isabelle de la tête aux pieds, la sermonna pour sa jeunesse effrontée avec des hochements de tête et quelques claquements de lèvres, me sermonna aussi en me menaçant avec son index et, enfin, le visage rasséréné, nous embrassa émue.

Mon cousin, outré que j'aie osé salir le sanctuaire de sa famille, avait détourné immédiatement son regard d'Isabelle et, le visage empourpré, lui tendit le bout de ses doigts dans un effort visible de politesse. Trop tard, car, à la place du serrement de main attendu, Isabelle lui mit entre les doigts son volume de poèmes.

– Votre cousin m'a dit que vous aimiez la poésie et les poètes, dit-elle, impertinente.

– Il existe encore de poètes aujourd'hui ? grogna mon cousin et, preuve qu'il avait déjà reçu des livres, l'ouvrit. Merci, dit-il maladroitement après avoir lu la dédicace. Dépêche-toi, chérie, donne-leur à manger, ils ont faim !

Nous nous retirâmes plus tard, mon cousin et moi, dans la chambre à coucher, sa femme nous apporta des pâtisseries de son cru, entrouvrit un peu la fenêtre pour laisser sortir la fumée des cigarettes, nous poussa dans le dos des oreillers pour plus de commodité dans les fauteuils abîmés par le temps, et nous laissa seuls, afin que nous, les hommes, puissions discuter comme il se devait ; la certitude et la sérénité grave de ses gestes me rappelaient qu'elle n'avait jamais fait autrement. Mon cousin versa du vin dans les verres, sans les remplir.

– C'est quoi ton problème ? La « parachutée » avec laquelle tu es venu ?

Il parlait d'Isabelle, qui ne pouvait être qu'une frivole, même si elle écrivait de la poésie ou, probablement, d'autant plus ; les seules femmes respectables étaient son épouse et ses filles, comment l'avais-je oublié ? J'éclatai de rire, je mis de l'eau minérale dans nos verres et trinquai.

– Tu ris jaune, dit-il souriant et presque complice. Tu as toujours été un débauché et toujours cru, que j'étais un idiot qui n'avait connu dans sa vie qu'une seule femme.

Il avait été policier, il était avocat, impossible bien sûr de ne pas connaître d'autres femmes que la mère des ses enfants, mais il avait toujours fait si bien l'idiot qui se sacrifiait pour sa famille que tout soupçon aurait été un sacrilège.

– Tu me raconteras une autre fois, dis-je.

– Je ne te raconterai rien ! Et tu ne me racontes plus rien. Ma femme a lu ta lettre et elle a failli avoir une crise cardiaque. Tout ce que je peux te dire c'est de faire attention avec ta poétesse, elle ne t'a pas sauté dans les bras pour tes beaux yeux.

– Je sais ce que je fais.

Je riais jaune à nouveau.

– Tu as su ce que tu faisais avec Lisa et les autres, mais tu n'as rien appris... Tu cours à travers le monde tout à fait seul et stérile après ton ombre de cocu convaincu d'avoir trouvé le secret du bonheur...

Le cocufiage de Caco n'était pas un exploit digne d'atténuer ses reproches, à vrai dire justifiés, du moins pour ce qui était de la procréation, mais je fus tenté un instant de m'en vanter. Uniquement pour le contrarier. Uniquement pour revoir son sourire triste de déception fleurir sur ses lèvres. Uniquement pour qu'il m'enfonce plus profondément dans mon inanité de débauché stérile. Mais il avait vidé son verre et, les épaules resserrées, attendait que je lui dise comment il pouvait m'aider.

– Quel est donc ton problème ?

– Le caveau, dis-je, il y a encore des places dans le caveau ?

– Il devrait y en avoir, répondit-il prudent, pourquoi ?

Je lui expliquai, assez confusément, mon intention d'enterrer dans le caveau de la famille les cendres de l'inconnu Victor Victor. Il ne comprit pas, et je dus lui raconter, encore plus confusément, toute l'histoire. Lorsque je finis, énervé, l'évidence que si quelqu'un m'avait raconté la même histoire, je n'aurais rien compris non plus, me sauta aux yeux, et si j'avais quand même compris quelque chose, j'aurais conclu qu'il s'agissait d'une blague macabre.

– Quel était son nom déjà ?

– Victor Victor.

– Comme le tien.

– Comme le mien. C'est une coïncidence.

– Bizarre coïncidence.

– Bizarre, d'accord, mais rien d'autre qu'une coïncidence.

– Il n'y a qu'à toi qu'une telle coïncidence pouvait arriver.

Je me mis en colère :

– Pourquoi qu'à moi ?

– Au lieu de te demander pourquoi ça t'est arrivé seulement à toi, tu t'énerves…

– Cela m'est arrivé, purement et simplement arrivé, et alors ?

– Ne crie pas, les enfants vont t'entendre. Bon, soit, cela t'est arrivé purement et simplement – il t'arrive toujours des choses qui n'arrivent jamais à d'autres –, mais ce n'est pas une raison pour enterrer un inconnu dans le caveau de famille.

– Je l'enterre à ma place.

– Ne dis pas de bêtises !

– Ce n'est pas à toi de me dire ce que je dois dire ! S'il y a de la place dans le caveau, et je ne vois pas pourquoi il n'y en aurait pas, je m'enterre moi ou j'enterre qui je veux à ma place héritée !

– Tu n'as rien hérité.

– Depuis quand ?

– Depuis toujours. Le caveau est ma propriété et, si j'ai enterré les tiens et gardé pour toi une place, c'est parce que moi je suis comme ça, bon et con !… C'est moi qui ai prêté de l'argent aux tiens pour qu'ils le construisent et ils ne m'ont jamais remboursé… C'est moi qui ai obtenu toutes les approbations, acheté le ciment, payé les ouvriers, surveillé, mis les croix, c'est moi…

– Et comment se fait-il que je n'en aie rien su ?

– Parce que tu n'as pas voulu le savoir. Tu avais alors d'autres chats à fouetter, tu écrivais des livres, bouffais l'argent du peuple en cogitant sur le sort du pays, de la planète, de l'humanité et, entre deux bouchées, crachais dans les coins sur le communisme et Ceausescu. Et, quand tant de soucis te fatiguaient, et ils te fatiguaient vite, tu baisais les « parachutées » de Bucarest... exactement comme aujourd'hui... Tu n'as pas changé, cousin Victor, tu as vraiment vécu des années en Amérique pour rien, rien d'étranger ne t'a touché, tu es resté le même ! Mais je ne peux pas ne pas t'aimer. Tu es si différent de moi, si besogneux et si inutile dans la vie de tous les jours, mais si présent tout de même, que je me dis souvent que, si tu n'avais pas existé, toute la misère humaine que j'ai rencontrée en tant que policier et avocat se serait écoulée en moi et je serais aujourd'hui un monstre. Et si tu me dis que tu as apporté les cendres d'un malheureux mort seul et pauvre parmi les étrangers pour qu'il soit une bonne leçon pour tous ceux qui pensent qu'ailleurs les chiens se promènent avec des beignets enroulés sur leur queue, et si ma femme est d'accord, alors nous allons l'enterrer à ta place. Quand ton tour viendra, et si tu ne meurs pas parmi les étrangers et que quelqu'un apporte tes cendres, on saura trouver une place pour toi dans le caveau... Allez, j'appelle ma femme, qu'elle entende aussi ton histoire de fous, fais-lui un beau discours !

XXII

Mon cousin avait encore une fois raison : j'étais malhabile dans la vie de tous les jours. J'avais depuis toujours été malhabile. Je savais à peine remplacer un fusible électrique, et cela après plusieurs tentatives qui auraient pu faire sauter non seulement l'appartement, mais aussi tout l'édifice. La voiture continuait à rester pour moi un mystère, et toute descente dans un atelier de réparation me vidait les poches. J'enfonçais un clou avec un marteau qu'après m'être écrasé les doigts. Les questions administratives me plongeaient le plus souvent dans un état de perplexité sans limites ; je ne cesserai, en fait, jamais de m'étonner, malgré la bureaucratie socialiste – primitive par rapport à celle du monde capitaliste –, d'avoir pu arriver à un âge si avancé et d'être resté un sujet raisonnable.

Sans doute n'étaient-ils pas très nombreux ceux qui, tel mon cousin, se rendaient compte avec lucidité de ma parfaite inutilité et m'accordaient des circonstances atténuantes pour des raisons plus ou moins sentimentales ; ou alors ils étaient si nombreux qu'une existence comme la mienne passait pratiquement inaperçue.

J'inclinai à nouveau vers cette deuxième hypothèse les jours précédant la mise de l'urne funéraire dans le caveau familial, quand mon cousin et sa femme eurent réduit ma participation à l'avance des sommes nécessaires pour payer ce qui était dû : les papiers légaux pour l'enterrement, la cérémonie à l'église et au cimetière, les manœuvres pour ouvrir et fermer la couvercle en acier, la croix en bois, les paquets de charité destinés aux voisins de palier et aux mendiants, les taxis et le repas funéraire. Ils avaient tous deux des visages si graves et si préoccupés qu'au moment où je leur rappelai qu'on enterrait les cendres d'un inconnu, ils semblèrent surpris et chagrinés qu'il ne s'agisse pas de moi. Je dus aussi insister de plus en plus fermement pour leur soutirer la promesse de réfléchir si le repas funéraire programmé pour la famille n'était pas une bêtise. Ils firent immédiatement demi-tour − nous étions sur le trottoir, devant l'entrée du bloc −, et me répondirent qu'ils avaient réfléchi.

− Je ne sais pas comment ils font les Américains, dit mon cousin, mais chez nous c'est comme ça la tradition : on fait un repas funéraire pour le mort et, à la même occasion, on se souvient des morts de la famille…

Un mur, une montagne de certitudes, mon cousin et sa femme, impossible de les faire vaciller !

Présence silencieuse à cette dépossession tenace de responsabilités et de la minime résistance dont je faisais preuve, Isabelle s'était mise depuis le début à la disposition de la famille et de ses traditions funéraires. Je m'étais consolé avec l'hypothèse que ses pulsations morbides, sinon les pulsations morbides de la génération des jeunes poètes et des jeunes Roumains en général, ne pouvaient avoir une autre explication que le sacrifice des héros de la Révolution de décembre 1989.

Isabelle avait entendu quelque chose sur ces héros, qui auraient eu son âge, mais la simple pensée qu'ils avaient donné leur vie pour l'idée noble de la révolution, fût-elle avortée − les nuances m'appartenaient −, lui était trop étrangère pour me prendre au sérieux et continuer la discussion ; il n'y avait plus, d'ailleurs, rien à discuter, j'avais compris : les révolutions et les idées nobles tenaient, pour elle, d'une histoire probable et sans signification pour le monde roumain dans lequel elle vivait, et d'autant moins qu'elle entendait arracher beaucoup et sans effort à la vie. La poésie l'avait sauvé d'égarements dégradants, elle avait failli de peu s'en aller au bras de Caco dans le paradis des tampons hygiéniques de l'Amérique du Nord – je ne sais pas pourquoi, mais je pensais souvent au professeur Todorov –, et, sans doute n'étais-je qu'un accident dans cette obstination à se frayer un chemin dans la vie en négociant habilement et sans scrupules les seules richesses qui étaient les siennes : son corps, son intelligence et sa sensibilité poétique de jeune femme née et grandie dans une misérable ville de Moldavie.

– Ou une curiosité, dis-je encore, en précisant ma pensée. Un caprice…

– Tu te tourmentes comme un adolescent qui aime pour la première fois. Accident, curiosité, caprice, qu'importe si, pour le moment, je suis avec toi et ne te demande rien d'autre que de m'aimer et de me raconter des histoires ?

Aucune importance, bien sûr. Elle était avec moi – pour le moment –, j'avais porté deux valises avec ses affaires dans la garçonnière dans la nuit du souper en famille, et elle ne m'avait demandé depuis que de l'aimer et de lui raconter des histoires jamais racontées à une autre femme – du moins, elle voulait le croire. La façon avec laquelle elle m'écoutait en cherchant mon regard et en buvant mes mots, cet abandon et cette confiance dans mes mots m'attendrissaient comme jamais une femme ne m'avait attendri avec tant d'intensité. Je l'embrassais de temps à autre et c'était comme si j'embrassais la vie. Elle s'endormait soudainement, les genoux serrés sur sa menton, pressée peut-être de finir mes histoires en rêve, à sa guise, parce qu'elle ne m'a jamais demandé de les reprendre là où je les avais laissées.

Je la regardais dormir, l'arôme ahurissant de pulpes de noix crues de son corps de gamine me faisait croire que je rêvais aussi.

Je rêvais, certainement, les yeux ouverts, le dernier rêve de ma vie d'homme.

Pendant trois jours, alors que les préparatifs pour l'enterrement se déroulaient, Isabelle se leva avant moi. Prête à rejoindre, grave, utile et responsable, toute la famille mobilisée par mon cousin pour l'occasion. Je l'entendais faire claquer ses pieds nus sur le parquet, sur la céramique de la cuisine et de la salle de bain, hoquetant sous la douche et se précipitant ensuite avec des jurons crus de vagabond, dans la cuisine pour sauver ce qu'elle pouvait encore du café renversé sur le feu, et je la découvrais soudainement près de moi, si irréelle et si présente que la certitude de la perdre à chaque instant qui passait me faisait larmoyer.

Je la contemplais les paupières baissées : lèvres serrées, elle frétillait en ramassant ses cheveux d'un côté et de l'autre de ses tempes, en fouillant dans ses valises à la recherche des pantalons, des bas, des blouses, des chaussures qui allaient prouver qu'elle était en deuil, et j'aurais voulu croire que ce n'était qu'un jeu.

Mais ce n'était pas un jeu. Et mon incapacité à faire face, concrètement, à la réalité que la famille avait assumée, celle des devoirs normaux occasionnés par un enterrement, la préoccupait. Elle ne disait rien, elle collait, enfantine, son visage au mien et restait comme ça, une éternité. Voulait-elle conjurer avec moi la peur de la mort du vieux que j'allais être bientôt ? Voulait-elle me rappeler que les cendres à enterrer dans le caveau de la famille appartenaient à un inconnu dont je ne savais rien de plus — et à quoi m'aurait servi de savoir ? — qu'il portait par hasard le même nom que le mien ? Que ma miséricorde n'était qu'un caprice ? Un règlement de compte confus avec la vie ? Une acrobatie spirituelle du légendaire cocu qui mettait enfin en demeure la nation de lui accorder une autre gloire moins déshonorante ? Une mascarade destinée à impressionner les plus faibles d'esprit, sinon à l'impressionner elle, jeune femme qui cherchait chaotiquement son destin ? Je ne le savais pas, car je n'osais pas le lui demander. Et je n'osais pas, car je savais que, quoi qu'elle me dise, elle me mentirait.

XXIII

Au matin du deuxième jour des préparatifs, j'accompagnai Isabelle chez mon cousin, décidé à reprendre l'urne – déposée à l'église – et, en l'absence d'un océan ou d'une mer à proximité, parce que je n'étais pas dans un mélodrame, à répandre les cendres dans la Dambovita, la rivière qui traversait Bucarest, ou dans le lac Herastrau. Puis, après quelques instants de recueillement, jeter l'urne de plastique aux ordures et tout oublier. Comme j'avais d'ailleurs pensé faire avant de quitter Montréal. Sans aucune cérémonie. Sans aucune approbation. Sans aucun repas funéraire. Sans…

– Vous l'entendez ? me coupa mon cousin, rouge d'indignation. Vous l'entendez ? Les cendres d'un mort jetées comme les cendres d'un feu de bois ! Il y a deux jours tu te vantais de les avoir apportées au pays pour donner un sens au destin malheureux d'un inconnu, et ma femme et moi nous t'avons cru. Bravo, nous nous sommes dit, voilà ce que veut dire être érudit et souffrir pour le sort de ses compatriotes ! J'ai oublié que les gens comme toi changent d'avis lorsque bon leur semble et toujours quand la vie n'est plus comme ils s'étaient arrangés pour qu'elle le soit !... Je t'en prie, cousin Victor, épargne-moi demain ces chichis d'intellectuel, ne nous fais pas honte !...

Ils étaient occupés et moi, je ne leur étais d'aucune

utilité. Je flânai, d'humeur sombre, dans la ville, hanté par la peur de la solitude et de l'irrémédiable, et je me rendis soudainement compte que mes pas me portaient vers le quartier de mon enfance. J'étais encore gamin quand nous avions emménagé dans l'appartement reçu par Père pour ses mérites d'activiste du Parti, et je n'étais repassé dans le quartier que dix ans plus tard, en route vers le cimetière. J'étais déjà adulte quand, vingt ans plus tôt, j'y avais cherché quelques pièces de rechange pour ma Dacia, rapportées en contrebande d'Allemagne par un chauffeur qui transportait des meubles de luxe, et je m'étais arrêté aussi au cimetière, pour allumer un cierge.

Je ne me rappelais pas pourquoi il avait fallu que les miens meurent pour passer à nouveau dans le quartier, mais je me rappelais bien qu'après l'histoire des pièces de rechange j'y étais revenu quelques semaines pour parler avec les vieux de leurs luttes ouvrières d'avant-guerre. J'avais fait sans doute ensuite des choses plus importantes que le bouquin qui m'avait promu dans la hiérarchie des chercheurs scientifiques et avait arrondi substantiellement mon salaire, vu que rien, absolument rien, depuis le commencement lointain de mon existence ne m'avait plus troublé depuis vingt ans

Je ne fus pas un enfant malheureux, mais pauvre. Je ne me souviens pas en avoir souffert, car tous ceux qui habitaient le quartier étaient pauvres et les quartiers riches du centre-ville, je ne les ai pas connus que plus tard, lors de mes études au lycée et à l'université. D'ailleurs, même plus tard je n'eus pas honte de ma pauvreté et de celle de mon quartier. Dépourvu complètement du sens de la propriété – ce qui, dans cette époque infâme dans laquelle nous vivons, équivaut au suicide –, je n'avais jamais envié ceux qui possédaient plus que moi. Par contre, j'avais toujours détesté et je détesterai jusqu'à la fin de ma vie les vrais riches. Certainement suspecte aujourd'hui, cette conviction prolétaire qu'on devenait honteusement riche uniquement par le vol, la tromperie et la trahison, fait partie de mon passé et ce passé de pauvreté extrême fait partie de mon destin que l'on annonçait alors fastueux. Une pauvreté héritée avec la dignité de générations et de générations dont le seul avenir – depuis la fondation du quartier, au début du XXᵉ siècle – se résumait à des petits emplois aux chemins de fer et aux Ateliers Grivita. Et la conquête du pouvoir par la classe ouvrière n'avait rien changé ; j'avais écrit quelque chose comme ça dans mon bouquin, dont jamais, je crois, les vieux n'avaient connu l'existence, car entre-temps j'étais entré dans le panthéon des légendes fondamentales de la nation et n'avais pas eu le courage de les rencontrer,

Je suis allé à l'école pieds nus des étés d'affilée ; et des hivers d'affilée, j'avais porté un manteau retaillé par Mère dans un manteau d'élève de l'école des officiers de mon cousin. Les jeux de mon enfance étaient le ramassage des étiquettes de bouteilles du vin et des couvercles de bouteilles de bière laminés sous les roues de tramways. Frappés avec l'arête d'une monnaie, les étiquettes et les couvercles passaient d'une main à l'autre dès qu'ils tournaient sur le côté colorié. Nous faisions la guerre avec des sapins de Noël ciselés en épées et nous nous cassions les têtes avec des pierres cueillies dans la rue. Les roulements piqués dans les ruines des chars oubliés dans le quartier depuis la fin de la guerre et aux sémaphores des chemins de fer, nous servaient à improviser, par amour de l'improvisation, des trottinettes, parce que les rues n'étaient pas pavées et que les trottoirs ne l'étaient qu'à moitié. Ce fut Père qui les a pavés pendant ses années d'activiste, et c'est à cette époque aussi que le quartier fut électrifié, qu'une fontaine fut installée au coin de la rue et, que dans chaque maison, fut accroché au mur un haut-parleur qui diffusait les émissions de la radio nationale.

Un monde obligé de se réfugier pour toujours en soi-même, une île de la fatalité ce quartier de mon enfance après que, le long de la chaussée, où passait le tramway 11, d'un côté et de l'autre, furent bâtis telle une ceinture sanitaires, les premiers blocs d'habitations ! Ce fut alors que disparurent le salon de coiffure des frères Usurelu, le commerce d'eau gazéifiée de Sebe, la boulangerie de Bordanca, la villa du docteur Logozea, le débit de tabac de Varzaru et l'épicerie de Carucioara, mes repères sur la route de l'école et de la maison.

Nous emménageâmes l'année où l'immense fossé d'ordures, creusé par les bombes américaines à la périphérie du quartier, fut couvert et qu'à sa place apparut un vrai parc aux arbres jeunes, aux allées éclairées la nuit et aux bancs en bois peints en vert. Et, au milieu du parc, une salle de cinéma où j'avais vu mes premiers films avec Charlie Chaplin et Laurel et Hardy et où j'avais embrassé pour la première fois une fille. Puis, le quartier se pétrifia caché derrière ses blocs, écroulé à jamais dans sa pauvreté sans remède.

Quand je descendis du tramway au milieu des blocs de logements dégradés par le temps et défigurés par les balcons couverts – au-delà de leurs fenêtres sales et laides pendait du linge –, il me revint en mémoire les cerisiers et les pommes fleuris, le lilas sauvagement arraché par-dessus les clôtures… Le jardin dont le propriétaire reportait d'une année à l'autre son arrivée, personne ne savait d'où, et dans lequel je pénétrais par une brèche et, grimpé au noyer centenaire, je m'enivrais en respirant comme un fou l'arôme de pulpe de noix crues… La fille embrassée au cinéma qui, les jours d'été, me laissait mettre mon visage au creux de ses jambes et caresser ses cuisses brûlantes ; elle allait devenir folle par amour – m'avaient raconté les vieux – pour un serrurier bègue qui portait des souliers de toutes les couleurs, faits à la main, et savait comme nul autre les faire grincer à chaque pas... Les dimanches, quand tout le quartier somnolait jusqu'au moment où commençaient les visites dans le voisinage ou dans d'autres quartiers pauvres, chez des parents... Et alors faisaient leur apparition les hommes cravatés et fraîchement rasés, sentant l'alcool médicinal... Leurs femmes en robes fleuries, coiffées, fardées et parfumées à la lavande... Et les enfants, les cheveux coupés, lavés et vêtus des habits reçus en cadeau à Pâques... L'hiver terrible de 1953, quand il avait fallu creuser un tunnel dans la neige pour sortir de la maison et aller chercher du pain, pendant des jours et des jours, en marchant sur les tramways immobilisés... Les hivers cléments, quand la neige tombait avec de flocons énormes et presque devant toutes les portes il y avait un bonhomme de neige coiffé d'une poële rouillée... Les trains qui partaient et revenaient claquants rythmiquement de leurs roues... Les femmes souriantes accoudées aux fenêtres baissées et les hommes qui protégeaient leurs cigarettes des courants d'air d'un geste martial, qui partaient ou rentraient de voyages que j'allais faire moi aussi une fois... Le pont construit à moitié, personne ne se rappelait quand et pourquoi, au milieu du champ qui s'étendait de l'autre côté des chemins de fer...

Je ne trouvai plus la ruelle traversée vingt ans plus tôt pour aller plus loin dans le quartier. Disparue, elle aussi, en arrière d'une échoppe qui avait sorti sa marchandise sur le trottoir : eau minérale, vin, bière, Coca-Cola, papier hygiénique, chaises, tables, sceaux en plastique et, à l'ombre, à l'abri d'une ombrelle Tuborg, cuisses nues croisées pour laisser voir sous sa jupe courte sa culotte rouge, fumant dans l'attente des clients, une jeune femme. Elle palpa fugitivement son soutien-gorge avant de m'indiquer avec un hochement de tête fatigué comment m'y prendre.

Je ne connaissais plus personne dans le quartier et probablement que plus personne ne me connaissait. Les vieux étaient morts, leurs enfants avaient déménagé ou ne se rappelaient plus de moi – je ne me rappelais certainement plus d'eux –, et dans les vieilles maisons qui défiaient miraculeusement le temps s'étaient installés d'autres pauvres.

Je marchai sans hâte sur le trottoir étroit au pavage boueux, je glissai le bout de mes doigts sur les lattes des clôtures fraîchement peintes, comme dans mon enfance, les maisons respiraient la sérénité du matin par leurs fenêtres grandes ouvertes, aux rideaux tirés, et je reniflai l'arôme des cerisiers et des pommes fleuris avec le sentiment de plus en plus pesant d'un sacrilège. Sur le seuil de la porte, une femme s'arrêta de secouer une carpette pour me regarder, un instant, par-dessus la clôture, mais elle ne me trouva rien d'intéressant, car, quelques pas plus loin, j'entendis à nouveau le son connu et jadis si familier de la carpette secouée.

Je tendis la main pour arracher une branche de lilas et, arrêté, je la sentis. Retrouvailles sentimentales tardives et gratuites, je m'en rendis compte à l'instant où je vis une limousine américaine sans âge – même pour un néophyte comme moi impossible de confondre –, passer sur la rue défoncée. Au volant, j'eus le temps d'apercevoir, un jeune. Et je sus alors que le noyer de mes ivresses d'enfance avait été depuis longtemps abattu. Mais plus douloureux encore fut que je ne me rappelais plus si, vingt ans plus tôt, je l'avais cherché.

XXIV

Subitement intéressé, et ajournant les reproches, justifiés, de lui avoir caché mon erreur à fréquenter un avorton, mon cousin avait retrouvé le goût des enquêtes d'autrefois et était parti sur les traces de Caco. Mais il ne se déclara à moitié vaincu qu'après quelques rencontres et de nombreuses et longues conversations téléphoniques : personne ne savait rien sur ceux avec lesquels Caco avait eu l'intention de régler ses comptes ou, même si quelqu'un savait quelque chose, en parler était une autre affaire.

C'était compréhensible. L'ancien lieutenant avait depuis longtemps cessé d'exister autrement que comme un personnage d'une histoire grotesque bonne à servir d'exemple pour ce qu'avait été la police communiste. Et dans sa posture caricaturale de commis voyageur nord-américain, il n'était qu'un voleur avéré, un voleur de poules qui avait échappé à la prison grâce à la protection d'un authentique Nord-Américain, ancien et fidèle ami de la Roumanie.

Ce que, par contre, mon cousin avait appris avec certitude était que les gaillards qui avaient mis la main sur Caco travaillaient pour une agence de sécurité privée qui attendait la livraison d'une commande faite et acquittée en partie au début de l'année. La séquestration préventive et humiliante avait été nécessaire, vu la réputation du commis voyageur, mais elle fut accomplie avec une certaine affabilité, car les deux parties étaient au service de la même cause. Ce qui expliquait d'ailleurs la facilité avec laquelle Caco avait sauvé les dollars cachés dans sa poche ventrale et s'était sauvé.

Le patron de l'agence de sécurité, ancien collègue de mon cousin, avait, le premier, observé que son prisonnier – qu'il avait visité par courtoisie, au cachot du soussol, lequel offrait toutes les commodités – donnait des signes de folie : Caco s'était rué sur lui, les yeux hors des orbites, l'avait frappé sur la poitrine de ses poings et avait crié : « Qu'est-ce que je voulais dire ?... Je voulais dire encore quelque chose... Qu'est-ce que je voulais dire ?... », puis s'était écroulé sur le lit, en secouant la tête.

Il avait sans doute retrouvé ses esprits, car sinon il n'aurait pas réussi à s'enfuir. En distribuant des dollars à gauche et à droite, il avait réussi à pénétrer dans l'édifice de la télévision nationale et à se glisser parmi les spectateurs d'une émission de divertissement. Il avait loué une salle depuis Montréal et, dans sa valise récupérée dans la chambre d'Isabelle, on avait trouvé les maquettes d'une affiche et de quelques affichettes qui informaient succinctement de l'événement – dont le titre voulait tout dire : *Règlement de comptes !* –, les brouillons d'une série de communiqués de presse d'une parfaite équivoque pour mieux éveiller la curiosité des journalistes, une liste des invités de marque, etc. ; un travail de professionnel, visiblement. Mais, contraint de renoncer à son grandiose spectacle annoncé, il était certainement arrivé à la conclusion que, au lieu de rien, le spectacle divertissant des autres serait une occasion certes désespérée, mais une occasion pour déverser sa colère.

Après avoir visionné plusieurs fois le moment pendant lequel Caco s'était précipité au milieu du plateau en agitant une feuille de papier et en criant : « Roumains, l'heure du règlement de comptes avec les canailles est arrivée !» – un surveillant lui avait arraché presque au même moment la feuille et la lui avait enfoncée dans la bouche –, l'impression de quelques journalistes et intellectuels en vogue, plus sensibles et plus passionnés par l'interprétation de l'Histoire, avait été que le procès du communisme n'était plus qu'une question de jours. Et celui qui s'était risqué à annoncer cette bonne nouvelle attendue depuis treize ans, méritait pleinement l'admiration et la reconnaissance éternelles de ses compatriotes.

Mais leur enthousiasme s'était vite transformé – ils n'arrivaient plus à s'habituer à se faire rouler –, en cruelle amertume et en véhémentes imprécations dans leurs revues aux tirages confidentiels et au financement occulte (je prenais un malin plaisir à les acheter) quand, pour des motifs obscurs, la télévision nationale refusa de rediffuser aux heures de grande écoute, en boucle, la séquence annonciatrice et de dévoiler le contenu de la feuille enfoncée dans la bouche de Caco avant qu'il soit évacué de force. Les imprécations devinrent – c'était à prévoir –, de véritables jurons autochtones, le jour même où la police prétendit, avec le toupet bien connu d'une époque à peine révolue, que la valise confisquée ne contenait absolument rien d'édifiant et que son propriétaire avait perdu la raison et était mis sous sédatifs à l'Hôpital des fous numéro 9. Les visites étaient interdites.

Les élans vindicatifs perdirent leurs forces une fois l'été arrivé, et les seuls qui se rappelèrent encore de Caco furent son ancien collègue d'école, promu exceptionnellement major après la Révolution, et moi. Le docteur du pavillon où Caco était soigné, m'avait assuré que le major passait de temps à autre avec quelques paquets de cigarettes et, qu'un jour, il avait apporté la valise avec les affaires de son ancien collègue ; Caco n'était pas sorti de sa prostration, il était incapable même de reconnaître le docteur, et le major ne tenait pas à le voir.

Le matin, il faisait longuement sa toilette, enduisait ses cheveux de brillantine, les nouait méticuleusement en touffes, et changeait chaque jour ses vêtements. Considéré comme inoffensif, on le laissait se promener seul dans l'hôpital et dans le parc. Silencieux et pensif. Jusqu'au moment où, soudainement, sans aucune raison apparente, il enfonçait ses doigts dans la poitrine de la première personne rencontrée pour l'interpeller, agité : « Je voulais dire encore quelque chose !... Qu'est-ce que je voulais dire ?... » Il passait le reste de la journée à s'en prendre à l'un et à l'autre, en leur posant les mêmes questions sans réponse. Parfois, à la tombée de la nuit quand, trop agité, il risquait de se faire plus de mal à lui-même, on l'isolait de force.

Vers la fin du printemps, quand je le vis, il avait maigri, un de ses costumes, jadis élégant, flottait sur son corps, froissé et sale, ses chaussures s'étaient déformées, il n'avait plus de brillantine et on lui avait coupé les cheveux à la va-vite. Il semblait plus jeune, même très jeune, et je m'étais dit qu'à la fin de son école d'officier, le jour où il avait été jeté par erreur dans le Danube, il devait avoir cette allure de jeune paysan insolent qui doutait de sa condition de citadin.

Lorsque je le revis, en été, il était un fou parmi d'autres, habillé du même pyjama de duvetine, et si le docteur ne me l'avait pas montré je ne l'aurais pas reconnu.

XXV

Depuis la nuit où elle s'était levée et approchée du téléviseur du bar pour entendre les cris de Caco, Isabelle n'avait plus prononcé son nom et avait complètement évité toute allusion. Plusieurs fois, en essayant de lui raconter ce que j'avais appris de nouveau – comme si je lui racontais un fait divers entendu par hasard, sans la moindre référence personnelle, bavardage de vieux amants qui sentaient que le temps passe trop vite –, elle avait refusé de m'écouter. Elle fermait les yeux, appuyait ses mains sur ses oreilles et, si je continuais à parler, se jetait fâchée sur le lit et couvrait sa tête avec un oreiller ; elle me rappelait ma mère qui ne voulait pas entendre Père parler en russe.

Nous avions pris possession, depuis le printemps, de l'allée déserte du parc Cismigiu. À la tombée de la nuit, quand la chaleur torride de la journée commençait à diminuer, nous nous y promenions d'un bout à l'autre jusqu'au moment où elle avait brusquement sommeil. J'avais caché un banc parmi les hautes branches des rosiers, et c'était sur ce banc que nous nous assoyions chaque nuit. Elle mettait ses jambes sur le dossier, couchait sa tête sur mes genoux et me demandait de me taire pour qu'elle puisse compter tranquillement les étoiles.

Je parlais vraiment beaucoup. Sans doute, qu'outre les

331

considérations de bon sens et les banalités inévitables, je disais un tas de bêtises. J'étais définitivement tombé dans mon propre jeu, en m'illusionnant avec la candeur d'un autre âge que, prise dans la toile d'araignée de mes mots, Isabelle préférerait rester encore quelque temps dans cette tendre et affectueuse prison où elle s'était volontairement enfermée.

Souvent, lorsque nous rentrions enfin, nous trouvions l'administrateur devant l'entrée guettant bien sûr l'instant où l'asphalte, nettoyé durant la journée des mauvaises herbes, allait de nouveau exploser. Il avait encore des difficultés à me situer par rapport à sa vocation d'administrateur et, malgré l'évidence, avait des doutes sérieux sur mes relations exactes avec Isabelle. Mais la rencontre de mon cousin l'avait rendu plus conciliant à mon égard – quelques mots, quelques ricanements, quelques tapes amicales sur les épaules suffirent pour qu'ils découvrent qu'ils pensaient la même chose de moi : un gâté par le sort, à surveiller pour qu'il ne fasse plus, à son âge, des bêtises qui pourraient troubler le peuple. Il me tendait la main avec une bienveillance appuyée et m'assurait que, au besoin, je pouvais compter sans faute sur son aide : un fusible qui avait sauté, un robinet qui coulait, le rideau prêt à tomber, découvert par la femme de ménage… je n'avais qu'à lui faire signe…

Mais sa guerre avec Isabelle était loin de s'achever. Des échos partiels et partisans me parvenaient du champ de bataille – l'entrée et l'escalier où, semblait-il, ils se rencontraient ou s'attendaient plusieurs fois par jour –, sans qu'ils tiennent à me convertir à leur cause. Ils me tenaient purement et simplement au courant de l'évolution du conflit, qu'autrement j'aurais ignoré, parce qu'en ma présence ils cessaient d'exister l'un pour l'autre.

J'eus l'impression d'une certaine accalmie entre eux deux quelques jours après que l'allée déserte, dont nous croyions qu'elle nous appartenait en exclusivité, et Isabelle lui avait dédié en conséquence un poème exalté, commença à être de plus en plus fréquentée par des couples d'amoureux et des bandes de jeunes agités et bruyants. L'administrateur attardait longuement son regard sur eux, visiblement tracassé et révolté, et vociférait et menaçait, les bras levés chaque fois qu'il redoutait qu'ils approchent.

Le jour où, parmi d'autres objets, j'avais apporté le divan bleu acheté par Caco – Isabelle était en examen et c'est à moi que revint la tâche de vider sa chambre –, l'administrateur m'avait donné un autre signe de magnanimité. Il ne comprenait pas très bien pourquoi je voulais mettre le divan dans la remise délabrée, vide et abandonnée au fond de la cour intérieure salie chaque jour par les sacs d'ordures et les bouteilles jetées par la fenêtre, mais il donna son accord et, ravi que je l'écoute évoquer le temps pas très lointain où les Roumains avaient encore du bon sens et savaient encore ce que c'était la peur et la honte, il me donna un coup de main pour le transporter.

Sa perplexité grandit les jours suivants, quand les deux gendres de mon cousin nettoyèrent la cour et réparèrent la remise, et elle devint totale lorsqu'il vit l'état dans lequel j'avais transformé le divan : une structure de bois, les ressorts pendus sur une corde et le tissu bleu troué, déchiré et transformé en paravent contre le soleil étourdissant de l'après-midi.

L'opération, fastidieuse, à laquelle je m'étais attelé avec fébrilité et acharnement – sinon désespoir –, m'avait pris quelques jours. Ç'avait été l'occasion de connaître, relativement, mes voisins, sortis aux fenêtres pour me contempler, au début intrigués, puis mécontents qu'un étranger – car, au-delà ce que l'administrateur leur avait raconté, ils ne savaient pas grand-chose de moi –, leur gâche, sans crier gare, l'un des grands plaisirs des locataires d'un bloc d'habitations : jeter par la fenêtre des sacs d'ordures et des bouteilles. Chaque matin, la cour intérieure en était pleine.

L'administrateur passait vers midi pour nettoyer et entasser le tout dans la poubelle énorme liée avec une grosse chaîne à un poteau en béton ; la poubelle, le cadenas et sa clef et la distinction avec laquelle il surveillait les éboueurs deux fois par semaine, étaient sa fierté indiscutable. Il me regardait de loin, entre deux cours, avec une sorte de respect ironique pour ma maladresse furieuse à manœuvrer un pinceau, un marteau et un tournevis, les seuls outils découverts par hasard dans le débarras de la garçonnière et dont je ne me rappelais pas m'être jamais servi.

Lorsqu'il avait des nouveautés sur sa guerre avec Isabelle, il s'approchait et, les yeux fixés sur le bout verdâtre de ses souliers, me les chuchotait, soucieux de ne pas se faire entendre par les locataires penchés aux fenêtres. Les nouveautés sur l'autre guerre, celle avec les bandes de jeunes qui, de plus en plus enhardis, foutaient le bordel dans le parc, il les criait carrément, pour qu'elles soient bien entendues et comprises par tous.

Mon œuvre de destruction du divan ne fit aucune impression sur Isabelle. Par contre, elle fut bien intéressée par ma thèse de doctorat sortie de ma valise avec l'intention éventuelle de la reprendre ; j'attendais de Paris la désignation d'un autre directeur, mais pas avant l'automne. Entre deux examens, assise sur le lit, les genoux serrés sous son menton, elle avait lu les quelques dizaines de pages, relu plusieurs passages et avait conclu, brutalement, que je délirais. Que tout était si invraisemblable, si subjectif et si mal intentionné qu'il aurait mieux valu ne plus perdre mon temps. Ces intellectuels formés et confirmés dans le communisme, qui avaient fui en Occident avant et après la Révolution pour des motifs rationnels ou non, ou étaient restés au pays – les plus nombreux, pour s'apitoyer sur leur sort, quelques-uns pour se mettre corps et âme au service du nouveau monde –, ne lui disaient absolument rien. Ni ce qui était considéré comme leur œuvre, ni eux, comme individus qui faisaient voir à la télévision, leurs mâchoires proéminentes, leur ventre, leur double ou triple menton, leur ascétisme et leur impuissance, ou hantaient comme des fantômes, sombres et rancuniers, les couloirs de l'Université et des rédactions. Qu'ils crèvent, qu'on brûle leurs livres et qu'on ne parle plus jamais d'eux !

Si je n'avais rien de mieux à faire, si je n'étais pas convaincu que le passé de chacun et de tous, sinon tout le passé du pays depuis qu'il existait comme pays, était mort de sa belle mort et que les cadavres puaient si fort que seule une poignée d'irréductibles fanatiques, compromis jusqu'à la moelle des os et de rats de bibliothèque osaient encore s'y approcher, alors je pouvais terminer ma thèse, ici et là elle était amusante.

Je m'étais fâché ? Non, mais je ne lui avais plus rien raconté sur le professeur Todorov et sa mystérieuse maladie.

XXVI

Ses examens terminés, Isabelle partit voir ses parents. J'avais eu peur qu'elle me manque mais, dès que le train s'éloigna et que je ne la vis plus à la fenêtre, je ressentis une grande quiétude. La même quiétude ressentie, je crois, en regardant, rêveur, quand j'étais enfant, les trains qui partaient et rentraient de voyages que j'allais moi-même faire – et que j'avais fait.

Je m'arrêtai dans une papeterie acheter du papier et un stylo à plume. Je me mis ensuite à chercher chez les bouquinistes des livres sur le métier de tapissier. Je me souvenais parfaitement des gestes avec lesquels Père fabriquait ou réparait les divans, les canapés, les matelas et les rares chaises tapissées de la famille et du voisinage, mais entre m'imaginer pouvoir le faire moi-même et réellement le faire il y avait une marge – il fallait donc me préparer.

J'ai dû à nouveau faire appel à mon cousin. Quelques jours plus tard, j'eus en mains un ancien manuel pour les écoles de métiers et les outils traditionnels et primitifs du tapissier d'autrefois, ceux que Père avait utilisés jusqu'à sa mort.

Il avait des doutes sur mes intentions, mon cousin, mais il venait enfin de comprendre que je ne rentrerai plus au Canada. Il voulut savoir ce que j'allais réellement faire et ma réponse lui sembla si irréaliste qu'il préféra m'attirer contre sa poitrine osseuse, tapoter, protecteur, mes épaules et me proposer de lui servir d'interprète pour ses clients étrangers.

Jusqu'à la fin de l'été il n'y en eut aucun. Entre temps, j'avais complètement refait et défait trois fois le divan. Les ressorts avaient résisté, mais le tissu bleu n'était plus que trous et lambeaux. Le marteau ne tombait plus de ma main, je ne m'écrasais plus les doigts et je prenais vraiment soin de ne pas avaler les clous placés entre mes lèvres. Défaire le divan, c'était une question de quelques heures et d'un minimum de concentration, mais la perspective de le refaire à l'identique s'éloignait inexorablement d'un jour à l'autre

Je sentis, un matin, se poser sur moi un regard différent de celui de l'administrateur et des locataires, presque indifférents déjà à mon occupation monotone et absurde. Un regard froid, clinique, habitué à humilier et à paralyser – ce fut du moins ce que je me dis en me retirant, le marteau levé, prêt à me défendre, au fond de la remise.

Arrêté sous l'arcade étroite et sombre qui s'ouvrait vers la rue et le parc, le général Gabi hocha légèrement la tête, en guise de salut. Il n'avait plus donné aucun signe de vie depuis la nuit où il m'avait raccompagné à l'hôtel, preuve – j'en étais convaincu – que notre seule rencontre avait été suffisante pour nous dire le peu que nous avions à nous dire.

Je n'avais plus depuis longtemps pensé à Lisa – pas comme avant, plus exactement. Et je crois que je ne l'aurais plus fait si, à peine Isabelle partie, et pour la première fois seul dans la garçonnière, je n'avais cherché un livre dans la bibliothèque. Il pleuvait, j'étais debout, et je les feuilletais l'un après l'autre, superficiellement ou au complet, comme si je les avais lus la veille ou jamais. Et ce fut ainsi que j'avais trouvé, stupéfait – non, pas stupéfait, dépité ou, plutôt, désarmé –, dans un de ces livres oubliés, la carte postale illustrée que j'avais glissée dans le sac à main de Lisa le matin où, à Montréal, je l'avais vu pour la dernière fois.

Elle était en vie, bien sûr, et lors de sa visite à Bucarest, en hiver, n'était pas passé inaperçue – femme mystérieuse enveloppée dans une somptueuse fourrure de renards argentés, le visage caché sous la cape. Entre deux visites aux ambassades de Norvège et de Russie, que le général m'avait mentionnées après que d'autres lui en aient parlé, elle avait trouvé le temps de glisser la carte postale illustrée dans un livre quelconque, aux pages et couvertures jaunies et rigides, jamais lu et qui avait peu de chance de l'être un jour.

Cadeau infantile et dérisoire acheté à Paris, à l'aéroport, le jour de mon départ pour Montréal, ce coquelet bien planté sous ses ergots, hérissé, à la crête et aux caroncules si rouges et si gonflés que le sang aurait jailli si je les avais touchés, dont les petits yeux parfaitement ronds, comme des billes d'acier, me fixaient orgueilleusement et impitoyablement. Et, au dos de la carte, quelques mots écrits par Lisa, à peine lisibles mais calligraphiés avec un soin excessif : *Comtesse Lisa Pavlovitch Komarovsky.*

C'était peu dire qu'elle vivait. Elle triomphait. Obstinée dans son rêve accompli, imprévisible et fantasque, que j'allais finir par croire, moi aussi, que la fille débauchée du paresseux constructeur naval de Galati n'avait jamais existé.

Non, le général Gabi n'avait aucune nouvelle sur Lisa. Il en avait, par contre, sur moi. Car tout Bucarest avait appris ce qu'il fallait apprendre pour que tous l'apprennent. Le Bucarest qui comptait, avait-il nuancé en couvrant sa lèvre inférieure retroussée avec le dos de sa main.

– En effet, dit-il, je ne connaissais que votre adresse... J'ai voulu voir si vraiment vous étiez encore là... simple curiosité...

Je ne crus pas. Mais j'acceptai de passer quelques heures en sa compagnie sur le bord du lac Herastrau. Il revint vers la fin de la journée, mais ne quitta plus la limousine, pour ne pas gâcher la surprise de le trouver sur la banquette arrière et de m'asseoir à côté – courtoisie calculée, mais plaisante.

Nous ne parlâmes pas beaucoup, en général des banalités sur le lascif été bucarestois retrouvé après des années avec le sentiment commun – c'était ridicule, et nous convînmes tous les deux, que ce sentiment ne pouvait être que ridicule –, de pécher avec l'innocence d'un autre âge et avec la volupté du voyageur fatigué qui, rentré enfin chez lui, vide d'un trait la chope de bière bien froide qui l'attendait depuis longtemps.

Communion primitive, dans laquelle les mots étaient inutiles et alors que le temps s'arrêtait après chaque passage fugitif de la gouvernante anglaise, qui aurait semblé irréelle si, après sa disparition, les cendriers n'avaient été propres et les chopes remplies.

Le fantôme de la comtesse Lisa Pavlovitch Komarovsky attendait en vain que nous nous sautions réciproquement à la gorge et de faire, conciliant ou non, son apparition. Nous ne fûmes plus, dans ces heures-là de torpeur balkanique, que deux hommes d'un certain âge – peut-être même des vieillards, sans le croire vraiment –, que deux étrangers égarés chacun dans sa propre solitude et son impuissance à reprendre la vie depuis le début. Ou, du moins, à la reprendre là où il aurait été encore temps de la vivre autrement. Si ce que nous avions vécu pouvait aider à savoir ce que nous allions vivre.

XXVII

Le général répéta l'invitation sur le bord du lac Herastrau. Le chauffeur passait le matin, se tenait à distance de la remise et chuchotait les mots du général : « Si vous n'avez rien contre, nous pouvons souper ensemble ce soir... ». Quand je n'avais rien contre, la limousine repassait toujours à la même heure – 20 h 43 min –, avec une ponctualité que l'administrateur était incapable de digérer; il m'en avait d'ailleurs fait part, en regrettant les jours où il n'avait qu'une seule guerre à mener, celle avec Isabelle.

C'était après 20 heures que l'allée commençait à être foulée par des jeunes et leur agitation débordait de plus en plus sur la ruelle qui séparait le bloc de l'entrée du parc. L'arrivée de la limousine aux vitres fumées et avec chauffeur en complet bleu foncé, cravate et casquette, comme dans les films avec des millionnaires, faisait brusquement cesser leur agitation. Serrés l'un près de l'autre, ils trépignaient excités, criaient, sifflaient et applaudissaient moqueurs. Ils n'osaient pas s'approcher – les bras levés et les imprécations de rigueur ne laissaient aucun doute que l'administrateur les aurait déchirés – et le chauffeur solennel et militaire les intimidait.

Le général Gabi trouvait que le spectacle de l'excitation des jeunes et de la colère de l'administrateur donnait une bonne idée de la situation du pays, et cela l'amusait. J'avais même l'impression de l'entendre éclater d'un rire éteint sous sa main levée vers sa bouche. Je m'étais habitué à son visage défiguré et il s'était peut-être aussi habitué à mon expression de dégoût. Mais, en réalité, nous n'avions pas trop souvent l'occasion de nous regarder en face, car la pièce isolée dans laquelle nous étions, était toujours plongée dans la pénombre ou faiblement éclairée pour éviter que nous soyons vus de l'extérieur. Quand l'ennui nous accablait, nous allumions une veilleuse, chacun de notre côté, et lisions les journaux et les revues étrangères mis à portée de main par la même gouvernante anglaise.

Les Américains avaient envahi l'Irak depuis quelques mois, mais le sujet était trop délicat pour le commenter, fut-ce en chuchotant – la terrasse et la piscine ouvertes, accueillaient une clientèle bigarrée, en tenue légère, qui se vautrait insouciante et provocatrice dans les chairs brûlantes de l'été bucarestois.

« Le Bucarest qui compte », m'avait édifié le général. Nouveaux riches qui couchaient avec le revolver sous l'oreiller, politiciens au pouvoir ou dans l'opposition qui fraternisaient avec des rictus photogéniques, intellectuels en vogue qui ruminaient leurs ambitions et leurs rancunes dans l'attente humble d'une sinécure à vie, journalistes de cour tombés en extase, étrangers efféminés, gigolos musclés et patibulaires dans le rôle de gardes du corps, putes bègues qui frétillaient de leurs charmes avec une vocation à couper le souffle...

Je connaissais l'existence de ce nouveau monde roumain qui était né et avait poussé comme une moisissure sur la misère du pays – un monde qui m'était tout aussi étrange et répugnant que m'avait été celui des grands activistes du Parti et des profiteurs d'alors. Je savais très bien que je ne n'aurais jamais côtoyé de si près ce nouveau monde – tout aussi inaccessible que celui qui l'avait précédé –, si le général, excédé par mon incrustation à Bucarest, n'avait tenu à me le faire voir et si moi, je n'avais pas su qu'il le faisait par vengeance.

Cette idée d'un règlement de compte caricatural en souvenir de Lisa ne me déplaisait pas. Quand elle m'avait quitté, la comtesse Pavlovitch Komarovsky n'était qu'un rêve romantique de jeunesse que, quelles que soient les histoires à lui raconter, je ne pouvais plus empêcher de s'effilocher jour après jour. Lorsque je l'avais retrouvée, le général, plus pragmatique, lui avait acheté le titre de comtesse, les accessoires et – il s'était illusionné –, la fidélité éternelle. La femme qui avait disparu, qui était morte et ressuscitée n'était plus Lisa, celle des souvenirs et des fantasmes du général et de moi-même, mais la comtesse Lisa Pavlovich Komarovsky, qui ne devait plus rien à aucun d'entre nous, et qui était plus authen-tique et plus triomphante que si elle avait été comtesse de naissance.

Nous venions de mondes différents, vivions et allions vivre jusqu'à la fin de nos vies dans des mondes différents – le général me le rappelait brutalement chaque fois lorsque je prenais place à côté de lui sur la banquette arrière de la limousine et que le chauffeur fermait la portière sans faire de bruit.

J'en prenais note aussi, sans aucun ressentiment, même avec une certaine alacrité, quand le moment de l'addition venait ; nous nous disputâmes un peu lors de la première soirée passée ensemble avant de conclure que l'habitude nord-américaine des deux factures nous convenait mieux. Le général signait sans regarder, moi je comptais les centaines de milliers de *lei* et ajoutais un bakchich proportionnel pour la gouvernante qui fléchissait légèrement les genoux et, probablement, rougissait en signe de gratitude ou de perplexité.

Les militaires ont une façon particulière d'aimer – sentiment très peu réglementé –, et je crois que ce que le général essayait, en m'invitant avec insistance à me vautrer dans ce monde où il consommait son existence dérisoire, était que j'arrive seul et vite à la conclusion que Lisa lui devait en exclusivité sa métamorphose finale et que nul autre que lui n'était justifié à guetter sa réapparition à Bucarest.

L'attente de la gloire du pourfendeur du communisme et du héros de la nation était humiliante et une victoire morale, fut-elle plus petite, lui aurait fait du bien, mais il ne méritait pas que je lui fasse un tel cadeau. Il s'en prenait en réalité à lui-même et je n'avais vraiment aucun motif sérieux de ne pas me trouver de temps à autre près de lui pour constater les ravages.

Un scandale éclata un soir sur la terrasse entre un type squelettique aux cheveux roux – quelque secrétaire à l'Ambassade britannique, chuchota le général –, et un Roumain aux fortes mâchoires, qui avait fait fortune dans l'exportation de danseuses en Occident – le même chuchotement du général. La bousculade déborda dans notre pièce. Vitres cassées, le filet de plastique blanc de la porte déchiré, la petite table et les fauteuils renversés – nous nous étions déjà réfugiés dans le couloir –, quand une pute blonde, le sujet bien en chair de la dispute, sortie en catastrophe de la piscine, l'eau ruisselante sur ses seins et ses fesses nus, et s'interposa entre les belligérants : « Ne le tue pas, Gigi, c'est une pédale ! »

XXVIII

Je terminais, le lendemain, pour la troisième fois la reconstruction du divan – ma patience était à bout –, quand je vis, sous l'arcade, le gaillard de l'aéroport et du restaurant de l'hôtel, celui qui faisait des jeux de mots et connaissait par cœur les poésies d'Isabelle. Maillot sans manches, moulé sur le tronc musclé et laissant voir sa poitrine et ses aisselles poilues, short au-dessus de ses genoux, sandales à barrettes et pieds nus – l'incarnation grotesque du mâle roumain postcommuniste –, il avançait en me faisant signe avec une enveloppe.

Je reconnus l'écriture d'Isabelle et compris. Je n'ouvris pas l'enveloppe et eus droit à une explication sommaire : elle partait en Italie. Ils partiraient peut-être ensemble, mais cela n'avait aucune importance. Les valises d'Isabelle étaient depuis longtemps bouclées et je mis l'enveloppe dans la bibliothèque, à côté de la carte postale illustrée de Lisa ; à mon âge, les aventures avec les jeunes femmes finissent souvent de façon plus gênante.

Je sacrifiai le même jour une bonne partie du peu d'argent que j'avais encore pour un complet blanc, de lin, quelques cravates et des chaussures assorties. Avant de partir vers le quartier aux rues avec de noms de capitales et de me planter plusieurs heures sur le trottoir vis-à-vis de la villa où Lisa avait logé, je m'étais regardé longuement dans la glace : avec le chapeau blanc de paille et la canne noire au poignet argenté, ma ressemblance avec l'homme sans âge vu de la fenêtre de l'hôtel – qui aurait pu être l'un des frères Usurelu, les coiffeurs du quartier de mon enfance –, était frappante.

Je me plantai donc devant la villa, quelques jours plus tard, et levai les yeux aux fenêtres sans rideaux et au balcon à moitié occupé par l'installation d'air conditionné et attendis que le temps passe. Un gardien en uniforme gris nettoyait à l'eau l'asphalte de la cour. Il me regardait de temps en temps, sans hostilité, sans intérêt non plus ; un chien à ma place l'aurait interpellé davantage.

Dans l'après-midi, à mon retour, l'administrateur ne se donna même pas la peine de quitter des yeux un de ses souliers qui avait accroché quelques brins de la mauvaise herbe qui défonçait l'asphalte ; se poser des questions sur moi était certainement une perte du temps.

À minuit, il était mort. Il était tombé en guerroyant avec les mauvaises herbes ou avait été frappé à la tête par un morceau d'asphalte jeté par les jeunes qui flânaient sur l'allée du parc – tous les locataires étaient devant l'entrée et commentaient, agités, l'événement. Prudent, le chauffeur du général avait arrêté la limousine au bout de la ruelle.

Depuis cette nuit-là, la femme du ménage allumait devant l'entrée quelques bougies et priait. Je la trouvai une nuit agenouillée près des bougies éteintes par un soudain coup de vent, elle prenait une allumette à la fois et la frottait sur la boîte, et les étincelles de phosphore s'éparpillaient dans l'air comme les feux d'artifice d'une fête.

Quand je descendis de la limousine, elle vint à ma rencontre, la boîte d'allumettes vide. Je ne l'avais jamais vraiment regardé de si près. Elle avait la clé de la garçonnière, faisait toujours le ménage le même jour de la semaine, jeudi matin, je sortais avant qu'elle arrive, et rentrais après son départ. Je ne sais pas si je l'avais rencontrée plus de deux ou trois fois dans le hall de l'entrée ou dans l'escalier, et alors elle avait le dos tourné, appuyée sur le manche du balai, et ne bougeait plus en attendant que je m'éloigne.

J'avais appris dans la nuit de sa mort que l'administrateur vivait avec elle, chez elle, au dernier étage, après que sa femme l'ait quitté pour un boulanger turc ; concubinage inexplicable pour la majorité des locataires et carrément révoltant pour son fils arrivé le lendemain d'Allemagne. Il s'était installé dans l'appartement de son père, attenant à ma garçonnière et, les jours suivants, je l'avais entendu ouvrir et fermer furieux les tiroirs, déplacer les meubles, fouiller partout en sacrant en allemand. Je compris. Il cherchait le testament et se jurait à vive voix que, si le vieux avait fait la bêtise de laisser à la « laideronne » l'appartement, les jours de celle-ci étaient comptés. Il est possible qu'il ait trouvé le testament car, une semaine avant son départ, il avait accroché à la fenêtre un drap sur lequel était écrit en rouge et en majuscules : *To sale !*

La « laideronne » avait une seule dent, la canine droite, la bouche grande et d'une sensualité vulgaire, le menton fuyant et toujours humide, les cheveux blonds sans éclat serrés sous un fichu lié sur la nuque et des grands yeux verts et candides sous son front haut et d'une jeunesse surprenante. Sa robe décolorée, usée et sale, cachait mal son corps encore bien fait, mais sa démarche était vacillante et – on me l'avait raconté et j'allais le constater moi-même plus tard –, elle ne pouvait pas articuler le moindre mot sans l'accompagner de rires enfantins.

Ce soir-là, lorsqu'elle vint à ma rencontre, la boîte d'allumettes vide, elle portait un fichu noir et me fixait candidement. Cela faisait une éternité qu'une femme ne m'avait pas regardé si candidement. J'avais sorti le briquet et elle le chercha précipitamment dans ma main, elle l'arracha en fait et s'agenouilla l'instant après pour allumer les bougies. Pris d'un soudain vertige, je me dépêchai de monter.

L'un des jours suivants, blanc de la tête jusqu'aux pieds, après une heure et demie passée à frapper nerveusement l'asphalte avec la pointe de la canne noire et à regarder bêtement les fenêtres sans rideaux, l'installation d'air conditionné et le surveillant en uniforme gris qui arrosait la cour de la villa, je m'arrêtai à l'Institut.

Mon accoutrement fit sourire Ilarie et mon passage dans les bureaux déclencha la même agitation jadis réservée, avant la Révolution, à la rumeur qu'au marché Amzei on vendait du papier hygiénique. Agréable, ahurissante et attendrissante cette impression, lue sur les visages de mes anciens collègues, que mes années vécues en Amérique du Nord m'avaient doté d'une sorte d'auréole aveuglante ou, que de tout mon être émanaient en quantités impressionnantes les mêmes ondes soporifiques qui fascinaient lors de la présence de n'importe quel étranger inachevé qui atterrissait à l'Institut en mission civilisatrice.

Visiblement sceptiques devant cette transfiguration spectaculaire, ceux de mes collègues qui avaient le plus voyagé à travers le monde – ceux-là mêmes qui achetaient le papier hygiénique dans les magasins du Parti –, durent toutefois reconnaître que l'angélisme de mon accoutrement était une preuve que dans ma poitrine battait toujours un cœur de Roumain hypocrite et le choc des retrouvailles avait été adouci.

Une visite courte – l'heure de déserter l'Institut approchait –, avec de vagues promesses de collaboration, comme la visite d'un fantôme connu et sympathique dans un musée de cire.

Je pris le temps de fumer une cigarette avec Ilarie.

Troisième partie

Quelques révélations tardives

Depuis plusieurs semaines, plus précisément depuis le 12 septembre, les habitants du riche quartier bucarestois, dont les rues portent des noms de capitales du monde, sont témoins d'un rituel qu'on voit d'habitude à la télévision lors des catastrophes ou des disparitions des célébrités, quand des centaines de bougies y sont allumées et que des honnêtes gens de tous les âges et conditions s'adonnent, agenouillés ou en s'embrassant pathétiquement, à une célébration nécrophile censée sans doute conjurer le destin qui a fauché.

Quelques personnes plus portées vers des interprétations hasardeuses nous ont fait part d'une possible ressemblance avec les cénotaphes surgis il y a treize ans au centre-ville de Bucarest où, sous les balles de la milice et de l'armée communistes, étaient tombés les héros d'une Révolution qui n'en fut pas une, mais un tel rapprochement est hors de question dans le cas qui fait l'objet des révélations qui s'ensuivent.

C'est une femme qui accomplit ce rituel là où, le 11 septembre, un homme a été fauché par une voiture. L'accident, mortel, n'a pas été mentionné le lendemain parmi les faits divers de la veille dans aucun journal, ni à la télévision. Vérification faite, il ne figurait même pas en fait dans le registre de la police. Il est regrettable que les citoyens du quartier ne se soient pas donnés la peine d'avertir les journalistes, mais le civisme des Roumains, malmené par cinquante ans de communisme, est encore dans un état balbutiant. Nous y reviendrons plus loin.

Selon nos sources, le 11 septembre entre 6 h 30 min et 6 h 40 min, une voiture de luxe de marque inconnue quitte, pour une raison ou autre, la route et fonce dans le tronc d'un tilleul en emportant l'homme qui se trouvait sur le trottoir. Ni le chauffeur, ni l'autre personne assise sur la banquette arrière ne descendent et, quelques instants plus tard, la voiture recule et disparaît en vitesse. Un appel anonyme parvient à la police vers 6 h 45 min, mais les ordinateurs sont en panne depuis plus d'un quart d'heure et la note prise sur un bout de papier sera malheureusement – dit-on –, égarée jusqu'au lendemain quand, enfin, l'information est mise à la disposition de la presse.

Plusieurs questions restent sans réponses et, sous prétexte de l'enquête en cours, la police refuse d'y répondre. Voici donc les questions : quelle est l'identité de l'homme tué ? Quels sont la marque et le numéro d'immatriculation de la voiture disparue dans la nature? Quelles sont les identités du chauffeur et de la deuxième personne qui prenait place sur la banquette arrière ? Quel est le stade de l'enquête ?

Ce n'est pas la première fois que la presse indépendante essuie une rebuffade de la part des forces de l'ordre, ce qui explique d'ailleurs pourquoi nous nous sommes décidés à mener notre propre enquête.

*

Le premier qui a répondu à nos questions a été le gardien de la villa située juste en face du lieu de l'accident. Sans conviction, il faut le préciser, pour ne pas dire qu'il nous a peut-être carrément induits en erreur dans un dessein qui reste à découvrir – nous y parviendrons, que nos chers lecteurs soient rassurés.

Il était en train de nettoyer avec un jet d'eau la cour salie par les cinq chiens laissés en liberté pendant la nuit, occupation désagréable vu sa grande sensibilité olfactive, qui le faisait souvent vomir. Une femme arrivée deux jours plus tôt de l'étranger était repartie de bonne heure et il n'y avait aucune autre personne dans la villa, mais le propriétaire, une agence de location française, tenait à ce qu'elle soit toujours propre et prête à accueillir des visiteurs qui arrivaient et s'en allaient, d'habitude sans s'annoncer, souvent pendant la nuit.

Cela pourrait expliquer pourquoi le gardien n'avait jamais porté une attention particulière à l'homme qui, depuis plus d'une semaine, se plantait le matin sur le trottoir vis-à-vis la villa et, appuyé avec les deux mains sur le poignet d'une canne noire, fixait pendant quelques heures sans bouger les fenêtres sans rideaux et le balcon du premier étage. Un homme dans la cinquantaine ou peut-être plus, mais fringant, complètement vêtu de blanc, comme dans la réclame pour les sacs d'ordures qui passe souvent à la télé (partout au monde, en fait, mondialisation oblige), sans grand effet toutefois sur les coutumes des citadins dont l'affection pour les seaux rouillés reçus en héritage – et promis en héritage – est bien connue de nous tous.

Le gardien ne pouvait pas dire, si, au matin de l'accident, cet inconnu était ou non à son poste d'observation, car la puanteur de la crotte, plus abondante que jamais, lui avait renversé l'estomac et il s'était réfugié au fond de la cour pour vomir, près de la cage où les cinq chiens – des veaux plutôt, nous les avons vus et avons pris peur –, étaient enfermés.

C'est à peu près à ce moment que l'accident a eu lieu. Occupé à vider ses entrailles, le gardien prétend n'avoir pas entendu le bruit de l'impact, mais les chiens s'étaient mis à japper et à s'agiter furieusement et il avait trouvé cela vraiment étrange. Il prétend aussi que, quelques minutes plus tard, revenu à l'entrée de la villa, tout ce qu'il avait vu sur le trottoir d'en face avait été plusieurs personnes, des passants pour la plupart. Aucune voiture dans la rue, mais les sirènes des voitures de police et de l'ambulance qui approchaient étaient de plus en plus assourdissantes.

L'homme vêtu de blanc avait été « mis en bouillie » et le gardien n'avait pas eu l'envie de voir de plus près. D'ailleurs, après que l'ambulance s'en fut allée avec le cadavre, presque tous les curieux déguerpirent en prétendant, bien sûr, être arrivés sur le lieu après l'accident. Seul un vieux du voisinage, ancien apparatchik – nos lecteurs savent tout aussi bien que nous que le riche quartier abrite toujours dans des appartements confisqués par le régime communiste, treize ans après la Révolution, d'anciens cadres du Parti et d'anciens officiers de la Securitate et de la milice et leurs familles –, et deux domestiques qui rentraient du marché Dorobanti semblaient avoir tout vu et les policiers – une deuxième voiture était arrivée entre-temps – s'empressèrent de les interroger.

*

Suite au refus de la police de nous fournir la moindre information, nous avons contacté sans tarder ces précieux témoins, mais, hélas, sans aucun résultat notable. Les deux domestiques avaient été remerciées la veille et leurs maîtresses ignoraient où elles auraient pu se trouver. Nous eûmes droit, en revanche, de la part de ces deux dames blondes – épouses ravissantes et bien en chair de ces nouveaux riches qui ont pris demeure, au prix fort, dans le quartier –, de quelques considérations émouvantes sur la pauvreté qui sévit au pays.

Jadis petit responsable de la presse communiste et, après 1989, député dans le premier parlement, le vieux gâteux nous a tenu une ahurissante leçon de journalisme et interdit formellement de remettre les pieds dans le quartier. Encore un petit effort et il nous aurait mis l'accident mortel sur le dos. Vous donner son nom, chers lecteurs, serait ressusciter un de ces fantômes du passé qui tentent encore de hanter le pays.

Pour en avoir le cœur net et avant de rencontrer la femme qui accomplit le rituel dont nous vous parlions au début de ces révélations sur les mystères troublants d'un accident qui aurait pu rester, dans un pays normal, un fait divers parmi d'autres, nous avons cherché et retrouvé le chauffeur du taxi qui avait emmené à l'aéroport, le 11 septembre, l'inconnue arrivée dans la villa deux jours plus tôt.

« Une vraie dame », « un merveilleux cadeau de la nature », « une icône flamboyante à ne pas toucher pour ne pas brûler sous le coup »... – le chauffeur, beau mec qui fait l'aéroport et les grands hôtels et qui en avait vu d'autres, était toujours sous les charmes de cette femme qui avait payé la course vingt dollars américains sans dire un mot, sans broncher et sans attendre la monnaie. « Une vraie dame ! »

Le taxi avait été commandé à la veille par un homme, tard dans la nuit – deux heures du matin, selon l'enregistrement de la compagnie –, mais elle était seule devant l'entrée à l'heure convenue, une petite valise à ses pieds. Les chiens étaient encore libres et, les museaux glissés entre les fioritures de la clôture en métal, reniflaient, frémissants, l'arôme dégagé par la femme immobilisée sur le trottoir.

« Jamais senti un tel parfum assommant », nous a déclaré le chauffeur, incapable toutefois de le nommer. « Ça sentait un fruit, mais lequel, je n'en sais rien ! »

Et si – réflexion faite – c'était cette femme, cette inconnue, cette étrangère enveloppée dans un parfum qui donnait le vertige, que l'homme vêtu de blanc guettait ? Pourquoi alors n'avait-il pas traversé la rue pour monter et lui dire son amour ou sa haine ou seulement pour la regarder de près et s'enivrer jusqu'à la folie de l'arôme divin de son corps ? Ne l'avait-il pas vue? S'était-il ressaisi au dernier moment ? Guettait-il pour une autre raison les fenêtres sans rideaux et le balcon du premier étage ?

Et la femme ? N'a-t-elle pas vu cet homme le lendemain matin de son arrivée ou durant le jour suivant ? Si elle avait su qu'il était là, à l'attendre, et que le but de son voyage était justement de le retrouver, ne serait-elle pas descendue, ou ne l'aurait-elle pas fait monter pour se jeter dans ses bras ? L'avait-elle découvert stupéfaite, présence inattendue et peut-être redoutée avant de faire le voyage, homme détesté, haï, si grotesque dans ses habits blancs ?

Enfin, toutes ces questions risquaient de n'avoir aucune pertinence si la démonstration n'était pas faite, preuves indubitables à l'appui, qu'entre la présence dans la villa de cette inconnue et la mort violente de l'inconnu il y avait un lien de cause à effet. Sinon, le pauvre homme qui aimait se vêtir en blanc et perdre son temps dans un quartier riche, devant une de ces nouvelles villas bâties avec l'argent volé au peuple, ne serait que la victime innocente d'un accident de voiture, et la jolie femme, qui sentait merveilleusement bon, qu'une étrangère en voyage dans la capitale d'un pays balkanique, et les deux n'auraient rien eu à faire l'un de l'autre.

Mais était-ce vraiment le hasard qui, pendant deux jours, les avait fait se côtoyer de si près et de si loin à la fois ? Fouillons, chers lecteurs, plus profondément dans les mystères de cette histoire et – la chance et le devoir sacré d'informer nous aidant –, peut-être allons-nous apporter un peu de lumière au noir pays qui est devenu le nôtre, juste assez pour croire que les mensonges dans lesquels nous vivons depuis treize ans ont fait leur temps.

Car, voilà, que de retour à la villa, nous avons finalement réussi à délier la langue du gardien, du moins sur les allers et retours de l'étrangère pendant son séjour. Dès qu'au bout de quelques heures de guet l'homme vêtu de blanc s'éloignait en frappant l'asphalte avec la pointe de la canne comme un aveugle, une limousine aux vitres fumées s'arrêtait devant la porte. La femme descendait alors, prenait appui avec sa main sur la main d'un homme invisible et montait à côté de celui-ci sur la banquette arrière et ne rentrait probablement que tard, le gardien ne l'ayant jamais vue avant que sa journée de travail finisse et qu'un collègue prenne la relève.

Il va de soi que nous avons voulu apprendre à quelle heure elle rentrait, seule ou accompagnée par l'homme qui se cachait sur la banquette arrière de la limousine aux vitres fumées et, si elle était accompagnée, si l'homme montait ou non avec elle et, s'il montait, s'il la quittait le matin ou avant, mais tout ce que nous avons obtenu fut que le deuxième gardien ne mette pas les chiens à nos trousses.

Nous venions de quitter le féroce gardien quand, le vieux gâteux, l'ancien apparatchik, nous a arrêté d'un geste énergique. Il voulait nous parler, il savait des choses sur la villa et sur ses visiteurs pas aussi rares et aussi respectables que nous le croyions sans doute. Tout cela vite chuchoté à l'abri d'un buisson, dans le noir.

« Un bordel », nous avait-il dit en substance, secoué par une révolte sourde, « un bordel de luxe pour ceux qui ont volé et vendu le pays et leurs complices étrangers ! Quelle honte, quelle tragédie, quel désastre ! Écoutez-moi bien, tous vous racontent des mensonges, seulement des mensonges, rien que des mensonges ! Vous, si jeunes, si crédules et si excités d'être tombés sur une histoire à faire mousser les ventes de votre feuille de chou, vous me faites vraiment pitié avec votre quête de vérité ! Une pute étrangère, un illuminé qui se déguise en ange et se jette sous les roues d'une voiture et une pauvre d'esprit qui allume des bougies, voilà la vérité !... Ne cherchez plus, passez plutôt la nuit devant le bordel et vous allez peut-être enfin comprendre... J'y ai vu même des putes noires... »

Et, avant de disparaître, il avait ajouté sur un ton strident et définitif, comme s'il voulait faire savoir au quartier, au monde, à l'univers qu'il était encore en vie, sa tête entière sur ses épaules voûtées et ses convictions plus fortes que jamais :

« J'ai entendu que les Américains veulent installer des bases militaires au pays... On disait, dans le temps, qu'avant d'amener leurs quincailleries de guerriers insatiables et leurs boys à la gâchette facile il fallait que les bordels soient déjà établis. Les drogues, ils s'en chargeaient. Vous, les scribouillards qui les aimaient tant, et Dieu seul sait pourquoi, dites-leur qu'ils se dépêchent, tout le pays n'est plus qu'un bordel !... »

*

En attendant que la nuit tombe, nous pensâmes à l'étrangère. L'hypothèse que sa visite n'ait jamais eu lieu, que cette inconnue enveloppée dans l'arôme assommant d'un fruit sans nom n'ait jamais existé, qu'elle n'ait été qu'une invention, nous avait effleuré l'esprit.

Mais pourquoi une telle invention et une telle mise en scène ? Au profit de qui ? De l'homme qui se cachait sur la banquette arrière de la limousine aux vitres fumées ? Le même qui, après avoir constaté l'entêtement de l'homme vêtu de blanc à contempler les fenêtres sans rideaux du premier étage, s'était affairé à imaginer une explication sentimentale pour cette surveillance ? Possible. Mais l'accident avait modifié ce scénario. Si c'était un accident et non un assassinat programmé.

Nous avons donc passé la nuit, à tour de rôle, à surveiller la villa aussi discrètement que possible. Rien de particulier ne s'est passé pendant longtemps. Plusieurs chambres, au rez-de-chaussée et à l'étage, mais pas celle aux fenêtres sans rideaux, étaient éclairées. Signe trompeur que la villa était habitée ? Courbette ordinaire aux visiteurs attendus ? Entre deux cigarettes, le gardien somnolait assis sur une marche de l'escalier, les chiens se chamaillaient de temps à autre et, au moindre bruit, se ruaient sur la clôture en métal en jappant sauvagement et, sur le trottoir d'en face, cachés tant bien que mal derrière le tronc du tilleul ébréché, espions en herbe – c'était notre première expérience du genre –, nous attendions de voir arriver sinon des putes noires, du moins quelques indigènes pimpantes pendues aux bras de mâles connus du monde politique et économique.

Il faut dire que nous eûmes de la chance, pas autant que nous avions espéré, sans vraiment croire toutefois aux paroles du vieux gâteux, mais suffisamment pour ne pas regretter l'aventure – car, dans la quiétude profonde du riche quartier et la douceur de la nuit de fin d'été, nous fûmes des témoins, risqués, des agissements sur lesquels le commun des mortels n'a aucun droit de regard.

Il était 22 h 20 min quand, à la suite d'un appel téléphonique à peine perceptible, le gardien ramena les chiens dans leur cage, décadenassa la porte, plongea l'entrée de la villa dans le noir et, sorti sur le trottoir, les mains nouées dans le dos, se mit à attendre. Quelques minutes plus tard, une Mercedes tourna au coin de la rue et avança lentement, tous feux éteints. Le gardien fit glisser la porte et, en vrai soldat conscient des limites de sa curiosité, leva la tête vers le ciel clair et ne la baissa que lorsque la Mercedes fut devant l'entrée, et alors, dos tourné, il ferma à moitié la porte.

Difficile, sinon impossible, de distinguer et d'identifier dans le noir les quatre silhouettes qui, en un court laps de temps, descendirent et s'engouffrèrent dans la villa. L'une d'entre elles revint pour dire quelque chose au chauffeur et, cette fois-ci, pas de doute, nous l'avons bien vu : un homme barbu, chauve et le ventre proéminent. Avant de rentrer, il claqua des doigts vers le gardien qui courut prendre les ordres. La voiture recula ensuite, sortit dans la rue et s'en alla, toujours feux éteints.

Une demi-heure plus tard, trois autres voitures à quatre roues motrices déversèrent dans la villa avec le même manège douze autres silhouettes – parmi elles des femmes volages, certainement, car l'une avait trébuché et pouffé un de ces rires étouffés et excitants dont elles ont seules le secret. Après quoi, le gardien cadenassa la porte, libéra les chiens et retrouva sa place sur la marche de l'escalier pour fumer et somnoler.

Bordel de luxe ou non, complot pour renverser le gouvernement ou pour mettre la main sur un des derniers joyaux de feu l'industrie roumaine encore public, club privé ou non où les nouveaux riches et les politiciens de tous bords se retrouvent pour échanger de bonnes adresses et, si besoin est, des maîtresses, toujours est-il qu'il devait y avoir des quantités impressionnantes de nourriture et de boissons pour assouvir l'appétit de tant de personnes discrètes.

Elles restèrent assises, ces personnes discrètes, irrémédiablement assises ou couchées ou bien s'étaient retirées en arrière de la villa ou au sous-sol, ou s'étaient sauvées par un tunnel creusé pour forniquer ou comploter à l'autre bout de la capitale, car, des heures durant, aucune ombre ne traversa les chambres éclairées et aucun bruit ne se fit entendre, sauf les jappements des chiens.

Il était trois heures du matin, quand la ronde et le manège des voitures recommencèrent en sens inverse. La dernière disparue au coin de la rue et les chiens de nouveau libres, le gardien sauta soudainement et, sans effort, mis la main au collet de l'un d'entre nous.

« Écoutez, les mômes, dit-il, je vous ai laissé jouer aux détectives toute la nuit, mais la distraction est finie. Allez vous coucher et promettre à vos mamans de ne plus jamais remettre les pieds ni ici, ni dans le quartier, et surtout de tout oublier !... Compris, les mômes, ou vous voulez que je vous fasse un dessin de ce qui vous attend si vous ne tenez pas parole ? »

Il nous en donna une idée en cassant d'un mouvement sec le bras de notre collègue. Le lieutenant en service qui nous reçut quelques heures plus tard regarda, dubitatif, le certificat médical, le bras dans le plâtre du collègue, nos cartes de presses, la réclamation dûment faite et voulut enfin savoir ce que nous foutions la nuit dans le quartier et tout spécialement devant la villa. Nous lui fîmes un résumé succinct, il en prit note, alla consulter son supérieur et, de retour, nous conseilla d'attendre le résultat de l'enquête avant de nous lancer dans des considérations hasardeuses dans notre journal.

« Qu'est-ce que vous entendez par considérations hasardeuses ? » fut notre question sensée.

Jeune, tout aussi jeune que nous – l'uniforme de policier aurait pu tomber avec la même élégance sévère sur les épaules de n'importe lequel d'entre nous –, il se contenta de regarder un long instant le bras cassé de notre collègue pour murmurer enfin avec un petit sourire malin :

« Vous êtes journalistes, intellectuels, vous savez comment va le monde aujourd'hui, pas seulement le nôtre, le monde en général... et comment on s'y prend partout pour que la populace se tienne coite : fusil à la main, on lui raconte des belles histoires sur la démocratie, la liberté, la richesse, les droits de l'homme, l'avenir radieux... et, pour faire taire les râleurs de profession, on compte les chiens écrasés... seulement les chiens... sans même se demander qui les a écrasés... Allez, je vous donnerai des nouvelles... »

Une semaine après, nous sommes toujours en attente de ses nouvelles. Plus futés, nous aurions pu le tenir au courant des nôtres, mais il aura quand même l'occasion de les apprendre dans notre journal qu'il recevra gracieusement jusqu'au lendemain de sa promotion au grade de capitaine ; cela ne tardera pas, la populace mettra inlassablement au monde des avortons qui, bien dressés, sauront raconter, fusil à la main, leurs belles histoires...

*

Remis de la nuit passée à surveiller la villa, mais sans rien promettre à nos mamans et, surtout, sans rien oublier, nous avons enfin rencontré la femme qui, depuis le 12 septembre, allume des bougies là où un inconnu a été fauché mortellement par une voiture fondue à jamais dans la nature, selon nos dernières informations.

Cette ancienne ballerine au Théâtre des variétés n'est plus qu'une loque humaine. Elle a été gravement blessée lors de l'évacuation forcée des 11 et 13 juin 1990 de la Place de l'Université – « zone libre du communisme » –, événement que les historiens d'un futur autre que celui annoncé considéreront – nous n'en doutons pas –, comme preuve irréfutable que le pays était parti du bon pied sur la voie céleste de la démocratie, de la liberté, etc.

Femme de ménage depuis dans un bloc d'habitations avoisinant le parc Cismigiu, elle loge au dernier étage dans une petite chambre aux murs tapissés avec les photos de ses heures de gloire. Elle a eu une liaison avec l'administrateur de l'édifice, effondré un soir dans la rue, devant l'entrée, il y a plus d'un mois. L'enquête avait tardivement conclu que les jeunes qui flânaient dans le parc – plutôt des adolescents rendus hystériques par l'ambiance délétère dans laquelle le pays est plongé depuis treize ans déjà –, et avec lesquels l'administrateur se disputait comme tout vieillard nostalgique de la grisaille communiste, n'y étaient pour rien. Le lendemain de son enterrement, chagrinée, la femme avait allumé les premières bougies devant l'entrée et, depuis, avec une dévotion qui étonne les locataires, nourrit les moqueries des jeunes et attire des curieux, elle le fait chaque soir.

Agenouillée, fichu noir sur sa tête, elle prie longuement, larmes aux yeux. Souvent, le vent éteint les bougies et alors elle fouille dans les poches de sa vieille robe, à la recherche des allumettes. Elle les trouve vite, ses poches en sont bourrées et, patiemment, car les allumettes sont de mauvaise qualité et les coups de vent sournois, elle rallume les bougies et reprend son recueillement et ses prières parfois jusqu'à tard dans la nuit.

Une de ces nuits, le vent vint encore une fois éteindre les bougies. Elle n'avait plus d'allumettes et, la dernière boîte vide dans sa main, s'était mise debout et tournée vers le bout de la ruelle où, surgie de la noirceur, la silhouette d'un homme se dressait de plus en plus claire.

L'homme s'approcha, la pointe de sa canne mince suspendue savamment au-dessus de l'asphalte défoncé par les mauvaises herbes. Vêtu de blanc de la tête aux pieds, cet homme lui rappelait un de ses amours incongrues de sa vie de ballerine, qu'elle n'avait pas vu depuis des années et des années. Un instant plus tard, tout doute s'était dissipé : c'était lui bien sûr, il faisait toujours comme ça, même dans les périodes les plus fastes de leur amour, il disparaissait pour réapparaître quelques semaines ou quelques mois plus tard sans aucune explication, mais amouraché comme au premier jour de leur rencontre de sa « petite nymphe » qui n'attendait d'ailleurs que de se jeter dans ses bras. Elle n'avait jamais su exactement ni son vrai nom – il lui avait dit de l'appeler Victor et elle l'avait toujours appelé ainsi –, ni ce qu'il faisait dans la vie.

Des fois, il se disait coiffeur et, pour la convaincre,

coiffait ses cheveux blonds et soyeux de nymphe comme nul autre – quelques photos avec ces coiffures fantaisistes sont accrochées sur les murs de sa petite chambre.

D'autres fois, il disait avoir hérité, d'un oncle riche mort en prison, d'une bibliothèque de livres de droits, d'histoire et de philosophie qu'il vendait à bon prix aux étudiants et aux bouquinistes – il lui avait fait cadeau de quelques-uns, ils sont toujours sur une étagère au chevet de son lit.

Après une longue absence, lorsqu'il l'avait prise à nouveau dans ses bras, son oncle riche se la coulait douce en Suisse, où il s'était enfui à bord d'un petit avion volé avant que les communistes prennent pour de bon le pouvoir. En parent aimant, cet oncle lui envoyait de l'argent et tous les deux ans, ses complets blancs, ses chapeaux de paille et ses cannes minces et noires aux poignets argentés. Quand l'argent tardait à rentrer, il disait travailler dans une usine de mécanique fine, au contrôle de qualité – la peau de ses mains était veloutée et ses doigts filiformes savaient caresser jusqu'à l'évanouissement.

Après une autre absence, moins longue, quelques semaines tout au plus, dans un moment de grande intimité, il lui avait avoué qu'il était en réalité activiste du Parti, pas un gros bonnet, mais assez bien placé pour qu'on accepte ses fantaisies vestimentaires et ses écarts à la morale socialiste.

Il disait aussi que, quelques fois, pour boucler les fins de mois, il jouait dans un orchestre et, une nuit, dans le jardin d'un restaurant, il s'était mis au piano et avait joué un nocturne de Chopin comme un vrai artiste.

Elle s'y connaît en artistes, cette femme. Malgré ses blessures à la tête qui avaient rendu son allocution difficile, souvent même inintelligible – et alors elle éclate d'un rire enfantin et la candeur de son regard attendrit même les plus impatients –, elle est une petite encyclopédie de danseurs, de comédiens, de musiciens, de cinéastes plus ou moins connus rencontrés et aimés avant de se retrouver, accrochée au bras d'un poète adepte de la révolution permanente, à la Place de l'Université les jours de son évacuation forcée.

En 1989, l'homme vêtu en blanc n'était plus dans sa vie. Il avait disparu quelques années auparavant, à la fin d'un été, quand un général des services secrets s'était enfui aux États-Unis en emmenant la femme d'un obscur chercheur scientifique, devenu la risée du pays après que les Bucarestois – toujours prêts à se payer la tête des malheureux –, lui aient donné le sobriquet de « cocu de la nation » et que la Radio Free Europe s'en fut emparée pour dénoncer la déliquescence du régime.

Nous étions enfants dans ces années-là et l'histoire officielle apprise à l'école avait passé sous silence aussi bien la fuite du général que les déconvenues réelles ou irréelles du « cocu de la nation ». Mais ne nous attardons pas sur ces aspects finalement sans grandes significations de l'histoire officielle qui, tôt ou tard, changera de nouveau ; révolution ou pas, on déboulonne toujours les héros d'hier et on boulonne les héros du moment, seuls restent et resteront à jamais sur leur socle les « cocus de la nation », c'est leur destinée inébranlable, c'est notre destinée inébranlable !

Vous en conviendrez chers lecteurs, la meilleure solution pour éviter de changer de héros tous les cinquante ans serait que l'histoire s'arrête le soir et recommence le lendemain matin, jour après jour, jusqu'à la fin des temps !

*

Cette nuit-là, la boîte d'allumettes vide dans sa main, avant même que l'homme vêtu en blanc soit à un pas d'elle, elle avait su avec une violence qui lui avait crevé le cœur qu'il ne reconnaîtrait pas dans la loque humaine qu'elle était devenue sa « petite nymphe » à qui raconter ce qu'il faisait dans la vie après une si longue absence.

Dès qu'il se trouva près d'elle, briquet dans sa paume comme une aumône, et que l'impulsion de se blottir follement dans ses bras ne fut plus qu'une douleur et un cri de désespoir étouffés, elle arracha le briquet, tourna le dos et s'agenouilla devant les bougies éteintes. Elle l'entendit ouvrir la porte et le vit, du coin de l'œil, traverser le hall, effleurer avec le bout de ses doigts une des boîtes postales et monter l'escalier d'un pas ferme.

Il venait d'arriver ou peut-être il habitait déjà là depuis quelque temps sans qu'elle le sache – personne ne lui disait jamais rien, même pas feu son concubin ! Elle n'eut le courage que tard, après minuit, de franchir le seuil du hall de l'entrée où le passage de l'homme vêtu de blanc avait laissé flotter un arôme qu'elle reconnut avec un petit cri de joie. Frissonnante, elle s'approcha de la boîte postale, glissa ses doigts sur les traces imaginaires laissées par les doigts de l'homme vêtu de blanc, les porta à ses lèvres et crut s'effondrer en humectant, vorace, cet arôme fort et persistant de pulpe de noix crues que nul autre homme de sa vie n'avait senti.

Aucune lettre n'avait été déposée depuis longtemps dans cette boîte sans nom pour la garçonnière du premier étage où, avant qu'un Roumain revenu du Canada ne s'y installe, elle faisait le ménage une fois par mois et, depuis son arrivée, une fois par semaine. Jamais elle n'avait ressenti la moindre curiosité de lever les yeux sur cet homme distant et hautain qui quittait la garçonnière avant qu'elle arrive et ne rentrait qu'après que le ménage fût terminé et, lorsqu'elle était dans l'escalier ou dans le hall de l'entrée, tournait la tête en murmurant un salut à peine audible.

Peut-être cette nuit-là s'était-elle trompée de boîte postale et l'arôme de pulpe de noix crues n'avait-elle été qu'une illusion olfactive, mais comment ne pas croire dans le retour de son amant aux mille occupations quand toute son âme, tout son cœur et tout son corps l'avaient reconnu ?

Pendant trois longs jours, du matin jusqu'à tard dans la nuit, devant l'entrée et en bas de l'escalier, elle attendit qu'il réapparaisse. Non qu'elle ait voulu qu'il la reconnaisse et la prenne comme autrefois dans ses bras avant de nouveau disparaître, mais pour lui rendre le briquet et le noyer une dernière fois dans la candeur du son regard. Pour qu'elle survive à la meurtrissure de son être.

Le quatrième jour, tôt le matin, elle le revit enfin descendre l'escalier, traverser le hall sans regarder les boîtes postales et sans s'apercevoir qu'elle était là, les mains appuyées sur la manche du balai et le souffle coupé, sortir et s'en aller à grandes enjambées sur l'allée déserte du parc, silhouette blanche coupant l'air avec sa canne noire qui accrochait les rayons du soleil ; jadis, il venait toujours à sa rencontre comme ça, pressé de la voir blottie sur sa poitrine, et la quittait toujours comme ça, pressé de ne pas être en retard quelque part.

Mue par la crainte qu'il aille de nouveau disparaître, briquet à la main, elle se précipita pour le suivre. Et c'est ainsi qu'à peine arrivée dans le riche quartier, au coin de la rue, elle l'avait vu effondré près du tilleul, un amoncellement de vêtements, de chair et de sang, et vu aussi une voiture qui s'éloignait à grande vitesse. Il n'y avait personne sur la rue et même le gardien de la villa ne nettoyait pas ce matin-là la cour, et seuls les jappements sauvages des chiens semblaient annoncer qu'un crime venait d'être commis.

*

Les locataires du bloc sont formels : une seule personne avait logé dernièrement, et pour quelques

semaines seulement, au premier étage, dans la garçonnière héritée de sa femme. Le Roumain rentré du
Canada, discret, maniéré, modeste, silencieux, taciturne
et, souvent, avec un rictus de dégoût sur son visage –
rien à voir avec la grande majorité des émigrés
postcommuniste aux quatre coins du monde qui rentrent
chaque année au pays, pèlerins insolents qui pataugent
méprisants dans le bourbier de notre capitale sale, aux
rues défoncées, aux trottoirs disparus sous les voitures et
aux malotrus au langage ordurier, terreau propice à
essaimer la honte d'être roumain et le dégoût de vivre en
Roumanie.

Le feu administrateur aurait pu nous en dire
davantage sur cet homme qui sortait rarement, pris qu'il
était à remettre en état la garçonnière inhabitée depuis
plus de vingt ans. Il allait comprendre finalement que
l'effort ne valait pas la peine : l'édifice est revendiqué par
son ancien propriétaire d'avant-guerre et les tremblements de terre l'ont si endommagé que, sans doute, seul
le refus coriace des locataires de l'abandonner le tient
encore debout.

Sa fille un peu délurée l'avait rejoint quelques jours et,
après son départ probablement en vacances, l'homme
s'était mis, pour passer son temps, à rembourrer un divan
bleu. Retiré au fond de la cour intérieure, à l'ombre d'une
remise, il s'y était affairé peut-être une semaine
visiblement maladroit et sans trop de conviction.

Deux ou trois fois – autant que les locataires qui se
trouvaient par hasard aux fenêtres aient pu constater –,
une voiture aux vitres fumées était venue le chercher et le
fait que le chauffeur en uniforme et casquette lui ouvrait
la portière arrière n'avait suscité que quelques commentaires désabusés et ironiques, rien de plus. À quelle heure
il rentrait, personne ne saurait dire, tard si on se fiait aux
bougonnements de la femme de ménage définitivement
transie par la mort de son concubin, mais on ne se fiait

pas à elle. Personne d'ailleurs n'avait jamais vu l'homme habillé en blanc, c'était une autre lubie de la femme de ménage.

Et l'homme était parti comme il y était arrivé, en toute discrétion. Reparti ou non au Canada, en voyage en Afrique ou ailleurs sur la mappemonde, les locataires s'en fichaient éperdument.

Quelques jours plus tard, un inconnu avait sonné aux portes des appartements du premier étage, s'était présenté comme le cousin de leur voisin, qui avait dû rentrer chez lui précipitamment pour des raisons personnelles, et leur avait montré une procuration dûment légalisée qui lui octroyait le droit de mettre en vente la garçonnière. Le cousin en avait la clé et, après consultation, les voisins lui accordèrent la permission d'accrocher sur la façade, en dessus de la fenêtre de la garçonnière et à côté du drap qui annonçait la mise en vente de l'appartement du feu administrateur, son drap sur lequel il avait écrit aussi en rouge : *To sale !* et un numéro de téléphone mobile.

Nous avons appelé à ce numéro et l'homme à l'autre bout du fil, le cousin, nous a fixé un rendez-vous tôt le matin pour nous montrer la garçonnière.

Jeunes mariés à la recherche de leur nid de rêve, nous fûmes devant l'entrée dix minutes en avance. Le cousin arriva, mais, avant de descendre de sa BMW flambant neuve, nous considéra longuement et sans gêne par la vitre baissée du côté trottoir. Il nous trouva fiables et descendit – grand, blond, pâle, maigrelet, allure de civil qui sentait encore sur ses épaules l'uniforme de policier ou de militaire –, sourire méfiant sur ses lèvres, mais affable.

Il nous montra la garçonnière vidée de ses meubles, nous fit admirer de la fenêtre grande ouverte l'allée déserte du parc Cismigiu, nous vanta la quiétude de l'endroit, le voisinage paisible, le privilège d'habiter au centre-ville, etc. Nous voulûmes connaître la petite histoire de la garçonnière. Brusquement, pour quelques instants, son visage s'assombrit. Il nous raconta enfin : la garçonnière avait été héritée par son cousin de sa femme morte quelques années auparavant dans le naufrage d'un petit bateau de croisière aux Antilles où ils passaient souvent leurs vacances. Mais, voilà, le pauvre cousin n'avait pas eu vraiment le temps d'en profiter, car, deux semaines après son retour au Canada, il avait succombé à un accident cérébral.

On s'attendait à le voir rentrer plus souvent au pays et, un jour, prendre définitivement demeure dans la garçonnière de sa jeunesse et de celle de sa femme, mais, à la place du cousin bien portant et avec assez d'argent pour mener une vie à l'aise, on avait reçu ses cendres dans une urne ; quelqu'un, un ami probablement, avait exaucé ses vœux d'être enterré au pays. Ses cendres reposaient dans le caveau de la famille.

« Destin tordu d'exilé, que son âme repose dans la paix de Dieu », conclut le cousin vivant en se signant.

Les papiers consultés nous firent découvrir le nom de l'héritier : Victor Victor, et nous demandâmes spontanément s'il s'agissait du « cocu de la nation » des années 1970. Il éclata de rire :

« Ce n'est pas une histoire à raconter aux jeunes mariés comme vous... Et ne croyez plus tout ce qu'on vous raconte sur le passé... Alors, ça vous intéresse, la garçonnière ? Je vous fais un bon prix... »

Nous promîmes d'y réfléchir, mais, visiblement, il ne nous crut pas. En descendant, nous croisâmes la femme de ménage et la convainquîmes de nous laisser voir la remise à l'ombre de laquelle le Roumain rentré du Canada, le cousin mort d'un accident cérébral, avait passé son temps à rembourrer un divan bleu.

Il était là, le divan bleu, plutôt les morceaux qui l'avaient constitué : les ressorts enfilés sur une corde, la structure de bois et les lambeaux de tissu bleu. Devant ces restes avec lesquels le meilleur tapissier aurait eu de la peine à reconstituer le divan bleu, nous dûmes admettre que notre enquête se trouvait dans le même état : un inconnu vêtu de blanc fauché par une limousine accidentellement ou intentionnellement, une belle étrangère réelle ou imaginaire de passage dans une villa administrée par une agence de location française et aux visiteurs suspects, quelques témoins sans crédibilité ou carrément de mauvaise foi, le cousin arrivé du Canada et la loque humaine transie par le souvenir d'un de ses amants de jeunesse – très peu de certitudes et trop d'approximations et de mensonges pour que tout ait un sens.

*

Intrigués par l'histoire tout aussi dénuée de sens de l'arôme de pulpe des noix crues, nous cherchâmes à nouveau le chauffeur de taxi et le priâmes de nous en dire davantage sur l'étrangère emmenée à l'aéroport. Il nous dit ce que nous savions déjà, mais, une fois soûlé et apparemment convaincu que nous savions garder un secret, il jura n'avoir emmené à l'aéroport aucune femme. Que, ce matin-là, lorsqu'il s'était présenté à l'heure convenue, il n'y avait personne devant la villa. Il avait klaxonné plusieurs fois et, finalement, le gardien de nuit était monté à côté de lui et lui avait dit ce qu'il devrait dire si, jamais, on lui posait des questions : qu'il avait emmené à l'aéroport une femme superbe qui s'était tu tout le trajet, avait payé avec vingt dollars américains et, qu'en fermant son sac à main, un flacon de parfum était tombé, et que le bouchon avait sauté. Pour que l'histoire fût plausible, le gardien avait sorti de sa poche un flacon de parfum, dévissé le bouchon et secoué le flacon jusqu'à la dernière goutte. Les semaines suivantes, plusieurs clients allergiques au parfum refusèrent de monter dans le taxi, mais les dollars du gardien avaient pleinement compensé les pertes.

« Si vous me payez encore une bière, je vous raconte tout ce que vous voulez entendre », avait-il éclaté d'un grand rire.

Nous fîmes une dernière démarche pour découvrir la vérité. Le lendemain matin, discrètement, nous suivîmes la femme de ménage à l'autel improvisé sur le lieu de l'accident et attendîmes, au coin de la rue – le gardien de la villa jouait avec les chiens sur le trottoir –, qu'elle accomplisse son rituel. Les chiens tournaient agités autour d'elle et, au grand amusement du gardien, leurs jappements et respirations éteignirent plusieurs fois les bougies. Elle les ralluma autant de fois avec un briquet, sans porter attention aux chiens, comme si c'étaient les coups de vent qui éteignaient les bougies et que le gardien qui se dilatait la rate n'existait pas.

Dès qu'elle arriva au coin de la rue, nous voulûmes lui parler, mais, encore sous le coup de l'émotion, elle se rebiffa outragée. Quand nous nous rendîmes compte qu'elle ne rentrait pas chez elle – ce qu'elle faisait d'ailleurs, allions-nous comprendre, depuis le premier jour de recueillement au pied du tronc du tilleul –, nous fûmes mis dans la situation de la suivre ou de vaquer à nos affaires.

Notre curiosité fut plus forte et nous voilà à ses trousses. Elle prit un bus, descendit quelques stations plus loin, monta dans un tramway et puis dans un autre. Rendus à la périphérie de Bucarest, dans un cimetière, nous comprîmes enfin que nous perdions notre temps et que les révélations promises et scrupuleusement portées à votre connaissance, chers lecteurs, tiennent du possible et non pas de la certitude.

D'aucuns d'entre vous seraient tentés de les considérer comme des détails sans grand intérêt d'un fait divers, d'un de ces « chiens écrasés » au pays depuis la chute du communisme. D'autres diront que, quel qu'il fut, l'homme sur le tombeau duquel la femme de ménage se recueille – le « cocu de la nation », que seuls les ergoteurs se rappellent encore autour d'un verre, le cousin exilé au Canada et rentré au pays pour prendre possession d'une garçonnière héritée de sa femme, ou l'amoureux vêtu de blanc et aux mille occupations ressurgi dans la pitoyable existence d'une ancienne ballerine au Théâtre des variétés –, appartenait à notre passé devenu inutile. Que l'un ou l'autre d'entre eux – s'il ne s'agit pas de la même personne, diront d'autres lecteurs –, ait été tué de sang-froid devant la villa d'un quartier riche c'est l'affaire de la police et non de jeunes journalistes désillusionnés du présent ou vendus à quelques intérêts particuliers.

Il est aussi possible de conclure que l'avenir – du pays, du monde –, a depuis toujours été bâti sur des cadavres dont les assassins réels ou imaginaires – comme les héros, les assassins sont le privilèges de l'Histoire officielle –, ont été découverts plus tard ou jamais et qu'il n'existe ainsi aucun motif sérieux de ne pas dormir tranquillement et de rêver en couleurs.

Bonne nuit, chers lecteurs.

MEMBRE DU GROUPE SCABRINI

Québec, Canada
2006